# 월야환담

# 월야환담 창월야 ·· 7

홍정훈 장편 소설

초판 1쇄 찍은 날  2016년  02월  15일
초판 1쇄 펴낸 날  2016년  03월  15일

지은이  홍정훈
펴낸이  서경석

편집책임  박가연 | 편집  한준만, 고승진, 이창진 | 디자인  신현아

펴낸곳  도서출판 청어람
등록번호  제387-1999-000006호 | 등록일자  1999. 5. 31
어람번호  제8-0053호

주소  경기도 부천시 원미구 부일로 483번길 40 서경B/D 3F (우) 14640
전화  032-656-4452 | 팩스  032-656-4453
http://www.chungeoram.com | E-mail  chungeorambook@daum.net

ISBN 979-11-04-90343-4 04810
ISBN 979-11-04-90336-6 (SET)

창월야

7

# 월야환담

홍정훈 장편 소설

도서출판 청어람

# 차례

보다 새로운⋯

위성에서 지구를 내려다보면 지평 대부분에 전기 불빛이 그득하다고 하더군. 이제 이 세상도 많이 문명화되어서 재미가 없단 말야.

사람들은 지도의 빈칸에는 단지 바다가 펼쳐져 있다고 당연시하게 되었고 밤의 어둠도 그저 빛의 부재에 불과하지. 악령과 악마, 요물에 대한 전설은 이제 미디어 콘텐츠를 위한 일종의 모티브가 되어버린 지 오래고 신비는 죽었어.

그런 의미에서 나는 신비의 어머니 릴리쓰를 높이 평가해. 적어도 그녀는 신비한 존재 그 자체이고 이 세상에 신비가 마르지 않도록 어둠의 자식을 낳아주니까.

그렇지만 그렇게 신비로운 전설은 그만큼 희생자를 필요로 하지.

음험한 전설은 희생자가 있음에 성립하는 것이니까.

그리고 그 희생자가 모든 신비를 증오해 스스로를 단련해 그들에 대항하고 이윽고 신비의 근원되는 어머니 릴리쓰와 그의 자식들을 적대하는 것도 있을 법한 이야기란 말이지.

그러니까 미쳐 버리는 거야.

이 세상을 살아가는 선량한 사람들은 그저 상상이나 해 봤을, 제정신으로서는 누구도 살아갈 수 없는 세계가 있는 거지.

그곳은 사람을 잡아먹는 본성을 가졌지만 너무나 오래 살아서 미친 덕에 너무나도 사람 같은 괴물들과…….

바로 그 괴물들에 의해 희생당해 살의와 증오에 미친 너무나도 괴물 같은 인간이 있지.

서로서로를 물어뜯는 괴물이 되어 밤을 누비며 돌아다니면 그 광기와 증오가 달을 미치게 만들어.

그야말로 미친 달의 세계라고 할 만하지?

. . .

第32夜

눈보라

# 1

"귀찮군."

이사카 베르게네프는 탄환이 다 떨어진 저격총을 옆으로 던지며 투덜거렸다. 그런 그의 곁에서 루스킨이 엄호사격을 하다가 고개를 힐끔 돌렸다. 무슨 소릴 하냐는 듯한 그의 옆으로 총알이 지나간다. 보통 병사들이라면 적의 총격이 무서워서 참호에 처박혀 총알이나 낭비하고 있겠지만 라이칸스로프 병사들은 총을 두려워하지 않는다. 이것 때문에 인간들과 달리 진군속도가 엄청 빠르다. 원한다면 상대방의 진지로 뛰어들어서 당장 백병전을 벌일 수 있는 것이다. 1, 2차 세계대전과 한국전쟁이후 무수한 교범의 혁신이 있었지만 그들은 그 교범을 무색하게 만들 수 있었다.

"골라 온 게 근데 이런 거밖에 없나?"

이사카는 부하들이 자신을 위해 찾아와 준 백병전용 무기―그것은 큼직한 도끼머리를 단 할버드(미늘창)였다―를 살펴보며 투덜거렸지만, 위력 면에서는 이만한 것도 없다. 그동안 써온 것들과는 비교도 안 되는 강력한 무기고 그는 또 창술에 대단히 능숙하다. 사실 말하자면 창을 쓸 때가 검을 쓸 때에 비해서 두 배는 더 강력하다고 자신할 수 있을 정도였다.

그렇지만 시대가 시대인데 창을 들고 다닐 수도 없고, 매직 포켓 같은 비술로 감춰 갖고 다닌다면 그건 또 그의 취향에 맞지 않는다. 무기란 언제든지 바로 꺼내서 쓸 수 있어야지 마술쇼라도 하듯 옷자락 속 이공간에 감추고 있다가 꺼내는 것은 안 된다. 실베스테르나 여타 마법을 쓸 수 있는 헌터들은 갖고 다니기엔 과한 대형 화기를 그렇게 넣어 가지고 다니는 모양인데 차라리 그게 낫지, 창은 너무 과하지 않은가?

"박물관에서 잠들어 있던 거니 예상외의 명창일지도 모르잖아?"

"미늘창은 보병용이야. 가난한 병사에겐 명창도 없지."

"그거야말로 혁명 정신이군."

사람을 쏴 죽이며 대화를 나눈다. 마치 조찬을 함께하며 나누는 듯한 자연스러운 대화다. 하긴 이제 와서 사람 좀 죽였다고 벌벌 떨 리 없지. 자신의 의지를 집행하기 위해 어머니조차 살해한 이사카와 그에게 감화당한 라이칸스로프 루스킨. 살육은 그들에게 있어서 살아가는 증거와도 같았다.

"슬슬 마지막 페이스로군. 얼간이 권력자에게도 이제 결심이 설 때가 왔지. 노리는 바가 뻔하니까."

이사카 베르게네프는 손목시계를 통해 시간을 확인하며 중얼거렸다. 이제 곧 보리야 푸도브킨이 자살을 선택할 때가 온다. 달리 탁 트인 곳이라면, 아니, 그냥 단순한 테러였다면 크렘린 궁을 버리고 도망치는 것도 그리 어려운 일이 아니었으리라. 그러나 물샐틈없이 포위하고 포위망을 조여서 잡아버리는 데야 대책이 없다. 그리고 이 쿠데타 조직이 포로에게 인도적 대우를 해줄 것이라 기대할 만큼 바보도 아니겠지. 사람을 통째로 잡아먹어 버리는 놈들이 그득한 부대인데 인도적인 포로 대우?

웃기는 소리다.

그러니까 도저히 어쩔 수 없기 때문에 보리야 푸도브킨 같은 속물도 하는 수 없이 자살을 선택하는 것이다. 그건 막아야 한다. 그놈이 죽어버리면 다른 건 몰라도 그놈의 망막 스캐너를 어찌할 수 없다. 수동으로 ICBM을 발사할 수는 있겠지만 글쎄⋯⋯.

대관절 대통령 망막으로 미사일을 발사하겠다는 미친 발상은 어떤 놈이 한 거야?

이사카는 내심 그리 투덜거리며 할버드를 양손으로 틀어쥐었다.

"그럼 다녀오지."

"아아, 몸조심하고."

"어차피 천년만년 살 몸도 아냐."

이사카는 그리 말하고 갑자기 사라졌다. 이것은 텔레포트, 흡혈귀 중에서도 아주 특수한 몇몇에게나 전해지는 혈인 능력이다. 마법으로 구현하기에는 너무나 소모가 커서 마법식이 있지만 구현할 수 없는 마법, 그러나 모든 흡혈귀와 라이칸스로프의 능력을 가지고 있는 이사카 베르게네프에게는 애들 장난과도 같은 것이었다.

대가는 비싸지만 뭐, 상관없다. 이사카는 남들이 자연히 누리는 공기도, 물도, 다른 무엇도 남들보다 더 비싼 대가를 치러야 하는 몸이니까.


플렉스 상사 평사원 토마스 무어는 러시아 대통령 보리야 푸도브킨의 옆에 서서 난처한 표정을 짓고 있었다. 법적으로는 민간인인 그가 이런 민간인 통제구역에서 일국의 대통령과 함께 있다는 건 놀라운 일이리라.

아마 평화 시였다면 이 대통령 각하께서는 한껏 거들먹거리며 전투기 조종에 대한 이야기를 떠벌렸을 것이다.

즉 지금은 평화 시가 아니고, 사실 그는 평화 시에도 대통령과 접촉할 수 있는 인물이라는 이야기이다. 스스로 그걸 대단하다고 생각한 적은 없지만 남들이 보면 기절초풍할 일이긴 하다. 아무리 대기업이라 해도 일개 평사원에 불과한 그가 대통령과 나란히 밀담을 주고받을 수 있다니.

아니, 밀담이라면 좀 더 그럴듯했겠지.

"이, 이야기가 다르잖아! 나를 살려주기로 한 게 아니었나, 어?! 나, 나를 데려가 줘!"

이런 걸 밀담이라고 할 수는 없지 않을까?

"좀 가만히 있으시오, 통령! 정말 곤란하니까."

"아니… 그, 그럼 나를 흡혈귀로 만들어줘! 어서 당장!"

흡혈귀가 된다고 해서 지금 상황에서 살아남을 수 있는 것도 아니고, 또한 죽는 것은 그뿐만이 아니다. 토마스 무어 역시 살아남을 자신이 없었다. 아무것도 모르는 인간조차 가차 없이 죽여 버리는 놈들이다. 테트라 아낙스의 회사 플렉스 상사의 흡혈귀인 그를 살려둘 리가 없지 않은가?

하지만 이 대통령은 토마스 무어는 살아날 재주가 있는 것처럼 매달리고 있었다. 만약 다 늙은 슬라브인이 아니라 젊고 섹시한 아가씨였다면 이렇게 매달리는 것도 그리 나쁘지 않은 경험이겠지만 이건 아니다.

"저기요, 저도 죽습니다."

"어?"

"저도 오늘 죽을 팔자예요."

솔직한 고백이다. 언제 이렇게 진솔한 고백을 한 적이 있었던가? 종합상사 직원이라는 건 매일 뻥을 치는 게 일인지라, 아마 이번 세기에는 이만큼 정직한 적이 없었으리라.

'농담이시죠?' 라고 눈으로 묻는 대통령. 이야, 참 겸허한 자세다. 자신의 권력과 직급, 체면을 신경 쓰지 않는 겸허함이 마음에 들었다… 고 말하면 농담이 지나치겠지.

보리야 푸도브킨은 진지하게 고민하고 있었다.

'자신의 죽음에 이다지도 초연한 자의 존재를 믿을 것인가 말 것인가?' 그걸로 고민하고 있는 모양이다. 속물의 극에 달한 이 남자로서는 지금 토마스 무어 같은 자를 상상조차 할 수 없었단 말인가?

어떤 의미에서는 참으로 기쁜 일이다, 어떤 의미로는.

한숨을 내쉬며 토마스 무어는 주위를 둘러보았다. 으리으리한 대통령궁 내에서는 갖가지 문화재가 실제로 쓰이고 있었다. 예술품의 영역에 달한 가구들과 융단들, 각종 명화가 실내를 장식했다. 보통 사람이라면 TV를 통해서나 봐야 할 실내지만 그는 이 안에 들어와 있다. 여기서 죽는다면 그것도 그다지 나쁠 건 없다고 생각했다. 보통 샐러리맨은 평생 벌어도 못 살 값비싼 페르시아 융단에 피를 흘리며 죽는 것도 나쁘지 않지.

"젠장, 저도 죽고 싶지 않습니다만… 어쩔 수 없군요. 흡혈귀가 되어도 다를 건 없을 겁니다."

그렇다면 그는 자신의 임무를 수행해야 한다. 보리야 푸도브킨을 죽여서 적이 망막 스캐너를 통과하지 못하게 하는 게 바로 그것이다. 일단 보리야 푸도브킨이 죽으면 그의 눈을 파낸다 하더라도 ICBM 관제 시스템의 2007년 판 OS '닥터 스트레인지러브'의 암호를 풀 수 없으리라.

'참으로 아름다운 이름이군. 함의가 너무 그럴싸해.'

녹색 점만 화면에 잔뜩 표시하는 허큘리스 보드로도 부족함이 없는(허큘리스 보드를 쓴다는 건 아니다. 그건 디스플레이, 말하자면 그래픽 카드다) 미사일 관제 시스템에 불필요한 업그레이드를 시키는 것은 상인의 기술이다.

불필요한 수요를 창출하는 것, 그것이 오버 마케팅의 진수니까. 필름 카메라를 쓰던 시절, 카메라는 가진 사람은 갖고 아닌 사람은 안 갖고 있는 그런 물건이었다. 하지만 디지털 카메라의 시대가 되면서 이야기는 달라졌다.

없는 사람이 이상한 물건이 되지 않았는가? 이것이 바로 수요의 확대. 경제가 끊임없이 돌아가게 만드는 욕망의 굴레. 멋진 말이지.

그렇다고 디지털 카메라와 핵미사일 관제 시스템을 동일선상에 두고 이야기하자는 것은 아니다. 그렇지만 적어도 그 사실을 미리 밝혀두어야… 토마스 무어가 어떻게 크렘린 궁에 엉덩이를 비비고 있는지가 설명된다.

말하자면 그는 핵미사일 관제 시스템을 납품한 테트라 아낙스의 사설 회사의 직원이고 테트라 아낙스와 보리야 푸도브킨을 연결하는 흡혈귀 대사관인 셈이었다. 이렇게 너무 붙어 있으면 대사관이라기보다 동성 애인으로 오인받겠지만 말이다.

여하튼 그런 그에게 최후의 임무가 있었으니 그것은 바로 보리야 푸도브킨과 핵미사일 시스템이 적의 손에 들어가지 않도록 보리야 푸도브킨을 죽이고 자신도 죽는 것이었다. 아무리 테트라 아낙스가 오만방자하더라도 어떻게 부하에게 이렇게 당당히 죽어라, 라고 명령할 수 있는지 신기하다. 부하가 그걸 곧이곧대로 따를 거라고 생각했나?

하지만……

신기하게도 지금은 그럴 기분이다.

살고 싶었다면 벌써 예전에 도망쳤어야 했다. 비록 밖에는 태양이 내리쬐고 있다 하더라도 그러면 어떻게 햇빛을 피해서 살수 있는 방법이 있으니까. 차에 선팅도 미친년 화장하듯 두껍게 해뒀고(선팅을 심하게 하면 정말 태양 아래에서 흡혈귀가 무사히 나다닐 수 있다는 소리는 아니다). 그런데 그는 도망치지 않았다.

어처구니없게도 사명감을 느낀달까? 이대로 저 미치광이 라이칸스로프들에게 이 속물을 넘겨주어선 안 된다, 그런 생각이 들었던 것이다.

살인에 대한 사명감이라니, 지나가는 개가 웃을 노릇이지만 실제로 그가 느끼는 심정은 사명감 이외의 단어로는 설명할 길이 없다.

핵미사일로 대지를 태워서는 안 된다. 핵 맞아본 일본의 모든 문화 산업이 이구동성으로 그렇게 나불대고 있는 이념이야 집어치우더라도 그냥 단순히 생각해 봐도 그렇다. 라이칸스로프와 흡혈귀가 너무 심하게 인간들의 세상에 간섭한다면 그것은 완전한 파멸밖에 얻을 게 없다.

흡혈귀가 가진 불로장생의 기득권, 그것을 인간은 갖고 싶어 할 테고 모두가 갖게 되면 모두 파멸한다.

차라리 기득권이 존재하지 않는다고, 그렇게 속여 넘기는 게 세상을 위해서 더 도움이 되는 것이다. 이미 기득권자인 흡혈귀 입장에서 그리 말하면 오만한 것일지도 모르지만, 아전인수

일는지도 모르지만 사실이 그렇다.

　핵도 그렇지. 그냥 제발 하루하루 좀 무난하게 살면 안 되나? 꼭 그걸 쏴서 세상에 불을 지르고 대판 불놀이를 치러야 사는 게 사는 것 같단 말인가, 저 빌어먹을 라이칸스로프 놈들은?

　"그러니까 대통령 각하, 각오는 되셨는지?"

　토마스 무어는 대기업 사원답게 영업용 미소를 띠고 그렇게 물어보았다. 종합상사 주재원 토마스 무어, 살인을 앞에 두고도 미소를 잃지 않는다. 그렇게 명함에 새겨두었다면 멋졌으련만… 그는 스스로 그리 생각하며 손톱을 세웠다.

　"고통은 순간입니다. 괜찮을 겁니다."

　"히이이이익!"

　눈치 늦은 보리야 푸도브킨은 그제야 상황을 파악하고 뒤로 물러났다. 하지만 상대가 아무리 룸펜 흡혈귀라고 해도 인간 하나를 못 죽일 리가 없다.

　그러나 그때……

　"뼈대 있는 흡혈귀로군."

　박수 소리가 들려왔다.

　깜짝 놀라서 고개를 돌리는 대신 토마스 무어는 손톱을 내뻗었다. 신경 쓸 여유가 없다. 눈앞의 목적부터 달성하고 본다!

　그러나 그다음 순간……

　콱!

　그는 세로로 두 동강 나고 말았다. 재생력도 덧없이 고통도 없이 즉사하고 말았다. 그를 세로로 갈라 버린 건 박물관에서

막 튀어나온 듯한 큼직한 미늘창이었다. 그리고 그걸 쥐고 있는 건 바로 회안의 청년 이사카 베르게네프, 쿠데타를 강탈하기로 결심한 또 다른 라이칸스로프 세력의 우두머리였다. 겉보기로는 이제 10대 후반으로 보이는 소년이지만 그 표정은 우수에 차 있고 회색 눈동자와 회색 머리칼은 더더욱 나이가 들어 보인다. 늙음… 이라기보다는 슬픔이 그의 성숙함을 증명한다. 거기에 더해 그의 눈동자, 청회색 눈의 옆에 빛나고 있는 핏빛 눈동자는 그가 단순한 애늙은이가 아니라는 것을 증명하고 있었다.

압도적인 존재감을 가진 이 청년은 쓰러진 흡혈귀를 바라보며 휴우 하고 숨을 내쉬었다.

"테트라 아낙스는 좋은 부하를 가졌군."

그는 솔직히 토마스 무어를 칭찬하며 할버드를 옆에 내려놓았다. 마법을 실은 창으로 단숨에, 고통 없이 그를 끝낸 것은 그 임무에 대한 성실함을 높이 샀기 때문이었다. 테트라 아낙스에게 조종당하는 게 아닌, 자의로 영생을 던져 버리고 이 속물스러운 대통령의 목숨을 끊으려 하는 흡혈귀. 그런 놈이 있어야 이 싸움도 가치가 있는 것이다. 가치 없는 흡혈귀들의 의지를 타도하는 것보다는 가치 있는 흡혈귀들의 의지를 타도하는 것, 그것이 바로 이사카가 살아 있었다는 증거가 될 테니까. 어차피 적을 고를 수 없다면 그 단 하나의 적이 좀 싸울 맛이 있는 상대이기를 바라는 게 이상한 일일까?

테트라 아낙스가 상대로서 부족하다는 소리는 아니다. 그저 이것은 삶이 얼마 남지 않은 이사카의 응석, 그래, 그것뿐이다. 응석이란 단어만큼 이사카와 거리감 있는 단어도 그리 흔치 않을 테지만, 삶이란 모르는 것이다.

살다 보면 안 하던 짓도 해야 할 때가 온다.

"자, 대통령 각하. 오래간만이군요. 당신은 저를 모르겠지만 저는 당신을 TV로 항상 보고 있었답니다. 키르기스스탄의 무장 내각에 러시아군을 지원해 줘서 매우 고마워요. 덕분에 제 절친한 도서관 사서가 윤간당하고 살해당했답니다. 아아, 그때 당신은 고작해야 외무부 장관이었죠. 책임질 위치가 아니셨겠네요."

이사카 베르게네프는 유쾌한 마음으로 감사를 표하며 보리야 푸도브킨의 아래턱을 잡고 뽑아버렸다.

어차피 이놈의 마음속에 담고 있는 패스워드 따윈 이미 알고 있다. 필요한 건 이놈의 눈과 특수 자석과 전자 칩으로 만들어진 전자 키다.

대통령궁 집무실 안에서 소리 없는 비명이 울려 퍼졌다. 보리야 푸도브킨 대통령이 피를 철철 흘리며 양탄자 위를 기어간다.

"사실 당신을 죽여도 네크로맨시의 주술을 쓰면 망막 스캐너를 통과할 수 있지. 오작동할 확률 때문에 죽이지 않는 것뿐이야."

말은 그렇게 하지만 이사카에게는 이런 백돼지야 어떻게 되어도 상관없는 쓰레기였다. 차라리 미합중국 대통령을 이렇게 시원하게 조지면 모를까. 이사카는 잠깐 주위를 둘러본 뒤 아무렇지도 않게 비밀 금고로 다가가 비밀번호를 눌렀다. 보리야 푸도브킨의 눈이 휘둥그레지는 것을 보며 이사카는 쓴웃음을 지었다. 남의 마음을 훤하게 읽어내는 이사카로서는 이런 비밀 번호 알아내는 건 식은 죽 먹기다. 비밀일수록 알아내기가 쉽다. 설령 보리야 푸도브킨이 죽어 있다 하더라도 알아낼 수 있는데, 살아 있는 보리야 푸도브킨은 말할 것도 없다.

"아아아아악!"

이사카가 열쇠를 꺼내자 보리야 푸도브킨이 빠진 턱을 붙잡고 다시 비명을 지른다. 세상의 운명을 걱정하며 비명을 지르는 것 같지는 않고 그냥 상처가 아파서 그러는 것인가 보다.

"자아, 그러면 이제 암호를 해제해 볼까? 당신은 여기로 와."

이사카가 그리 말했을 때 갑자기 집무실의 문이 벌컥 열렸다. 보리야 푸도브킨은 혹시 방위군이 들어왔나 하는 심정에 깜짝 놀라서 문을 바라보았지만 문을 열고 들어온 것은 쿠데타군이었다.

"이사카 베르게네프, 재미있는 부분을 혼자 먼저 하려 하면 안 되지."

그렇게 말하며 들어온 것은 레온 시마노프 대위였다. 대위라고는 해도 그는 크림전쟁 시절부터 러시아군에 적을 둔 남자. 다른 병사들과는 격이 다르다. 그와 함께 이사카의 부하들이 일제히 걸어 들어왔다. 레온 시마노프의 인도에 따라 온 것일까?

레온 시마노프는 이사카의 옆에 와서 친한 척 굴며 물어보았다.

"이게 그 열쇠인가?"

"그렇지. 이게 있으면 전쟁의 시작을 마음대로 정할 수 있어."

"하나 더 있어야 하지 않나?"

"잠수함 영화에선 함장과 부함장이 나눠서 가지고 있었지만 여기서는 그럴 필요가 없지. 왜냐면 여기서 승인이 나면 핵탄두와 뉴클리어 사일로의 봉인이 풀리는 것뿐이니까. 그게 일단 발사체에 결합되어서 스탠바이가 되어야 다시 발사 버튼을 눌러서 발사하는 거니… 개의치 않으면 핵탄두를 결합하지 않으면 되는 거 아냐? 괜히 키를 두 개 만들어서 골치 아픈 짓 할 필요는 없지."

이사카는 그리 말해주다가 레온을 노려보았다.

"군인인 당신이 민간인인 나에게 설명해 줘야 하는 거 아냐?"

"어디가 민간인이실까? 테러범이면서."

말은 그리했지만 레온도 농담할 때가 아니라는 건 잘 알고 있었다. 한시가 급하다. 라이칸스로프 부대의 병력은 이제 얼마 남지 않았다. 테트라 아낙스의 흡혈귀 부대와의 전투로 사상자가 눈덩이처럼 불어나고 있는 지금 이 균형이 깨지면 전멸당하는 것도 순간이다. 그 전에 미사일을 발사해 버려야 한다!

그들은 우선 보리야 푸도브킨을 안전히 확보하고 테트라 아낙스의 자본이 만들어낸 미사일 관제 시스템 단말로 향했다. 우선 단말 입구에 설치된 망막 스캐너에 보리야 푸도브킨을 밀어 넣자 전자 키를 인식하는 패널이 나왔다.

전자 키를 꽂자 모니터에 뉴클리어 사일로와 핵탄두 봉인을 풀기 위한 패스워드를 입력하라는 메시지가 떴다. 이사카가 키보드를 몇 번 누르니 패스워드는 금세 풀려 버렸다.

"하악!"

이제는 놀랄 것도 없다. 보리야 푸도브킨은 체념하고 그것을 바라보았다.

"대통령 각하는 어쩔까? 살려둬서 핵의 불꽃이 백악관을 뒤덮는 걸 구경시켜 줄까?"

루스킨은 눈을 굴리고 있는 보리야 푸도브킨을 바라보며 눈살을 찌푸렸다. 그러자 이사카는 흥 코웃음 쳤다.

"그런 거 구경시켜 줄 만큼 이 녀석이 대단한가? 뭔가 우리에게 도움이 될 만한 정보를 가지고 있다면 살려둘 기분이 들겠지만 결국 이 녀석은 그냥 탐욕에 가득 찬 백돼지라고. 죽여 버려."

이사카의 명이 떨어지자 루스킨은 하품을 하고는 보리야 푸도브킨의 얼마 없는 머리채를 움켜쥐었다.

우적!

루스킨은 장저를 뻗어서 안구를 누르는 간단한 동작으로 보리야 푸도브킨을 죽여 버렸다. 안구가 안저를 깨고 뇌막을 으깨면서 보리야 푸도브킨은 그대로 즉사했다. 그 죽음이 너무나 깨끗해서 이사카는 거기에 한마디 덧붙이지 않을 수 없었다.

"키르기스스탄 무장 내각 지원 승인 시 외무부장관이 그분이셔. 너무 깔끔하게 죽인 거 아냐?"

"앗! 그런 거라면 말했어야지. 크윽!"

루스킨은 그제야 자신이 죽인 상대가 불구대천의 원수라는 것을 깨닫고 발을 동동 굴렀다. 하지만 이미 죽어버린 인간을 되살릴 수는 없었다.

"그럼 이제 된 건가? 버튼 누르면 핵미사일이 발사되는 건가? 우후후."

빼또쥬는 신이 나서 손을 쓱쓱 비비고 있었다. 아마 핵미사일 발사 버튼은 자신이 누르고 싶다고 주장하는 것 같았다. 정규군인 라이칸스로프대의 장교들은 굴러온 돌에 불과한, 그것도 좀 전까지는 그들에 대항하던 이사카 일당이 이런 중대한 결정의 장소에까지 나와서 까불거리는 것을 달갑지 않게 여겼지만 어차피 미사일 발사는 그들의 계획 안에 있었기 때문에 누가 버튼을 누른다 해도 상관이 없었다.

그리고 그들은 이사카 베르게네프가 어떤 존재인지도 잘 알고 있었다. 그렇기 때문에 그냥 성질 죽이며 보고 있을 뿐이었다.

그때 이사카가 빼또쥬를 나무랐다.

"너무 세상을 물로 보는군. 이게 무슨 컴퓨터 게임도 아닌데 핵미사일이 그리 쉽게 발사되나? 핵탄두가 발사체에 실리는 데는 좀 시간이 걸리지. 귀찮게 만들어놨어."

냉전 때야 아예 발사체 위에 핵탄두를 얹고 언제든지 발사할 준비를 해뒀겠지만 지금은 세상이 변했다. 안 쓴 지 오래된 핵탄두와 발사체는 노후화되었고 몇몇은 폐기되었으며 그나마 쓸 만한 것도 발사에는 매우 오랜 시간이 걸린다. 핵탄두와 발사체가 결합하는 동안 발사가 지연되는 것이다. 엄밀히 말해서 지금은 핵미사일 발사 준비 명령이 내려진 상태지 아직 핵미사일을 발사하라는 명령은 아니다.

"그런… 영화에선 버튼만 누르면 바로 나갈 것처럼 말하더니. 실제로 그래야지 핵미사일을 먼저 맞았을 때 바로 반격할 수 있는 거 아냐?"

"더 이상 핵우산 개념은 사라졌어. 핵미사일을 맞으면 물론 핵으로 반격하겠지만 세상에는 정세라는 게 있어서, 발사할 준비를 하면 이쪽도 저쪽도 다 알게 되지. 더 이상 옛날처럼 미치광이 하나가 핵미사일을 발사할 수는 없단 말야. 우리는 물 대신 보드카를 마시며 사는 게 아니잖아?"

"보드카를 마시며 사는 게 아니다? 갑자기 뭔 소리야, 그건?"

빼또쥬가 궁금해하자 루스킨이 대신 대답했다.

"그런 옛날 영화가 있어. 닥터 스트레인지러브라고, 정신병에 걸린 미군장성 한 명이 소련에 핵폭탄을 투하시켜서 핵으로 전 인류가 멸망하는 내용이지. 그 미군 장성이 지껄이는 내용이 그거야. 빨갱이 놈들은 물 대신 보드카를 마신다고."

이사카가 문득 생각났다는 듯 패널을 손으로 가리켰다.

"이 시스템 이름이 바로 닥터 스트레인지러브. 테트라 아낙스의 자본이지만 제법 멋진 센스야. 이름 한번… 미국 측에 이런 이름을 지어놓지 그랬을까."

"나라면 스타크래프트 고스트라고 지었을 텐데."

"……."

모두들 빼또쥬를 잠시 노려보았다.

# 2

회색으로 희뿌옇게 빛나던 하늘이 검게 물들게 된 것은 오후 2시가 지나서였다. 이윽고 하늘로부터 눈송이가 나풀거리며 내려왔다.

포격에 의해 엉망이 된 시가지 위로 눈이 차곡차곡 쌓였다. 물론 그 시가지에 널린 시신들 위에도. 아직 피가 식지 않았던 시체들은 눈을 맞아서 싸늘하게 식어간다.

그러한 시내 중심가에서 시선을 돌려 교외를 보면 교외는 아직 한적하다.

모스크바 강을 따라 도심에서부터 약 백여 킬로미터 바깥에 형성된 고급 주택가는 원래부터 권력자와 부자들의 땅이었다.

빽빽하게 자란 침엽수들이 울창한 원시림, 그 원시림을 향한 문명의 침범이라 할 잘 닦인 전용도로 옆에는 나무줄기마다 싹이 나는 것처럼 고급 주택들이 늘어서 있었다. 7~80년대 모스크바의 스모그는 워낙 지독해서 돈 많고 권력 있는 잘나신 분들은 도저히 모스크바 시내에서 살 수가 없다며 밖으로 나갔다. 웰빙 열풍은 요즘에 와서 새롭게 불기 시작한 게 아니다. 사실 아주 먼 옛날부터 쭉 상류사회의 분들은 좋은 곳에서 살아야 좋은 사람(?)이 된다는 것을 알고 있었다. 그래서 맹모삼

천지교라는 말도 있지 않은가?

결국 그런 이유로 공기 좋은 교외에 이런 고급 주택가가 늘어서게 된 것이다. 사실 이것은 유서 깊은 대도시의 교외라면 어디나 겪는 교외 고급화 현상이다. 그리 놀라울 것도 없는 이 현상이 그래도 놀랍다고 하는 것은, 명색이 사회주의 국가였던 소련에서 일어난 일이기 때문이었다.

그러한 고급 주택 중 중세의 성을 연상케 하는 거대한 저택이 하나 있었다. 이 저택의 법적인 소유권은 포드 부동산회사가 가지고 있었지만 실질 소유는 바로 플렉스 상사에 있었다. 그리고 현재 저택을 차지하고 있는 이는 플렉스 상사의 대주주, 테트라 아낙스 본인이었다.

지금 이 모스크바를 불태우고 있는 전쟁의 주체 중 하나인 주제에 민간인 저택에 거처를 정한 테트라 아낙스의 배짱이 대단하게 보일 수도 있지만 이 저택은 민간인 저택이라고 무시할 만한 게 아니다.

모스크바 도심에서 약 120킬로미터 정도 떨어져 있긴 하지만 그만큼 택지가 저렴했기 때문에 군용기조차 띄울 수 있는 활주로와 창고, 격납고 등이 준비되어 있었다. 그리고 그러한 넓은 부지를 방어하기 위해 기관총 진지와 대전차 미사일, 대공 고사포 등이 설치되어 있었다.

사택치고는 지나친 방어 시스템으로 보일지도 모르지만 러시아에서는 이 정도가 기본이다. 러시아 마피아가 전차를 동원할 수 있다는 걸 감안해 볼 때 교외의 대저택에 대전차 미사일,

대공 고사포가 있다고 해서 이상할 것도 없다.

　실제로 러시아에서 영업하고 있는 경비 회사들은 전차와 장갑차를 보유하고 있었다. 그러다 보니 법 알기를 지나가는 개쯤으로 아는 흡혈귀들의 무장이 과하다 해도 이상할 게 없다. 아니, 오히려 인간들과 비슷한 수준에서 머물러서 불만이었으리라. 치안이 확실하고 총화기 소유가 금지된 나라에서도 흉악한 무기를 즐겨 쓰던 이들이다. 그런데 러시아에서는 아무리 심한 무기를 쓴다 해도 남들이 다 갖고 있는 정도에 지나지 않으니 흡혈귀로서의 특권(?)이 무시당한 기분이었으리라.

　그러한 건물을 향해 접근하기란 그리 쉬운 일이 아니다. 창현은 나름대로 특수부대라고 할 수 있는 대한민국 육군 헌병 경호대를 나왔지만 그래도 이 삼엄한 경비를 몰래 지나서 들어갈 방법이 없다고 판단했다.

　그건 델타포스 훈련을 수료한 아르곤도 마찬가지였다.

　전쟁을 취미 삼아 즐기는 무시무시한(?) 성격의 진마 아르곤은 세대를 초월하며 각각의 군사 활동을 연구해 왔다. 그런 그로서도 대책이 없을 정도로 저 저택의 경비는 완벽했다.

　하긴 델타포스는 아르곤만 가는 게 아니다. 테트라 아낙스는 손쉽게 특수부대 출신의 인간들을 돈으로 매수할 수 있었고 그들의 조언을 받아들여 방어 시스템을 구축하면 물샐틈없는 경비망이 만들어지는 것도 당연하다.

　"굉장히 넓네요. 게다가 사계청소도 완벽히 해놨는데요?"

창현은 저택으로 향하는 언덕을 가리키며 투덜거렸다. 나무를 전부 싹 베어놔서 허허벌판으로 만든 언덕이다. 백 년 이상 묵은 타이가 삼나무들을 베어낸 그 자리에는 추위에도 강한 다년생 풀들을 심어서 조경을 마친 상태였다.

겉보기로는 정원 만들기이지만 실제 목적은 관측을 용이하게 하기 위한 사계청소였다.

"이 자식은 근데 골프장이라도 만들 건가? 뭔 나무를 활짝 다 베어놨대?"

하늘에서 쏟아지는 눈을 맞으며 지면에 납작 엎드려 있던 아르곤은 쌍안경을 들고 건물 안쪽을 살피며 투덜거렸다.

골프장을 만들기에 러시아는 너무 추운 곳이다. 그리고 이게 사계청소라는 걸 몰라서 하는 말이 아니다.

어찌 되었든 이렇게나 활짝 열린 곳으로 단 세 명이 뛰어드는 건 자살행위라 아르곤은 동료들과 함께 주위 관찰과 함정 설치를 해두고 있었다. 팬텀과 다른 진마들이 그들과 합류하고 나면 필연코 그 뒤를 쫓는 흡혈귀 군대가 있을 텐데, 그들을 저지하기 위한 사전 포석이었다.

"예이, 골프! 배불뚝이 부르주아 손에 손에~ 가난뱅이 목줄 같은 채를 들고~ 히~ 하~ 공을 치는 게임! 구멍에 넣는 게임! 뭐가 재밌는지 모르겠던데 그거. 골프채로 브라더~ 를 패는 건 재밌겠지만."

아르곤의 뒤쪽을 역시 쌍안경으로 바라보던 흑인 남자, 래트거닙은 정신병원 의사가 들었다면 틀림없이 고객 한 명 더 늘었다고 좋아할 만한 말을 하며 투덜거렸다.

"아, 물론 선량한 브라더~ 를 골프채로 패면 안 되지."

이제 와서 한마디 덧붙이긴 했지만 그래도 충분히 위험해 보이는 소리였다. 그때 창현이 투덜거리며 뒤를 돌아보았다.

"팬텀과 다른 진마들은요? 아, 이렇게 말하니까 댄스그룹 같네. 팬텀과 아이들? 팬텀과 진마들?"

"늦을 거야."

아르곤은 쌍안경을 조심스럽게 케이스 안에 넣고 자신의 총을 꺼냈다. 총탄에 마력을 담기 위해 특별히 제작한 마총, '오리콘 차트'가 바로 그것이었다. 원래 군함에 장착하는 오리콘포의 탄환을 흡혈귀가 발사할 수 있게 만든 것이다.

오리콘 포탄이 워낙 큰 관계로 총알을 한 발씩 뒤로 넣는 볼트액션 라이플이 되어서 실전성이 떨어지지만 아르곤에게는 그만큼의 약점을 커버할 능력이 있었다.

"아르곤, 어떻게 된 거예요?"

"나를 선발로 보내고 팬텀과 아이들은 흡혈귀 군대를 따돌리고 있어. 놈들이 한자리에 다 모이면 우리가 더 불리하니까 말야."

아르곤이 그리 말하자 창현이 불만을 토했다. 에스프리에서 리더는 아르곤이기 때문에 창현은 제대로 된 진마로서 대접을 받지 못한다는 것 정도는 각오해 두었다. 그렇지만 어떻게 회의에도 끼워주지 않았단 말인가?

"아니, 나도 진마인데 왜 나는 취급을 안 해주는지 원."

"영어를 잘 못해서 그렇지. 대학교까지 영어를 배웠다면서 왜 못해?"

아르곤이 악의 없이 순수한 의도로 물어보았지만 창현 입장에서는 역시 비아냥이나 빈정거림으로 들릴 뿐이었다.

"…우이씨, 나만 그런가, 뭐."

창현이 투덜거리고 있을 때였다. 그들의 뒤로 공격 헬기 한 대가 날아올랐다. 사일레서를 달긴 했지만 로터 소리를 완전히 죽인다는 건 절대 불가능하고, 게다가 흡혈귀인 그들의 이목을 숨기기란 더더욱 불가능하다.

"시작부터 화끈하군!"

래트 거닙은 휘파람을 불며 헬기를 바라보고는 파편 수류탄을 집어 들었다.

"안 돼!"

파편 수류탄으로 헬기를 떨구다니! 있을 수 없는 일이다. 창현은 무모한 짓을 하려 하는 래트를 만류하고 즉시 길가의 배수로 쪽으로 뛰어들었다.

두두두두두두두!

헬기에 달린 개틀링 포가 불을 뿜었다. 맞으면 진마 아니라 진마 형님이라 해도 몸이 걸레가 될 강력한 위력의 화기다. 물론 제대로 맞는다면의 이야기일 뿐, 헬기 한 대 떴다고 바로 개틀링에 걸레가 되었으면 흡혈귀들이 이렇게 오랫동안 세상을 지배하지는 않았을 것이다.

"흥!"

아르곤은 배수로로 뛰어든 뒤 몸을 빙글 돌려서 오리콘 차트를 헬기에 겨눴다.

"쏘게요?"

"너무 무식해 보이는데. 하긴 아르곤도 무식하지."

"어이! 말에 가시가 있다!"

아르곤은 래트에게 비난을 퍼부으며 방아쇠를 당겼다. 그러자 폭음과 함께 총 앞으로 불꽃이 튀어 오르고, 그게 무슨 로켓 엔진의 부스트 점화라도 되는 것처럼 아르곤을 밀어내었다. 아르곤은 왼발로 배수로 벽을 박차며 반동을 이겨냈다.

콰앙!

그런 고생을 한 보람이 있었는지 헬기 전면부 장갑판이 뚫리고 헬기가 균형을 잃었다. 방탄 장갑을 걸친 하인드 공격 헬기는 지금에 와서는 많이 낡은 구세대의 장비였지만 그래도 아직까지 보병들에게는 절대적인 위력을 자랑하는 무기였다. 그러나 지금 하인드 헬기는 소총(?) 한 발에 추락해 나무 한 그루 없는 언덕에 옆구리를 처박았다.

끼기기기기기긱!

요란한 소리를 내며 지면 위를 구른다. 그러나 헬기 조종사와 부조종사는 몸도 가볍게 창문을 통해 뛰어내려 헬기와 운명을 같이하는 것을 면했다.

"우와, 헬기가 추락했는데 언덕 안에서 다 소화가 되네. 저택에 근접하지도 못하는군."

내심 헬기가 저택에 처박아 혼란이 일어나길 바랐던 창현은 입맛을 다시며 아쉬워했다. 그러던 찰나…….

갑자기 총탄이 날아와 창현의 앞머리에 충돌했다. 우연치 않게도 각도가 비스듬했고 맞은 부위도 두개골 전면부라 총탄이 창현의 머리를 치고 튕겨 버렸다.

적에게 저격을 당했는데도 그걸 본 래트는 웃지 않을 수 없었다.

"푸하하하하핫! 이, 이마로 총알을 튕겨냈어! 대체 얼마나 단단해야 그럴 수 있는 거지?"

"웃을 때가 아니잖아!"

창현은 코피를 흘리며 주저앉았다. 총탄을 튕겨냈다고는 하지만 총탄의 운동에너지는 그대로 충격이 되어서 머리통을 뒤흔들었다. 뇌막이 찢어지고 뇌진탕이 일어났으니 사람이었으면 죽음을 면치 못했을 테고 아무리 진마라 해도 잠시 어지러운 것은 어쩔 수 없다.

휘이이잉!

머리에서 피를 흘리며 배수로 속에 앉으니 바람 소리가 거칠게 들린다. 눈보라가 휘몰아치려고 그러는가 보다. 아까 전에는 구름에 태양이 완전히 가려져 온천지가 회색이더니 기어코 눈이 쏟아졌다. 그래도 초반에는 그냥 송이송이 부드럽게 내리던 눈발이 이제는 얼음의 칼날이라도 된 양 매서운 기세로 불어닥쳤다.

그 눈보라를 맞으면서 그들은 배수로 안에 피신해 있었다. 적들은 계속 머리 위로 총알을 퍼부어댔다.

총탄을 배수로 위로 퍼부어서 아르곤이나 래트, 창현의 발을 묶어두면서 접근하는 것이다. 접근전이 되면 아르곤들이 훨씬 유리하지만 그렇다고는 해도 적들이 그들의 숨통을 조이면서 다가오는 느낌은 그리 좋지 않았다. 말 그대로 목을 조르는 기분이라 긴장되어서 심장이 목구멍 밖으로 튀어나올 판이었다.

그때 아르곤은 가만히 앉아서 무기를 데저트 이글로 바꿔 들고 기다리고 있었다. 창현에 비해서 그는 총성을 즐기는 듯 총성마다 손가락을 튕기며 리듬을 타고 있었다.

"옳지. 총알 다 썼다!"

적의 총알 수를 계산하던 아르곤은 적들의 탄환이 다 떨어졌다고 생각하고 배수로에서 벌떡 일어나며 권총으로 적을 갈겼다. 하지만 그다음 순간 그의 눈에 들어온 것은 개조 탄창을 낀 소총을 든 적들이었다.

마치 아르곤이 수를 헤아릴 것을 예측이나 한 것처럼 변칙적인 개조 탄창이라니! 아르곤은 기가 막혀서 비명을 지르고 말았다.

"당했다!"

두두두!

탄창에 남아 있던 총탄을 일제히 퍼부으며 적이 덤벼들었다. 그러나 아르곤은 얼음 방벽을 쳐서 적의 총알을 막아냈다. 당했다고 말한 주제에 놀랍도록 신속한 대응이었다. 얼음들이 총탄을 붙잡고 녹으면서 탄환을 정지시켰다.

"키에에엑!"

적들은 소총 공격이 실패로 돌아가자 즉시 총을 던져 버리고 몸으로 덤벼들었다. 적 역시 흡혈귀, 그것도 태양광에서 견딜 수 있는 변종 흡혈귀 데이워커였기 때문에 꽤나 빠르게 움직였지만, 근접전이 되면 되레 이쪽이 유리하다.

"헬기까지 조종하는 놈들치곤 바보로군."

아르곤은 자신이 만들어낸 얼음 장벽을 발로 후려 찼다. 그러자 다이너마이트라도 꽂고 폭파시킨 것처럼 굉음이 일어나며 얼음 파편들이 적에게 날아갔다.

"키엣!"

한 놈은 꽤 똑똑해서 몸을 지면에 붙이다시피 한 채로 옆으로 뛰어서 피했지만 다른 한 놈은 하늘 높이 뛰어올라 아르곤을 덮치려 했다.

탕탕탕!

아르곤은 공중에 떠서 궤도 변경의 여지가 없는 적을 향해 주저 없이 데저트 이글의 방아쇠를 당겼다.

퍽!

데이워커의 머리가 깨지며 뇌수가 튀었다. 머리를 잃은 흡혈귀는 힘없이 곤두박질치고 말았다.

"크에에에!"

아직 아르곤에게 당하지 않은 흡혈귀는 자신의 동료가 당하는 것을 보고 잠시 움찔했지만, 그래도 탁 트인 배수로에 처박혀 있는 이들을 보고 용기를 얻었다.

쉭!

이번에는 놈이 수류탄을 던진다. 아르곤이 총구를 그에게 돌려서 몇 발 갈기긴 했지만 피투성이가 되든 말든 신경 쓰지 않는 그 모습은 그야말로 광전사 같았다. 하나 게거품 물며 달려든다고 쫄 아르곤이 아니다.

"가라, 래트!"

아르곤의 명령과 함께 래트가 몸을 날렸다. 그는 물경 드롭킥으로 다가오는 데이워커를 쳐 날려 버렸다. 몸을 날려 드롭킥을 하는 래트를 보고 왠지 '아르곤이 거대한 통나무를 집어던져 적을 맞혔다' 라고 생각되는 것은 왜일까?

"휴우, 하마터면 창현 될 뻔했네."

아르곤은 배수로 앞에 약간 남아 있는 얼음 파편을 치우고 배수로에서 일어나며 그리 말했다. 그러자 창현이 불만을 품고 그를 돌아보았다.

"내가 어디가 어때서요?"

"스스로의 가슴에 생식기를 얹고 생각해 봐."

아르곤은 웃음을 억지로 참으며 그렇게 말했다. 창현도 그 말을 듣고는 기가 막히지 않을 수 없었다. 손을 얹고 생각해 보라는 거야 그렇다 쳐도 왜 갑자기 음담패설이란 말인가?

"…아무리 흡혈귀라고 해도 그럴 수는 없어요!"

"아직 요가 수련이 부족하군."

"그럼 먼저 해봐요."

"내가 왜? 나에게 질문을 던진 건 창현이었고 나는 창현에게 해답을 제시했을 뿐이야."

정말 클랜 로드고 나발이고 간에 때려주고 싶을 만큼 얄밉게 군다. 그렇지만 지금은 그런 시시껄렁한 농담으로 티격태격 싸울 때가 아니다. 이 탁 트인 곳을 어떻게든 뚫고 나가야 하는 것이다.

"마침 헬기가 추락했으니 저쪽으로… 어?"

그러나 그 말이 끝나기가 무섭게 저택 쪽에서 움직임이 시작되었다. 담벼락 위에 설치된 중기관총들이 이쪽을 향했다. 특히 담벼락 끝 망루에 설치된 그레네이드 머신 건의 위용은 걱정스러울 정도였다.

"뛰어!"

아르곤의 말이 끝나는 것과 동시에 에스프리 세 흡혈귀는 헬기의 잔해를 향해 뛰었다. 그런 그들을 향해서 저택의 방벽에서부터 불이 뿜어져 나왔다.

"오우 마이 갓! 프롤레타리아 혁명 만세! 지크 에스프리! 하라쇼! 반자이!"

쏟아지는 총탄을 피해 불타는 헬기의 잔해로 기어가며 래트는 되도 않는 말을 지껄였다.


3


연속되는 폭발로 엉망이 되어버린 모스크바의 대기, 그 대기 안으로 눈보라를 품은 구름이 몰려들고 있었다.

휘이이잉!

무너진 빌딩의 잔해 틈으로 바람이 지나며 기괴한 울음소리를 낸다. 볼코프 레보스키는 그 소리를 등에 업은 채 적들을 향해 달려들었다.

데이워커들은 그로테스크한 팔다리를 그대로 한파에 노출시킨 채 지면을 기어 오며 혀로 총을 잡고 쏘아댔다. 더러는 꾸부정한 팔로 총을 쥐고 쏜다.

하지만 볼코프는 불에 타버린 전차 장갑판을 양손으로 들고 그걸 앞세워 돌격했다. 전차 장갑판이라고 쉽게 말하지만 그것만으로도 1톤이 넘는 엄청난 무게다.

"흡!"

결국 적진에 쇄도한 볼코프는 단숨에 선두에 선 놈들을 밀쳤다. 방패 삼아 들고 온 장갑판이 이번에는 도끼가 되어 선두의 데이워커들을 양단했다.

콰드드득!

불꽃에 그슬린 장갑판이 이제는 피에 물든다. 구속력이 희박한 데이워커들은 순식간에 대량의 피를 흘려 먼지로 변해 버렸다.

"크아아악!"

분개한 데이워커 한 놈이 볼코프에게 뛰어들어 운 좋게도 그의 팔뚝을 잡을 수 있었다. 그는 즉시 아무 생각 없이 볼코프의 손목을 물었다.

카득!

그러나 이게 무슨 일이란 말인가? 쇳덩이를 씹은 것처럼 이빨이 들어가지 않는 것이다.

"흥!"

볼코프는 손목을 문 데이워커를 번쩍 들어서 적진을 향해 패대기쳤다.

콰앙!

폭음과 함께 그사이 쌓인 먼지와 눈들이 치솟아 올랐다. 흡사 지뢰가 터지는 것 같은 장면이었다. 볼코프의 앞에 서 있던 흡혈귀들이 산산조각 나면서 뼛조각과 살점이 튀었다. 볼코프의 손에 잡혔던 흡혈귀는 잘 삶은 닭도 아닌데 다리 관절이 쏙 빠져서 덜렁거리고 있었고 이미 몸통은 흔적을 찾아보기도 힘들 정도였다.

그렇게 무식한 위력이다 보니 패대기칠 때의 반동으로 볼코프의 몸이 떠올랐다. 하지만 볼코프는 마치 스스로 도약한 것처럼 공중에서 신호등을 박차고 몸을 날려 흡혈귀들을 덮쳤다.

콰지직!

데이워커 중 한 놈을 말 그대로 밟아버린 볼코프는 잠시 한숨을 돌리고 주위를 둘러보았다. 일개 소대 정도 되는 데이워커들이 그에게 몰살당하는 데는 얼마 걸리지도 않았다. 초반의 맹공 때문에 라이칸스로프가 많이 당한 것에 비하면 그다지 강력하다고 할 수 없는 놈들이다. 아마도 이들을 제어하고 있던 지휘관이 무슨 이유 때문인지 혼란스러워하고 있는 것 같았다.

아닌 게 아니라 적들 병력의 일부는 뒤로 빠져나가고 있었다. 전선에 영향을 주지 않기 위해 최대한 질서 정연하게 빠져나가고 있지만 직접 전장을 뛰어다니고 있으면 직감적으로 알수 있는 사실이다. 처음처럼 적들의 병력 수에 의한 압력을 느낄 수 없고 적들도 통일된 움직임을 보이지 않는다. 과연 무슨일일까?

'양동인가? 별동대? 아니면 포격?'

흡혈귀도, 진마도, 사냥꾼도 모두들 그의 쿠데타를 막으려고 했기 때문에 볼코프는 설마 저들이 테트라 아낙스를 지키기 위해 병력을 빼야 했다고는 생각지도 못했다.

그저 지금으로서 생각되는 것은 적들이 대규모 폭격이나 포격을 준비하고 그 피해를 최소화하기 위해 볼코프의 군대를 끌어들이고 있다는 거나, 아니면 병력 일부를 돌려서 그들의 뒤나 옆으로 우회시켜 포위 작전을 벌이려 한다는 것 정도밖에 없었다.

그게 아니고서야 핵전쟁을 일으켜 버리겠다고 공공연하게 떠드는 그를 앞에 두고 병력을 뺄 리가?

"끼기기기기긱!"

그때 무수한 박쥐 떼가 도시 곳곳에서 날아올랐다. 강한 바람에 눈발이 휘날리고 있는 와중에 박쥐라니?

"고전적이군."

박쥐 하면 흡혈귀를 떠올릴 정도로, 박쥐와 흡혈귀는 밀접하게 그려지고 있다. 그래서 지금 이 눈보라 속에도 아랑곳하지 않고 날아다니는 박쥐들을 보며 볼코프는 바로 그것이 흡혈귀들의 것임을 알 수 있었다.

저것이 모두 다 테트라 아낙스의 눈이고 귀다. 테트라 아낙스의 눈과 귀가 전장을 둘러보고 있는 것이다. 그렇게 생각하니 어찌나 기분이 더러워지는지. 하지만 뭐, 그가 쳐다보는 것도 지금뿐이다. 이제 곧 세상이 바뀐다.

헤게모니를 틀어쥔 미합중국과 테트라 아낙스, 그들을 그 잘난 철 밥통에서 분리시키는 작업을 하는 것이다. 이미 기득권을 쥐고 '불필요한 피를 흘리기 싫으면 따라오라'는 식으로 배짱만 부리는 그들에게 때로는 불필요한 피를 얼마든지 흘리더라도 그들의 주도권을 인정하지 않는 자가 있다는 것을 보여줄 필요가 있다.

그렇지만 과연 그게 잘될까?

볼코프가 직접 해치운 흡혈귀는 매우 많지만 전체적으로 보면 전황은 불리하게 돌아가고 있었다. ICBM 발사체가 언제 조립이 될지도 불분명하고 적들은 여전히 수적인 우위를 점하고 있었다. 병사들의 질과 사기는 여전히 볼코프의 시베리아 라이칸스로프 여단 쪽이 높지만 초기 병력이 워낙 적었기 때문에 병력 손실은 계속 가속화되고 있었다.

"보고하도록."

볼코프는 트랜스리시버를 통해 부하들에게 보고를 명했다. 그러자 각지에서 인명 피해 보고가 들어왔다. 한파 속에서 꿋꿋하게 하늘로 날아오르는 박쥐들보다도 더 불길한 보고였다.

얼추 계산해 봐도 이제 병력이 얼마 남지 않았다.

게다가 이사카 베르게네프의 수하들은 역시 고급 라이칸스로프답게 죽지 않았다. 이대로 가면 정말 쿠데타를 열심히 계획해서 이사카 베르게네프에게 선물로 넘겨주는 꼴이 되고 말 것이다.

'그렇지만 그 정도가 아닐 텐데?'

자기 어머니까지 직접 죽여서 봉인할 정도의 담력을 가진 놈이다. 이렇게 소극적인 방법으로 쿠데타를 접수하려고 그에게 접근한 것은 아니리라. 그렇다면 뭔가 다른 수법이…….

욱신.

그때 갑자기 볼코프의 손이 툭 떨어졌다. 깜짝 놀란 볼코프가 자신의 가슴을 손으로 덮었다. 갑자기 심장이 뛰지 않는 것 같다.

"뭐?!"

숨도 잘 쉬어지지 않고 전신에 피가 통하지 않는 느낌. 그것은 지금까지 한 번도 느껴보지 못한 감각이었다.

"큭……."

볼코프 레보스키야 겉으로 보면 장년기도 한참 끝에 가고 있으니 흔한 갱년기 장애라 생각할 수도 있다. 그가 라이칸스로프라는 것을 감안하지 않는다면 충분히 있을 법도 한 일이다. 그러나 라이칸스로프인 그가 이런 일을 겪는 것은 이번이 처음이었다.

타앙!

볼코프의 움직임이 둔해지기가 무섭게 총성이 울려 퍼진다. 볼코프의 안면과 몸통에 명중한 총탄은 이번에는 제대로 들어가고 말았다.

"쿠억!"

강체 능력이 일순간 사라졌기에 볼코프의 몸은 치명상을 입었다. 평상시에는 총탄마저 튕겨내던 몸이었는데 강체 능력이 사라지고 나니 일반적인 뼈와 근육으로 돌변한 것이다.

볼코프의 피가 새하얗게 깔리는 눈 위로 쏟아져 내렸다.


콰직!

무시무시한 파괴음과 함께 데이워커의 머리가 떨어져 나갔다. 서린은 마치 스푼으로 푸딩을 뜨듯 데이워커의 목을 몸에서 떠버리고 휙 내던졌다.

"하아아아."

대체 어떻게 되어가는 것일까?

서린은 주위를 둘러보았다. 남의 집이 통째로 들어갈 만한 널따란 1층 거실에는 여기저기 흡혈귀들의 시체가 널려 있었는데, 완전히 죽었는지 서서히 먼지로 변하는 중이었다. 이미 완전히 먼지로 변해 공사장 앞 골자재 더미에 모래같이 쌓인 녀석도 있었다.

고급스러운 가구와 벽걸이 대형 PDP가 널린 이 거실에 어울리지 않는 모습이다.

"하악… 하악……."

서린은 자신의 목을 쥐어뜯으며 창밖을 바라보았다.

목이 마르다.

창문 밖은 눈이 쏟아지고 있었다. 문득 눈을 정신없이 퍼먹으면 시원할 것 같다는 생각이 들었다.

"그러면 안 되지. 곤란하지."

서린은 한숨을 내쉬고 냉장고로 다가갔다. 거실 벽에 냉장고가 있었는데 꽤나 고급스러운 양문 방식으로 도어 앞에는 물과 얼음이 나오게 되어 있었다. 아무 생각 없이 냉장고를 열었더니 안에는 혈액 팩이 잔뜩 들어 있다.

"…역시 그렇지. 냉장고는 되게 고급인데 안에는 참. 거 값싼 업소용 냉장고 쓰지, 왜 이런……."

왠지 이렇게 보니까 혈액 팩이라기보다는 무슨 보약 같다는 생각이 들었다. 워낙 가난하게 살아온 서린으로서는 보약 팩이 잔뜩 쌓여 있는 꼴은 친구네 집 놀러갔을 때나 보았지만, 지금 그런 생각이 드는 건 왜일까?

서린은 얼음을 몇 개 꺼내서 생으로 으적으적 씹으며 창밖을 바라보았다. 갇혀 있던 지하 창고에서 빠져나온 건 좋은데 여기가 어디인지는 도통 모르겠다. 밖으로 무작정 나갔다가 광활한 동토에서 길을 잃고 헤매게 될까 두려우니 정보를 좀 수집해야 할 텐데……. 그래서 상대방을 살려두고 뭔가 물어보려고 했었는데 문제는 이 데이워커라는 놈들의 상태였다. 서린 식으로 말하자면 '아주 상태가 안 좋은' 그들은 자율적인 의지가 있는지조차 의심스러웠다. 그냥 살의만 남겨진 인형 같은 놈들이랄까.

그래서 서린도 본의 아니게 계속 과격한 방식으로 그들을 살해하고 말았다. 어차피 잡아서 정보를 알아낼 자신도 없고 그렇다고 차를 빼앗아서 운전하는 것도 좀 그렇다. 그리 생각한 서린은 대담하게 TV를 켰다. 몰래 탈출해도 시원찮은 판에 감히 TV를 켜다니 서린 스스로 생각해 봐도 미친 짓이다.

그러나 TV를 켠 순간 그런 후회는 사라졌다.

TV에서는 실시간으로 모스크바 시내를 촬영한 영상을 송출하고 있었다. 도시 곳곳에서 폭음과 총성이 울려 퍼지고 전차가 길가에 엎어져 도시로의 진입을 방해하고 있었다.

리포터와 카메라맨은 건물들에 숨어서 찍고 있는지 카메라가 심하게 흔들리고 화면이 뿌옇게 뜨는 게 초점도 안 맞았다.

다른 데로 돌려봐도 채널은 다들 그 장면을 반복해서 보내고 있었다.

"한창이네?"

아마도 저것에 정신이 팔려서 서린이 탈출할 수 있었으리라. 테트라 아낙스도 고생이 많겠군. 서린은 그런 생각을 하고 소파에 몸을 던졌다. 이러고 있을 때가 아니라는 건 잘 알고 있는데 어떻게 해야 할지 막연하니 우선 생각이나 정리해 보자.

"정말… 이제 와서 좋은 오빠가 되긴 틀렸구나."

생각을 정리하자니 무심코 이런 말이 입에서 나온다. 거실에 널려 있는 흡혈귀들의 시신을 보니 왜 이런 소리를 하는지 스스로도 잘 알 것 같다. 그래도 그동안 내심 손을 안 더럽혔으면 했었는데, 혁진을 죽인 시점에서 이미 끝난 소리이긴 하지만 그래도 아직까지는 인간으로서 살아도 괜찮을 거라고 생각했는데…….

서린은 자기 자신이 무서워졌다. 대체 이렇게 쉽게 흡혈귀들을 죽여 버리다니, 결국 그동안 그가 흡혈귀들을 안 죽인 것은 힘이 없었기 때문인가? 힘이 생기면 이렇게도 아무렇지 않게 그들을 죽여 버릴 거라고?

"하하하하하."

아니다. 냉정, 침착해지자. 지금의 그는 도저히 정상적인 사고를 할 수 있는 몸이 아니다. 아까전부터 계속 제정신이 아니었다.

"이사카……."

역시 이건 이사카의 계략이라고밖에는 생각할 수 없다. 아마도 그가 이렇게 힘을 쓴다면 볼코프 쪽에 이상이 생기리라. 그걸 노린 것일까? 쿠데타의 주도권을 빼앗기 위해?

그때 서린의 귀에 폭음이 들려왔다. 총성과 폭약의 폭발음이었다. 서린은 그것을 듣고 혀를 찼다. 그제야 자신이 적진 한복판에서 TV를 켜고 노닥거리는 간 큰 짓을 하고 있다는 사실을 자각한 것이다.

"그러면 이럴 때가 아니군. 탈출해야지."

서린은 거실의 TV를 끄고 조심스럽게 집에서 빠져나왔다. 1층 현관 앞에 또 뭔가 경비가 있을까 했는데 이상하게도 거기엔 아무도 없었다.

"그러고 보니 묘하게 경비가 썰렁하군."

그가 지금까지 40명이 넘는 흡혈귀를 도륙하긴 했지만 흡혈귀의 왕성이나 다름없는 이곳에 이 정도밖에 없다니? 아마 저 총성이 울려 퍼지는 곳에 다 모여 있나 보다. 그리 생각한 서린은 폭설이 쏟아지는 저택 밖으로 나왔다.

일단 차고로 가서 차를 탈취해야겠다. 서린이 그렇게 생각하고는 차고 쪽으로 걸어갔다. 그런데 그때였다.

꺄아아아아악!

날카로운 소녀의 비명 소리가 들려왔다. 그가 들은 바로는 이 목소리는 바로 그를 여기로 납치해 온 장본인, 스팅레이의 것이었다. 순간 왜 비명을 지르는가 하는 호기심이 들긴 했지만 서린은 그 유혹을 참아냈다. 비명을 지른다고 궁금해서 갔다가 적에게 잡히면 그건 정말 붕어 이하의 짓이다.

'요즘 붕어는 웰빙 떡밥 아니면 물지도 않는다더라. 정신 차리자.'

서린은 스스로의 다짐을 굳히기 위해 정신을 집중하고 차고로 다가갔다. 그러나 다시금 그녀의 비명이 들려왔다. 대체 무슨 일을 하고 있길래 그런 것일까?

'설마 야한 짓?'

잠시 생각이 딴 데로 흐른다. 역시 혈기 왕성한 나이이다 보니 자연히 그런 생각이 먼저 떠오른다. 정말 목숨이 오락가락하는 상황에서 그런 망상이나 하는 게 자연스러운 것인지는 제쳐 두고, 적어도 서린 입장에서는 그게 자연스러운 게 맞았다.

그때였다. 차고의 문이 열리고 흡사 무슨 매직 디너쇼에 나올 법한 눈가리개의 남자와 건장한 체구의 군인이 걸어 나오다 서린과 눈이 딱 마주쳤다. 나름대로는 조신하게 걷는다고 거의 기다시피 하고 걸어오던 서린으로서는 참 난감한 상황이었다. 잠시 어색한 공기가 흐른 뒤에, 그 거구의 흡혈귀가 서린에게 덤벼들었다.

"크아아아!"

자신의 주인을 지키기 위해 몸을 날린다. 방탄방검복을 입고 있으니 다소 총을 맞는다 해도 버틸 수 있으리라. 그리 생각한 그는 무모하게도 육탄으로 뛰어들었다. 겉으로 보기엔 무모할 게 전혀 없긴 하다. 서린은 그에 비하면 훨씬 작고 가벼워 보였으니까.

"잠깐! 그는!"

당황한 안대 남자, 브리아레오스가 옆의 동료를 막았지만 말보다 주먹이 더 빨랐다. 서린도 덤벼드는 놈을 가만히 내버려둘 이유가 없으니!

"흥!"

서린은 앞으로 뛰어들며 주먹을 날려 버렸다. 보통 몸이 나가며 주먹이 뻗는다는 느낌인데 서린의 스윙은 주먹이 먼저 나가고 몸이 주먹의 관성을 이기지 못해 딸려가는 듯한 느낌이다. 위력 면에서는 당연히 전자에 못 미칠 것 같지만 그 임팩트는 장난이 아니다. 절제된 무술에서의 주먹이라기보다는 넘치는 야성으로 내뻗는 강격이랄까?

쩍!

과연, 늦게 뻗은 주먹이지만 먼저 도달했다. 블라드의 거구가 무색하게도 서린의 주먹이 블라드를 강타해 버리고 서린은 그를 스쳐 지나간 것이다.

으지직!

"쿠억!"

브리아레오스의 부관 블라드는 정말 피를 한 말은 토하며 옆으로 팩 돌아버렸다. 주먹 한 방에 목이 부러지고 그 목을 따라 척추가 전체적으로 휘어버렸다. 마치 사람을 바이스로 물고 거대한 유압 크레인이나 그런 것으로 천천히, 막대한 힘을 주어 비튼 것처럼 몸이 뒤틀려 버렸다. 그나마 서린이 손속에 사정을 둬서 망정이지 그러지 않았다면 몸의 파편들 찾는 데 고생 많이 했으리라.

"그가 리림이다. 그 정도는… 알아야지."

브리아레오스는 그리 말하곤 서린을 바라보았다. 아니, 그는 눈가리개를 했으니 바라보았다기보다는 서린에게 자기 얼굴을 보여줬다고 하는 게 옳으리라.

"아, 당신 부하였어요? 다짜고짜 덤벼들길래 그만."

브리아레오스와는 구면이니 서린도 손을 거두었다. 구면이라고 해서 믿을 수 있다는 것도 아니지만 최소한 말은 통하는 상대다. 그때 브리아레오스가 당황스러운 표정으로 서린을 살펴보았다. 이번엔 그 보이지 않는 눈으로도 뭔가가 보이는지 꽤 꼼꼼히 살펴본다.

"이사카 베르게네프가 뭔가 수를 썼군요. 당신에게 엄청난 힘이 느껴집니다. 강렬한 아우라가 느껴지는데요?"

"예지력자인 당신은 뭔지 잘 알 수 있지 않나요? 아니, 그것보다 여기 있어도 괜찮을까요? 얼른 탈출하는 게……."

서린은 그리 말하고 쓰러진 블라드를 일으켜 세웠다. 여전히 블라드는 정신을 못 차리고 있었다. 서린의 주먹 한 방에 잠시 신경계가 완전히 죽어버린 것이다.

"그런데… 어?"

서린은 또 한 명이 차고에서 걸어 나오는 것을 발견했다. 서린은 냅다 갈겨 버리기 위해서 준비했지만 그 순간 브리아레오스가 그를 말렸다.

"아, 동료입니다."

"아앙?"

서린은 붉은 옷을 입은 금발의 남자를 바라보고 의아해했다. 그는 무슨 스키라도 타는 양 고글을 쓰고 있었는데 서린을 보고 손을 흔들어대었다.

"여어, 리림. 정신 차렸나?"

"그, 그렇습니다만? 누구시죠?"

브리아레오스도 석세서인 이상 상대하기 힘든 적일 테고, 그런 브리아레오스와 친하게 지내는 듯한 이 녀석도 역시 그 못지않은 힘이 느껴진다. 만약 이 둘이 합심해서 서린을 해치려 한다면 서린으로서는 그걸 막을 방법이 없다.

"진마 앙리 유이라고 해두지. 리림인가. 우리 구면 아니지? 악수나 할까?"

그는 서린에게 윙크까지 하면서 손을 내밀었다. 거절할 이유가 없어서 서린은 쉽게 그의 손을 잡았다.

"그나저나 용케도 탈출했군. 조반니 반테로는?"

"먼저 갔을 거예요. 지금 시간이 얼마나 되었죠?"

"네 시… 사십 분."

"어쩐지 배가 고프더라니. 냉장고에 먹을 건 없고 죄 피만 잔뜩……."

서린은 그리 중얼거리다가 고개를 저었다. 뭘 주워 먹는 것보다 얼른 여기서 탈출하는 게 낫다. 잘못하면 테트라 아낙스가 그를 지워 버리고 그 행세를 할 테니까. 그러면 그의 가족이나 친구들은… 잠시 그들에 대해서 걱정했지만 서린은 곧 생각을 고쳐먹었다.

'돈도 많은 부자 새끼가 내 가족들 조지려고 내 행세를 할 것 같진 않은데.'

설마 한국의 고등학교를 다시 다닐 것은 아닐 테고. 그러다가 군대라도 가면 테트라 아낙스 군대 가다? 그것도 웃기겠군. 서린은 그리 생각하며 혼자 피식피식 웃었다.

앙리 유이와 브리아레오스는 그런 서린을 미친놈 보듯 하고 있었다.

"흠흠, 이러고 있을 때가 아니니 얼른 탈출하도록 하죠. 아니, 그 전에!"

서린은 먼저 차고 쪽으로 가다가 홱 고개를 돌렸다. 그의 뒤에 있던 앙리 유이와 브리아레오스는 그런 서린의 움직임에 깜짝 놀랐다.

"아니, 뭐?"

"…너 제정신이냐? 혹시 미친 거 아냐?"

이 상황에서 오락가락하다니 정말 이상한 놈이다. 그런 생각에 앙리 유이는 그만 반감을 가질 만한 폭언을 하고 말았다. 그러나 서린은 대범해서 그런 건 웃어넘겼다.

"스팅레이가 왜 비명을 지르는지 그거나 좀 알아봐야겠어요."

"뭐?"

브리아레오스와 앙리 유이, 이 두 흡혈귀가 과연 정말 서린 자신의 편인지 모르겠지만 서린은 그렇게 하기로 마음먹었다. 앙리 유이와 브리아레오스는 난처해하면서도 그가 가는 방향, 저택의 뜰에 설치된 운동장으로 따라갈 수밖에 없었다.


"하악! 하악!"

볼코프는 숨을 몰아쉬며 즉시 콘크리트 기둥으로 피했다. 상처로부터 피가 왈칵 쏟아진다. 고작 소총 따위에 이 모양이 되다니, 그로서는 있을 수 없는 일이었다. 그나마 맞은 곳이 옆구리라서 큰 타격이 아니기에 망정이지 머리나 그런 곳에 맞았다면 기절했을지도 모른다.

그가 콘크리트 기둥으로 피했는데도 상대방은 공격의 끈을 늦추지 않았다. 탄창을 다 비워낼 정도로 소총을 연사한 뒤 유탄 발사기를 쏘고 수류탄을 던져 대서 엄폐물 밖으로 도망칠 수도 없었다.

"크윽!"

도저히 있을 수 없는 일이다. 라이칸스로프의 능력은 그들이 타고난 위대한 자연의 선물. 어떤 주술과 마법으로도 기본적으로 가지고 있는 능력을 완전히 빼앗을 수는 없다. 지금까지는……. 그런데 무슨 일이 일어나서 볼코프에게서 그 힘이 사라졌단 말인가?

"후하하하핫! 좋구나!"

볼코프는 크게 웃은 뒤 지면에 떨어진 M203 유탄 발사기를 주워 들었다. 소총과 유탄 발사기가 결합해 있는 이 무기는 적인 흡혈귀들이 쓰던 것이다. 볼코프는 탄창과 유탄을 확인해 보고 즉시 엄폐물 밖으로 모자를 내밀었다가 반대쪽 방향으로 빙글 몸을 돌려 엎드려쏴 자세를 취했다. 역시 예상대로 적들의 초탄은 모자가 내밀어진 방향으로 퍼부어졌고 그 틈에 볼코프는 적들의 위치를 잡아냈다.

"나도 아직 쓸 만하군."

장군쯤 되면 소총 쓰는 법을 잊어버린다고 하던데 볼코프는 직접 적성국가(?)의 소총으로 적들에게 따뜻한 유탄(?)을 선물해 주었다.

콰앙!

따뜻함이 도가 지나쳤는지 엄폐물 뒤에 있던 흡혈귀들이 유탄에 휩쓸려 나가떨어졌다. 하지만 적들도 완전히 바보는 아니다. 계획 없이 총과 유탄을 마구 갈겨대는 듯했던 놈들은 볼코프의 발을 묶기 위한 미끼였고 그사이 몇몇 데이워커는 무너진 건물 잔해들을 뛰어넘어서 우회하고 있었다.

　시가전에서 흔히 쓰는 기본적인 봉쇄 우회 전법이지만 이 전법에 당하게 되는 쪽이 머릿수가 적다면 알면서도 당할 수밖에 없다. 게다가 볼코프 자신의 능력이 워낙 뛰어나서 홀로 적들을 상대하기 위해 최전방에 나와 있는 것이다. 그런데 갑자기 능력이 사라질 줄이야. 그래도 완전히 능력이 사라진 건 아닌지 상처는 급격히 재생되는 게 불행 중 다행이었다. 이런 추운 날씨에 눈을 맞으면서 피까지 흘리게 되면 얼마 버티지 못한다.

　"크."

　볼코프는 비교적 멀쩡한 건물 외벽을 타고 달려오는 데이워커를 발견했다. 그는 얼른 소총을 들어 상대를 겨누었다.

　드드드득!

　몇 발이나 쐈을까? 얼마 방아쇠를 당기지도 않았는데 탄창이 비어버렸다. 깜짝 놀란 볼코프가 소총을 내던지고 권총을 빼들었지만 데이워커 쪽이 더 빨랐다.

　"젠장!"

　"캬아아아아!"

　데이워커는 두 다리로 건물 외장재 틈바구니에 매달린 채 소총으로 볼코프를 쐈다. 일단 강체 능력이 없어진 이상 저 총탄을 맞게 되면 볼코프의 목숨마저 위험하다.

　그러나…….

　"음?"

　볼코프는 총탄이 자신의 몸에서 튕겨 나가는 것을 보고 양손을 활짝 폈다. 손가락 끝까지 다시 피가 차오르는 느낌이 든다. 방금 전에 잠깐 사라졌었던 능력이 다시 돌아온 것이다.

"키이이?!"

볼코프는 즉시 건물 벽으로 달려들어 데이워커의 밑에서 건물 위를 향해 주먹을 날렸다.

"크아아아!"

콰직!

볼코프의 주먹이 건물의 외벽을 치고 위로 올라가자 그 주먹의 방향을 따라 건물 외장재가 지진 맞은 지면처럼 갈라지며 무수한 파편을 토해냈다. 깜짝 놀란 데이워커가 균열을 피하려 했지만 이미 늦었다. 그의 몸이 파편에 맞아서 붕 떠올라 버린 것이다.

"흡!"

볼코프의 주먹에 의해 외장재는 산산조각 났지만 건물 골조 자체는 무사했다. 볼코프는 그 골조, 철근을 발로 밟고 위로 뛰어올라 공중에서 허우적거리는 데이워커를 추격했다.

"선물이다!"

호쾌한 발차기가 공중에서 허우적거리는 데이워커를 향해 꽂혔다. 폭음과 함께 데이워커는 물론 건물 외장재까지 한꺼번에 쏘아져 나가 지면을 폭격했다.

콰콰콰쾅!

볼코프는 즉시 자신의 몸을 수인화해서 날카로운 손톱으로 철근을 움켜쥐고 공중에서 멈춰 섰다. 물론 그의 일격을 맞은 데이워커는 뼈도 추리지 못할 몸이 되어 있었다. 즉사했음은 의심할 여지가 없다.

"대체……."

이게 무슨 일이란 말인가? 볼코프는 자신의 몸을 살펴보며 눈살을 찌푸렸다. 뭔가 그가 알 수 없는 일이 벌어지고 있었다. 지금껏 한 번도 있지 않았던 일이. 만약 여기서 그의 몸에 문제가 생긴다면 자기 파벌을 고스란히 남기고 있는 이사카가 이 쿠데타를 이끌게 될 거라는 것은 의심할 여지도 없다. 설마 이사카가 그걸 노리고 뭔가 수를 썼단 말인가?

'뭐, 상관없지.'

볼코프는 권력자가 되고 싶어서 쿠데타를 일으킨 게 아니니까 누가 쿠데타로 이득을 본다 해도 과하지만 않으면 된다. 그가 진정 원하는 것은 악의에 찬 집권자들이 헤게모니를 장악하고 있는 현 상황의 타도다. 그가 쿠데타를 일으켜 그들이 쓰러지고 다른 사악한 집권자들이 권력을 쥔다 하면 사람들은 그의 혁명이 실패했다고 말하리라.

하지만 볼코프가 의미를 두고 있는 것은 그 과정이었다. 누군가가 지금의 권력 구도를 뒤집어 버릴 수 있다면 집권자들도 그 상황을 가슴에 새겨두겠지. 즉 이것은 권력자들에 대한 그의 경종이었다.

'헤게모니 쟁탈전에서 밀려난 나의 조국 러시아를 위해.'

쓸쓸한 이유로군. 볼코프는 그리 생각하며 눈보라를 꿰뚫고 하늘을 날고 있는 박쥐들을 바라보았다. 검은 구름 같은 박쥐들 위로 짙은 먹구름이 떠 있다. 햇빛이 가려지면서 눈보라는 더더욱 거세어졌다. 겨울의 시작을 알리는 동장군치고는 지나치다.

4

한세건은 자신이 왜 이쪽 길을 선택했는가 궁금해했다.

흡혈귀 사냥꾼을 선택한 것을 말하는 게 아니다. 그는 지금 고속국도 위를 마음껏 질주하고 있었는데 대체 왜 이 근처 지리도 모르면서 이렇게 갈림길이 나올 때마다 마음껏 방향을 트는지 알 수 없었다.

모스크바에서 쿠데타가 일어났으니 길게 피난길이라도 형성되어 있을 줄 알았는데 국도는 꽤 한적한 편이었다. 왜 그런가?

생각해 보니 이유는 단순하다. 곧 인근 군부대가 모스크바로 출동할 텐데 그러면 국도를 이용할 것 아닌가? 그런데 피난 가다가 길에서 서로 맞닥뜨리게 되면 그야말로 양쪽에 곱게 끼이는 꼴이다. 그런 이유도 있지만 역시 저 쿠데타군이 탱크를 엎어놔서 시내 요소요소를 막아버린 것도 크다.

"골치 아프군."

세건은 아직도 잔뜩 남아 있는 연료 게이지를 확인하며 앞으로 달렸다. 하늘에는 박쥐가 잔뜩 깔려 있는데 그 수가 엄청나다. 이 한파와 눈보라 속에서 하늘을 날다니, 아무리 봐도 저것들은 자연적인 박쥐가 아니다.

"지가 배트맨인 줄 아나."

한세건은 투덜거리며 달리는 오토바이에서 슬쩍 상반신을 일으켜 세웠다. 바람을 완전히 차단하는 레이싱 재킷과 헬멧이긴 하지만 바람이 겨드랑이를 스쳐 지나갈 때면 정말 미치도록 춥구나, 라는 생각이 들었다. 그렇게 바람을 맞으면, 이 바람의 저편에서 무언가가 그를 부르는 듯했다. 그래서 세건은 그 목소리에 응해서 핸들을 꺾는다.

아마도 릴리쓰가 한세건을 부르고 있는 것이다. 세건 스스로도 잘 알 수 있었다. 그가 지금 방향을 찾을 수 있는 것은 오로지 릴리쓰의 심장이 거기에 있기 때문이라는 것을.

대체 나는 뭐지?

한세건은 문득 자문해 보았다.

이제 릴리쓰의 노리개가 되기라도 한 건가? 물론 그럴 리 없다. 지금도 그의 가슴속에는 갈 곳 없는 증오가 괴물이 되어 그를 채찍질하고 있으니까. 흡혈귀든 라이칸스로프든 간에 모조리! 그러니까 그런 놈들을 낳은 것을 용서할 수가 없다. 설사 스스로의 의지로 움직이지 않는, 일종의 자연재해 같은 것이라 해도 그의 증오는 그녀의 존재를 용서하지 않았다.

그렇지만 이번에는 무려 흡혈귀를 눈앞에서 그냥 보내기도 했다. 그답지 않은 짓이다. 아무리 핵이 떨어진다고 하지만……

'애초에 흡혈귀만 쓸어낼 수 있으면 만족하지 않았던가?'

그런 생각이 잠깐 들었지만 곧 세건은 스스로에게 화들짝 놀라고 말았다. 그는 고개를 흔들며(빠른 속도로 달리는 오토바이 위에서 이러는 건 위험하다) 그 생각을 떨어내었다.

'아니야, 아니야…… 이렇게 인간성을 잃어버리게 되면 앗 하는 순간 아무런 마음도 없이 피를 빠는 괴물이 되고 만다.'

위기의 순간 그 자신을 지켜줄 것은 바로 그의 의지뿐이다. 지금도 흉측한 허기와 갈증이 그를 괴롭히고 있는데, 의지와 긍지를 잃게 되면 그도 욕망에 무너진 괴물이 되고 만다.

그러니 증오하면서도 인간이어라.

인간의 증오로 흡혈귀와 라이칸스로프, 그리고 그들의 어머니까지 단죄하라.

먹이사슬이 반드시 순행하지만은 않는다는 증거로서 저 포식자들에게 인간의 의지를 보여줘라.

그것은 고양이 목에 방울을 달겠다고 나서는 쥐와 같다.

그때 그의 눈앞에 바리케이드가 들어왔다. 바리케이드는 이미 부서져 있었다. 강력한 화력에 의해 부서진 바리케이드 뒤로는 또 전투의 흔적이 보였다.

트럭과 차량들이 폭탄이나 총격에 의해 뒤집어져 불타고 있는 게 아닌가? 그리고 보니 노면 여기저기에는 급하게 달리며 핸들을 틀어야 생기는 타이어 자국이 남아 있었다. 원래 그러려니 하고 넘어갔었는데 그게 아니라 자동차로 추격전이 벌어진 것이었다.

"이런!"

한세건은 오토바이를 좌우로 스윙시키며 잔해들 사이를 빠져나갔다. 시속 200킬로미터에 가까운 속도로 달리고 있는 중이라 지면에 떨어진 너트 하나, 볼트 하나만 밟아도 바로 이승 뜨기 딱 좋은 상황이었지만, 세건은 정신을 집중해서 용케도 그것들을 피했다.

그렇게 그는 차량의 잔해들을 빠져나가며 대충 상황을 짐작했다. 그가 향하는 곳은 릴리쓰의 심장이 있는 곳이다. 그것은 테트라 아낙스가 쥐고 있을 터. 그 말고도 테트라 아낙스를 노리는 이들이 출발한 것이다. 아마 저기 쓰러져 있는 이들은 바로 그들과 테트라 아낙스 방어군과의 교전의 흔적이리라.

"누가 내 앞길을 치워주고 있었군. 고마운데?"

아마도 흡혈귀나 라이칸스로프이니 만나게 되면 죽여야겠지만 시간 낭비 없이 적들에게 다가갈 수 있다는 점에서는 기쁜 일이었다. 한세건은 언제 어디서 날아올지 모르는 저격에 대비해 한 손으로 핸들을 잡고 권총을 뽑아 들었다. 시속 200킬로미터에 근접하게 달리는 오토바이를 한 손으로 다룬다는 것은 인간의 완력으로는 불가능한 일이지만 그라면 가능하다.

콰앙!

언덕 틈을 돌아서니 곧 전방에서 폭음이 들려왔다. 과연, 적들은 테트라 아낙스의 실행부대인지 전투 헬기를 위시로 한 막강한 화력을 퍼부어대고 있었다. 그에 비해 공격을 받는 쪽은 차량 세 대에 나뉘어서 아직도 도로 위를 달리고 있는데 중기관총과 소총 등으로 반격하는 게 고작이었다. 대부분 미니 트력이었는데 상대속도로 비교해 볼 때 시속 120킬로미터 정도에서도 무난한 엔진음을 내고 있는 걸로 보아 상당히 개조가 된 모양이었다.

미니 트럭의 인원은 얼마 되지 않고 그걸 공격하는 이들은 군용 트럭과 미니밴, 전투 헬기 등으로 추격하고 있으니 이 싸움은 보나 마나다.

"이래서야 승부가 되……."

그러나 세건의 혼잣말이 끝나기도 전에 전투 헬기가 연기를 뿜더니 도로 위로 가라앉는다. 깜짝 놀란 세건이 고개를 숙이고 엔진을 풀가동시켜서 아슬아슬하게 헬기를 앞질러 달렸다.

콰르르릉!

헬기가 요란한 굉음을 내며 도로에 추락해 구른다. 도로가 깨지면서 주위에 불꽃이 튀는데 흡사 그라인더로 쇠를 가는 것 같다.

만약 세건이 앞질러 빠져나가지 않았다면 길이 막혀서 저기서 끝장났을 것이다. 들이받거나 설령 그렇지 않다고 하더라도 전복했으리라.

대체 근데 무슨 수로 헬기를 떨군 거지? 대공미사일을 쓴 것 같지도 않은데?

세건은 궁금해하며 눈에 정신을 집중했다. 그러자 곧 익숙한 얼굴이 눈에 들어왔다. 평상시 직접 운전하기를 즐기는 진마, 석유 자원 고갈의 주범(세건도 오토바이 중 연비 나쁜 모델만 즐겨 타지만) 팬텀이 트럭 위에 올라서 있었다. 아마도 비스트 더블

철갑탄으로 안 좋은 곳에 한 방 갈겨준 모양이었다. 비스트라면 한 방에 헬기를 떨궈도 그다지 이상할 게 없다.

"하아아?"

한국에서 보고 나서 이런 만리타향에서 또 보게 되다니 왠지 반갑다는 생각마저 든다. 그러나 상대는 제거해야 할 흡혈귀, 그 이상도 그 이하도 아니다. 여기서 팬텀이 범세계적인 복지 재단을 가지고 있고 기부금 랭킹으로는 톱 텐에서 벗어난 적이 없다든가 하는 사실은 집어치우자.

선과 악을 떠나서 한세건은 흡혈귀를 멸하지 않으면 안 된다.

그렇지만 그 전에……

그 차량을 추격하고 있는 다른 차량들에서 대낮에도 활개 칠 수 있는 변종 흡혈귀 데이워커들이 소란스럽게 총을 갈겨대고 있었다. 리듬감 없이 그저 가스압이 내모는 대로 총알을 토해 대는 소총은 그들이 이성 없는 광전사라는 사실을 알려주었다.

"어림없다!"

팬텀은 전하 결계를 펼쳐 총탄을 막아내면서 마법 의식용 검을 들어 허공에 원을 그렸다. 피타고라스 이래 서양 마법은 기하학을 중시하며, 그 계승자인 판타즈마고리아의 사법사 팬텀은 거의 완벽에 가까운 원을 검끝으로 그려내었다.

그리고 이어지는 힘의 초환. 사법사 팬텀의 마법이 불러낸 벼락들이 주위의 흡혈귀들이 타고 오는 둔중한 밴을 강타했다.

밴에 타고 있던 흡혈귀들은 발작적으로 팬텀을 노리고 총을 퍼부었지만 역시 총탄들은 모조리 증발해 버린다. 은이든 납이

든 끓는점이 낮기 때문에 팬텀이 만들어내는 결계 방벽을 뚫지 못했다. 그러나 다른 진마들은 팬텀처럼 강력한 마법을 쓸 수 없었기에 그저 팬텀의 뒤에서 자신들의 총화기나 무기로 소극적인 응사를 하는 게 고작이었다.

'싸우고 있군. 그렇다면 굳이 내가 신경 쓸 것도 없지.'

흡혈귀들끼리 싸워서 없어지는 것은 한세건이 바라 마지않는 상황이다. 그리고 저들의 차는 지금 속도가 매우 떨어져 있어 한세건은 굳이 저들을 상대할 필요가 없었다.

부아아아앙!

"엇?! 비스트?!"

테트라 아낙스의 흡혈귀를 상대하던 팬텀은 한세건을 알아보고 당황했다. 오토바이를 타고 무시무시한 속도로 뛰어드는 그는 팬텀으로서는 언제나 골치 아픈 상대였다. 그의 순수한 열정과 열의, 의기는 테트라 아낙스에게 주눅 들어 사는 흡혈귀로서 감탄해 마지않는 요소였지만 문제는 그 열정과 열의가 팬텀을 비롯한 다른 흡혈귀들 모두의 파멸을 원하고 있다는 것이다.

참 열의가 대단하긴 한데 그냥 내버려 두면 나 죽여줍쇼, 하는 꼴이랄까?

팬텀이 오래 살아오긴 했지만 그렇다고 세상에 대해 환멸을 느낀다거나 그러진 않았다. 죽고 싶은 생각은 눈곱만큼도 없다. 이 나이 먹도록 목숨에 집착한다는 게 좀 추하게 느껴질 수도 있겠지만 그래도 인생은 아름답다.

"아무리 오래 살았어도 인생은 아름답다. 홋, 트로츠키의 나라에서 트로츠키의 말을 할 줄이야."

팬텀은 레닌과 함께 러시아 혁명의 정신적 아버지라 할 만한 혁명가 트로츠키의 유언을 되새기며 스스로의 말에 감명받았다. 잘하면 눈물도 글썽일 것 같은데 애석하게도 그는 흡혈귀라서 안구를 적시는 이상의 눈물을 흘릴 수 없었다.

"젠장!"

한세건은 팬텀에게 총을 든 손으로 총알을 먹여주는 대신 가운뎃손가락을 세워주고 흡혈귀와 진마들 사이를 지나쳤다. 규정 속도를 훨씬 벗어나는 무서운 속도였는데 온과 오프 겸용의 하이브리드 타입 타이어를 달고 그 속도를 유지하기란 얼마나 어려운 일인가? 게다가 노면 상태가 경기장에 비할 바 없이 울퉁불퉁한 데다 총격전 등에 의해서 도로 곳곳이 엉망이 되어 있었다. 그의 움직임에 자극받은 데이워커들이 한세건을 향해 총구를 겨눴지만 한세건은 한 손만으로 바이크에 매달린 채 글록 18 자동권총으로 데이워커들에게 응사했다.

"쿠애액!"

데이워커들이 총탄을 피해 차 안으로 몸을 숨기는 사이 그는 유유히 그들을 앞질러 고개를 먼저 넘었다.

"저 녀석이! 먼저 가는데?"

아그니는 한세건이 먼저 앞질러 가는 게 분한지 중기관총을 들고 한세건의 등을 노렸다. 그러나 그때 팬텀이 그를 말렸다.

"됐어! 그거 신경 쓸 시간 있으면 테트라 아낙스의 개나 쏘라고."

"걔는 귀엽기나 하지!"

아그니는 투덜거리며 쫓아오는 차량들에 발화를 걸었다. 하지만 역시 테트라 아낙스의 오라클들이 지켜보고 있는지 차량에 건 발화 능력은 묘하게 초점이 빗나가 제대로 된 위력을 발휘하지 않았다.

적들이 마법에 대해서 방어를 발휘하고 있는 것임에 틀림없다.

"그렇지만 무례하군요. 헌터 주제에 자신의 수십, 수백 배 이상 살아온 자의 지혜를 존중하지 못하는군요."

한세건에 대해서 아직 잘 모르는 파군은 그리 불만을 토했다. 순간 헤카테와 마리아가 그런 그녀를 보고 '진심인가?' 하고 의아해할 정도였다.

"저놈은 그냥… 사이코야."

아그니는 그리 말하며 중기관총으로 흡혈귀 차량을 갈겼다. 차를 운전하던 인간 용병은 그 말을 알아듣고 투덜거렸다.

"당신들도 충분히 사이코야."

"아저씨, 닥치고 운전이나 해, 좀. 어이, 아르곤 일당은 어떻대?"

아르곤은 래트와 창현의 에스프리 멤버들을 데리고 팬텀과 파군이 돈을 써서 모아 온 인간 용병들과 합류해 먼저 테트라 아낙스의 저택으로 향했다. 그동안 진마들은 일부러 테트라 아낙스와 그 수하들의 눈에 띄도록 이목을 끌면서 모스크바에서부터 그들과 격전을 벌인 뒤 고속국도로 장소를 옮긴 것이었다.

일종의 양동작전인데 이 정도면 슬슬 성과가 날 때가 되었다.

그때 헤카테가 휴대전화를 들고 아르곤에게 전화를 해보더니 당황한 표정으로 크게 외쳤다.

"돈 주고 산 용병 전멸, 미안하다고 전해달래, 팬텀."

"뭐? 어떻게 그럴 수가?"

"에스프리 일당은 무사히 도착해서 교전 중이라고 하는데?"

"젠장, 남의 인력이라고 함부로 다뤘음에 틀림없군요. 청구서 보낸다고 해요!"

빌헬름이 악을 썼지만 다들 무시했다. 청구서도 일단 살아남아야 보낼 수 있는 게 아닌가? 그리고 지금 이 사건은 그들에게 있어서 목숨이 오락가락하는 사건임에 틀림없었다.

아그니는 미니 트럭 뒤에 설치된 30㎜ 장갑판 뒤에 숨어서 MG50 탄띠를 재장전하며 투덜거렸다.

"언젠가 한번 이런 농담이 하고 싶었어. 아, 진짜 뒈지겠다."

"퍽이나."

마리아가 눈살을 찌푸리며 손을 들어서 쏟아지는 눈보라로부터 눈을 지켰다.

5

한세건은 진마들을 애써 무시한 채 눈보라를 꿰뚫고 돌진했다. 몸이 얼어붙는 느낌이다. 겨울의 라이더에겐 손난로가 필수였기에 사실 러시아로 출발하기 전 한 개 준비하려고 했었다. 라이터 기름으로 불을 때우는 그 휴대용 손난로는 왠지 액세서리로서의 가치도 있어서 내심 갖고 싶었다.

그러나 그런 걸 사면 서린이 눈을 초롱초롱 빛내며 '형도 추위를 타는구나'라든가, '인터넷 홈쇼핑 좋아하는군요'라고 나불댈 게 뻔했기 때문에 그는 참았다.

'역시 참지 말고 하나 살걸.'

이게 다 서린의 잘못이다. 왠지 뭐든지 대통령과 현 정권 탓으로 돌리는 야당 의원 같은 생각을 하며 한세건은 전면을 주시했다. 눈보라 때문에 헬멧 앞은 그야말로 얼음으로 돌변하는데, 한세건의 헬멧은 열선내장형이라 그 눈보라로 낀 얼음이 다 녹아서 그럭저럭 시계는 확보되었다. 그렇다고는 하지만 어디까지나 완전히 얼어버린 것에 비하면이다. 실제로는 정말 한 치 앞도 분간하기 힘들었다. 그런데 그때 그의 앞으로 두꺼운 허머 한 대가 달려오는 게 보였다.

"설마 그 새낀 아닐 테고."

흡혈귀를 사육해 돈을 벌어온 사악한 헌터, 사혁을 떠올리며 한세건은 혀를 찼다. 이 세상에서 저런 험비 차량을 타고 다니는 놈이 그놈 혼자만이 아닐 텐데 여기서 그놈을 떠올리는 건 지나친 생각이다. 그렇지만 이렇게 한 치 앞도 분간하기 힘든 눈보라를 꿰뚫고, 인적 드문 국도를 달리다 보면 현실과 환각의 경계가 모호해져서 무슨 일이 일어나도 이상하지 않을 것 같다. 죽어버린 그의 가족이나 다른 이들이 말을 건다 해도……

"그래, 잊고 있었군."

녹티스의 힘이 그에게 귀속된 이래 그를 저주하던 유령들의 소리는 들리지 않게 되었다. 아니, 그가 흡혈귀가 되어가서 그런 것일지도 모른다. 저들은 흡혈귀의 저주받은 피에 이끌린 망령. 하나 정작 완전히 흡혈귀가 되면 흡혈귀들의 자기 보호 기능에 의해 영향을 주지 못한다 한다.

그렇지만 왠지 이런 곳이면, 환상과 현실의 경계가 모호한 이곳이면 그들도 좀 더 그럴듯한 모습으로 나타나지 않을까?

부아아앙!

둔중한 험비가 무서운 속도로 지나쳤다. 상대속도 만세! 아인슈타인 만세! 세건은 그 차량 안에 탄 이가 누구인지 도무지 알 수 없었다.

"비스트……."

아, 녀석은 기억이 있다. 지나가는 순간 느껴지는 다리의 고통, 그 무시무시한 독기.

"조반니 반테로?"

둘 다 중앙선을 기준으로 전혀 다른 차선이었는데, 그것도 상대속도로 약 350킬로미터 이상의 차가 있었는데도, 둘은 스쳐 지나가는 순간에 기어코 서로의 정체를 알았다. 하지만 반응하기엔 이미 너무나 거리가 벌어졌다.

"테트라 아낙스를 지키기 위해 진마와 싸우려는 건가?"

한세건은 조반니 반테로의 무시무시함을 떠올리고 혀를 찼다. 그렇지 않아도 저 녀석에겐 한 번 갚아줘야 할 빚이 있다.

아니, 한 번이라고 수를 세는 건 무의미하다. 한세건의 경우는 저 녀석처럼 뜨뜻미지근하게 건드려 보기만 하고 그냥 가는 짓은 안 할 테니까.

'저 녀석 덕분에 또 병자 꼴이 났었지?'

아닌 게 아니라 지금도 거울을 보면 눈 밑이 움푹 들어간 게 죽을병 앓고 있는 사람 같아 보였다. 아니, 이미 죽을병은 앓고 있었다. 안 죽고 모질게 살아서 그렇지.

어쨌거나 한세건이 원래 죽을병을 앓고 있었으니 이렇게 초췌해진 게 몽땅 조반니 탓은 아니라 쳐도 그가 맹독으로 살짝 만져 준(?) 죄가 어디 가는 건 아니다. 그 죗값을 피로 받아내는 게 뱀파이어 헌터의 일 아닌가? 말로만 피로 받아낸다고 하는 게 아니라 정말 피로 받아낸다는 점이 마음에 든다.

한세건은 피식 웃고 앞으로 달렸다.

조반니 반테로에게 빚을 갚아주고 싶은 마음은 굴뚝같았지만 역시 그것에 신경 쓰는 것보다는 테트라 아낙스부터 어떻게 하는 게 옳다.

"정말 이래저래 짜증 나는군."

눈보라를 꿰뚫고 달리며 한세건은 투덜거렸다. 이러니저러니 해도 또 눈앞에 흡혈귀가 지나가는 데도 못 잡고 그냥 못 본 체한 게 아닌가? 그런 자신에게 말로 다 할 수 없을 정도로 화가 난다. 하지만 냉정히 생각해 보면 한세건은 강자가 아니라 약자의 입장에 있다. 적이 수도 많고, 힘도 있고, 권력과 금력 모든 면에서 우세하다. 그런데도 한세건이 손만 대면 저 흡혈귀들이 알아서 목을 바치기라도 할 것처럼… 그래서 왜 잡을 수 있는 적들을 안 잡고 그냥 지나갔느냐고 스스로 자책할 만큼 여유가 있는 게 아니다.

한세건이 스스로 선택한 일들은 그를 짜증 나게 하고는 있지만 그 외에 다른 길을 선택했다면 짜증 나는 정도로 끝나지 않았을 것이다. 결국 힘이 없어서 선택의 여지가 없다고 하는 결론에 도달하게 되는데, 그걸 인정하자니 속에서 울컥 열불이 뻗친다.

'기분이 더러우니 따뜻해져서 좋군. 추워 뒈질 뻔했는데.'

답지 않게 낙관적이고 진취적인 생각을 하며 달릴 때 그의 눈앞에 또 하나의 바리케이드가 들어왔다. 역시 그 주위에는 흡혈귀 군대가 깔려 있었다. 약 1개 소대쯤 되어 보이는 흡혈귀 보병대가 바리케이드를 깔아두고 소총과 로켓포로 무장한 채 한세건을 따뜻이 맞아주었다.

"나 참!"

한세건은 오토바이 위에 엎드린 채 등 뒤로 손을 뻗어 녹티스를 뽑아 들었다. 다마스커스 강으로 만들어진 이 거대한 대검에는 릴리쓰의 정수 일부가 암흑 저주의 힘으로 담겨 있었다. 암흑 저주의 검, 녹티스. 세건은 그것을 뽑아 들어서 진행 방향으로 던지고 속도를 좀 줄였다.

철컹!

오토바이의 속도를 받아서 무시무시한 기세로 날아가던 마검 녹티스는 아스팔트를 가볍게 꿰뚫고 그 위에 비스듬히 꽂혔다. 한세건은 그 즉시 오토바이 앞바퀴를 들이밀고 지면에 박힌 녹티스를 받았다.

아니, 녹티스의 칼날을 타고 바이크를 도약시킨 것이다.

모두들 깜짝 놀라는 사이 한세건은 유유히 바리케이드를 넘어서 달려 나갔다.

"키에에에!"

깜짝 놀란 데이워커 한 놈이 한세건의 등을 향해 총을 쏘려고 했지만, 바로 그때였다.

부우우웅!

방금 전까지 아스팔트에 조신하게 꽂혀 있던 녹티스가 한세건에게 되돌아가며 정말 우연히, 한세건의 뒷모습을 바라보던 흡혈귀의 목을 치고 지나갔다. 선혈이 사방으로 난잡하게 튀며 흡혈귀의 몸이 쓰러졌다.

그 기세에 놀란 흡혈귀들이 당황해서 시선을 뒤로 돌렸다. 누군가가 뽑혀 있던 칼을 차 날려서 흡혈귀의 목을 자른 게 아닐까 여겼기 때문이었다. 하나 그들이 바라본 곳에는 그저 눈보라만 쏟아질 뿐이었다.

잠시 망설이던 흡혈귀들은 이내 차량에 올라타고 한세건의 뒤를 추격했다. 지금은 오토바이로 빨리 달려서 도저히 쫓아갈 수 없을 것 같지만, 곧 도로에 눈이 차곡차곡 쌓여서 얼어붙으면 오토바이로 속력을 저리 내는 건 미친 짓이 될 것이다.

아르곤은 휴대전화용 이어폰을 귀에서 뽑고 묵직한 도끼로 흡혈귀의 머리통을 부숴 버렸다. 그놈은 소총을 들어서 아르곤의 공격을 막으려 했지만 소총이 뒤로 젖혀지면서 도끼머리가 그놈의 머리통을 가격해 버린다. 완력에서도 기술에서도 일가를 이룬 아르곤의 공격을 정면에서 받아낼 놈은 그리 흔치 않았다. 하물며 마음도 없다시피 한 이런 양산형 흡혈귀들쯤이야!

아르곤은 그렇게 머리가 부서진 흡혈귀의 몸통을 향해 달려들어 팔뚝을 물어버린 뒤 번쩍 들었다. 피를 빨면서 그 몸을 휘둘러 적진에 던지고 아르곤도 뒤를 이어 적진에 난입하는데, 기세가 마치 악귀와도 같았다.

마치 얼룩말 떼를 덮치는 사자처럼 빠르고 거세게 돌진한 아르곤은 흡혈귀들 한가운데에서 사정없이 도끼를 휘둘러댔다. 아르곤이 공격을 할 때마다 쌓여 있던 눈들이 발에 치여서 치솟아 오르는 게 회오리바람과 같았다.

"자자! 엎드려요!"

그런 아르곤을 향해 래트는 아랑곳하지 않고 중기관총을 겨누었다. 깜짝 놀란 아르곤이 두 다리를 쫙 벌리고 눈 위에 머리를 처박으며 엎드리자 래트는 오발이 나든 말든 신경 쓰지 않고 아르곤의 위로 총알을 퍼부어댔다. 그를 향해 몰려오던 흡혈귀들이 일제히 총알받이가 되어 쓰러졌다.

놀란 아르곤이 고개를 쳐드는데 다행인지 불행인지 상처 하나 없었다. 그러자 래트는 대놓고 실망을 했다.

"쳇, 아깝군."

"어이."

아르곤이 고개를 쳐들고 래트를 노려보자 긴 백발 몇 가닥이 끊어져서 흘러내린다. 총알이 머리카락을 스치고 지나간 모양이었다.

"…으왓! 이런 제기랄! 무슨 짓을 한 거야!"

"오우 노! 지저스 크라이스트! 헤이, 아르곤! 머리통 안 날아간 걸 다행으로 여겨야지! Why 이종격투기 선수들이 머리를 빡빡 미는데! 뭐 나름대로 섹쉬한 패션이지만 아르곤도 밀고 다녀!"

"너 먼저 밀어라! 머리도 석 달에 한 번 감는 주제에!"

아르곤은 그리 말하며 흡혈귀들에 맞서서 싸워 나갔다. 그러자 래트가 정색을 하며 다시 중기관총을 아르곤에게 겨누었다.

"한 달에 한 번이야, 아르곤. 석 달에 한 번이라니 대체 어디서 그런 유언비어를! 오 마이 갓. 매카시즘, 매카시즘이예요. 음해야. 남들이 들으면 내가 위생관념이 없는 흡혈귀! 나 그런 지저분한 놈 아니야. 난 공산주의자가 아니라고."

그래서 래트는 한 달에 한 번씩은 꼬박꼬박 머리를 감아주는 청결한(?) 흡혈귀라고 주장하고 나섰다. 보던 창현이 기가 막혀하면서 소총으로 나머지 흡혈귀 병사들을 정리했다.

두두두두두!

"거참, 쪽팔리니까 둘 다 그만해요. 아르곤도 머리카락 좀 끊어진 것 가지고 호들갑 떨지 말아요. 무슨 결혼식장 들어가는 새신부도 아니면서."

"두, 둘 다 너무해. 이래 봬도 내 머리는……."

"백발 개털이지."

래트가 단정 짓자 아르곤은 도끼를 치켜들었다가 눈 더미 위에 내려쳤다. 피와 기름으로 물든 도끼가 눈을 피로 물들였다.

"너무하는군. 어쨌거나 데이워커 피는 먹어도 되는 것 같은데?"

아르곤이 그리 말하자 래트와 창현도 그들이 쓰러뜨린 데이워커로부터 피를 빨아들였다. 피에 대한 구속을 강화하자 이미 목숨을 잃은 변종 흡혈귀들로부터 핏물이 스스로 일어나 그들에게 달려들었다.

창현은 입맛이 상하지 않도록 피부를 통해서 피를 흡수하더니 고개를 절레절레 저었다.

"엄청나게 맛이 없군요. 그래도 라이칸스로프들처럼 독으로 작용하는 것은 아닌 듯하니 다행입니다만."

"몸에 좋은 약이 입에 쓰다는 소리가 통용되는 게 아닐까?"

"설마… 딱히 좋다는 느낌도 안 드는데요. 비유하자면 유전자 변형 식품이랄까."

"적절한 비유로군."

아르곤은 고개를 끄덕이고 도끼를 들었다. 그들은 결국 저택의 방벽에 설치된 방어 시스템을 전부 격멸하는 데 성공했다. 테트라 아낙스의 편을 들어주는 진마라든가 석세서들이 출동할 법도 한데 어쩐 일인지 그들의 움직임은 없었다.

"그나저나 석세서라는 놈들, 게으른가 보군요. 이쯤 되면 주인의 목숨을 구하기 위해 자기 목숨을 내던져도 좋으련만."

"그게 그리 쉽게 되는 게 아니지. 석세서들도 다 자기 나름의 생각이 있으니까."

아르곤은 투덜거리는 창현을 바라보며 눈살을 찌푸렸다. 석세서들에 대해서 뭔가 마음에 걸리는 게 있는 모양이었다. 하지만 창현이나 래트나 그런 걸 열심히 물어보는 성격은 아니라서 다들 넘어갔다.

"어찌 되었거나 이리되면, 후후훗. 팬텀 일당을 기다릴 것도 없이 우리 에스프리가 먼저 깃발을 꽂을 수 있겠군요."

창현은 신이 나서 쓰러진 흡혈귀들을 뒤졌다. 곧 그는 금반지며 패물, 시계와 지갑 등을 챙겨 들었다. 데이워커들은 그냥 단순한 병사로 투입된 놈들이라 그런 게 별로 없었지만 지휘관급 되는 흡혈귀들은 상당한 물건을 가지고 있었다. 역시 테트라 아낙스계 흡혈귀들은 부자인 모양이다.

"…우왓, 브라더! 그러면 안 되지!"

"어?"

"기쁨은 나눠야지."

래트도 약탈에 참가했다. 그러자 그걸 보던 아르곤이 손으로 얼굴을 덮었다. 정말 남들이 볼까 창피한 장면이다. 피를 약탈하는 흡혈귀 주제에 금전 약탈하는 게 뭔 문제냐 싶긴 하지만 에스프리의 이 인자로 내정 지은 창현이나 래트가 저런 짓을 하고 있다니 에스프리의 앞날이 걱정된다.

'이래서야 후계자 못 믿어서 내가 평생 독재해야겠군.'

자유주의 흡혈귀 연합, 에스프리의 수장답지 않게 독재의 야욕(?)을 품게 된 아르곤이었다.

아르곤이 이끄는 에스프리와 저택 방어선이 접전을 벌이는 동안 서린은 겁도 없이 별채로 다가가고 있었다. 쏟아지는 눈보라 때문에 이제 눈을 뜨기도 힘들 정도가 되었지만 어설프게 대충 본 것만으로도 이 저택은 거대했다.

저택의 별채는 실내 수영장과 체육관이 붙어 있는 큼지막한 복합건물이었는데 어지간한 지방 체육관에 맞먹는 크기였다. 이런 걸 저택 부지 안에 그냥 지어버리고 혼자 쓴다니⋯⋯. 전 지구적으로 생각해 보면 얼마나 큰 자원의 낭비란 말인가? 아무리 돈이 많다고 해도 이렇게 자원을 무의미하게 쓸 권리는 없다.

그렇지만 부잣집 하면 왠지 수영장이 있어야 할 것 같고, 이렇게 추운 나라에서 수영장이라면 당연히 실내 수영장이어야 하는데 그리되면 자연히 대형 복합 스포츠 짐을 짓는 게 수영장 하나만 덜렁 짓는 것보다 훨씬 더 쓸모가 많다. 총건설비야 더 많이 들겠지만 시설당 단가를 생각하면 훨씬 더 싸게 먹히는 거고 집값도 크게 올라간다.

물론 테트라 아낙스가 이거 집값 올려서 차익 벌어먹을 위인은 아니지.

서린은 그리 생각하며 수영장 건물 쪽으로 향했다. 스팅레이의 비명이 들려왔던 걸 생각하면 틀림없이 지금 그가 이쪽으로 향하고 있는 건 미친 짓이다. 스팅레이가 멀쩡히 있으면 그녀와 다시 싸워야 할 테니 위험한 것이고 스팅레이가 무언가에 의해 고통받고 있다면 그 무언가 때문에 또 위험해지지 않겠는가?

그러나 이 두 흡혈귀가 붙어 있으니, 이들이 서린의 편인지 아닌지 시험하기에도 좋을 것이다.

브리아레오스와 앙리 유이. 한 명은 흡혈귀들의 군주인 진마이고 다른 한 명은 그 진마를 대체하기 위해 테트라 아낙스가 만들어낸 인공 흡혈귀이니 이만큼 오묘한 조합도 없으리라. 이들이 테트라 아낙스를 타도하기 위해 서로 협력하기로 했다고 하면 설득력이 없는 건 아니지만 말이다.

진마라는 놈들이 다들 아르곤처럼 속 좋은 놈들일 리는 없지 않은가?

아니, 아르곤도 한 번 화가 나서 공격을 할 때는 정말 무섭게 때렸다. 덕분에 한세건은 뜨거운 욕조 속에 죽은 듯이 들어가서 수중 생물로 진화할 뻔하지 않았던가? 물개나 고래가 되어도 이상하지 않았으리라. 아무리 선량하고 착해 보인다 하더라도 힘이 있는 이상 위험한 존재이니 조심하지 않을 수 없다. 칼날 자체에는 아무런 악의도 없지만 그래도 칼을 다룰 때는 주의해야 하는 것처럼 말이다.

'그리고 이놈들은 악의가 있다고 해도 이상할 게 없는 놈들이지.'

서린은 아직도 이 둘을 믿지 않았다. 그렇다고는 해도 그들이 서린을 직접적으로 해칠 가능성은 그리 높지 않다. 그가 리림이다 보니까 용도가 한둘이 아닌 것이다. 쓸모 있는 자원을 무모하게 낭비할 리가 없으니, 서린의 목숨은 일단 테트라 아낙스의 의식이 시작되기 전까지는 보장된 셈이다.

극단적인 경우는 테트라 아낙스가 젊어지는 걸 막기 위해 서린을 미리 죽여 버리겠다고 할 수도 있다. 하나 테트라 아낙스가 그런다고 늙어 죽는 건 아니지 않는가? 테트라 아낙스의 몸이 나이를 먹은 건 어디까지나 테트라 아낙스가 연구하는 마법들의 부작용이었을 뿐이다.

즉 서린을 먼저 죽여 버린다고 테트라 아낙스가 늙어 죽거나 쇠약해 죽는 일은 없다는 것이다.

고작 젊어지는 거 하나 막자고 그런 무모한 짓을 감행하는 것은 손해 보는 장사. 제정신 박힌 흡혈귀들이라면 그런 짓은 하지 않겠지.

그렇다면 가장 가능성이 있는 경우는 뭘까?

아마도 그것은 의식 도중에 덮치는 것이리라. 서린도 바보는 아니기에 생각을 하다 보니 결국 그런 결론에 도달했다.

생각에 생각을 거듭해 마침내 그런 결론에 도달했을 때였다.

"그만!"

브리아레오스는 겁 없이 건물에 다가가는 서린의 어깨에 손을 얹었다. 그러자 서린이 당황하며 고개를 돌렸다.

"왜요?"

"그 건물 안에 테트라 아낙스가 있습니다."

테트라 아낙스가 이 저택에, 그것도 저 체육관 같은 건물 안에 있다는 말인가? 서린은 깜짝 놀라서 그들을 바라보았다. 하긴 테트라 아낙스는 바로 그의 몸을 빼앗기 위해 그를 잡아 온 것이다. 이 저택에 있다는 게 당연했다.

"그러면 이 기회에 죽여 버리는 건 어떨까요?"

서린은 그리 말하고는 스스로 깜짝 놀랐다. 누구를 죽여 버리자니…… 하나 서린은 곧 생각을 고쳐먹었다. 테트라 아낙스는 인정사정 볼 상대가 아니다. 그는 서린을 죽여 버리고 서린의 몸을 빼앗으려고 하는 장본인 아닌가? 그런 놈 조지는 데 이런저런 이유가 뭔 필요란 말인가?

"어차피 테트라 아낙스는 직접 전투에는 약하다고 하지 않았나요? 그렇다면 해볼 만한 승부라고 생각되는데요. 당신들이 나를 테트라 아낙스에게 선물하려는 생각이 아니라면. 아니, 선물이 아니더라도… 그렇지, 내 몸을 빼앗는 의식을 하게 하고 그 도중에 습격하는 것이라도 말이죠."

서린의 눈초리가 묘하게 변한다. 아무래도 이들을 의심하지 않을 수가 없다. 테트라 아낙스를 무서워하는 건 이해하겠는데 브리아레오스의 행동은 뜨뜻미지근하기 그지없다. 자신의 상위자에 대해서 역성혁명을 일으키려는 놈이 하는 짓치고는 너무 우유부단하다. 그리고 그 옆에 있는 놈, 앙리 유이? 이놈은 어디서 튀어나온 거야? 이제 와서 튀어나와 가지고 둘이 아는 사이였고 자신들을 믿으라고 하면 믿어지나?

"당신들 둘이 있으니 해볼 만한 거 아닌가요? 조반니 반테로도 나간 것 같은데. 석세서이고 진마라고 했으니 뭐 그만한 실력은 있겠죠?"

서린이 그리 말하는데 말투에 가시가 돋아 있다. 브리아레오스는 당황하며 말했다.

"당신은 테트라 아낙스를 몰라요."

"음흉한 노친네이고, 이사카와 붙으면 죽기 때문에 지금껏 피해왔다는 것쯤은 알아요."

"그게 그렇게 간단한 문제였으면 이사카도 텔레포트라도 해서 여기로 돌입해서 단숨에 테트라 아낙스를 죽여 버렸겠죠. 테트라 아낙스에게는……."

브리아레오스가 그리 말할 때 앙리 유이가 그들의 대화를 제지했다.

"그만!"

"예?"

"무슨 생각인지 모르겠군, 리림. 테트라 아낙스를 모두 힘을 합쳐 무찌르자는 소리가 하고 싶었나 본데 그런 건 내 취향이 아니야. 지금 쿠데타를 막아내고 있는 것도 그의 힘이고, 여기서 그가 죽거나 그런다면 세상이 어찌 될 것 같나?"

그리 말하며 앙리 유이는 왁스를 발라서 만든 게 틀림없는 금발 머리칼을 쓸어 올렸다. 속세와 연을 끊고 있다가 고개를 내밀었을 때 빌헬름에게 센스 없다고 욕을 들어먹은 게 그렇게 한이 맺혔었나 보다.

"들어가서 테트라 아낙스를 썰어보겠다면 말리지 않을 건데 너를 도와서 테트라 아낙스를 해치우는 건 반대다. 나나 브리아레오스나 네 뒤를 봐주는 보모는 아니니까."

앙리 유이는 그리 말하며 눈살을 찌푸렸다.

사실 그는 서린을 테트라 아낙스에게 넘겨서 테트라 아낙스가 개발했다고 하는 비술을 시연할 심산이었다. 그 비술을 시연하기 위해서는 서린의 몸에서 뇌를 적출하는 게 필연적으로 선행되어야 하는데, 이것은 곧 서린의 완전한 죽음을 의미한다. 즉 그는 서린을 죽여 버리는 데 앞장서고 있는 몸이었다.

브리아레오스는 앙리 유이와 달리 그 의식을 진행시키고 그 와중에 테트라 아낙스를 죽여 완전히 그의 존재를 말살하고자 하는 뜻을 가지고 있었으나, 그 역시 서린의 존재가 필요했다.

"하아, 늘 세건 형에게 구박받기는 했지만 그렇다고 제가 그렇게까지 바보인 것은 아닙니다만. 당신들 생각이 다르다는 건 알겠어요. 그래서 묻겠는데, 그럼 당신들은 제 적입니까? 아니면 동료입니까?"

서린은 솔직하게 물었다. 상대는 오랜 세월 동안 흡혈귀들의 정점을 지켜온 영주 진마와 그 진마에 필적하는 힘을 가진, 아니, 어쩌면 능가할지도 모르는 힘을 가진 새로운 흡혈귀 석세서였다. 그런 이들을 앞에 두고 이런 말을 하는 것은 일촉즉발의 지뢰밭 위에 망치를 내던지는 것과 같다.

과연 앙리 유이의 인상이 찌푸려졌다.

"현명하지 못하군."

"현명한 거죠."

서린이 그리 대답하는데 목소리에 살의까지 느껴진다. 뭔가 이상하다. 보다 못한 브리아레오스가 둘을 말렸다.

"일단 나가죠. 테트라 아낙스와 지금 정면 대결을 할 여유가……."

그러나 그때였다.

와장창!

강화유리로 된 체육관 벽이 일제히 깨져 나가며 순수한 저주의 힘, 암흑이 뻗어 나갔다. 주위가 일순 얼어붙는 듯한 한기에 휘감기고 바람이 멈춰 버렸다.

"칫!"

서린은 머리 위로 쏟아지는 유리 파편들을 향해 물구나무선 뒤 두 다리를 펼친 채로 빙글 돌려 쏟아지는 유리 파편들을 쳐냈다. 안전유리라 파편들에 날이 서 있지 않았기에 그는 아무런 상처 없이 쏟아지는 유리 파편들을 좌우로 차 날릴 수 있었다. 서린은 물구나무를 선 자세에서 손으로 지면을 박차고 공중제비를 넘어 확실히 착지했다.

"제기랄."

서린은 자신의 어수룩함을 탓했다. 확실히 지금은 앙리 유이나 브리아레오스와 입씨름을 할 때가 아니었다.

"좋아! 어디 한번 시험해 보지!"

자신에게 솟구치는 이 힘으로, 과연 흡혈귀의 제왕이 무슨 재주로 휠체어에 앉아서 다른 팔팔한 흡혈귀들을 공포에 질리게 하는지 알아보아야겠다. 서린은 무시무시한 결의를 하고 깨진 유리창을 뛰어넘어서 수영장 안으로 돌입했다.

# 6

계속 눈이 쏟아져 내려서 노면이 얼기 시작하니 도저히 오토바이로는 달릴 수 없게 되었다. 눈이 쌓이는 거면 그나마 나은데 결빙되면 핸들을 약간 틀 때마다 목숨을 내놓아야 한다. 네 바퀴로 움직이는 차량이라도 위험한데 오토바이가 되면 그야말로 죽음이다. 무게중심이 잠깐만 바뀌어도 옆으로 흔들리게 되고 그러면 바퀴가 그립을 잃고 미끄러져서 넘어지게 된다. 이 속도로 달리다 넘어지게 되면 정말 끝장이다. 게다가 추격자들이 있는 경우에는 더욱 심하다.

"…후!"

한세건은 자신을 추격해 오는 흡혈귀들을 확인한 뒤 주저 없이 속도를 줄이며 갓길로 빠졌다. 비포장도로 위라면 눈이 내리자마자 바로 결빙하지는 않는다. 물론 녹았다가 다시 얼게 되면 물이 고일 곳이 많아서 사방이 얼음투성이가 되겠지만 말이다.

그러나 문제는 추격자가 있다는 점이다. 오프로드가 도로에서 결빙에 주의하며 감속하는 것보다 딱히 빠르다고 할 수 있는 것도 아니고, 아무리 한세건이라고 해도 이 폭설 속에서 오토바이를 타고 다닐 수는 없었다.

두두두두두!

게다가 뒤에서 차량에 탄 흡혈귀들이 총을 퍼부어댔다.

그냥 달리기도 버거운데 뒤에서 추적자가 붙다니…….

"차로 바꿔 타야겠군."

한세건은 그리 생각을 바꾸고 갓길 밖으로 뛰쳐나갔다. 흡혈귀들이 깜짝 놀라서 그가 사라진 방향으로 총을 쏘았지만 그는 벌써 자취를 감춘 지 오래다.

일이 이리되었으면 무슨 반응을 보여야 할 텐데, 오라클들에 의해서 통제받는 그들은 오라클이 조작해 주지 않으면 아메바적인 자기 보호 능력밖에 없다. 그들은 제자리에 멍청히 서서 그저 반사적으로 차를 몰며 그 자리를 지나쳤다.

그만큼 한세건의 행동은 그들의 허를 찔렀다. 다른 데도 아니고 이런 고속국도에서 길옆으로 도망치다니?

그런데 그때였다.

부아아아앙!

뭔가 요란한 엔진음이 옆에서 들려온다. 그들이 미처 반응하기도 전에 길옆에서 오토바이 한 대가 튀어나오며 고속으로 이동하고 있는 그들의 차량을 덮쳤다. 트럭 위에서 소총을 잡고 있던 데이워커들이 오토바이에 깔려 박살 났음은 말할 것도 없다.

놀란 데이워커들이 차량 위로 떨어진 오토바이에 시선을 집중하는 사이 그들 위로 한세건이 뛰어내렸다. 그는 오토바이로 그들 위로 뛰어들면서 오토바이 위에서 다시 도약해 시간 차를 주고 내려선 것이었다. 그야말로 목숨을 건 곡예라고 할 수 있었지만 한세건은 그걸 태연히 해냈다.

두두두두두두!

흡혈귀들 사이에 내려선 한세건은 주저 없이 양팔을 교차해 좌우로 글록 18을 긁어댔다. 허를 찔린 데이워커들이 한세건을 공격하기 위해 좌우에서 덤볐지만 세건은 연발 권총을 긁어대면서도 적의 머리통을 겨냥하는 것에 집중했다. 총의 반동이 대단했지만 한세건에겐 산들바람만도 못하다.

퍽!

총탄이 머리통과 안면을 부수자 피투성이가 된 데이워커가 쓰러졌다. 한세건은 글록의 탄창을 그렇게 완전히 비워내는 것과 동시에 머리가 날아간 데이워커의 몸통을 잡고 그놈이 가지고 있는 소총으로 다시 다른 데이워커들에게 총탄을 퍼부었다. 데이워커들도 총탄을 맞으면서도 아랑곳하지 않고 세건에게 총탄을 퍼부었지만 시신을 방벽으로 쓰는 한세건의 피해는 비교적 경미했다.

"크아아아아!"

그러나 이 데이워커들의 끈질김은 좀비 이상이다. 고등한 흡혈귀들도 신경계가 파손되면 정신과 육체의 신호 간에 렉(Lag)이 생겨서 신체 기능이 저하되는데 이놈들은 정신의 영향을 받지 않는지 그저 투쟁 본능만으로 덤벼든다. 신경계가 단절된 부위의 육신도 제대로 움직이는 걸 보면 특히 그렇다.

"쳇!"

한세건은 소총의 탄창이 비는 것과 동시에 녹티스를 뽑아 들며 지면, 그러니까 트럭 짐칸의 철판을 발로 구르며 휘둘렀다.

파학!

적에게 습격당한 상황인데도 속도를 줄이지 않고 앞으로 달려가는 트럭의 양옆으로 피와 살점이 비처럼 쏟아져 내렸다. 마치 도로를 청소하기 위해 아침마다 도는 살수차가 물을 뿌리는 듯했다.

그럼에도 불구하고 운전석의 흡혈귀는 차를 모는 데 정신을 집중하고 있었다. 오라클들이 그에게 차량의 운행 상태를 항상 유지하도록 지시를 내렸기 때문이다. 그 명령이 채 전환되기도 전에 한세건은 트럭의 운전석 위에 매달렸다. 차가 달리면서 눈보라가 씽씽 몰아쳐서 살점이 떨어져 나갈 것 같지만 세건은 아랑곳하지 않고 녹티스를 머리 위로 치켜들었다가 힘껏 내려 꽂았다.

콰직!

자동차 지붕이 종잇장처럼 뚫리고 선혈이 분수처럼 치솟아 세건의 헬멧을 더럽혔다. 세건은 녹티스를 뽑고 자동차 짐칸의 난간을 붙잡은 뒤 몸을 차량 옆으로 내던졌다. 그대로라면 밖으로 튕겨 나가 무시무시한 속도로 길바닥에 내팽개쳐질 판이었다. 그러나 세건은 난간을 붙잡은 팔의 힘으로 몸을 끌어당기면서 자동차의 옆면, 문짝을 향해 드롭킥을 날렸다. 공처럼 둥글게 만 몸을 쭉 뻗으면서 전력을 다해 차 유리를 부숴 버린 것이다.

와장창 요란한 소리와 함께 세건의 몸이 자동차 운전석 안으로 들어왔다. 운전하고 있던 데이워커의 몸이 세건에게 채여서 옆 좌석으로 처박혔다. 안 좋은 곳에 부딪혔는지 구석에 구겨져 버려진 종이처럼 일그러진 데이워커를 세건은 한 손으로 번쩍 잡아서 그가 부수고 들어온 창문 밖으로 쓰레기를 버리듯 내던져 버렸다.

끼이익!

세건은 운전자를 잃고 흔들리는 트럭을 바로잡았다. 그는 트럭의 운전석을 붙잡고 쏟아지는 찬바람을 맞으며 앞을 노려보았다. 피에 물들어서 잘 보이지 않지만 그런 그의 시선 밖에서도 고급 주택가 입구에 늘어선 장갑차들이 보였다. 장갑차는 길 중앙에 가로로 서서 그 몸통으로 차량들의 진입을 막고 있었다.

다 온 모양이긴 한데, 이럴 거면 오토바이를 괜히 버렸군.

한세건은 그리 생각하며 장갑차로부터 쏟아질 총탄에 대비해 고개를 숙였다.

"어라?"

그러나 웬일인지 고개를 파묻은 지 꽤 지났는데도 반응이 없이 심심하다. 이게 무슨 옛날 화살 쏘는 것도 아닌데 굳이 끌어들여서 쏘려는 것 같지는 않고, 무슨 일일까? 궁금해한 세건은 고개를 들어서 확인하는 대신 거울로 밖을 비쳐 보았다.

신기하게도 장갑차 근처에는 흡혈귀가 보이지 않았다. 그렇다고 교전의 흔적이 있는 것도 아니었다. 세건은 트럭을 멈춰 세우고 창밖으로 뛰어내렸다.

육신.

지상에 착지하는 순간 다리가 풀려서 그만 꼴사납게 앞으로 고꾸라지고 말았다. 아까 뛰어들었을 때 흡혈귀들의 소총 응사에 다리를 맞았던 것이다. 급소 부분은 적의 몸통으로 방어할 수 있었지만 사지 등은 신경 쓰지 않은 탓이다.

"…아픈 것도 모르고 있었군."

세건은 폭탄을 장착하는 데 쓰는 테이프를 풀어서 다리를 묶었다. 재생력이 있는 몸이니 붙여서 상처를 치료하면 되겠지만 통각이 없다는 건 이상하다. 일반적인 흡혈귀들도 통각은 느끼고 있는데 그는 왜 이렇게 다쳐도 아픔을 모른단 말인가? 구울이나 좀비가 아니고서야 이렇게 다치고서도 아파하지 않을 이유가 없다.

"어쩌면 오늘로 끝일지도 모르겠군."

한세건은 상처로부터 독과 같은 느낌이 올라오는 것을 느끼며 한숨을 쉬었다. 상처로 흐르는 피가 그의 몸의 갈증을 심화시키고, 상처가 재생되면서 육신이 변이된다. 그건 정말 끔찍한 느낌이었다. 자신의 존재가 변질되는 느낌이라니, 목숨을 소중히 하지 않아서 무서울 게 없는 세건에게도 그것은 때때로 공포가 되었다.

"흐음."

그 공포도 오늘로 끝날 것이다. 여기에 테트라 아낙스가 있다고 세건은 본능적으로 느끼고 있었다. 테트라 아낙스는 없더라도 적어도 릴리쓰의 심장은 여기에 있다. 그 심장이 있는 한 테트라 아낙스와는 반드시 만나게 될 것이다.

'그런데 저건 뭘까?'

한세건은 저택 중에 유달리 눈에 띄는 커다란 건물을 발견하고 혀를 찼다.

그 앞에는 헬기가 떨어져서 아직도 검은 연기를 뿜어 올리고 있는데 주위에서 박격포나 로켓탄이라도 폭발했는지 검게 그을린 흔적이 곳곳에 있었다. 아마도 여기서 전투가 벌어진 모양이었다. 그래서 그쪽에는 경비 병력이 없었나 보다.

아마도 저 건물이 테트라 아낙스의 것인 것 같다. 어차피 릴리쓰의 심장이 길을 가르쳐 주긴 하지만 그래도 냄새를 맡으며 돌아다니는 것보다 눈으로 보고 한눈에 찾는 게 훨씬 더 빠르다.

그런 의미에서 이건 훌륭한 초대였다.

저택 외벽은 무슨 전쟁 영화에 나올 법한 나바론 요새나 마지노선 같았는데 이미 저항력을 완전히 상실했다. 헬기는 떨어져 있지, 곳곳에 폭약에 의해 그슬린 흔적이 있지. 어디를 보더라도 길 못 찾을 염려는 없다. 여기가 바로 테트라 아낙스 소굴이요, 라고 전신으로 몸부림치며 외치는 것과 같지 않은가?

문제는 지금 여기를 이렇게 쑥대밭으로 만든 이들이 누구냐하는 것이다.

한세건은 이미 진마들의 차량을 뒤로하고 먼저 와버렸다. 눈이 내리는 걸 보아하니 곧 있으면 차가 막히리라.

지금이야 눈이 쏟아져서 해가 뜨지 않았지만 이 전투가 벌어졌을 때에는 태양에 견딜 수 있는 자들밖에 없었을 것이다. 해는 그때도 뜨지 않았을지 모르지만 이동 시간을 감안해 보면 그때 당시 태양에 내성이 있는 흡혈귀들이 이 자리에 있었을 리가 없다.

그러나 그렇다 해도 테트라 아낙스의 철옹성이 파괴된 것만은 분명하다. 이런 걸 누가 했을까? 누구인지는 몰라도 테트라 아낙스에 반대하는 자라는 것만은 분명하다. 그렇다면 적의 적은 친구가 될 수 있을까?

"우욱!"

격렬한 통증에 세건은 손목을 내려다보았다. 다리를 총에 맞았을 때도 아픔을 느끼지 못했는데 지금은 또 격렬한 아픔이 그를 괴롭힌다. 깜짝 놀란 세건이 손목을 살펴보니 혈관이 검게 부풀어 올라서 그 안에서부터 저주의 어둠이 쏟아져 나오고 있었다.

그의 몸을 잠식한 유다의 피가 릴리쓰에게 반응하고 있는 것이다. 릴리쓰의 심장을 보관한 성궤를 호텔 방 안에 두고 거기에서 숙박한 적도 있었는데, 그때보다도 지금의 반응이 더 격렬하다.

한세건은 즉시 눈이 쌓인 평원을 달려 저택의 방벽으로 몸을 날렸다. 그는 매끄러운 방벽의 외곽을 두 번 정도 발로 디딘 뒤 마치 평지를 달리듯 손쉽게 외곽의 벽을 타 넘어 방벽 모서리에서 스핀을 걸었다.

휘릭!

가볍게 옷자락이 바람을 가르는 소리만을 남기고 그는 사뿐히 방벽 위에 착지했다. 방벽에 의해 잘 보이지 않던 저택 안에는 유리 원통의 1/4을 쪼개서 콘크리트 건물 옆에 붙인 듯한 거대한 복합 체육관이 있었다. 실내 수영장과 실내 골프장, 그리고 각종 체육 시설이 총망라된 이것은 공공시설로 쓰기에도 손색이 없었다. 마을 두세 곳의 주민들에게 지방세 납부가 헛짓이 아니었음을 알려줄 만한 그런 좋은 건물을 흡혈귀 한 놈이 독식하고 있다니.

그런데 지금 그 건물의 유리벽이 깨져 있었다. 안에서부터 폭발이라도 일어났는지 유리 파편은 죄 밖으로 쏟아져 있고 안에 보이는 풀장은 먹물이라도 된 것처럼 새카만 물로 가득 차 있었다.

그리고 그 꼴을 보고 놀라고 있는 익숙한 뒤통수가 세 개 있었다. 한 놈은 백발을 너무 길게 길렀는데 거기에 야구 모자를 얹었다. 이전에 본 것과 달라진 점이 있다면 머리카락을 반쯤 쥐어뜯었는지 일부가 끊겨져 있다는 것 정도?

그리고 그 옆에는 드레드 헤드를 한 흑인이 있었다. 신장 약 198센티미터 정도, 체중도 상당해 보이는 거구인데 둔하다기보다는 파워풀하고 늘씬한 스타일이 전형적인 댄서 스타일의 몸이다.

마지막으로는 그와 같은 한국인, 앞으로 봐도 복학생, 뒤로 봐도 복학생 정도로 보이는 군대에 막 다녀온 티가 나는 남자였다. 한세건보다 나이가 좀 많고 한세건에 비해서 느슨한 삶을 살았지만 십자인대가 늘어나기 전엔 국가 대표 상비군 태권도 선수였고 월드 유스 태권도 대회 은상 수상, 헌병 경호대 만기 제대를 한 꽤 화려한 경력의 남자다.

이 세 놈이 아마도 여기 방벽을 파괴한 장본인인 듯했다. 그렇다면 그들이 저 실내 수영장을 못 쓰게 만들어 버렸을까? 하긴 저들은 바로 에스프리의 흡혈귀, 스스로 떠들기로는 자유를 쟁취하기 위해 모인 흡혈귀 집단이라고 하지만 그 실상은 기나긴 삶을 절도 있게 살아가는 것을 참지 못한 낙오자 집단이다. 공산주의 이데올로기가 지구상에서 모조리 실패한 지금에도 그들 사이에서는 공산주의자가 아직도 많다고 할 정도니, 돈 많은 흡혈귀 테트라 아낙스에게 반발하는 것도 일종의 프롤레타리아 의식에서 비롯되었을 거란 소문도 있었다.

물론 세건의 생각은 다르다. 저놈들에게 프롤레타리아 의식은커녕 다른 의식도 있을 리 없다. 생각 없는 놈들이 의식은 무슨……

"이런, 비스트다! 오우, 매우 나쁜 타이밍에 잘도 얼굴을 드러내는 브라더예요. 이리되면 나의 브라더후드에도 상처가 나지."

그때 흑인 흡혈귀 래트가 세건을 발견했다. 그러자 아르곤과 창현이 눈살을 찌푸렸다.

"저놈을 또 여기서 보게 되네. 재수 없는 놈! 세상 다 산 듯한 눈깔 하고 다니기는."

창현은 악감정을 서슴없이 드러냈다. 아르곤도 그거엔 어느 정도 동감하는지 고개를 끄덕였다. 하지만 테트라 아낙스라는 강적을 앞에 두고 비스트와 빚진 감정들을 청산하겠다고 노닥거릴 여유가 없었다.

"그러게. 뭐 그리 좋은 일이라고 저렇게 열심이야? 누가 월급 주나, 원. 그렇지만 싸우지 마. 어이, 비스트. 너도 그만하고."

"내가 네놈 부하인 줄 알고 있나? 거만하기 짝이 없군. 무슨 자신감에서 그렇게 말하는 거지? 내가 네놈의 말을 들어야 할 이유가 있나?"

한세건은 기가 막혀서 반문했다. 그러자 아르곤이 눈을 가늘게 뜨고 씨익 웃었다. 아르곤은 꽤 큰 눈을 가지고 있었는데 가늘게 뜨니 또 하염없이 가늘다. 은회색으로 보이는 투명한 눈 틈 사이에서 회색 눈동자가 기광을 발한다. 무시무시한 존재감이 뿜어져 나온다. 마치 그가 발산하는 냉기처럼 섬뜩한 느낌은 이 흡혈귀가 얼마나 오랜 시간을 전장에서 보내왔는지 대변하고 있었다.

"그래도 적당히 해라. 지금 우리는 이러려고 모인 거 아니잖아? 근면 성실한 것도 좋지만 목적을 잃어버리고 당장 눈앞의 이득에 취하면 곤란하다고."

"남 죽이는 일에 근면 성실한 게 뭐 좋다고……."

창현이 불만스럽게 투덜거렸지만 아르곤의 명령엔 따를 수밖에 없다. 그래서 그는 내심 세건이 반발해 주길 원했다.

그러나 세건은 반발하지 않고 담벼락에서 뛰어내려 아르곤을 지나쳤다.

흡혈귀라고 하면 무작정 죽여 버리겠다고 덤벼드는 헌터, 한세건이 흡혈귀에게 등을 보이다니. 물론 그렇다고 배 째고 드러눕는 건 아니다. 등을 그냥 보여주는 게 아니라서 여전히 뒷모습에도 예리한 살기가 배어 나온다.

살의와 악의, 증오. 그 모든 것이 그를 괴물의 반열에 올려놓았지만 그는 여전히 인간이다. 설사 그 육신이 흡혈귀가 된다 하더라도 그가 흡혈귀를 증오하는 이상, 스스로 피를 빨아 생명을 유지하는 것을 거부하는 이상 그는 인간이다.

인간인 채로, 인간인 그대로 이 미쳐 버린 푸른 달빛의 아래를 걷는 이는 그뿐이다. 마도의 아이들, 삼백 년 이상 살아온 마인들이거나 복수심과 마약에 찌들어서 불꽃처럼 살다 가는 헌터들, 그 속에서 그는 운명이 두들겨 빚어낸 아름다운 도검이다. 너무나 아름답고 예리한 칼날을 품어서 언젠가 전장에서 부서져 버릴 운명을 타고난 도검.

한때 인간이었던 적도 있었기 때문에 아르곤은 그에게 경의를 표한다. 아니, 그가 대표하고 있는, 먹이가 될 수밖에 없는 인간들의 분노에 경의를 표한다.

"……"

한세건은 짜증 난다는 듯 인상을 찡그리며 아르곤을 바라본다. 그 눈에는 숨기지 못할 경멸과 증오, 자조가 있었다. 상황에 밀려서 흡혈귀를 내버려 둔다는 자신에 대한 자괴감일까? 하지만 그 일면에는 희미하게나마 아르곤에 대한 어떤 호의? 아니, 존중이라 할 게 있었다.

사실 한세건이 비스트라고 불리며 흡혈귀들 사이를 누비고 다닐 수 있는 것은 그의 힘이 특별히 대단해서가 아니다. 그저 그는 잃을 게 없는 야수가 되어 밤을 뒤엎을 뿐. 그리고 그런 광기의 표출은 되레 흡혈귀들의 전공이라 할 수 있었다. 하지만 광기에 휩싸이는 흡혈귀들은 오래 살 수 없다. 광기는 그들의 몸을 망치고 오로지 이성과 날카로운 정신, 현실감각만이 그들을 기나긴 시간의 철퇴로부터 지켜주는 것이다.

그리하여 잃을 게 없는 헌터의 손에 흡혈귀는 죽고, 강대한 힘을 가진 진마들은 잃을 게 있었기에 헌터와 어울리지 않는다. 한세건도 그 자신의 한계를 너무나 분명히 알고 있기에 역시 언제든지 광기의 아들이 될 수 있으면서도 그것을 자제하고 있는 아르곤을 존중하는 것이다.

강자의 양보를 받아들이지만 비굴하지 않게.

살아온 시간에 어울리지 않는 신중함과 사려 깊음에 아르곤은 미소를 지었다.

"일이 어떻게 돌아가는 거지?"

한세건은 태연히 물어보았다. 그러면서 그는 등 뒤에 멘 '영국군 공수부대 배낭'에서 TNT를 꺼내 신관을 장입했다.

"테트라 아낙스가 릴리쓰를 상대로 뭔가를 했어. 그러고 나니 저 꼴이다."

아르곤은 마치 오늘 날씨가 어떻지? 하고 물어본 말에 대답하듯 쉽게 사실을 말해 버렸다.

"하아?"

창현과 래트는 그간 있었던 일을 알려주는 아르곤을 보고 눈을 치켜떴다. 비록 한세건이 같은 목적을 가지고 움직이고 있다고는 하나 그는 흡혈귀들의 적이다. 물론 아르곤이나 래트, 그리고 창현조차 그를 두려워하지 않는다지만 그렇다 해도 정보라는 건 교섭의 재료 아닌가? 말을 잘하면 천 냥 빚도 갚는다는데(물론 용법이 틀리긴 하다만) 정보를 그리 쉽게 넘겨주다니 이해할 수가 없다.

그러나 그들의 마스터가 이런 해괴한 짓을 하는 게 어디 어제오늘의 일이던가?

"아, 정말. 브라더후드가 든든해지는구만."

래트는 그리 말하며 힐끗 세건을 돌아보았다. 래트는 그와 나쁜 기억이 없다고 생각하지만 한세건은 그를 어찌 생각할까?

"얼마 안 되었다 이거지?"

한세건은 앞으로 걸어가다가 멈칫했다. 지금 자신이 뛰어들면 이 흡혈귀들에게 어부지리를 주는 게 아닌가 걱정하는 듯했다. 그러나 그때였다.

"아아아아아악!"

서린의 비명이 수영장 안에서 들렸다. 그 목소리를 들은 세건은 한숨을 내쉬고 USAS—12 연발 샷건을 들었다.

"먼저 가지, 어부씨."

어부지리를 주겠다는 뜻인가? 그 말의 뜻을 재확인하기도 전에 한세건의 몸이 수영장 안으로 날아들었다.

# 7

모스크바에서의 싸움은 점차로 정리되었다. 테트라 아낙스가 투입한 흡혈귀들과 쿠데타군은 눈보라 속에서도 여전히 싸움을 벌이고 있었지만 전황은 서서히 결판이 나고 있었다.

놀랍게도 전장을 장악하고 있는 것은 여전히 쿠데타군이었다. 얼마 되지 않는 병력이긴 하지만 그들은 모스크바의 지리에 훤했고 또한 개개인의 역량이 뛰어났다. 그리고 그들에게는 볼코프 레보스키와 레온 시마노프가 있었다.

지금도 회색의 눈보라 속에서 뭔가가 바람을 가르며 움직인다. 그때마다 그 움직임의 궤적에 걸린 흡혈귀들의 몸통이 찢어지고 피가 튀었다.

독자적인 판단력이 없는 데이워커들은 그저 투쟁 본능에만 충실한 소모품이다. 태양 아래에서 견딜 수 있게 만들어진 그것들은 그만큼 많은 것을 잃은 괴물일 뿐이다. 오라클에 의해 지배되는 인형들, 텔레파시로 움직이는 그것들은 결국 그게 한계였다.

테트라 아낙스 측도 그 한계를 잘 알고 있었지만 그래도 그들은 물량을 아낌없이 투입했다. 어차피 이 쿠데타군에게는 일분일초가 금쪽같다. 그것을 소모시키기 위해서라면 이런 저능한 흡혈귀들의 목숨 따위 아깝지 않다는 뜻이다. 아니, 솔직히 말해서 테트라 아낙스가 대체 뭔가 아끼는 게 있기는 한지 그게 의문이다.

"저놈은 대체 뭐지? 꽤 이름 있는 놈일 것 같은데?"

인근 건물, 차가운 콘크리트 바닥 위에 방수포를 깔고 드러누워 저격 자세를 취한 은발의 신부 실베스테르가 동료인 유스틴에게 물어보았다. 그러자 그녀는 눈살을 찌푸렸다.

"릴리쓰의 연인, 레온 시마노프잖아."

"무슨 드라마 제목 같군."

실베스테르는 솔직한 감상을 토했다. 유스틴은 피식 웃으며 후드가 달린 미방탄갑옷을 걸쳤다. 두터운 방탄합성수지와 세라믹 패널로 만들어진 이 갑옷은 놀랍게도 그녀의 체형에 딱 맞는다. 아마도 주문 제작한 것이리라.

"릴리쓰의 연인이라는 게 뭐지?"

"뭐긴, 저 녀석은 릴리쓰 마니아야. 릴리쓰를 쫓아다니는 데 모든 생애를 허비한다고 하더군. 릴리쓰라는 이유만으로 사랑한다는 게 말이 되는지는 모르겠는데 말야."

그렇게 말하는 유스틴은 조소를 띠고 있었다. 릴리쓰는 일종의 정신 기생체라서 그녀 자신의 의지와 이성을 가지고 있긴 하지만 그게 완전히 인격을 장악하진 않는다. 즉 릴리쓰가 세대를 달리한다면 그건 동일인물이 아니라 별개의 존재다. 그런데도 릴리쓰라는 환상을 쫓고 있는 그는 뭐라고 할까, 릴리쓰라는 보물을 찾아 나선 못 말리는 모험가라고 할까? 뭐, 워낙에 삶이란 게 시시하니까 그런 것에 목숨 거는 것도 나쁘지 않은 소일거리일지 모른다. 인간도, 라이칸스로프도, 흡혈귀도, 다들 할 게 없어서 시간에 눌려 죽지 않는가? 그렇다면 설사 아무리 바보 같은 짓이라 하더라도 뭔가 매진할 일 하나쯤은 억지로 만드는 게 나을지도 모른다.

그녀는 후드를 눌러쓰고 실베스테르에게 손가락을 까딱였다.

"초고속으로 움직이는 재주가 있으니까 실베스테르 당신과 상성이 잘 맞을 거야. 저 구차한 놈의 목숨을 끊어줘. 나는 달리 움직일 테니까."

그리 말하고 그녀는 눈앞에서 천천히 흐려지더니 이내 보이지 않게 되었다. 보이지는 않지만 그녀가 앞에 있다는 것은 실베스테르도 잘 알고 있다. 어차피 라이칸스로프의 코는 다들 뛰어난데 투명술이 큰 효과를 발휘할 것 같지는 않다. 아니, 유혈이 낭자하니 이미 후각이 마비되어 있을까?

"릴리쓰의 영향을 받아서 라이칸스로프인 주제에 저렇게 오래 숨이 붙어 있는 건가?"

그렇다면 엄밀히 말해서 라이칸스로프도 아니군. 실베스테르는 그리 생각하며 조심스럽게 적진을 정찰했다. 라이칸스로프들은 흡혈귀들을 찢어발겨 죽이고 있었지만 그들에게도 지친 기색이 역력했다. 이 쿠데타는 절망적이다.

"할 수 없군."

실베스테르는 방아쇠를 당겼다. 펑 하는 굉음과 함께 라이칸스로프의 머리통 하나가 그대로 날아갔다. 레온 시마노프는 너무나 빨라서 조준하기가 힘들었고 대신 실베스테르는 인근의 흡혈귀를 정리하고 있던 중사 한 명의 머리통을 날려 버린 것이다.

"아니?!"

흡혈귀와 군인들을 정리한 그들은 설마 여기에 또 다른 저격수가 있으리라고는 상상도 하지 못했는지 놀라고 있었다.

"저기다!"

그들은 총을 맞고 쓰러진 자의 흔적만 보고도 총알이 어디서 날아왔는지 알아냈다. 저격수가 숨을 위치라는 게 또 따지고 보면 고만고만하기 때문에 쉽게 찾아낼 수 있는 것이다.

실베스테르는 라이칸스로프들이 자신을 발견한 것을 알고 즉시 저격총을 거두고 자리에서 일어났다. 근거리 전투가 될 것에 대비해 동방교회 밀사들의 보검 아르젠트 하르페시언과 50구경의 권총 데저트 이글을 빼 들었다.

원래는 깔끔하고 깨끗했을 고급스러운 빌딩 안쪽이지만 지금은 충격으로 내장재나 바닥재가 깨져서 엉망으로 더럽혀졌다. 실베스테르는 비상계단의 벽에 몸을 기대고 적들이 들어오는 것을 기다렸다. 촉각을 곤두세운 채 기다리자 곧 그를 에워싼 공기가 그에게 정보를 전달해 준다.

"이런?! 눈치챘어? 가옥파괴탄이라도 있나?!"

역시 이 라이칸스로프들은 보통이 아니다. 실베스테르는 적들의 움직임을 파악하고 깜짝 놀라 벽에서 몸을 떼었다. 아니나 다를까.

쾅!

벽이 폭발하면서 라이칸스로프들이 돌격해 들어왔다. 그들 역시 실베스테르의 위치를 정확히 파악하고 있었던 것이다.

실베스테르는 은사를 펼쳐서 좁은 비상계단을 막고 권총으로 그들을 쏘았다. 좁은 공간에 은사까지 펼쳐서 움직임을 묶은 뒤 총을 쏘는 것이다. 아무리 뛰어난 놈들이라 하더라도 이걸 피할 방법은 없다. 적들도 그걸 알고 있는지 양팔을 십자 형태로 교차한 뒤 총탄을 막으면서 한 놈이 돌진해 온다.

"우어어어어!"

상대는 수화하여 전신을 두꺼운 모피로 뒤덮었다. 그리고 그렇게 한 놈이 실베스테르의 주의를 끄는 동안 갑자기 총탄이 날아들었다.

탕!

조준이 빗나가서 총탄이 맞지 않았다. 깜짝 놀란 실베스테르가 뒤를 돌아보는데 총을 쏜 놈의 기척이 느껴지지도 보이지도 않는다.

'설마?'

저격인가?

놀란 실베스테르가 창밖을 바라보니 아니나 다를까 맞은편 건물 6층 창문에 저격수가 한 명 있었다. 실베스테르가 이 건물에서 저격한 것을 보고 몇 놈이 돌입해 오는 사이 다른 한 놈은 건물에 올라가서 이미 저격할 준비를 끝낸 것이었다. 처음에 실베스테르는 저격을 피하기 위해 비상구로 이동했던 것이었는데, 비상구에서 만난 적이 그를 다시 창가로 밀어내었으니 이놈들의 연계 공격은 거의 완숙의 경지에 이르렀다 하겠다.

'제법이군.'

더더욱 살려두어선 안 되겠다는 생각이 든다. 실베스테르는 코웃음 치고 옷자락을 펄럭이며 투우사가 소를 다루듯 달려드는 라이칸스로프를 피했다. 실베스테르가 쳐둔 은사가 두터운 털을 찢지 못하고 엉켜 있는 걸 보니 가관이다. 왜냐면 이놈은 무려 고슴도치 수인이었기 때문이었다. 보통 라이칸스로프라고 하면 타이거나 울프, 보어 정도가 고작이라고 생각했던 실베스테르에게는 참 신선한 경험이었다.

'이놈, 소닉은 아니겠지?'

실베스테르는 엉뚱한 상상을 하며 백은의 검을 휘둘러 라이칸스로프의 목을 덮쳤다. 하나 이 고슴도치 인간은 펄쩍 뛰어올라 실베스테르의 공격을 피하고 천장을 발로 박찼다.

그리고 무서운 기세로 날아들어 실베스테르에게 등으로 부딪히려 한다. 하지만 실베스테르는 공격이 빗나간 바로 그 순간 앞으로 몸을 던져 빙글 구르며 등 뒤에서 앞으로 크게 검을 휘둘렀다. 상반을 전부 방어하는 그 검세와 고슴도치의 뾰족한 가시가 충돌했다.

파악!

선혈이 튀고 라이칸스로프의 등이 크게 갈라졌다. 실베스테르는 즉시 몸을 일으켜 세우며 아르젠트 하르페시언의 칼끝을 살짝 눕혀 지면에 눌렀다. 탄성 있는 백은의 칼날이 휘어지며 눕는다.

휘리릭!

실베스테르가 칼을 튕기듯 뿌리자 칼날이 예측할 수 없는 방향으로 낭창거리며 날아든다. 놀란 라이칸스로프가 위빙을 하며 공격을 피하려 했지만 연검의 모든 공격을 피한다는 건 불가능했다.

"크와아아악!"

라이칸스로프는 결국 방어보다 공격이 최선이라는 걸 깨달았는지 앞으로 뛰어들며 털가시가 돋아난 팔로 실베스테르의 칼날을 쳐냈다. 이대로라면 실베스테르의 가슴팍 안에 들어올 수 있고 그리되면 실베스테르가 죽는다!

하지만 실베스테르는 이미 그의 다음 수를 읽고 있었다.

콰직!

50구경 데저트 이글의 총신이 돌진해 오는 라이칸스로프의 면상에 처박혔다. 실베스테르는 권총을 쥔 왼손으로 스트레이트를 날려 라이칸스로프의 면상을 꿰뚫은 것이다. 콧잔등이 뚫리고 총구가 뼛속으로 들어간 걸 확인한 실베스테르는 가차 없이 방아쇠를 당겼다.

쾅!

라이칸스로프의 머리통이 폭사했다. 그러나 그다음 순간 실베스테르도 무릎을 꿇었다.

"제길!"

실베스테르를 몰아붙인 라이칸스로프는 어차피 자신이 당할 것을 알고 있었다. 그러면서도 그렇게 몰아붙인 이유는 실베스테르를 저격수에게 내던지기 위해서였다. 자신의 목숨조차 담보로 걸고 그런 미친 짓을 하다니! 덕분에 실베스테르는 등 뒤에 저격수를 두고도 그놈에게 정신이 팔려 당했다. 어차피 방탄복을 입고 있긴 하지만 그걸로 저격을 막는다는 건 불가능했다. 총탄이 실베스테르의 등 쪽 의복을 전부 꿰뚫고 등의 살을 파고들었다.

실베스테르는 앞으로 굴러서 연속되는 공격을 피하고 은사를 다시 펼쳤다. 이놈들의 공격으로 보아 이 두 놈이 끝이 아니다. 계속해서 다각적인 공격을 가해올 것이기에 미리 적들의 진로를 막아둬야 한다. 아니나 다를까? 곧 지상에서 달려 올라오던 라이칸스로프 한 놈이 실베스테르가 쳐둔 은사에 걸렸다.

"크악! 뭐야, 이건!"

달려오던 기세도 좋게 뒤로 발라당 넘어진 라이칸스로프는 즉시 수화하며 일어났다. 일단 수화하면 어지간한 지지대가 없이는 은사가 버티지 못하고 뽑혀 나온다. 라이칸스로프의 모피가 뚫리기보다 은사를 걸친 건물 벽이 버티지 못하는 것이다.

'스파이더맨 영화나 만화 다 거짓말이라니까. 그물 쳐서 건물 외벽이 버티는 꼴을 못 봤어.'

괜히 엉뚱한 만화를 탓하며 실베스테르는 은사를 거둬들였다.

피부가 약한 흡혈귀와 두꺼운 피부를 가진 라이칸스로프는 역시 장비를 달리해서 상대해야 한다. 실베스테르는 아르젠트 하르페시언을 집어넣고 다시 바렛을 꺼냈다. 그리고 창문을 향해 달렸다.

저격수가 기다리고 있는 창문이지만 이 저격수도 자기 몸을 많이 사리고 있기 때문에 실베스테르에게 승산이 있다.

탕!

과연 저격수는 갑자기 적극적으로 뛰쳐나온 실베스테르를 맞히지 못했다. 실베스테르는 적의 공격이 빗나간 것을 보며 공중으로 몸을 날린 뒤 공중에서 총을 쏘았다. 물론 실베스테르의 공격도 빗나갔다. 가만히 앉아서 쏘는 놈의 총탄도 빗나가는데 달리고 도약하고 별짓을 다하는 놈의 총탄이 맞으면 그건 정말 어처구니없는 일이다. 버저비터라고 할까?

"저놈이!"

힘겹게 계단을 올라갔던 라이칸스로프는 실베스테르가 빠져나가는 것을 보고 분개하며 몸을 던졌다. 그러나 실베스테르의 뒤를 따라 점프한 순간 보이지 않던 실이 모습을 드러냈다.

쉬익!

라이칸스로프를 휘감은 은색의 실이 순식간에 팽팽히 당겨지며 라이칸스로프의 굵은 다리를 잘라 버렸다. 좀 전엔 지지대가 약해서 라이칸스로프의 두꺼운 모피를 뚫지 못한 실이지만 지지대가 확고하다면 이야기가 다르다. 실베스테르는 건물에서 뛰쳐나오면서 뒤쪽으로 실을 뿌려 건물 기둥 자체에 은사를 고정시켰던 것이다. 이번에는 한 아름이 넘는 철근콘크리트 기둥에, 그것도 매듭으로 제대로 묶었으니 상당한 장력을 견딜 수 있었다.

졸지에 공중에서 다리 한 짝을 잃은 라이칸스로프는 휘청거리며 떨어졌고 실베스테르는 등 뒤로 권총을 뽑아서 떨어지는 라이칸스로프의 머리통을 어렵지 않게 쏘아버렸다.

펑!

이번에도 즉사했다. 그걸 본 레온 시마노프는 기가 막혀서 실베스테르를 노려보았다.

"제법이신데?"

휘이이이잉!

칼날처럼 차가운 바람이 뺨을 때린다. 실베스테르와 레온 시마노프는 서로서로를 노려보며 황량한 거리 한복판에 섰다.

"그래, 역시 백은의 실베스테르로군. 눈물 흘리는 흡혈귀를 찾아 나선 마인. 성과는 좀 있었나? 흡혈귀들이 회개는 하던가? 울며불며 매달리면서 말야."

레온 시마노프는 실베스테르를 바라보면서 옆으로 걸었다. 발목까지 쌓인 눈 위를 그는 평지처럼 걷는다. 실베스테르도 그의 움직임을 주시하며 천천히 걸었다.

"말해두지만 네놈의 눈물은 치지도 않는다. 울면서 회개해 봐야 소용없다."

그리 말하니 마치 레온이 회개하면 살려줄 거냐고 물어본 것 같다. 레온 시마노프는 약간 기분이 상했는지 인상을 찌푸렸다가 도로 폈다.

"미사일 발사까지 시간이 있나 본데 그동안 놀아주겠나?"

"기꺼이."

실베스테르의 말이 끝나기가 무섭게 원을 그리며 걷던 레온의 모습이 시야에서 사라졌다. 그리고 눈보라가 일순 그쳤다!

바람이 정지한 것이다. 실베스테르는 본능적으로 방어해야 한다는 걸 깨달았다.

그리고 그 순간 뭔가가 실베스테르의 얼굴로 날아들었다. 깜짝 놀란 실베스테르가 몸을 숙여서 그걸 피했지만 그다음의 공격이 몸통으로 날아왔다.

콰직!

급한 대로 데저트 이글과 바렛 소총을 교차해 막았지만 철강으로 만들어진 총신이 박살 나며 실베스테르의 몸이 떠올랐다.

털썩!

실베스테르의 몸이 쌓인 눈 위를 구른다. 긴 은발이 쌓인 눈 위로 데굴데굴 굴러 눈덩이를 묶는다.

"크윽!"

실베스테르는 눈을 털지도 않고 일어나며 다급한 대로 주위에 은사를 뿌렸다. 그러자 달려들던 레온이 발을 멈추었다.

"제길."

자신의 속도가 되레 자신의 몸을 해친다. 저 은사가 펴지면 레온의 입지가 그만큼 좁혀지는 것이다. 아까의 공격에서 해치웠어야 하는데 실베스테르의 방어가 꽤나 괜찮았다.

'굉장하군.'

실베스테르도 레온 시마노프의 실력에 놀랐다. 아니, 그만이 아니라 이 라이칸스로프 놈들은 죄다 정예병이다. 만약 무난하게 어둠의 세계에 진출했다면 그들은 테트라 아낙스나 다른 진마들도 무시할 수 없는 강호로 떠올랐으리라.

그러나 쿠데타를 일으킴으로써 그들은 헌터와 흡혈귀, 그리고 이 세상 모든 것을 적으로 돌리고 말았다. 안정을 흔들고 뭔가를 혁신하려는 혁신파는 원래 많은 사람의 공격을 받게 마련이다. 그걸 모르는 것도 아닐 텐데, 그만큼 미국 중심으로 개편된 지금의 세상이 마음에 안 든다는 건가?

실베스테르 자신은 미국이 어찌 되든 다른 나라가 어찌 되든 별로 신경을 쓰지 않았기 때문에 그런 데 신경 쓰는 라이칸스로프들이 신기했다. 그게 애국심이라는 건가? 라이칸스로프가 애국심을 가진다고? 하지만 왜? 땅에 대한 집착이나 세상에 대한 집착을 갖는 것일까?

"크아아아!"

라이칸스로프 한 놈이 미친 듯이 소총을 갈겨댄다. 실베스테르는 차량 뒤로 몸을 숨겨서 소총을 피하며 주위를 둘러보았다. 흡혈귀들은 테트라 아낙스를 지키기 위해 빠지면서 흐지부지되었다. 어차피 시간을 끌기 위한 놈들이었다. 게다가 팬텀과 그 일파, 반테트라 아낙스의 깃발 아래 모인 진마들이 상당수의 흡혈귀를 죽였기에 쿠데타군이 절망적인 수적 열세에도 불구하고 아직 함락당하지 않고 있는 것이다.

'은사나 펴둘까?'

레온 시마노프를 걱정한 실베스테르는 보이는 곳마다 은사를 걸어두었다. 이것은 그의 촉각이 되기도 한다. 눈으로 보지 않아도 일이 어떻게 돌아가는지 진동으로 정보를 전달해 준다.

"오, 맙소사."

금발 벽안의 젊은 청년 장교, 레온 시마노프는 사방에 쳐진 은사를 보며 당황스러워하고 있었다. 진마사냥꾼, 백은의 실베스테르는 엄밀히 따져 보면 강적이라 할 수 없다. 크림전쟁 시절부터 이미 괴물들과 싸워온 레온 시마노프는 그보다 더한 적들과도 싸워봤다. 하나 가속화 능력을 가진 그에게 있어서는 최악의 상대임에 틀림없었다. 실베스테르가 풀어내는 은사는 그의 가속화 능력과는 상극을 이루는 기술이다.

"수류탄 투척!"

레온은 부하들에게 명령하고 그 자신이 먼저 수류탄을 까서 시간을 들였다. 공중폭발을 위해 안전핀을 뽑고 딜레이를 준 뒤 던지는 것이다. 말이야 쉽지만 실제로 수류탄을 까게 되면 제 손안에서 터질까 두려워 빨리 던져 버리게 마련이다. 게다가 불량률이 높은 수류탄은 터지는 시간이 제각각이라 까면 잠깐이라도 안전하다고 믿을 수가 없는 것이다.

하나 레온이 던진 수류탄은 정확하게 공중폭발을 일으키며 사방으로 파편을 뿌렸다. 보통 사람이었다면 이 파편에 맞아서 죽어야겠지만 상대 역시 산전수전 다 겪은 진마사냥꾼이다. 그는 장갑차 밑으로 미끄러져 들어가 파편을 피했다.

"어째서지?"

레온은 답답하다는 듯 무전에 대고 물어보았다. 명색이 군인인데 운문으로 통신을 하나 싶었지만, 그게 어제오늘 일도 아니고 지금은 그런 보안이니 뭐니 따질 처지도 못되었다.

아직도 핵미사일이 발사되지 않는다.

이게 가장 큰 문제였다. 이미 대통령은 확보했고 키를 눌렀으니 발사되었어야 했다. 애당초의 계획은 그러했다.

전략핵의 보복 공격 개념이 널리 퍼져 있던 냉전 시대, 그때는 버튼 하나만 누르면 핵미사일이 날아갔다. 하나 냉전 체제가 붕괴되고 소비에트연방이 해체되면서 러시아는 이빨 빠진 호랑이가 되었다. 그때와 달리 지금 ICBM을 유지 관리 보수하는 집단은 오직 하나, 미합중국뿐이다.

러시아는 스탠바이 단계에 핵무기를 두지 않았고 공격적인 전략에서도 핵은 배제하였다. 따라서 지금 지구상에서 핵으로 선제공격을 가할 수 있는 나라는 오직 하나, 미합중국뿐이다.

자유와 평화를 지킨다는 나라가 전략핵으로 선제공격을 가할 수 있는 유일한 나라라니, 이것 참 심각한 아이러니다. 뭐, 그걸 아이러니로 느끼려면 미국이 자유와 평화를 사랑하는 나라라는 전제를 믿어야 하니 실제로 그걸 아이러니로 느끼는 사람은 별로 없으리라.

그래서 그런 아이러니는 치워둔다 하더라도 이건 그야말로 몰락이 아닌가? 한때 미합중국과 쌍벽을 이루던 러시아가 이제는 미국에게 핵의 주도권까지 넘겨주고 스스로 목줄을 매다니. 막대한 천연자원과 고급 인력, 기술력을 지니고 있어도 러시아는 미국의 자본에 유린되고 있었다. 그래서 볼코프 레보스키가 쿠데타를 일으킨 것이 아니던가?

"그래도 핵 정도는 바로바로 발사되어야 하는 거 아냐?!"

마치 불량 소총에 대한 불만이라도 토하는 것 같다. 핵미사일과 소총을 같은 열에 두고 생각할 수는 없지만 냉전 시절 핵

위협이 팽배하던 사회를 생각하면 이렇게 굼뜬 미사일 발사는 용서가 되지 않았다.

그때 그 시절의 모든 것이 죄다 허풍이었단 말인가?


# 8


물론 레온 시마노프가 배신감을 느끼고 있는, 냉전 시대의 핵미사일 발사 체계가 허풍이었던 것은 아니다. 다만 지금은 왠지 계속 지연되고 있었다. 테트라 아낙스는 애초에 속물인 보리야 푸도브킨 따위는 지킬 생각이 없었다. 죽여서 망막 스캐너를 못 쓰게 한다면 더 좋긴 하겠지만 보리야 푸도브킨이 쿠데타 세력에게 넘어간다 하더라도 핵미사일을 발사하지 못하게 하는 방법은 많다. 핵미사일 기지에 직접적으로 손을 쓰면 되는 게 아닌가?

게다가 테트라 아낙스에게는 사람 하나쯤 텔레파시로 세뇌하는 건 일도 아니다. 아니, 사람 한 명이 문제인가? 그 백배, 천배, 만배라 하더라도 테트라 아낙스에겐 문제 될 게 없다.

그걸 막는 게 바로 이사카 베르게네프의 역할이었지만 본인부터 네 명인 데다 무수한 오라클을 백업으로 사용하는 테트라 아낙스와 달리 이사카는 자신의 뇌 하나가 전부였다. 그러니 물량에서 테트라 아낙스를 당해낼 수 있을 리 없다.

"쿨럭."

이사카는 대통령궁의 집무실에서 피를 토했다.

"제기랄……."

빌어먹을 운명! 빌어먹을 릴리쓰! 이사카는 운명과 어머니를 저주하며 피를 닦았다. 도저히 어떻게 수를 써도 미사일을 발사할 방법이 떠오르지 않는다. 발사 기지의 인간들을 테트라 아낙스의 정신 지배에서 해제시켜야 발사할 수 있는데, 최소한 실무자 전원을 테트라 아낙스에게서 해방시켜야 하는 것이다.

핵미사일을 쏜다는 행동 자체가 그들에게 불안 요소였기 때문에 그냥 두더라도 그들이 명령에 불복할 여지가 있었다. 그러다 보니 테트라 아낙스와 줄다리기를 하는 것도 벅찬 이사카에게 더더욱 큰 부담이 가해지는 것이다.

루스킨은 최대한 무표정을 가장한 채 그를 지켜보았다. 피를 흘리며 쓰러지는 그들의 왕… 그 마지막까지 지켜보리라고 다짐했다. 이제 그 종막이 다가오는 것인가?

너무 빠르다. 그러나 빠름을 아쉬워하지 않겠다고 루스킨은 피가 맺히도록 주먹을 꽉 쥐면서 참았다.

하지만 유리안과 뻬또쥬는 울며불며 이사카에게 매달렸다.

"괜찮아, 이사카?!"

"그, 그만두자. 응? 핵미사일 쏴서 뭐해?!"

"그래! 그만두고 어디 멀리 떠나자! 나 세상에 이름을 남기고 그런 거 싫어! 이사카가 죽지만 않으면 돼! 테트라 아낙스에게 이따위 세상 줘버리자고!"

유리안과 뻬또쥬는 이사카의 운명을 그제야 안 듯하다. 블로

초프는 아직도 상황을 파악 못 하고 어리바리한 채로 왜 이사카가 피를 흘리는지 이해를 못 하고 있었으니, 이 아이들은 영민한 편이다.

이사카는 쓴웃음을 지으며 그들의 머리를 쓰다듬었다.

"생각해 주는 건 고맙지만, 이미 늦어도 한참 늦었어. 어차피 나는 리림……. 테트라 아낙스와 싸우지 않고 도망쳐서도 미래가 없지."

그가 살기 위해서는 테트라 아낙스를 쓰러뜨리는 수밖에 없고, 테트라 아낙스를 쓰러뜨리기 위해 힘을 쓰면 죽음이 더 빨리 찾아온다. 즉 무슨 수를 쓰더라도 그는 늦든 빠르든 이렇게 될 운명이었다. 목적을 위해 태어난 도구의 운명. 자신의 운명임에도 불구하고 이렇게 작위적으로 느껴지는 걸 보면 아직 이사카는 자신의 파멸을 실감하지 못하는 것 같았다.

그래, 파멸조차 웃으며 맞이하는 거다. 그리고 적어도 그때가 되면 길동무로 테트라 아낙스를 데려갈 수 있으리라. 이사카는 그리 생각하며 동료들을 바라보았다. 이들 역시 테트라 아낙스에게 반기를 든 몸. 테트라 아낙스가 죽지 않는 한 이들에게는 미래가 없다. 그 자신이라 해도 자신에게 반기를 든 이들을 곱게 내버려 두진 않을 테니까.

"롯시니… 아니, 서린. 내 동생이 잘하고 있나?"

이사카는 정신 감응에 힘을 쓰는 한편 동료들에게 그렇게 물어보았다. 그러자 루스킨이 고개를 끄덕였다.

"테트라 아낙스의 저택에 잡혀갔으니까. 여기까지 다 예상대로야."

어차피 핵미사일의 발사 확률은 그리 높지 않았다. 그러니까 지금 이 일도 모조리 이사카의 예상대로 흘러가고 있는 것이다. 그러니까 응당 기뻐하거나 안심해야 할 텐데, 슬프게도 그럴 수가 없었다.

"그렇군. 이럴 때가 아니지. 다들 여기에 한 번씩 앉아봐. 이때가 아니면 구경도 못 한다."

TV에서 대통령 담화 등이 있을 때 항상 나오는 대통령석. 이사카는 그것을 가리키며 웃었다. 폭탄이 폐허로 만든 곳에서 기어 나온 하층민들로서는 진짜 TV로만 보던 자리이다. 뭐 그렇다 해도 거기에 엉덩이 좀 비비는 데 무슨 의미가 있겠느냐마는, 당하기만 하고 사는 숙명을 타고난 하층민들로서는 잠깐 엉덩이를 비비는 것만으로도 그들의 의지를 보인 셈이다.

"참 별거 아닌 거 가지고 생색내기는. 바보냐? 바보야?"

루스킨은 그리 말하면서 이사카의 뺨을 손가락으로 툭툭 건드렸다.

"저 친구들은 어쩌지? 쿠데타군은?"

쿠데타군은 아직도 싸움을 계속하고 있었다. 원래 그들의 계획은 모스크바를 장악하고 있는 동안 그들과 동조하고 있던 군부 세력이 핵미사일을 발사한 뒤 그들과 합류, 서부전선에서 밀고 들어올 NATO군을 막으면서 전쟁을 선포하고 정권을 장악하는 것이었다.

그들이 소수의 병력으로 쿠데타를 일으킨 것은 충분히 그 인원만으로 모스크바를 빼앗을 자신이 있었기 때문이기도 했지만, 그만큼 병력과 인원을 예비로 남겨두면서 그들을 감시의 눈길에서 보호하기 위해서였다.

결과적으로 거기까진 성공했지만, 테트라 아낙스는 가증스럽게도 그 정신 지배력으로 볼코프에게 동조하고 있던 군부 강경파들을 제압해 버렸다. 볼코프에 비해서 볼품없는 인간에 불과한 그들이 테트라 아낙스의 정신 지배력을 감당할 수 있을 리가 없었다.

즉 이제 쿠데타군에게 남은 것은 파멸뿐이다. 아무리 그들이 전술 국면에서 승리했다 하더라도 전략적으로 모스크바를 지키고 있을 여력이 없기 때문에 이 쿠데타는 실패한 것이다.

슬프게도 이것은 예지력을 가진 이사카도 이미 알고 있던 사실이다. 무수한 운명을 볼 수 있는 그의 예지력은 정작 그 사태를 막기에는 쓸모가 없었다. 이미 모든 가능성을 열어두고, 그 가능성에서 가장 합당한 것을 고르면 그들의 파멸을 예언하는 흉조뿐이다. 타고난 운명이 그 정도로 더럽다. 그래도 그 운명을 바꾸기 위해 노력한 것인데, 노력을 해도 힘이 부친다. 아무리 뛰어난 능력을 가지고 있다 하더라도 권력과 생명력이 없으면 결국 밤의 군주 테트라 아낙스에게 밀리고 만다.

슬픈 능력이고 슬픈 운명이다. 아무리 뛰어난 힘과 능력이 주어졌다고 하더라도 이사카는 주어진 운명을 이겨내지 못한 것인가?

아니, 그건 아니다. 이런 희생을 치러야 할 것을 알면서도 일을 감행한 데는 다 그만한 이유가 있다.

그때 아무도 없이 텅 비어버린 크렘린 궁 안에 묵직한 군화 소리가 울려 퍼졌다. 단 한 사람의 발소리로 들리지만 또 어떻게 들으면 천군만마의 진군 같은 그 발소리는 이내 양탄자에 흡수되어 사라졌다.

문이 열리고 들어선 것은 볼코프 레보스키였다. 적의 피로 뒤범벅이 된 그는 이사카와 그의 수하들을 바라보며 쓴웃음을 지었다.

"고작 이게 전부인가."

여기 들어오고 모스크바를 함락하는 게 네놈의 목적의 전부였단 말이냐? 볼코프는 그렇게 물어보고 있었다. 야심도, 야망도, 이상도, 모든 것도 크고 높은 줄 알았는데 고작 이 정도에 만족하느냐고 그는 물어보고 있었다. 그런 걸 보면 그도 이사카에게 많은 기대를 걸었음에 틀림없다.

"아니요. 훌륭했어요. 테트라 아낙스를 끌어내기 위해서, 다른 흡혈귀들도 끌어내기 위해서는 참 좋은 핑계였으니까요, 쿠데타라는 것도."

이사카 베르게네프가 그리 말하는데 왠지 자기 합리화 같았다. 쿠데타로 흡혈귀들을 끌어내긴 했지만, 끌어내자고 그런 짓거리를 한다는 건 납득 가지 않는다. 다른 방법이 없었던 것도 아닐 텐데 그냥 흡혈귀들에게, 그리고 이 세상에 자신의 존재를 각인하기 위해 그랬다고? 그러면 차라리 비스트의 방식대로 어디어디 날려 버리겠다고 예고한 뒤 날려 버리는 쪽이 더 나으리라. 그리되면 싫어도 존재가 각인될 테니까.

"세상을 손에 넣고 싶어 한 게 아닌가?"

"그야 그렇지만 우선적으로 필요한 건 내 뜻대로 내 운명을 개척하고 살 권리지요. 그건 나에게도 이 아이들에게도 없었어요. 하지만 이제 조금은, 생기겠군요. 당신의 쿠데타 덕분에."

"어처구니가 없군. 이상도 야심도 없이 그저 내 쿠데타를 이용했을 뿐이라 이건가?"

"이상도 있고 야심도 있지요, 물론… 왜 아니겠어요? 하지만 남은 시간이 얼마 없어서 극단적인 방법밖에 선택할 수가 없더군요."

이사카가 그리 말하자 볼코프는 깜짝 놀랐다.

"남은 시간이 얼마 없다?"

"보시다시피, 제 몸은 터무니없는 능력을 견디지 못하고 파괴되고 있습니다. 능력 자체로는 테트라 아낙스 이상이지만, 그 미래는 온통 암흑뿐이지요. 릴리쓰는 테트라 아낙스의 독재를 흔들고자 나라는 존재를 낳았지만… 애석하게도 나에겐 있는 예지력이 그녀에겐 없었어요."

이사카가 그리 말할 때마다 입술 밖으로 피가 뚝뚝 흘러내렸다. 상처는 계속 재생되는데도 재생되자마자 몸 여기저기에 멍이 들고, 또 아문다. 여기저기 붉고 푸른 멍과 상처가 생기며 몸이 급변하는 걸 보니 정말 상태가 심각함을 알 수 있었다.

"그럼 나에게는 무슨 짓을 한 거지? 서린에게는? 어째서 내 힘이 이렇게 빨려 나가는 건가? 해명해 줬으면 하는데?"

볼코프가 그리 물어보자 루스킨과 뷔르제예프 등 이사카의 부하들이 그의 앞을 가로막았다. 볼코프는 이사카에게 분노하고 있었으므로 만약 그들이 없다면 지금 당장에라도 볼코프가 이사카를 때려죽일 것 같았기 때문이었다. 하나 이사카는 볼코프가 그리 못 할 거란 걸 잘 알고 있었다.

제 딸이 릴리쓰에 감염되자마자 버려 버리고 유폐했다고 하여 그를 매정하고 엄정한 사람이라 하지만……

사실 진짜 릴리쓰를 배제하고 싶다면 죽이거나 봉인했어야 했다. 그가 차마 그러지 못한 것은 딸에 대한 정이 깊기 때문이었다. 무뚝뚝해 보이고 과격해 보여도 그는 정이 많은 성격이다. 그렇지 않고서야 그 많은 라이칸스로프가 그렇게 맹목적인 충성을 보일 리 없다.

모질어야 할 때는 모질게 굴 수 있겠지만 본질적으로는 나름 대로의 정의에 따라 행동하는 인의가 있는 자이기에 사람도 꼬이는 거고 그래서 말이 통할 상대이다.

"라이프링크를 걸었을 뿐입니다. 서린의 그릇이 크기 때문에 당신의 힘이 빨려 나갈 것은 예상하고 있었지만, 그 정도라니 꽤 심각한 것 같군요. 대체 왜 그런지는 저도 잘 모르겠습니다."

이사카는 솔직하게 말했다.

"그래? 그러면 왜 걸었지?"

"서린이 테트라 아낙스의 몸으로 선택되었다는 건… 알고 있겠지요?"

"그건 잘 모르겠군. 하여튼 그렇다 치고. 그래서?"

"테트라 아낙스는 그의 몸을 빼앗지 못할 겁니다."

이사카는 확신을 가지고 말했다. 거기까지 들은 볼코프는 한숨을 내쉬더니 문득 왼발을 높이 치켜들었다.

빠직!

단숨에 내려 차기로 테이블을 부숴 버린 그는 고개를 돌렸다.

"그렇다면 쿠데타는 실패로군. 부하들의 목숨을 더 낭비할 필요 없이 이탈시켜야겠군. 국외로 탈출시키겠다."

그 말을 듣는 순간 이사카를 제외한 전원이 놀라고 말았다. 쿠데타를 일으킨 장본인이 이런 말을 하다니. 쿠데타에 가담한 이들은 무기징역 내지는 사형을 당하는 게 일반적이다. 모두들 그 정도는 각오하고 쿠데타에 가담했을 텐데, 그들을 전부 살려보겠다고?

아직 젊고 어린놈이 그렇게 말했다면 말을 않겠다. 별까지 단 직업군인이 그런 소리를 하다니… 그 수단은 이미 강구해 둔 것인가?

"그러면 쿠데타는 포기한 겁니까?"

뷔르제예프는 궁금해져서 물어보았다. 이미 한 번 대답을 듣기는 했지만 혹시 자신이 잘못 들었나 싶어서 다시 한 번 확인하는 것이다.

"몇 번 말해야 알겠나? 포기다. 여기서 저들을 죽게 만들면 정말 이후에 테트라 아낙스나 흡혈귀들에게 대항할 힘이 사라지게 될 거다. 우리 라이칸스로프 여단을 후세에 남겨야 해. 무모한 계획에 더 이상 귀중한 생명을 소모시킬 수는 없지!"

볼코프는 그 말을 남기고 돌아섰다.

"그럼!"

아무르의 호랑이, 동구의 철인은 자신의 손자에게 눈길도 주지 않고 등을 돌렸다. 그도 결국 뛰어난 능력을 타고났음에도 불구하고 세상을 바꾸지 못하고 세상에 패배하는 것인가?

그들의 혁명은 실패로 돌아갔고 그들은 결국 세상에 패배했다. 하지만 볼코프는 그럼에도 불구하고 당당히, 가슴을 펴고 걸어 나가는 것이다.

第33夜

Need or Want

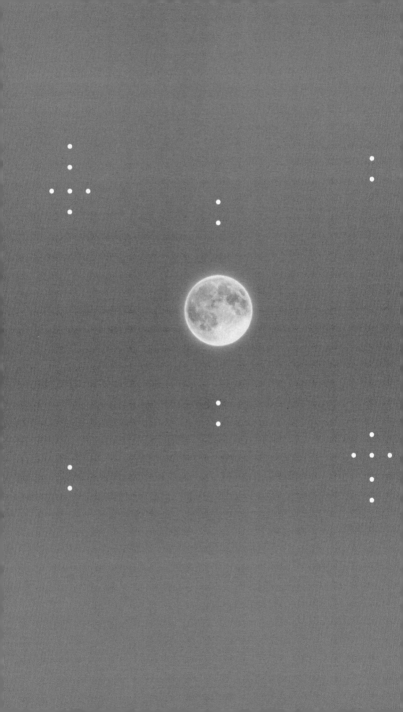

# 1

수영장 건물 안으로 뛰어든 서린이 본 것은 온통 검게 물든 수영장과 그 앞에 앉아 있는 휠체어를 탄 노인이었다. 약 25m의 실내용 레인을 네 개 갖춘, 개인의 집에 있기엔 과분하지만 체육관치고는 약간 부실한 이 수영장은 그래도 상당히 큰 공간이다. 하지만 이 공간 전체를 저 휠체어에 올라탄 말라비틀어진 노인이 채우고 있는 듯했다.

"호오, 왜 도망치지 않았지?"

노인은 물어보았다. 어느 나라 말인지 모를 말이지만 서린은 그가 말하는 바를 분명히 알아들을 수 있었다. 왜냐면 그는 서린의 뇌에 직접 말을 걸어왔으니까.

'이것이 텔레파시란 말인가?'

서린은 그 끔찍한 느낌에 몸서리쳤다. 머릿속을 후벼 파이는 느낌이다. 굳이 비슷한 걸로 비교하자면 치과 의사가 입안을 막 후벼 파면서 '괜찮습니까?' 하고 물어보는 것 같달까?

왜 다들 테트라 아낙스라고 하면 저렇게 바짝 마른 늙은이인데도 접어주고 들어가는지 그제야 알 것 같았다. 누구나 테트라 아낙스 앞에 서면 두개골을 활짝 열고 뇌를 드러낸 채로 다니는 것과 같다. 테트라 아낙스가 저 바짝 마른 손가락을 살짝 움직인다면, 아니, 그럴 필요도 없이 단지 신경만 좀 쓴다면 미치거나 그대로 죽어버리는 것이다.

서린은 그걸 감안하고 정신력을 끌어모았다.

"바짝 꼴은 늙은이가 무서워서 도망칠 만큼 바보는 아니거든. 당신이 그렇게 잘나신 테트라 아낙스야? 기대 이하군."

"테트라 아낙스는 네 명이 모여야 테트라 아낙스지. 평상시는 그냥 고든이라고 한다."

고든은 그렇게 자신을 소개하며 전동 휠체어의 스위치를 눌렀다. 서린은 혹시 휠체어에서 기관총이라도 발사되지 않을까 하고 기대했지만 휠체어는 그의 기대를 배반하고 평범하게 전진했다.

"숨어 있지 말고 나오지? 그래도 명색이 진마! 쥐새끼처럼 숨어 있어야 쓰겠나?"

"젠장!"

브리아레오스와 앙리 유이가 어쩔 수 없다는 듯 튀어나왔다. 브리아레오스는 고개를 숙이고 있고 앙리 유이는 팔짱을 낀 채

발을 탁탁 두들기고 있었다.

"아, 뭐야! 뭐! 안 숨어 있었다, 뭐! 내가 누군데! 숨어 있고 쪼잔하게 그런다고 그래?"

앙리 유이는 투덜거리며 테트라 아낙스를 정면으로 노려보았다. 분명히 그는 테트라 아낙스와 비견될 만한 사악한 마법사다. 사법사 집단 네크로폴리스의 수장쯤 되면 악당이라 해도 지켜야 할 품위가 있다.

"그래서 어쩔 거죠?"

서린은 자신의 뒤에 선 석세서와 앙리 유이를 돌아보며 손가락 관절을 꺾었다. 이들은 테트라 아낙스가 서린에게 정신 전이를 시작할 때 테트라 아낙스를 습격하려 할 테니 여기서는 서린을 테트라 아낙스에게 넘길 것이다. 그러나 지금의 서린은 더 이상 예전의 그가 아니다. 그 막강한 아무르 타이거, 볼코프의 힘을 이어받고 있는 것이다. 지금이라도 당장 뛰어들어서 저 말라비틀어진 흡혈귀 놈의 목을 따버리면 어쩔 건가? 그야말로 만사형통 아닌가?! 흡혈귀도, 라이칸스로프도, 헌터조차도, 다 저 늙은이의 손바닥 위에서 놀아나는 가련한 존재에 불과하다면 왜 저 늙은이를 그냥 내버려 두는가? 저놈이 있어서 정보 조작이 되고 흡혈귀의 정체가 밝혀지지 않는다고? 서린은 그런 거 없어도 인간들 틈에서 잘 살았다!

"노인네 모습인데 육탄전은 얼마나 잘할지 볼까?"

서린은 몸을 앞으로 던지듯 튀어나가 테트라 아낙스에게 돌진했다.

단 일격만 먹여도 끝이다. 즉사시킬 수 있다!

그렇게 생각했지만 그보다 테트라 아낙스의 행동이 빨랐다.

찌잉!

강력한 텔레파시가 칼날처럼 예리하게 다듬어져서 서린에게 날아들었다. 마치 권투 선수의 스트레이트를 제대로 안면에 맞은 듯한 느낌이다. 서린의 다리가 꺾이며 달려오던 속도를 이기지 못하고 풀 사이드의 타일 위로 미끄러졌다.

턱!

그 상황에서도 서린은 목을 당겨서 낙법으로 무사히 착지했다. 서린은 즉시 흡혈귀들에게 빼앗은 권총을 양손에 들고 등으로 타일 위를 쓸면서 빙글 몸을 돌려 테트라 아낙스에게 총알을 퍼부었다.

우우우우웅!

하나 어찌 된 일인지 맞지를 않는다.

깜짝 놀란 서린이 자신의 손을 보니 그제야 자신이 엉뚱한 곳을 쏘고 있다는 걸 깨달았다. 놀랍게도 그는 등 뒤로 팔을 돌려서 브리아레오스와 앙리 유이를 향해 쏘고 있던 것이다. 브리아레오스도 앙리 유이도 그 공격을 피하긴 했지만 당황한 표정이었다.

"저런, 아직 상황을 모르나 보군."

테트라 아낙스는 서린의 저항을 비웃었다. 서린이 그에게 분개해서 권총을 겨누었지만 테트라 아낙스는 피하지도 않았다. 아니, 지금 이 상황에서 피할 시간도 없으리라.

타앙!

그러나 서린은 자신의 관자놀이에 총탄이 충돌하는 느낌을 받았다. 이번에는 어처구니없게도 자살하는 사람처럼 자신의 관자놀이를 쏴버린 것이다. 볼코프의 강체 능력 덕분에 권총탄에 맞아도 관통당하진 않았지만 맞은 위치가 너무 안 좋다. 뇌진탕 때문에 머리가 띵하다.

그러나 머리가 아픈 것보다도 정신적 충격이 더 컸다. 지금 이 일은 뭔가? 이래서야 마치 미친놈 같지 않은가? 아니, 이건 미친놈 이전에 테트라 아낙스의 인형이다. 아마도 지금 이건 테트라 아낙스가 그의 뇌에 직접 간섭을 일으켜서 벌어지는 현상 같은데, 그렇다면 눈에 보이는 것, 자신이 움직이는 것, 그 어떤 것도 믿을 수가 없단 말인가?

"육체는 아무리 강하다 해도 정신이란 결국 단순한 화학반응에 지나지 않지. 그것을 해독하는 데 내 평생이 들기는 했지만."

테트라 아낙스는 휠체어에 앉은 채로 그리 말했다. 테트라 아낙스의 혈인 능력은 직접 전투 능력을 주지 않는, 어디까지나 보조적인 능력이다. 그러나 테트라 아낙스가 휘두르게 되면 그 능력은 그야말로 만능의 검이다. 인간을 지배하고, 정신을 제어하고, 신경을 속이고, 미래를 예지하는 초능력은 바짝 마른 늙은 몸에도 불구하고 그가 모든 흡혈귀의 왕이 될 수 있게 하였다.

"하하하하."

테트라 아낙스는 휠체어에서 몸을 일으켰다.

"포기하라면 포기하지 않겠지? 그렇다면 어디 포기하지 않고 열심히 몸부림쳐 봐라."

그렇게 말하는 그의 목소리에는 왠지 모를 슬픔까지 느껴졌다. 서린은 어처구니가 없어서 그를 노려보았다. 지금 무슨 자기 연민이라도 느끼고 있단 말인가?

"제기랄!"

서린은 몸을 일으켜 세우고 자신의 의지대로 움직이는 부분이 어디인지 확인해 보았다. 눈은 도저히 믿을 수 없다. 손도 다리도 믿을 수 없다. 그나마 강체 능력이 발동한 것으로 보아 몸은 아직 그의 제어인 것 같은데, 그것도 미심쩍다.

"카악!"

그때 서린의 손이 의지를 배반하고 움직였다. 서린은 자신의 눈을 향해 다가오는 총구를 보며 기겁했지만 피할 수가 없었다. 게다가 눈조차 감아지지 않는다. 마치 사시 수술을 할 때 눈의 근막을 째기 위해 눈을 못 감게 하고 메스를 들이대는 것과 같다. 자신의 눈으로 자신의 눈을 날려 버리는 걸 봐야 한다니!

타앙!

총성이 울려 퍼지는 것과 동시에 한쪽 시계가 완전히 날아가 버렸다. 그리고 뇌를 꿰뚫는 고통! 서린은 비명조차 지르지 못하고 몸부림쳤다. 하지만 그의 손은 거기서 그치지 않았다.

이번엔 반대쪽 눈을 날리기 위해 총구가 움직인다.

눈물과 콧물, 피와 뇌수를 흘리며 서린은 몸부림쳤지만 자신의 손에서 도망칠 수 없었다.

타앙!

다시 한 번 총성이 울리고 서린의 머리에 두 개의 구멍이 생겼다.

서린은 휘청거리다 주저앉았다. 그는 최상위 라이칸스로프, 뇌조차 재생하는 괴물 중의 괴물이지만 이 타격은 너무 크다.

정신이 뇌라는 기관의 화학반응에 의해 생겨난 것이라면 뇌에 구멍이 뚫린 이상 정신을 유지할 수 있을 리가 없다. 서린은 결국 쓰러지고 말았다.

"그러면 전이 마법을 시전할 때가 왔군. 우선 릴리쓰에게서 유도체를 만드는 작업이 선행되어야 하지만. 어때, 앙리 유이. 나를 돕겠나? 그렇다면 이 비술을 이해시켜 주지."

테트라 아낙스가 아무리 뛰어난 마도사라 하더라도 자신이 주체가 되는 의식에서는 의식을 보조해 줄 다른 술사가 필요하다. 네크로폴리스의 사법사 앙리 유이라면 그를 보조하기에 충분하고도 남음이 있다. 문제는 그에게 제시할 보수가 고작 이것뿐이라는 것이다.

"그것도 이해 못 하는 바보는 아니야."

앙리 유이는 신경질적으로 대답했지만 팔짱을 끼고 테트라 아낙스에게 걸어가는 폼이 이미 마음을 정한 것 같았다. 비술을 추구하는 마법사로서, 이런 강력한 비술을 이해하고 체험할 기회가 많지 않으니 그가 테트라 아낙스의 제의에 응하지 않을 리 없다.

문제는 그가 브리아레오스의 뜻에 응해서 비술을 이해하고 나면 테트라 아낙스를 제거하기로 했다는 것이다. 브리아레오스와 함께 움직이는 걸 보았으니 아마 그런 허점을 보이는 비술은 사용하지 않을 것이다.

아니면 애당초 그가 시전할 비술에는 허점 따위 없을지도 모른다. 처음에 말한 것은 뇌를 제거하고 자신의 뇌를 이식하는 무식한 비술이었지만 그것은 바로 브리아레오스와 앙리 유이를 속이기 위한 거짓 정보일 수도 있다.

"브리아레오스, 나를 대신해서 쿠데타 상황을 통제하도록. 이제 이사카 베르게네프의 힘이 약해졌으니 너와 오라클들의 백업 정도로도 가능할 것이다."

"예, 알겠습니다."

브리아레오스는 본능적으로 자신의 계획이 실패했음을 알았다. 아니, 애초부터 그도, 다른 모두도 테트라 아낙스의 손아귀 위에서 놀아난 것이었음을 깨달았다.

"아니, 그 전에 옮길 준비를 해야겠군. 이곳에서는 더 못 하겠어. 묘한 벌레들이 꼬여서 말이지. 수송기를 준비시키도록."

테트라 아낙스의 말이 끝나기가 무섭게 신관을 단 TNT 몇 덩이가 안으로 날아들었다. 폭탄이 앙리 유이와 테트라 아낙스의 사이에서 공중폭발하자 사방으로 충격파가 쏘아져 나갔다.

쿠르르르르르르릉!

그렇지 않아도 산산조각 난 풀장의 유리벽이 다시 한 번 요동쳤다. 아직 틀에 걸려 있던 강화유리들이 다시금 비처럼 쏟아져 내리고 풀장의 물도 충격파에 흔들려 넘실거렸다.

"드디어 여기까지 왔다, 테트라 아낙스! 네놈들 흡혈귀들에게… 잘나신 포식자들에게 쓴맛을 보여주기 위해서 나는 여기까지 온 거야! 죽여 버리겠어! 죽여 버리겠어어어어어어어어! 네놈들이 생각하는 대로만은 되지 않아!"

인간 남자의 포효! 알아들을 수 없는 나라의 말이다. 하지만 그가 말하는 바가 무엇인지는 누구나 알 수 있었다. 테트라 아낙스가 텔레파시로 사람들에게 직접 말하는 것처럼 그의 집념이 또 다른 텔레파시가 되어 '알게' 한다.

"제기랄!"

이 수법은 소문 자자한 미친개, 비스트인가? 급한 대로 충격 결계를 펼쳐서 몸을 지킨 앙리 유이는 즉시 주술용 검을 빼 들고 결계를 전하 결계로 바꾸었다. 그러나 다음 순간 앙리 유이의 팔이 뭔가 강력한 공격에 의해서 잘려 나갔다.

텅!

"제기랄!"

세라믹 프레체트 탄이 그의 팔을 잘라 버린 것이었다. 구리 합금과 납으로 만들어지는 일반적인 총탄과 달리 탄심에 산화 알루미늄 세라믹 화살을 박아 넣은 이 탄환은 보통 탄보다 훨씬 고속으로 나가는 세라믹 화살을 발사한다. 물론 전하 결계로 그걸 막을 수 있을 리 없다. 전하 결계가 총탄을 막을 수 있는 건 순간 방전에 의한 아크 불꽃으로 납탄을 순식간에 증발시키기 때문이다. 그러나 증발되기가 불가능에 가까운 안정된 세라믹 탄환이라면 이야기가 다르다.

"인간 주제에!"

잘린 팔의 단면에서 핏물이 치솟으며 팔을 잇는다. 너무나도 빠른 재생이었다. 세라믹 탄심은 은이 섞여 있지 않으므로 진마급의 적을 상대할 때는 당연한 일이지만 그래도 이건 너무 빠르다.

분노한 앙리 유이는 다짜고짜 검을 빼 들고 덤벼들었다. 마도사라고 너무 마법에 치중했다간 총이나 검에 당하는 경우가 있다. 이 경우는 전하 결계를 믿고 무작정 육박전에 들어가는 게 제일이다. 그러나 뛰어들기 전, 그의 눈에 백발의 흡혈귀 한 명이 들어왔다. 콧잔등에 일회용 반창고를 붙인 그는 코를 쓱쓱 긁으면서 머쓱해했다.

"인간 주제에, 라니. 그런 부끄러운 대사를……. 아잉, 듣는 내가 다 낯짝이 간지럽더만."

"그러게 말이죠. 특권 의식이란 하여튼. 아, 배알이 막 꼴리네."

"부끄러운 줄 알아야지, 브라더."

에스프리의 흡혈귀들이 한세건의 등 뒤에 나타난 것이었다. 앙리 유이는 그걸 보고 기겁했다.

"야! 아르곤! 너 흡혈귀로서 자각이 있는 거냐?!"

"아, 그렇지 않아도 빈혈기가 있더라고. 나 흡혈귀였구나."

아르곤은 생글생글 웃으며 빈정거렸다.

"선탠은 하지 마시길. 그러면 저는 이만."

브리아레오스는 아르곤에게 태연히 인사를 하고 물러나려 했다.

"누가 그냥 보내준대?"

창현이 발을 들어서 브리아레오스의 갈 길을 막았다. 그러나 그때 브리아레오스가 웃었다.

"막아주면 제가 더 고맙지요. 하기 싫은 일 하러 나가기보다 는 여러분이랑 노는 게 즐겁거든요."

"미소녀였다면 나도 놀아줄 맘이 있는데."

그 순간 창현이 돌려차기로 선공을 가했다. 이게 또 의외로 명중! 브리아레오스의 뺨에 정확히 들어간 돌려차기가 피부를 찢고 어금니들을 분질러 버렸다.

"크!"

"뭐, 뭐야?"

지금까지 공격이 이렇게 깨끗하게 들어간 건 저레벨의 흡혈 귀들뿐이었기 때문에 석세서라고 하는 놈이 이렇게 한 방에 나 가떨어질 줄은 몰랐다. 아니, 날아갔다기보다는 맞고 버틴 거 긴 하지만.

버텨?

창현은 자신의 발차기가 어느 정도의 위력을 지니고 있는지 기억해 내고 기겁했다.

콰직!

다음 순간 창현은 머릿속에 단검이라도 쑤셔 박히는 듯한 느 낌을 받았다.

"크악! 뭐야, 이건!"

창현이 휘청거리며 주저앉자 아르곤은 즉시 몸을 날려 브리아레오스에게 뛰어들었다.

"재수 없는 텔레파시군!"

아르곤의 도끼날이 번뜩이는 것을 예견한 브리아레오스는 즉시 뒤로 물러나서 발화 능력을 사용했다. 목표는 도끼 몸체, 그걸 잘라 버리면 도끼는 힘을 잃는다!

하지만 아르곤은 도끼에서 손을 놓고 왼손으로 도끼를 받았다. 비어버린 오른손은 브리아레오스가 만들어낸 화염륜을 피해 지나갔다.

마치 무슨 능력이 있는지 미리 알고 있었던 것처럼 간단히 브리아레오스의 공격을 피한 아르곤의 오른손이 냉기를 토했다.

텅!

강력한 냉기의 저주가 브리아레오스의 몸통에 적중했다. 그러나 브리아레오스는 자신의 가슴을 눌러 저주를 중화시키고 뒤로 물러나 아르곤의 제2격에 대비했다.

하나 아르곤은 브리아레오스를 공격하지 않았다. 브리아레오스가 그와 싸울 생각이었다면 도끼 몸체를 노리지 말고 손을 잘라 버렸어야 했는데 그러지 않았기 때문이다. 전의가 없는 상대를 억지로 공격해 싸움에 끌어내는 것은 그의 취향이 아니다.

그보다 아르곤의 냉기 저주를 단번에 파훼하다니. 아르곤은 놀라워하며 그를 바라보았다.

"석세서, 그동안 더더욱 발전한 모양이군. 그래, 테트라 아낙스가 무슨 일을 시켰지?"

"쿠데타군에 대한 방비입니다."

"그럼 가도 좋아."

너무나 쉽게 가라는 허가를 낸다. 비록 저주가 풀리긴 했지만 지금의 일전을 볼 때는 누가 보더라도 아르곤이 우세함에도 불구하고 아르곤은 선뜻 브리아레오스를 보내주려 했다.

"그렇지만 아르곤!"

"괜찮아. 가봐, 브리아레오스."

"예, 그럼."

브리아레오스는 인사를 하고 그 자리에서 사라졌다. 창현은 기가 막히다는 듯 아르곤을 노려보다가 에잉 하고 일어났다.

"내가 이거저거 신경 쓰면 수명이 줄지!"

"바보냐? 저 석세서에 앙리 유이까지 끼고 테트라 아낙스와 붙으면 우리 쪽이 불리해. 불만 갖지 마. 넌 언제부터 그렇게 호전적이 되었냐?"

이전에는 계속 도망만 치면서 살더니만 언제 이렇게 호전적이 되었을까? 아마도 실력에 자신이 붙으면서 그렇게 된 것 같았다. 인간이든 흡혈귀든 하여튼 힘 좀 붙으면 다 그렇게 과격해지는 걸까?

앙리 유이는 상황이 곤란해지자 눈살을 찌푸렸다. 아르곤이 진마 중에서도 무투파로 이름 높다는 건 그도 잘 아는 사실이다. 그러다 보니 그와 붙는 건 가급적 피하고 싶었는데 하필이면 이런 상황에서 붙다니. 게다가 이 경우 자신이 빠지게 된다면 테트라 아낙스도 그 비밀을 알려주지 않겠지.

테트라 아낙스에게 바라는 게 있는 이상 여기서는 성의를 보이기 위해서라도 싸워야겠지만 이리되면 정말 테트라 아낙스에게 헌신하는 꼴이 아닌가? 진마 둘과 싸움까지 하면서 그래야 하는 건가?

"브리아레오스를 보내도 되는 건가?"

"물론."

테트라 아낙스는 폭연 속에서 털끝 하나 상하지 않은 채 모습을 드러냈다. 세건은 그것을 본 순간 깜짝 놀랐다. 폭탄을 완벽히 막아내는 결계 따위 있을 리 없다. 물론 그가 폭탄을 던졌을 때 테트라 아낙스가 반응했다. 그 덕분에 애초에 세건이 생각했던 위치, 생각했던 높이에서 많이 벗어난 곳에서 폭발했고, 아마도 그래서 저놈들이 무사한 것이리라.

그러나 그렇게 생각해도 납득하기 힘들었다. 파편이 없는 단순한 폭탄이었으니까 충격의 매질이 공기 그 자체였기 때문에 위력이 약한 건 그렇다 치자. 그렇다고는 해도 한세건이 던진 TNT는 무려 5파운드다. 수류탄을 만들면 50개는 너끈히 만들 수 있는 양이었다. 위력이 아무리 약해도 그 정도 양이면 뭔가 반응이 있어야 하는데 반응이 없다.

그때 아르곤이 나서서 외쳤다.

"우리는 건전한 소년을 테트라 아낙스로 바꾼다는 것에 반대한다! 이쪽이 손해 보는 장사야!"

"저놈이 별로 건전하지 않다는 건 내가 보장하지. 그리고 언제부터 이쪽이야?"

세건은 그리 말했지만 농담할 때가 아니었다. 그는 폭탄을 빼 들고 다시 테트라 아낙스를 노려보았다.

"흐음!"

텔레파시가 이번엔 세건을 노리고 날아든다. 피한다는 게 불가능한 공격은 세건의 뇌를 쑤시고 그를 무력화시킨다. 아니, 시켰어야 했다.

그러나!

"아아아악!"

고함을 지르며 고개를 흔드는 한세건. 놀랍게도 테트라 아낙스의 텔레파시가 그의 증오의 집념에 융해됐다. 순수한 증오의 일념을 불사르는 그는 분노와 증오의 화신, 텔레파시로 거저먹기엔 너무나도 강한 상대다.

"고든!"

한세건은 증오를 토하며 앞으로 달렸다. 앙리 유이가 그를 막으려 했지만 도끼를 손에 쥔 아르곤과 래트, 그리고 창현이 앙리 유이에게 뛰어들었다.

"이런! 이대로는 당한다! 어떻게 해봐!"

앙리 유이는 에스프리의 세 흡혈귀가 덤벼들자 달려오던 걸 멈추고 지면을 손으로 찍은 뒤 뒤로 몸을 날렸다. 아르곤에 창현, 래트를 홀로 상대할 수 있으리라고 자신을 과신하지 않았기 때문이었다.

그때 풀장이 흔들렸다.

푸화아아악!

물기둥이 다시 치솟아 오른다. 한세건은 물보라를 피하지 않고 앞으로 달리며 휠체어 앞에 서 있는 고든의 심장을 향해 검은 칼을 빼 들었다.

우우우우우웅!

세건이 칼날을 뽑아 든 바로 그 순간! 그의 손에 든 검으로부터 묵직한 독기가 마치 펌프로 뽑아내는 것처럼 솟구쳐 나와 풀장 안으로 쏟아졌다.

"칵!"

한세건은 독기에 휘말리면서도 고든에게 칼을 쑤셔 박았다.

콰직!

고든은 그것을 피하지 않고 받아들였다. 비쩍 마른 피부를 꿰뚫고, 노쇠하여 얼마 되지 않는 뼈를 뚫고, 장기를 찢어버리고 칼은 박혔다. 한세건은 녹티스를 양손으로 고쳐 잡고 위로 들면서 고든의 몸통을 심장에서부터 어깨 위까지 쪼개 버렸다!

"크흐흐흣!"

"이 정도로 끝나지 않아!"

한세건은 수평으로 검을 휘둘러 고든의 목을 쳤다. 가느다란 목은 앙상한 고목처럼 비틀어진 피부와 닭 뼈에 비견될 만큼 가는 목뼈에 의해 지탱되고 있었다. 물론 인간을 초월한 한세건의 힘으로 휘둘러지는 대검이 그걸 못 자를 리 없다.

뎅겅!

목까지 잘라 버렸다!

설마 이게 끝인가? 이게?! 그 잘나신 흡혈귀의 왕 테트라 아낙스가 고작 이 정도로 끝이라고?

"실망 따위 할까 보냐!"

원래 굉장한 전투를 바란 게 아니다! 죽이고! 죽이고! 또 죽여 버린다! 그저 저주스러운 이놈의 존재를 능멸하는 것이라면 칼을 내려치는 행위 자체로도 만족할 수 있다! 잘나신 흡혈귀들의 왕, 그들이 바라는 당연한 존중, 이 세상 모든 것이 자신을 존중해야 한다는 그들의 신앙을 깨부숴 버릴 수 있다면 그것만으로도 만족할 수 있다.

한세건은 장검을 치켜들고 육신을 내려쳤다. 고기를 다지듯! 떡메를 치듯! 세건은 의무감에 휩싸여 무자비하게 시신을 도륙했다.

'그래, 만족했나?'

하지만 아무리 칼을 휘둘러도, 칼질을 해도 녀석은 죽지 않는다. 사라지지 않는다. 테트라 아낙스는 웃으면서 물었다.

네가 바란 게 이거냐? 그래, 흡혈귀에게 가족을 잃고 모든 인생을 걸어서 바란 게 고작 이런 정육점 고기 다지는 일이었냐? 이런 걸 하겠다는 핑계로 가족에게 불성실했던 자신을 용서할 수 있게 되리란 건 너무 큰 기대다.

익숙한 비아냥거림에 놀란 세건이 손을 멈추었을 때 그는 자신이 한 걸음도 더 전진하지 못하고 제자리에 멍청히 서 있음을 깨달았다.

테트라 아낙스는 그런 세건을 바라보더니 천천히 휠체어에 앉아서 다리를 꼬았다. 물론 상처라곤 어디 한 군데도 없다. 재생한 것도 아니다. 애초에 한세건은 그의 털끝 하나 건드리지 못했다. 다 말라비틀어진 이 노인이 자신을 희롱했다는 사실에 놀라서 세건은 움직이지도 못했다.

2

"저기다!"

날카롭고 신경질적인 목소리와 함께 무수한 이가 달려온다. 깜짝 놀란 창현이 고개를 돌려 바라보니 약 20명 정도 되는 남녀가 각각 양복과 검은 선글라스를 끼고 달려오고 있었다. 누가 봐도 '난 수상해요' 라고 전신으로 어필하는 자들이다. 그런 그들의 손에는 최신판 제인연감(Jane's year books)에도 실리지 않은 수상한 소총들이 들려 있었다. 외계인 음모론 같은 황당무계한 가능성을 제하고 현실적으로 생각해 보면 저들이 들고 있는 건 사제 총이겠지만, 사제 총치고는 퀄리티가 상당하다. 총신의 길이는 약 1미터 정도, 전장 드럼식인 듯한 탄창은 5.56㎜이며 거의 100발은 너끈히 들어갈 만한 크기이다. 무게가 상당해서 다루기 힘들 텐데도 다들 작대기라도 다루듯 쉽게 다루고 있었다.

먹구름이 하늘의 해를 가리고 눈을 뿌려대는 바람에 일반 흡혈귀들이 풀린 것이다. 이들은 데이워커처럼 태양 아래를 걸을 수는 없었지만 그들과 달리 지성을 가지고 있었다. 만약 뛰어난 등급의 흡혈귀라면 치명적인 적이 될 수도 있다.

"제기랄, 또냐?"

창현은 눈살을 찌푸리며 혀를 살짝 깨물었다. 방벽 위에서 방어하던 흡혈귀와 인간 경호원들도 꽤나 짜증 났었기 때문에 다시 저들이 뛰쳐나온 게 신경 쓰인다. 그러나 그보다 더 궁금한 건 풀장의 동태였다. 온통 먹빛으로 물든 풀장 안에서 불길한 느낌이 피부를 쪼는 독충처럼 강렬하게 쏟아져 나오고 있었다. 단지 불길한 예감일 뿐인데 피부가 실제로 아릴 정도다. 어린 시절 실수로 초콜릿인 줄 알고 화공 약품을 혀에 대었을 때와 비슷한 느낌이어서 창현은 질려 버렸다. 테트라 아낙스의 수장, 고든이 내뿜는 독기도 굉장했지만 고든의 독기는 수영장 안에 존재하는 것에 비하면 약과였다. 테트라 아낙스가 저 정도라면 대체 물 밑에 있는 건 뭐지?!

촤아아아악!

그때 창현의 호기심을 풀어주기라도 할 것처럼 풀장에서 물기둥이 다시 치솟아 올랐다. 그리고 적들의 사격이 시작되었다.

"제길!"

아르곤은 채광 벽을 지탱하던 철근 골조 뒤로 몸을 숨겼다. 그러나 동료들이나 모두가 다 몸을 숨길 수 없으므로 동료들의 앞에는 얼음 장벽을 만들어주었다.

"핫!"

한세건은 지면을 박차고 당장 테트라 아낙스에게 뛰어들었다. 적들의 총탄이 세건의 몸을 꿰뚫었지만 오발로 테트라 아낙스에게 잘못 맞을 것을 두려워해서 그런지 테트라 아낙스에게 다가가면 다가갈수록 충격의 압력이 약해진다. 세건은 팔을 들어서 얼굴과 머리를 보호하며 테트라 아낙스에 접근한 뒤 정신을 집중하고 녹티스를 휘둘렀다.

우우우웅!

그 순간 녹티스로부터 뿜어져 나오는 검은 암흑이 격렬하게 요동쳤다. 어찌나 그 기세가 격렬한지 뿜어져 나오는 반동으로 세건의 몸이 뒤로 밀려날 정도였다. 무슨 로켓 분사 중인 것도 아닌데 그 힘이 굉장하다. 결과적으로 칼은 빗나가고 말았다. 테트라 아낙스는 가만히 제자리에 서 있을 뿐인데 칼이 스치지도 못하다니?

"하아!"

앙리 유이는 짐작 가는 게 있어서 테트라 아낙스를 바라보았다. 기가 막히다. 그동안 그가 해온 짓을 생각하면 지금 저 풀장 안에 있는 것은 있을 수 없는 것이었다. 물론 테트라 아낙스의 성격상 그런 걸 만들어낸다는 게 있을 수 없는 일이지, 만들 능력이 없다는 건 아니니까.

불가능한 악은 없다. 이 세상에 존재가 가능한 모든 악은 실제적으로 존재한다. 그게 바로 그의 지론이었기에 그는 지금 눈앞에서 벌어지고 있는 일에도 수긍했다.

'진정으로 타락했군, 테트라 아낙스!'

촤아악!

풀장이 갈라지며 허여멀건 나신을 그대로 드러낸 소녀가 나타났다. 그녀는 손에 검게 말라비틀어진 심장을 들었는데 그 안에서는 사기가 검은 연기처럼 피어오르고 있었다. 말라비틀어진 심장이 꿈틀거릴 때마다 그걸 보고 있는 이들의 고막이 두근거린다. 자신의 심장이 빠르게 뛰어서 고막에 박동이 들리는 것 같은 그런 기분이 들었다.

생사를 초탈한 헌터 한세건과 역시 다른 의미로 생사를 초탈한 진마들조차 그 불길함에 경악했다. 게다가 한세건의 검에서 뿜어져 나오는 암흑은 고스란히 그녀에게 빨려 들어가고 있었다. 검은 오라는 소녀가 들고 있는 심장을 지나 그녀의 몸으로 연결되어 있었다.

그 옛날, 십자군 전쟁의 말기, 전설적인 그리스도교 국가, 프레스터 존을 찾기 위해 일단의 성당 기사단이 탐사에 나섰다. 그들이 찾아낸 것은 아득히 먼 옛날, 테트라 아낙스가 제 어미를 살해하고 봉인한 검은 관. 그들은 그것에 적힌 마법 인장을 보고 그것이 프레스터 존의 유산임을 믿어 의심치 않았다. 테트라 글래머톤과 가브리엘의 힘으로 봉인된 릴리쓰의 관을 프레스터 존의 유산이라 믿은 그들은 관을 열었고, 그 결과 봉인되었던 릴리쓰가 다시금 세상에 퍼졌다. 교회는 그 죄를 물어 성당 기사단원들을 화형시켰고 화형을 면한 이는 밤의 마물들과 싸우기 위해 그 관에서 나온 성구, 끔찍한 괴물의 시체를 자신의 몸에 연결해야 했다. 그 결과 그는 더할 나위 없는 강한 흡혈귀가 되었고 언제나 저주를 몸에 끌어안고 흡혈귀들을 죽여야 했다.

그의 영혼이 구원받는 길은 없으며 그의 몸과 하나 된 성구는 언제나 그에게 죄를 각인시켜 주었다. 자신의 영광된 운명을 파괴한 흡혈귀들에 대한 증오, 그리고 연민은 그를 흡혈귀이면서 흡혈귀 잡는 이로 만들었다.

그의 힘과 능력이 검에 깃들어 칠흑의 검이라 불리는 마검이 태어났는데 이 검은 한세건에게 계승되었다. 그런데 지금 그 검이 바로 거대한 악에 반응을 보이고 있는 것이었다.

검을 계승한 헌터 한세건은 풀장에서 걸어 나온 여자아이를 바라보고 그녀의 정체를 알아차렸다.

"…릴리쓰!"

석세서 스팅레이를, 테트라 아낙스는 기꺼이 릴리쓰로 만들어 버렸다. 그가 릴리쓰를 죽이고 봉인한 것만 수차례, 햇수로는 천 년이 넘는 장구한 기간이었다는 걸 감안할 때 그 자신의 손으로 릴리쓰를 만들었다는 것은 얼마나 어처구니없는 파행인가?

미치기라도 하지 않고서야 그럴 수는 없으리라.

하긴 고든이 미쳐 있다는 것에 이의를 표할 자가 없긴 하다. 그렇다 해도 이건 대체 어찌 된 일이란 말인가?

"그러면 방해 없는 곳에서 비술을 시전하도록 한다! 옮기도록 하지."

고든이 비술의 시행을 선언하자 릴리쓰에 기생당한 스팅레이, 이제는 릴리쓰 그 자체인 그녀는 고개를 끄덕이고 쓰러진 서린에게 손을 뻗었다. 그녀의 그림자로부터 검은 채찍 같은 촉수가 일어나 서린을 휘감았다. 한세건이 그걸 막으려 했지만 앙리 유이가 움직였다.

비술에 대한 욕심은 어떤 희생도 감수하게 만든다. 마법의 주인이 아닌 종이 되어버렸다는 것을 스스로도 알고 있지만 앙리 유이는 테트라 아낙스가 만들어낸 비술을 두 눈으로 확인하지 않으면 견딜 수가 없었다.

그 실체를 알아내서 자신의 것으로 만들어야 한다는 일념으로 앙리 유이는 세건을 향해 단검을 던졌다. 단검이라 해도 그가 던지면 그야말로 총알과 같다. 세건은 몸을 돌리며 무시무시한 기세로 날아오는 단검을 칼로 후려쳤지만 그 순간 불꽃이 튀며 그의 몸이 위로 5미터 정도 떠올라 먹물로 변한 풀장으로 떨어졌다.

첨벙!

먹물 속으로 떨어진 세건을 어둠의 물이 반겼다. 이미 스팅레이는 빠져나가서 물 안에 사악함은 남지 않았지만 물속에 잔류한 힘만 해도 굉장하다. 세대를 거듭해 가며 마물들을 낳는 마물들의 어미 릴리쓰는 분노하고 있었다. 그녀의 존재는 인간들에게 충고였고 또한 대안이었다. 적어도 그녀 자신은 자신의 존재를 그렇게 여기고 있었다. 그러나 흡혈귀들은 인간의 문명에도 기생하고, 마법에도 기생하면서 그녀의 존재를 죽여 버리거나 이용했다. 그래서 그녀는 계속 증오하고 분노하였던 것이다.

그 단순한 증오의 사념이 풀장 안의 물에 남겨져 있었다. 한 세건은 물에 빠졌다가 내심 기가 막혀서 헤엄을 쳐서 그 안에서 빠져나오려 했다.

'네가 무슨 권리로 증오한단 말이냐?'

오기가 치솟았다. 그녀의 증오가 이 정도로 순수하고 지독한 것이라면 역시 그녀 못지않게 지독한 증오로 타오르는 세건은 어떨까? 한세건에게 있어서 테트라 아낙스나 그 어미 되는 릴리쓰는 도저히 용서할 수 없는 불구대천의 적이다.

마물을 낳는 그녀가 자신의 존재를 무슨 경종을 울리는 존재 정도로 승격해서 생각하고 있는 모양인데 한세건은 그러한 시각을 인정할 수 없었다. 괴물은 괴물일 뿐, 추잡한 자위 따위 필요 없지 않나? 물론 그런 자위를 하지 않고 스스로를 파멸시키려 혈안이 된 세건은 자위 대신 자학을 하고 있는 것일지도 모른다. 아니, 모르긴 뭘 몰라? 자학 맞지. 자기 학대, 자기 파멸의 극단에 서 있으니 그런 점에서는 릴리쓰나 그나 다를 게 없다.

'동족 혐오인가.'

한세건은 한 치 앞도 보이지 않는 풀장에서 벗어나기 위해 움직였다. 대체 자신이 어째서 그런 마음을 품고 있는지 어렴풋이 가닥이 잡힐 것 같기도 하지만 그런 건 어쨌든 상관없다. 그는 이성보다는 지금 당장 저들을 죽여 버리고자 하는 자신의 감정에 충실하고 싶었으니까.


요란한 소총 소리가 쉬지 않고 들려왔다. 드럼 탄창에 의해 탄 공급에 별 신경을 쓸 필요가 없는 적들은 쉴 새 없이 총알을 퍼부어서 자신들의 적을 옴짝달싹 못 하게 묶었다.

두두두두두두두!

얼음으로 만들어진 방벽은 벌써 예전에 박살 나버렸다. 저들이 사용하는 소총이 상상 이상의 초고속탄이라 얼음 방벽은 손쉽게 깨지고 말았다. 결국 래트나 창현이 아르곤이 숨어 있는 철골 뒤로 달려와 같이 엄폐물 뒤에 갇혀 있는 꼴이 되고 말았는데, 그사이에 앙리 유이와 테트라 아낙스는 서린을 가지고 뒤로 빠져나가고 있었다.

끼이이이잉!

아까 명령한 것 같았는데 어느 틈에 수송기 한 대가 활주로로 내려오고 있었다. 수백 년 이상 자란 원시림을 아낌없이 베어내고 만든 저택 부지 앞 활주로에 거대한 수송기가 내려섰다. 약간 작은 롤스로이스 제트엔진을 얹은 전용기는 앞은 여객실, 뒤쪽은 짐칸으로 되어 있어서 엄밀히 말하면 수송기라고 할 게 아니었다.

"제기랄!"

다 와서 이게 무슨 꼴이람? 적들에게 발은 묶여 있지, 수송기는 벌써 왔지, 이러다가는 눈앞에서 테트라 아낙스를 놓치겠다.

아르곤은 분개하며 냉기를 퍼붓기 위해 철골 밖으로 손을 내밀었다. 그러나 그 순간 소총들이 퍼부어져 아르곤의 손을 작살냈다. 정말 손이 통째로 날아간 것이다.

깜짝 놀란 아르곤은 팔을 당겨서 엄폐물 뒤에서 재생시켰다.

"으윽!"

정말 뭐라도 한번 나오기만 하면 끝장을 볼 각오를 하고 있나 보다. 이래서야 감히 나갈 엄두가 나질 않는다. 아무리 진마라 해도 총알이 안 박히는 몸은 아니다. 볼코프 레보스키라면 별문제 없이 저들을 정리했을 텐데 아르곤으로서는 힘들다.

"어이, 창현. 어떻게 수단이 없냐?"

아르곤은 별반 기대를 하지 않고 창현에게 물어보았다. 그러자 잠시 골똘히 생각하던 창현이 손뼉을 쳤다.

"이건 어떨까요?"

창현은 양손을 모아서 앞에다 소용돌이 바람을 만들어냈다. 그는 그것을 엉뚱하게도 풀장 안쪽을 향해 쏘았다.

휘이이이잉!

소용돌이 바람은 창현의 손을 떠나자 점차로 거세어지면서 그 크기가 커졌다. 풀장 근처에 쏟아져 있는 유리 파편들을 쓸어 모으면서 전진하던 회오리바람은 크게 휘면서 일종의 나선을 그렸다.

"아니!"

소총을 퍼붓던 흡혈귀들은 거대한 바람이 풀장 안에서 뛰쳐나오는 것을 보며 기겁했다. 총알도 다른 무엇도 그것을 막을 수가 없었다. 흡혈귀들은 어쩔 수 없이 회오리바람을 피하기 위해 대열을 흩트려야 했고, 그럼에도 불구하고 회오리바람은 그들의 일부를 덮쳤다.

"크악!"

"우아아악!"

흡혈귀 몇몇의 몸이 장난감처럼 하늘로 내던져졌다. 그 비명을 신호로 아르곤과 래트가 철골에서 양옆으로 뛰쳐나갔다. 역시 총알 비가 쏟아지긴 했지만 대열이 흐트러지기 전의 무시무시한 집중사격에는 비할 바가 아니었다.

"훗!"

래트와 아르곤이 동시에 동결 저주를 퍼부으며 앞으로 돌진했다. 그들은 누가 먼저랄 것도 없이 동결 저주를 네 번 연속으로 퍼붓고, 앞으로 몸을 크게 날려 바닥에 떨어진 소총을 집어들고 빙글 몸을 굴려서 일어나며 앉아쏴 자세로 총알을 퍼부은 뒤, 래트는 윈드밀, 아르곤은 사이드 스텝으로 빠지며 두 사람이 직각을 유지한 채 십자포화를 퍼부었다. 그 틈에 창현은 철골을 잡고 기어올라 너덜너덜해진 수영장 골조 꼭대기에 올라가서 도약했다. 적들은 아르곤과 래트에게 신경을 쓰고 있는지라 머리 위에서 뛰어내리는 창현에게는 아무도 신경을 쓰지 않았다.

"에라이 쌍!"

콰직!

창현이 흡혈귀 한 놈을 수직으로 내려 차서 죽여 버리고 적진 한복판에 뛰어들었다.

"잡놈 새끼들! 오늘 니들 인생 종치는 날이다! 인생 종이 땡땡땡! 어서 뒈지자, 창현 님이 너희를 존내 패신다."

그들의 집중포화 때문에 발이 묶여서 동동 구르느라 테트라아낙스와 앙리 유이가 자리를 이탈하는 걸 손가락 빨면서 보고 있었어야 했기 때문에 창현의 분노는 대단했다. 그는 흡혈귀들 사이로 뛰어내리자마자 회오리바람을 부르며 좌우로 다리 벌려 차기, 착지 후 뒤차기, 뒤돌려 차기, 내려 차기로 이어지는 화려한 발기술로 흡혈귀들을 박살 냈다. 아르곤과 래트의 소총에 신경 쓰던 흡혈귀들은 갑자기 위에서 떨어진 창현의 공격에 혼비백산했다.

"좋아! 그러면 수송기 쪽으로! 그놈들 그냥 보내선 안 돼!"

흡혈귀들의 대열이 완전히 흐트러져서 반격하기 힘들어졌다는 걸 확인한 아르곤은 더 이상 저들에 집착하지 않고 이탈하기로 했다. 진마 체면에 총알을 상당히 맞아서 체중이 불어날 정도로 당했으니 화를 낼 법도 하건만 놀랍게도 이성적이다.

하긴 사안이 사안이긴 하다. 테트라 아낙스의 수장 고든이 미쳐서 릴리쓰를 만들어내질 않나, 젊어지겠다고 젊은 놈 한 놈 덜컥 잡아 와서는 그 몸을 빼앗겠다고?

제대로 돌아버린 거 아냐?

애초에 그렇게 젊게 살고 싶었으면 마법 연구를 그렇게 미친 듯 해서는 안 되었다. 마법을 연구하는 과정에서 에너지가 빨려 나가서 그렇게 늙게 된 것을 어찌 그런단 말인가? 앙리 유이도 마법에 상당히 미쳐 있긴 해도 자기가 늙어버릴 만큼 심한 짓은 하지 않았다. 그렇게 위험한 짓은 알아서 피했어야지. 하긴 고든이 그렇게 열심히 자신을 희생하며 길을 닦아놓았기 때문에 앙리 유이 같은 후학(?)이 편안히 그 길을 밟을 수 있었으리라.

"팬텀들은 어떻게 된 거야, 여태 안 오고? 뭐 맛있는 거 자기

들끼리 먹고 있나?"

아르곤은 손목시계를 살펴보며 아직도 오지 않는 원군에게 불만을 토했다.


"푸핫!"

한세건이 수면 밖으로 나와보니 상황은 이미 에스프리 흡혈 귀들에 의해서 정리되고 있었다. 그들도 꽤나 큰 타격을 입긴 했지만 테트라 아낙스의 실행부대는 대열이 완전히 박살 나서 따로 놀았다. 아직 병력이 전멸당한 것은 아니라서 재편성하기 위해 일단 후퇴하는 게 보였지만 그 정도 시간이면 충분하다. 저들도 결국 없애야 할 흡혈귀들이긴 하지만 우선순위가 무척 이나 낮다.

지금 상황에서 흡혈귀가 밀다고 지랄발광해 봐야 '나 바보 요' 하고 동네방네 자랑하고 다니는 꼴이니 세건은 그들을 무 시하고 밖을 살펴보았다. 채광 벽의 기둥과 체육관 건물, 그리 고 저택 틈 사이로 제트 여객기가 보인다.

수송기라고 하지 않았던가? 저건 완전히 에어버스잖아?

잠시 그런 생각을 했지만 세건은 여객기에도 짐칸이 꽤 있다 는 걸 떠올리고 혀를 찼다. 일반적인 기종 분류에서의 이야기 가 아니라 그냥 용도에 의한 분류법으로 한 말이라고 여긴 것 이다.

어찌 되었거나 저게 있다는 건 아직 테트라 아낙스가 출발하 지 않았다는 것이다. 여기서 출발시키면 다음에는 라이칸스로프이자 흡혈귀인 테트라 아낙스가 탄생하고 말리라. 그것도 서린의 모습을 한!

능글맞은 서린이 친한 척 굴 때는 귀찮고 짜증 나서 견딜 수 없었지만 그놈이 또 테트라 아낙스가 되어버린다는 것은 더욱 짜증 나서 견딜 수가 없다.

한세건은 물이 뚝뚝 떨어지는 몸으로 일어나서 밖으로 뛰쳐나가려 했다. 하나 그때였다.

휘이이이잉!

"⋯⋯."

때마침 찬바람이 불어와 주니 정말 무시무시하게 춥다. 바람을 만난 그 순간에 얼어붙어 버릴 것 같다. 실제로 머리카락의 일부는 벌써 얼어버리고 말았다.

"젠장! 난 왜 이리 추위에 약할까."

한세건은 투덜거리며 목의 지퍼를 내렸다. 그러자 쏴악 하고 물이 쏟아진다. 방수 재질로 만들어진 슈트이지만 물에 빠져 버리면 목으로 물이 들어와서 슈트 안으로 물이 고여 버리는 것이다. 몸이 젖은 채로, 아니, 이 정도면 물에 빠진 채다. 이 상태로 테트라 아낙스와 앙리 유이에게 도전해 봤자 개죽음당할 뿐이다. 한세건이 딱히 추위에 약하다기보다는 당연한 일이다. 물에 빠진 생쥐가 시베리아를 돌아다니겠다니 용기가 가상하다.

에어버스가 정말 버스처럼 왔다 갔다 제 맘대로 할 것은 아니고 일단 여기에 도착을 했다면 급유를 해야 출발할 수 있으리라. 연료를 많이 남기고 착지하면 놀부 제비 다리 분지르듯

랜딩 기어가 똑 부러지기 때문에 대형 비행기는 항상 공항에서 연료 보급을 해야 출발한다.

그러니까 시간은 좀 있을 것이다.

"으으윽……."

한세건은 비행장으로 향하는 대신 수영장 라커룸을 향해 달려갔다. 그는 곧 어렵지 않게 타월들을 잔뜩 구할 수 있었다. 그는 타월로 전신의 물기를 닦아낸 뒤 젖은 옷은 벗어버리고 방탄 슈트는 말끔하게 물기를 닦았다.

'대체 적진 한복판에서 이게 무슨 지랄을 하는 건지.'

스스로 생각해도 어처구니가 없지만 젖은 상태로는 도저히 싸울 수 없다. 게다가 아르곤이 만약 휙 돌아서 세건을 선공하거나 아니면 석세서들의 능력 중에 아르곤의 것과 같은 동결 저주가 있다면 맞는 순간 얼음이 얼어서 몸이 부서질 것이다. 동상 정도가 아니라 아예 동파가 일어나는 것이다. 그저 생각이 과한 것일 수도 있겠지만 세건은 조반니 반테로에게 멋지게 당한 후 석세서들을 무시하지 않기로 했다(그렇다고 전에는 무시했느냐 하면 그것도 아니지만). 이 석세서라는 놈들은 테트라 아낙스가 만들어낸 위조 진마, 진마의 자리를 대체할 새로운 놈들이다. 그러다 보니 이놈들이라면 무슨 일이 일어나도 이상하지 않은 것이다.

여하튼 몸을 좀 말린 한세건은 히터를 틀고 그 옆에 붙어서 생각을 정리했다.

지금 당장에라도 추격하면 테트라 아낙스의 목을 딸 수 있을 것 같다. 그리고 어서 빨리 결정하지 않으면 비행기는 바로 출발해 버려 영영 이 기회를 놓칠지도 모른다. 조바심이 끓어올라서 견딜 수가 없다. 왜 조바심에 대해서 끓어오른다는 표현을 쓰는지 알 것 같았다. 마치 그 자신이 끓기 시작하는 냄비 위에서 삶아지기 직전의 개구리가 된 기분이다.

당장에라도 뛰쳐나가서 이 상황을 바꾸고 싶다. 하지만 이런 때일수록 냉정해져야 한다. 그가 가진 유한한 자원, 체력과 정신력과 무기들을 가지고 최대한의 효과를 거둬야 한다. 자원이 한정되어 있으니만큼 그 투입에 신중해야 하는 것이다. 그리고 그가 선수를 치는 것보다는 저 흡혈귀들이 선수를 치는 게 더 낫다. 아르곤과 그의 동료들? 실력이 꽤 괜찮은 것 같고 그들도 테트라 아낙스를 잡아야 하는 건 매한가지니 세건이 굳이 먼저 나서서 피를 볼 필요는 없다. 그나저나 그럼 이제는 어떻게 해야 하나.

만약 폭탄을 에어버스에 붙일 수 있다면 그가 가지고 있는 FM 통신 모듈에 의한 리모트 신관의 가동 범위가 약 6킬로미터. 그럼 공중에서 폭파시키는 것도 괜찮을 것 같다. 폭발에 의한 타격에 추락 타격도 굉장하리라. 비행기째로 공중폭파시키면 제아무리 진마라 하더라도 목숨이 위험해지겠지. 하나 상대는 테트라 아낙스의 루드비히 고든. 예지력이 있으니 그런 걸로 당하지는 않으리라.

그렇다고 직접 싸우자니 역시 고든의 그 텔레파시가 걸린다. 텔레파시가 어찌나 강력하던지 한세건은 그놈이 만들어둔 환상 속에서 실컷 허우적거리다 나오지 않았던가. 그에게는 증오의 의지가 있어서 고든이 그를 조종하려 하거나 그러면 즉각 풀어낼 수 있다. 그러나 그 반면 증오를 부추기며 환상을 보여 주면 거기에는 속절없이 당하는 것이다. 증오가 너무나도 강해서 자신을 제어하지 못할 정도이기에 이것에는 냉정하게 대처하는 게 제일이다. 증오에 사로잡혀서 자신을 너무 망치지 말고 차가우면서도 불꽃같이 최대한 감정을 절제하면서 상대해야 한다.

'과연 가능할까, 그런 게?'

한세건은 프로틴바를 입에 털어 넣고는 무기를 챙겨 들었다.

## 3

눈보라가 쏟아지는 거대한 도시에서 포성이 끊겼다.

눈보라 속에서 교전하고 있던 젊은 육군 중위 한 명은 주위를 둘러보며 포성이 끊긴 것에 대해 경악했다.

"어떻게 되어가는 거지?"

더 이상 포를 쏠 곳은 없다. 어차피 그들은 이 도시 전체를 장악했고 교전은 흡혈귀 군대와 벌이는 게 전부였다. 흡혈귀나 그들이나 인간을 벗어난 존재였기 때문에 어느 정도 근접하게 되면 포를 쏠 여유가 없다. 그러니까 여기서 포를 더 쏴봐야 그건 축포 이상도 이하도 아니다.

그런데 포성이 줄어드는 건 그렇다 치고 총성까지 줄어들고 있는 것이다.

'그러고 보니 쿠데타에 성공하면 세계 최대의 대포를 한 번 장전해서 정말 쏴보고 싶었는데.'

레온 시마노프 대위는 그리 생각하며 정신을 집중했다. 혹시 자신이 신경을 쓰지 않아서 그동안 안 들린 게 아닌가 싶었지만, 역시 어디서도 교전의 소리가 들려오지 않았다. 그들의 눈앞에 있는 저 은발의 신부가 이따금 M82A1 바렛 라이플을 당겨대는 걸 제외하고는 총성이 없었다. 이거 그가 야전에서 직접 뛰다 보니 상황을 모르는 것일까? 아니면 전황에 무슨 변화라도 온 것일까? 그는 AN—94 소총을 들고 전방을 향해 점점이 끊어서 쏘면서 뒤로 빠지는 한편 트랜스리시버에 정신을 집중했다.

"아아! 여기는 여우! 여기는 여우! 호랑이 나와라!"

그러자 과연 호랑이가 나왔다. 호랑이도 제 말 하면 나온다는 한국 속담을 이 대위가 알았다면 기뻐할 텐데 애석하게도 그는 한국 속담은 알지 못했다.

러시아군 육군 대위이자 시베리아 라이칸스로프 여단의 핵심 간부 레온 시마노프는 자신의 귀에 들려온 무전을 의심하지 않을 수 없었다. 상사인 볼코프 레보스키의 명령은 그만큼 그의 예상을 깨는 것이었다.

"물러나란 말입니까?"

―그래. ICBM은 발사되지 않는다.

볼코프는 담담히 말했다. 하지만 저 말을 하면서 얼마나 속이 상했을까? 영웅 대접 받고 있었지, 대중적인 인기도 끌고 있었지, 현역 육군 장성이며 사단장이지. 무엇 하나 부러울 게 없던 위치에 있던 그가 자신의 위치를 전부 다 걸고 이상을 위해서 움직인 결과가 이런 것이다. 뭐, 잃어봐야 아쉬워할 만큼 도량이 좁은 볼코프도 아니지만… 객관적인 시점에서 볼 때는 정말 이 이상 크기도 힘든 큰 도박이었다. 그런데 애꿎은 부하들의 목숨만 버리고 이렇게 허망하게 끝날 줄이야. 개개인의 무력 면에선 분명히 압도하고 있었고 실제로 모스크바를 탈취하고 대통령을 살해하기까지 했는데도 이 모양이다. 게다가 미사일조차 못 쏜다고?

"대통령궁을 장악하고 대통령령으로 발사해도요? 거 대통령도 물이네. 시켜준다 해도 하지 말아야지."

—……

참 까불거린다고 생각할 게 틀림없다. 레온은 그 침묵을 그리 해석하고 다시 물어보았다.

"그러면 어떻게 할까요. 다른 이들에겐 전달했습니까?"

—물론.

볼코프 레보스키는 당연하다는 듯 말했다. 아마 상급 지휘관들에게는 다 전달한 모양이다. 항상 이렇다. 레온 시마노프가 실제로 군대에 투신한 기간은 훨씬 길다. 그저 외모가 젊기 때문에 인간 신분을 오래 지속할 수가 없어서 퇴역과 재입대를 반복했을 뿐, 군문에 든 시기만 따지면 볼코프 레보스키보다 더 오래됐다고 할 수 있겠다. 하나 볼코프는 항상 절차와 계급을 중시했다. 누가 딱딱한 군바리 아니라고 할까 봐 항상 계급 순서대로 중대한 정보를 풀어주는데 레온은 그게 답답했다.

물론 그런 식으로 치자면 대위인 레온에게 장군인 볼코프가 직접 말을 걸 필요도 없었다. 그런 점에서 레온은 예외적 대접을 받고 있는 것이다.

―그래. 미사일을 제어하는 건 테트라 아낙스다. 이사카 베르게네프가 테트라 아낙스의 텔레파시나 세뇌를 막아서 ICBM을 발사할 수 있을 거라고 생각했는데, 그에게는 한계가 있었다.

"한계라면?"

―이사카 베르게네프는 수명이 짧다. 인간보다 더. 기대를 많이 건 게 실수였지.

볼코프가 그리 말하는데 듣고 보니 그럴 법도 하다. 그 많은 능력을 욱여넣었으니, 라이칸스로프니까 수명이 주는 정도지 흡혈귀라면 VT 생산보다 소모가 더 빨라서 스스로 말라 죽었을 것이다. 테트라 아낙스가 대단하다, 대단하다 하지만 테트라 아낙스는 자신의 혈족을 잔뜩 늘려서 그들의 눈깔을 뽑아버리고 오라클로 만들어서 일종의 증폭 장치로 쓰고 있다. 그런 테트라 아낙스도 예지 능력과 텔레파시 같은 초능력에만 집중하고 있는데 이사카 베르게네프는 너무 과도했다.

'그럼 릴리쓰도 별거 아니군. 그렇게 한계가 명확한 생명들만 낳을 수 있다면…….'

릴리쓰의 자식, 리림들이 무한한 잠재력이 있다고 생각해 온 것과 달리 한계가 있었단 말이지? 그렇다면 그리 큰 위협이 되지 않는 게 분명하다. 레온은 내심 안도했다.

─어쨌거나 쿠데타는 실패했으니 그대들의 목숨과 인생을 도모해야지. 즉시 병력을 모아서 불필요한 교전을 피하고 국외로 탈출할 준비를 하도록.

볼코프 레보스키는 그리 말하는데 말투가 어둡다. 탈출하는 거야 사실 라이칸스로프들에겐 별로 어려운 일도 아니다. 총 한두 발 맞는다고 아야 하고 주저앉아서 잡히는 애들도 아니고 철창에 가둔다고 곧이곧대로 갇혀줄 애들도 아니다. 철창은 끊을 수 있고, 달리기도 무지무지 빠르고……. 인간 병사가 라이칸스로프를 생포하기란 불가능하다. 그런데 왜 저리 어두운 목소리란 말인가? 혹시?

레온은 혹시나 해서 말했다.

"혹시 자수해서 책임지고 자살한다거나 그런 생각을 품진 않았지요? 시베리아 라이칸스로프 여단에는 당신이 꼭 필요하니까 말이죠. 부하들에게 죄를 지었다고 생각하면 악착같이 살아남아서 노가다로 벌어서 죄를 갚아요."

이게 대체 어디가 대위와 투 스타의 대화일까? 그러나 볼코프는 화내지 않았다.

─가급적 그래보지.

그 말을 끝으로 무전이 끝났다.

"가급적이라니, 이 사람 참 꽉 막혔네. 그 능력 가지고 죽어

버리면 곤란하지. 어쨌거나 당분간은 권토중래를 노리며 컴퓨터 마우스나 잡고 노닥거리면서 백수로 보내야 하는 건가? 그러면 나는 이제… 퇴각할 시간을 벌어야겠군."

레온은 그리 투덜거리며 주위 곳곳에 펼쳐진 은사를 노려보았다. 실베스테르는 은사에 은형(隱形)의 술법을 걸어두어서 정신을 집중하지 않으면 은사가 보이지 않는다. 이런 곳을 멋모르고 고속으로 달리다가는 전신이 토막 나서 죽으리라.

그래서 이래저래 레온에게는 100방 사포(砂布)만큼이나 껄끄러운 상대다. 가급적 상대 안 하고 당장 뒤로 빠져서 은사를 걸기 힘든 넓은 곳에서 싸우거나 아니면 정말 내빼 버리는 게 나을 것이다. 그렇지만 라이칸스로프 병사들이 퇴각할 때 실베스테르가 악착같이 달라붙으면 피해자가 발생할지도 모른다. 그동안은 레온이 시간을 벌어줘야 한다.

"…나 너무 근면 성실한 것 같아."

레온은 그리 중얼거리며 군용 대검을 뽑아 들어서 역수로 쥐고 은사를 피해서 천천히 앞으로 나갔다. 실베스테르는 레온이 과녁에 들어오자마자 총을 갈겼지만 레온은 그 순간 뒤로 살짝 뛰면서 총탄을 피했다. 애초에 과녁에 들어가는 순간 총을 쏠 거라는 걸 알고 정확하게 위치를 파악하지 않으면 불가능한 동작이었다.

일단 초탄은 피해냈지만 그다음이 더 중요하다. 레온은 즉시 은사들을 뛰어넘으며 도약해 콘크리트 벽 뒤에 바짝 붙었다. 두 번째 총격이 이어졌지만 역시 레온의 재빠른 몸을 칠 수는 없었다.

실베스테르가 그렇게 레온의 움직임에 집중하는 사이 병사들은 천천히 퇴각을 시작했다. 실베스테르도 분위기를 눈치 못채는 건 아니지만 레온 시마노프가 다른 이들 전부를 합친 것보다도 더 거물이기에 섣불리 레온을 포기하고 다른 이들을 공격할 수가 없었다. 그나마 은사가 쳐져 있어서 레온의 고속 행동을 봉쇄하고 있으니 망정이라는 것을 그 자신도 잘 알고 있는 것이다.


무너진 건물들의 위, 흡혈귀들의 몸에 칼을 박아 넣은 금발의 수사는 검을 뽑아 들며 의아해했다. 흡혈귀가 쓰러지는 걸확인도 하지 않고 허공에 손을 휘두르자 칼이 그의 손을 따라흔들리며 앞으로 쓰러지는 흡혈귀의 목을 잘라 버렸다.

'어째서……'

에밀 카이히, 바티칸의 밀사로 역시 300년 이상 살아온 마인중 한 명인 그는 의아해했다. 왜 쿠데타군이 물러가는지 그 이유를 알 수 없었다. 이 도시의 숨통을 끊어놓았으면서 그냥 간단 말인가? 영양의 숨통을 끊은 사자가 그 시체를 먹지 않는다고? 그럴 거면 대체 뭐하러 목숨 걸고 사냥을 했단 말인가? 재미 삼아 스포츠로 했다고 하기에는 이 희생이 너무나 크다. 사냥한 그들의 상처도 결코 작지 않았다.

그러나 이 도시에서 솟구쳐 오르는 오라는 그들이 더 이상의전투를 포기하고 물러나고 있다는 걸 알려주었다. 한때는 절망적인 살의의 오라가 피어올라 먹구름에 충돌해 도시 중심에서 소용돌이 쳤었다. 그 모습은 거대한 마의 집결체 같아서 감정의 대부분을 지워낸 에밀이 보기에도 섬뜩했다. 매일같이 저런 모습을 본다면 틀림없이 미쳐 버릴 것이다.

불행 중 다행인 건 보통 인간은 그걸 보지 못한다는 것이다. 오로지 연금술로 마안을 얻은 그만이 볼 수 있는 오라. 그래도 그것을 볼 수 있다는 것은 많은 것을 알 수 있게 해준다. 감정, 전황, 전체적인 공기, 흐름, 분위기……. 이런 것들을 체계적이고 명확하게 알게 해주니까.

"무슨 일이지?"

그는 아직 라이칸스로프의 흔적이 남아 있는 길모퉁이를 향해 달렸다. 막 길모퉁이를 돌아선 순간 그는 은발의 신부를 만났다.

"실베스테르."

실베스테르 신부는 가만히 서서 주위에 대해서 경계하다가 그가 골목으로 뛰어들자마자 즉시 은사를 펼쳐 자신의 몸을 방어했다. 이렇게 경계하는 걸 보니 방금 전까지도 적과 교전을 벌였던 모양이다.

"에밀인가? 어떻게 되어가지?"

"적들이 철수한다. 라이칸스로프들만인 것 같지만 철수하고 있어."

"역시."

실베스테르는 방금 전까지 그와 교전을 벌이던 이의 빈 공간을 노려보며 백은의 검을 휘둘러 털어낸 뒤 칼집에 꽂았다. 레온 시마노프는 얌체같이 병사들이 다 이탈하자 유유히 실베스테르의 손아귀에서 빠져나가 버렸다. 쫓을 엄두도 안 나게 벽과 건물들을 지지대로 걸어두었던 은사를 다 끌러 버리는 바람에 쫓아갈 수가 없었다.

"쿠데타는 포기한 건가? 드문 일이군. 그럼 뭐하러 그 고생을 한 거지?"

"아직은 모르지. 어쩌면… 발사되었는지도."

에밀 카이히는 그리 말했지만 분위기가 왠지 아니다. 눈보라를 꿰뚫고 하늘로 치솟는 오라는 이제 전의를 완전히 잃었다. 처음의 강경한 기세가 사라진 오라를 볼 때 미사일이 발사되었으면 저렇게까지 풀이 죽진 않을 것 같다.

"일단 그러면 쿠데타는 저지한 셈이군. 아니, 저놈들이 그냥 실패한 건가. 그것도 아니면 테트라 아낙스가 쿠데타를 저지한 건가?"

실베스테르는 그리 말하면서도 못내 아쉬워했다. 테트라 아낙스는 자기 밥그릇을 지키기 위해서 참전한 것이지 무슨 세계 평화를 위해 여기에 나선 게 아니었다. 그렇지만 결국 결과적으로 보면 그가 세상을 핵의 불꽃에서 구한 게 아닌가? 이러니저러니 해도 테트라 아낙스 덕에 목숨을 부지하고 산다고 생각하니 자기혐오마저 느끼게 된다.

"우리도 일단 물러나서 유스틴과 합류하도록 하지. 그녀는 어디에 있지?"

실베스테르는 그리 물어보았다. 에밀은 즉시 마안으로 주위를 둘러보다가 그녀를 찾아내었다.

유스틴은 어찌 된 일인지 붉은 벽돌 벽에 기댄 채 쪼그려 앉아서 한숨을 내쉬고 있다가 실베스테르와 에밀이 다가오자 손을 털고 일어났다.

"이렇게 흡혈귀들이 들어와서 라이칸스로프 군대가 빠져나가고, 흡혈귀 군대도 빠져나가면 다들 믿지 않을 거야."

그녀는 손을 털고 일어나서 주위를 둘러보았다. 주변으로 라이칸스로프와 흡혈귀들의 시체가 늘어져 있었지만 곧 흡혈귀의 시체는 VT 손실에 의해 타들어가더니 먼지가 되고 라이칸스로프는 인간의 모습인 그대로 죽어 있었다.

"이래서야 남는 건 쿠데타군의 시체뿐. 쳐들어온 흡혈귀들은 시체 한 구 남기지 않고 곱게 빠져나갈 수 있겠지."

유스틴은 그리 중얼거리며 트랜스리시버를 껐다. 라이칸스로프 고위 장교가 쓰는 것과 같은 것인데 아마도 라이칸스로프를 죽이고 그들에게서 빼앗은 것 같았다.

"예상대로 테트라 아낙스가 ICBM을 텔레파시로 저지해서 물러나는 중이래. 테트라 아낙스 만세! 정의의 테트라 아낙스님 덕분에 우리 미천한 헌터들도 먹고산다니까. 박수!"

유스틴은 자조하면서 동료들에게 상황을 설명했다. 예상했던 대로의 결말이다. 라이칸스로프 군대는 그들의 힘을 유감없이 과시하긴 했지만 그렇다 하더라도 권력은 테트라 아낙스가 쥐고 있었다. 테트라 아낙스는 자신이 쥐고 있는 힘을 이용해서 손쉽게 그들의 반란을 제압했다. 그야말로 제왕의 풍모라 할까?

"라이칸스로프는 자신들 병력이라도 건질 생각인가 보군."

원래 하다가 안 되겠다 싶으면 그때부터 본전 생각이 간절해지는 법. 그러나 볼코프는 현명하게 부하들의 목숨을 구하기 위해 퇴각을 결정했다. 라이칸스로프들이 그렇게 빠지자 흡혈귀들도 서서히 군대를 물렸다.

"모스크바 주 방위군 사령부가 제압당하긴 했지만 주 방위군의 병력은 아직 건재하니까. 그들이 집결해서 모스크바에 모이게 되면 곤란하거든. 그 전에 빠질 거야."

유스틴은 그리 예상하고 짐을 챙겨 들었다. 바닥에 떨어진 소총과 단검 등을 회수한 그녀는 근처를 둘러보다가 신호등 옆에 멈춰 선 낡은 일제 승용차 한 대를 골랐다. 그녀는 쉽게 차문을 열고 시동을 걸었다.

"그래서 이제는 어쩔 거지?"

"테트라 아낙스를 공격한다."

실베스테르는 짧게 말했다. 길게 이야기하는 것은 원래 그의 취향이 아니고 애초부터 그는 테트라 아낙스를 공격하긴 할 셈이었다. 다른 이들은 이런 일이 벌어졌을 때 쿠데타를 막아낸 테트라 아낙스의 위업에 놀라서 내심 그래도 테트라 아낙스가 있어야 미친 달의 세계가 온전할 것이다, 이렇게 생각하고 타협했을 것이다. 하지만 실베스테르는 그럴 수가 없었다. 물론 그의 목적은 굳이 흡혈귀들을 죽이는 것은 아니었다. 그가 원하는 것은 바로 눈물을 흘리는 흡혈귀를 찾아내는 것. 무고하면서 죄에 대해 눈물 흘릴 수 있는 흡혈귀를 찾는 게 그의 목적이었다. 하지만 요즘 세상에서는 우는 사람을 찾기도 힘들었다.

"그나저나 참 해괴한 도시 전설 탄생이겠군."

유스틴은 한숨을 내쉬며 차에서 내려서 바퀴 앞에 쓰러져 있는 라이칸스로프의 시체를 발로 차서 뒤집고 다시 차에 올라탔다.

"나중에 정리되고 나면 저 흡혈귀 군대 때문에 다들 말이 많겠어. 결국 쿠데타군이 도시에서 의문의 군대와 싸우다가 포기하고 물러났다는 꼴이 되는데 이게 무슨 탐 클랜시의 소설, 고스트 리콘도 아니고……."

유스틴은 몸서리를 쳤다. 미국산 전쟁소설이나 정세 소설들을 보면 외국의 정치적 자립을 너무 쉽게 무시하는 경향이 있는데, 그 소설의 소재를 제공해 줄 만한 사건이 아닌가? 하긴 예전에 9.11테러도 그 관련 소설을 만들어낼 정도였는데 지들 나라 아닌 남의 나라 수도야 지지고 볶든 신경 쓰지도 않겠지.

아마 이 사건 이후로 수많은 음모론과 각종 비화가 지들 멋대로 들어갔다 나왔다 하면서 사람들을 현혹시키리라.

"이미 우린 음모론의 주력 세력이야. 이제 와서 뭐가 더 맘에 들고 안 들고 한단 말이지? 배부른 소리군."

실베스테르는 그리 반문하며 그녀의 차에 올라탔다. 그러고는 에밀을 바라보았다.

"그래서 어쩔 거지, 에밀 카이히? 또 명령을 기다리는 중인가?"

"…물론."

에밀은 그리 말하고 조심스레 정신을 집중했다. 유다가 그러했듯이 그는 크나큰 죄를 짓고 그 죄를 사하기 위해 흡혈귀들을 잡고 자신의 상관에게 절대복종하는 자가 되기로 결심했다. 그리하여 흡혈귀 사냥꾼 저지먼트가 태어난 것이다. 그런 그에게는 바티칸의 신비연구회로부터 전언 마법에 의한 지시가 내려왔는데, 그는 그 지시를 지키는 것을 자신의 지상 과제로 여겼다. 죄인인 그가 구원받기 위해서는 교의를 충실히 지키고 교세를 넓히기 위해 자신을 희생하여 신의 나라를 이 땅에 건설해야 한다고 주장하는 광신도 에밀 카이히. 그는 신비연구회의 전언 마법을 기다리며 정신을 집중했다. 그러나 그때였다.

삐삐삐삐~

낡은 비프음이 요란하게 울려 퍼졌다. 그러자 깜짝 놀란 에밀 카이히가 자신의 몸을 뒤지더니 휴대전화를 꺼냈다.

—이제 그만하고 전화 좀 쓰지, 에밀! 맨날 이놈의 짜증 나는 전언 마법이나 텔레파시야! 요즘 세상이 어떤 세상인데 이런 낡은 수단을 쓰는 거야, 엉?! 손가락이 부러져서 다 없어져 가지고 휴대전화 키패드를 누를 수도 없는 거야? 엉?! 내가 이런 것도 명령해야 하냐!

바티칸의 신비연구회라고 해서 마냥 신비에 젖어 사는 건 아니었다. 그들의 대외적인 임무는 주로 피눈물 흘리는 마리아상이니 땀 흘리는 마리아상 등 각지의 기적과 이적, 예언 등을 조사하는 일종의 마법 조사부였다. 그러나 마법보다 과학이 발달한 요즘 세상에 전화 한 번이면 될 걸 괜히 정신 집중하랴, 기력 소모하랴, 실수하면 미치거나 팍삭 늙는 마법을 왜 쓴단 말인가?

"죄송합니다."

—명령에 죽고 명령에 산다며! 그런데 왜 이것만은 꼭 옛날 방식을 고집하는 거야! 엉! 너 무인도 떨어졌을 때 빼곤 그거 하지 말랬지?!

신비연구회의 술사인 마르코 과라니스키는 다른 사람에게도 들릴 만큼 우렁찬 목소리로 에밀을 비난했다. 에밀은 할 말이 없는 처지라 계속 무뚝뚝하게 사과만 할 뿐이었다.

—어쨌거나 테트라 아낙스에 의해 쿠데타군이 철수한다면 다음 명령으로 이행하도록. 비스트를 제거해!

마르코 신부는 그 말을 남기고 먼저 전화를 끊었다. 명령만 내리고 그 사정을 설명해 주지 않는 그 모습이 참으로 독선적이지만 그보다는 그가 말한 내용이 놀라운 것이었다. 실베스테르는 깜짝 놀라서 반문했다.

"뭐? 비스트를 제거하라고?"

그것도 하필이면 명령이라면 무슨 짓이든 할 에밀 카이히에게나? 실베스테르뿐만 아니라 유스틴도 놀랐다.

테트라 아낙스가 아직 건재한데 그를 내버려 두고 테트라 아낙스보다 먼저 헌터를 잡으라니?

아무리 한세건이 곧 흡혈귀화할 몸이라고 하더라도 순서가 이상하다. 그렇다면 설마 바티칸의 신비연구회는 테트라 아낙스가 미친 달의 세계를 지배하는 것을 묵인할 생각이란 말인가? 물론 그런 기미는 예전부터 있었다. 이제 와서 놀라는 척하기에도 민망한 내용임엔 분명하다. 그들은 안정을 너무나 중시하는 고리타분한 자들이고, 그런 의미에서 흡혈귀나 라이칸스로프, 이 밤의 세계를 안정화하는 데 가장 큰 역할을 하고 있는 자라면 당연히 테트라 아낙스다. 만약 오늘의 이 쿠데타도 테트라 아낙스가 나서서 본격적으로 막지 않았다면 세계 전체가 핵의 불꽃에 휩싸였을 것이다. 그걸 생각하면 테트라 아낙스를 인정한다 하더라도 굳이 비난할 마음이 들지 않는다.

그러나…….

왜 한세건을?

"어쩔 셈이지?"

너무나 뻔한 문제이지만 실베스테르는 에밀 카이히, 저지먼트에게 물어보았다. 그러자 그는 간단히 대답했다.

"그게 신비연구회에 필요하다면… 나는 수행한다."

에밀은 그리 말하고 차에 올라탔다.

그래, 그는 그런 자이다. 너무나 큰 고통에 스스로 생각하기를 포기한 광신의 도구. 스스로 생각하길 포기했다 해도 임무를 달성하는 데 필요한 생각만은 가지고 있다. 그가 차에 올라탄 것은 한세건이 간 위치를 확정 지을 수 있기 때문이었다.

어차피 테트라 아낙스가 있는 곳에 한세건이 있으리라. 그렇다면 이 차에 타는 게 맞기는 하다. 이 차에 탄 사람들이 그를 태워주려 한다면 말이다.

유스틴은 실베스테르에게 물어보았다.

"어쩔까?"

그를 태울까, 아니면 여기서 내릴 것인가 물어보는 것이었다. 실베스테르는 한세건을 아끼는 것 같던데, 혹시 생각이 달리 있지 않느냐고 물어본 것이다. 그러나 실베스테르는 고민도 하지 않았다.

"그게 필요하다면 말릴 생각은 없어. 출발하지."

실베스테르는 그 말을 남기고 차의 시트에 몸을 기댔다. 에밀도 그 옆에 앉았다. 유스틴이 백미러를 통해서 바라보니 둘다 말없이 고개를 돌린 채였다.

낡은 일제 승용차가 세 명의 헌터를 태우고 눈보라 속으로 출발했다.


4


이사카 베르게네프는 테트라 아낙스와의 줄다리기를 포기하고 친구들과 함께 대통령궁을 빠져나왔다. 볼코프 레보스키가 그에게 책임을 물을까 생각했었는데 볼코프는 그에게 책임을 묻지 않았다.

'어차피 도움이 되었던 것은 사실'이라며 그는 이사카와 그 동료들을 용서해 준 것이다. 한때는 적이었고 한편이 된 후에도 이용했는데 말이다.

그래서 이사카는 볼코프에게 미리 말했다.

'나는 그래도 테트라 아낙스에게 도전할 것이다.'

물론 그 말은 동료들에게도 해둔 말이다. 그의 어머니가 그에게 요구한 역할, 그는 어머니를 죽일 만큼 증오했지만 그 역할에는 응할 생각이었다.

테트라 아낙스는 꺾을 가치가 있는 적이니까. 산으로 치자면 에베레스트라고 할까? 어차피 언젠가 죽을 목숨이라면 가기 전에 의미 있는 걸 해보고 싶었다. 그래서 그는 친구들을 만들었고 그래서 테트라 아낙스에게 도전한 것이다. 하지만 그건 그만의 싸움이지 더 이상 동료를 끌어들일 수 없다. 예전에 여력이 좀 있을 때는 이사카가 뒤를 봐주면서 그들을 죽지 않게 할 자신이 있었지만 지금은 그럴 자신이 없어졌다.

"그러니까, 쿠데타는 실패했다. 미안하다."

그들은 장갑차와 전차가 늘어선 대로 위에서 멈춰 서서 결산을 시작했다. 흡사 실패한 프로젝트를 결산하는 팀장처럼, 이사카는 동료들에게 미안해했다. 그들이 멈춰 서 있는 시가전의 흔적 위로 눈이 쌓인다.

"뭘 미안할 것까지야."

"그러게. 오히려 이사카에게 우리가 미안하지."

"우리가 보탬이 되었다면 이렇게 실패하진 않았을 텐데."

동료들은 이사카에게 다들 한마디씩 했다.

"그래도 다행히 아무도 안 죽었군. 하하하하."

이사카 본인의 목숨이 경각에 달려 있거늘 그는 동료들의 무사함을 확인하고 호탕하게 웃었다.

회색의 머리칼에 눈이 쌓이는데 녹지를 않는다. 이사카는 우의를 둘러쓰고 동료들을 돌아보았다. 생기는 점점 사라지는데 그의 눈동자는 더더욱 빛을 발한다.

"마지막으로 나는 테트라 아낙스에게 싸움을 걸 생각이다. 하지만 너희는 따라올 필요 없어. 이제부터는 자유롭게 살아라. 나처럼 곧 죽을 팔자의 놈이랑 얽혀봐야 재미없는 일만 있을 테니까."

"이사카."

루스킨은 당혹스러워하며 동료들을 돌아보았다. 모두들 이사카의 말에 반발하려 했다.

"그런 말은 하지 마. 우리는 어차피 다들 한 번쯤은 죽은 몸, 네가 없었다면 이날까지 살아 있을 수도 없었다."

뷔르제예프는 그리 말하다가 문득 블로초프에게 시선이 멈췄다. 다른 녀석들은 과거도 알고 그렇지만 블로초프는 도저히 모르겠다. 워낙에 멍청해서 말이 통하질 않는 것이다.

뷔르제예프가 눈살을 찌푸리자 루스킨이 말을 이었다.

"왜 또 그렇게 죽는다, 죽는다 그러는지 모르겠는데, 이기면 되는 거 아냐? 우리뿐만 아니라 진마들과 헌터들도 테트라 아낙스에게 달려드니까 말야. 승산은 충분히 있어."

"애초에 쿠데타를 벌이려 한 이유가 테트라 아낙스를 끌어내기 위한 거였지? 이사카는 결국 마마보이니까, 아무리 엄마가 미워도 엄마가 시킨 건 꼭 해내는 성격이란 말이지."

빼또쥬가 그리 말하자 유리안은 신나서 손을 활짝 폈다.

"와아! 이사카는 마마보이래요! 이사카 마마보이! 나 훌륭한 어른! 나 이사카보다 훌륭해! 예이!"

"그런 건 마마보이라고 하지 않는단다. 그리고 너희들 내 손에 죽고 싶냐? 잠깐 봐주니까 바로 기어오르는데? 내가 인공 암벽으로 보이냐? 그렇게 막 기어오르게?"

이사카는 눈살을 찌푸리며 유리안과 빼또쥬를 노려보았다. 그 살기가 어찌나 강렬한지 둘 다 입을 다물었다. 하지만 살기에 비해서 말은 많은 걸 보니 그렇게 기분이 상하진 않은 것 같았다.

"그러나저러나 너무 늦은 거 아냐? 이사카 동생 몸 빼앗기면 어떻게 해?"

"아우으응."

빼또쥬는 몸을 빼앗긴다는 걸 어느 쪽으로 해석하는지 막 몸을 비비 꼬면서 좋아했다. 확 쥐어박았으면 속이 시원하겠다는 생각이 들어서 이사카는 잠시 그를 노려보았다.

"롯시니는 절대로 테트라 아낙스에게 빼앗기지 않을 거다. 그건 확실해."

이사카는 그리 말하고 고개를 저었다.

"나는 필요에 의해서 태어나고, 그는 욕구에 의해서 태어났지만 그에게는 나는 감히 꿈도 꾸지 못할 크나큰 선물이 함께하니까. 롯시니는 걱정할 필요가 없어. 되레 걱정되는 건 비스트지."

이사카는 그리 말하고 주위를 둘러보더니 곧 길가에 서 있는 큼직한 지프 한 대를 골랐다.

"여하튼 혼자 갈 거니까 절대 따라오지 마! 이제부턴 약탈을 하는 사람을 잡아먹든 마음대로, 편한 대로 살아! 알겠지?"

이사카는 그렇게 말하고 시동을 걸다가 문득 생각났는지 차창 밖으로 고개를 내밀고 뾰로통한 표정으로 그들을 노려보았다.

"혹시 해서 말해두지만 이제부터 마음대로 살란다고 '그럼 이사카를 돕는 게 내 맘' 이러면서 따라오지 마라. 테트라 아낙스 이전에 니들 먼저 죽인다."

이사카가 이리 엄포를 놓자 루스킨과 뷔르제예프가 움찔했다. 역시 그렇게 말하려고 생각했는데 이사카가 선수를 친 것이다.

"우와, 성격 까칠하기는……."

루스킨이 투덜거렸지만 이사카는 말없이 흥 코웃음 치더니 차에 시동을 걸고 잽싸게 빠져나갔다. 그러나 그때 텅 하고 차바퀴에 뭔가가 깔렸다. 깜짝 놀란 이사카가 차를 멈춰 세우니 놀랍게도 유리안이 차 아래에 깔려 있었다.

"무슨 짓이야!"

일부러 들어갔음이 틀림없다. 이사카는 차에서 내려 그에게 고함을 질렀지만 유리안은 옷이 다 까진 채 피를 흘리면서 일어났다.

"우아아아앙! 가, 가지 마, 이사카!"

유리안은 엉엉 울어댔다. 그러자 뻬또쥬도 이사카를 붙잡았다.

"가, 가지 마, 이사카. 아무리 수명이 얼마 안 남았다고 해도 능력을 안 쓰면 인간만큼은 살 수 있을 거 아냐? 우리가 있잖아. 우리가 이사카의 힘이 되면 되는 거 아냐? 이사카는 더 이상 손쓰지 말고 그냥 멍청한 우리에게 지도만 해주면 돼."

"너만 멍청하지, 나는 공부도 잘하고 고등교육도 받았단다."

루스킨이 불만스러워하며 말했지만 뻬또쥬는 그걸 무시했다. 이사카는 그런 동료들의 마음 씀씀이를 보고 기가 막혔다. 아무리 재생하는 몸이라지만 가는 차를 세우겠다고 차바퀴 밑으로 몸을 던져 넣다니. 왠지 어울리지 않는 비유지만 보험금 타겠다고 차로 몸을 던지는 놈들이 떠올랐다.

이사카는 피식 웃어버렸다.

"하하핫, 미안하다. 그동안 고마웠다. 하지만 나에게도 죽을 자리를 고를 권리쯤은 있어. 그리고 그 자리는 결코 너희의 눈앞이 아니다. 너희에게는 언제나 자신만만하고 강력한 이사카 베르게네프로 남고 싶으니까 여기서 작별하자. 그리고 나는 사실 테트라 아낙스가 뒈지든 말든 상관없어."

"그럼?"

"그냥, 거기에 산이 있으니까 오른다고 할까? 녀석을 죽여서 좋은 세상을 만들겠다거나 내 세상을 만들겠다거나 그렇게 말하긴 했었지만 실상은 그놈이 이 세상에서 가장 잘났다니까 배알이 뒤틀려서 한번 쑤셔보는 것뿐, 그 이상도 그 이하도 아냐. 내 어머니는 정말 나를 잘 만들었다니까. 이성적으로는 정말 쓸데없는 짓이라는 걸 알고 있는데도 그런 짓을 하고 싶어서 견딜 수 없게 만들었으니. 그러니까 이런 무익한 짓에는 제발 나 혼자만 들어가자, 응?"

이사카는 그리 말하고 유리안의 옷을 턴 뒤 다시 차에 올라 탔다. 이번에는 모두들 그를 그냥 내버려 두었다.

"자아, 그럼. 기다려라, 롯시니. 어디 한번… 이 질긴 인연의 끝을 보자고."

이사카는 스스로에게 다짐하듯 이를 꽉 물고 액셀을 밟았다. 자신과 달리 기나긴 삶을 받은 동생, 롯시니에게 뭔가를 바라는 것일까? 그런 것 같진 않은데 그는 왜 자신이 그렇게까지 그에게 집착하는지 몰랐다. 하나 알고 싶지도 않다. 이유는 알 필요 없다.

필요로 태어난 그이지만… 원하는 바를 하고 살 테니까.

# 第34夜

라스베이거스로 떠나며…

# 1

언제부터였을까?

테트라 아낙스의 고든은 구속당한 서린을 바라보며 회상에 잠겼다.

흡혈귀들은 사람의 피를 탐한다. 그래서 그들은 결국 사람을 죽이게 되고 사람들에게 자신의 정체를 들켜 이윽고 토벌당했다.

처음에 그가 이성을 가지고 그러한 원시적인 흡혈귀들에 접근했을 때 그는 자신의 사명이 어둠을 빛으로부터 보호하는 것임을 알았다. 이 흡혈귀들을 지키고 더 나아가 모든 것을 지켜야 한다. 이대로라면 이윽고 인간들의 문명이 번성해 모든 신비를 압살하거나 혹은 신비가 인간들에게 사역될 것이다.

그것을 막기 위해서는 그가 어둠을 지배해야 했다.

릴리쓰가 아닌 그가!

그에게 주어진 능력은 어둠을 지배하기에 탁월했다. 그래서 그는 손쉽게 세상을 지배할 수 있었다. 하지만 그것은 그의 어머니가 그에게 준 사명일 뿐, 그 자신의 의지가 아니었다.

고든은 의지를 가지고 싶었다.

다른 모든 비예지 능력자들이 그의 광범위하고 포괄적인 예지 능력을 두려워하는 것처럼 그는 조물주를 두려워했다. 그를 낳은 어머니가 그의 모든 것을 사전에 계획하였고 그의 자유의지조차 일종의 환상일까 두려웠다.

그러고 보면 신앙인들은 대단하단 말야. 어떻게 전능자에 대한 두려움에 굴복해 충성을 맹세할 수가 있단 말인가? 그는 전능자를 너무나도 증오해서 견딜 수가 없을 지경인데…….

하악… 하악…….

지금 이 순간도 전능한 존재를 생각하면 증오로 숨이 가빠온다. 그가 느끼는 그 절대적인 증오! 그래, 비스트가 흡혈귀들에게 느끼고 있는 감정과 비슷하리라.

물론 릴리쓰는 전능자가 아니었다. 그녀를 수차례였나 수십 차례였나? 하여튼 닥치는 대로 파괴해 본 결과 그리 단정 지을 수 있었다. 릴리쓰의 능력은 한정적이고 어떤 면에서는 차라리 그녀의 아들인 그가 더더욱 전능에 가까웠다.

하지만 흡혈귀라는 한계에는, 그리고 장생의 힘 앞에서는 테트라 아낙스도 견디기 힘들었다.

의지가 강하면 피의 유혹에 견딜 수 있다. 자신의 의지를 끝까지 붙잡을 수 있다면…… 그러나 그의 생은 너무나 길었고 긴긴 세월 동안 느끼는 갈증과 고통은 전능에 가까운 그조차 혹독한 마모 앞에 내던졌다.

장엄한 문명의 흔적인 유적조차 천년의 풍상 앞에 시들어 버리는 것처럼 테트라 아낙스도, 다른 진마들도 시들어갔다. 진마들은 테트라 아낙스에 굴복하고, 그의 통제에 따라 피를 마시고 인간들을 지배하면서 인성을 지킬 수 있었다. 팬텀이나 아르곤같이 긍지 높은 흡혈귀들은 자신의 인성을 바꾸고 기억을 의도적으로 봉인하면서 새롭게 자신을 가다듬었다.

그러나 그렇다 하더라도 결국 천천히 미쳐 갈 뿐이다.

그래서 어떻게 했더라?

가물가물한 기억 속에서 선명한 것은 절대적인 운명에 대한 증오와 릴리쓰에 대한 공포, 그리고 파멸에 대한 공포였다. 고든은 고개를 가로저었다.

"공항에 전용기가 준비되어 있습니다."

무전기에서 감정 없는 목소리가 들려왔다. 테트라 아낙스의 혈족, 감정 없는 도구에 불과한 것들이었다. 그에 비하면 석세서나 다른 진마들은 재미있는 존재다. 나름대로 야심을 품고 있으면서도 그에 대한 공포에 위축되어 그저 꿈틀거릴 뿐이니까.

그래, 석세서…… 처음에 그놈들을 계획했을 때는 그 자신이 피의 구속에서 해방된 존재를 만들려고 했었다. 가능하다면 그놈들의 피로 자신의 피를 전부 교환하고, 육체를 옮겨서 파멸로부터 스스로를 구원하려 했다.

그러나 실패였다. 그가 릴리쓰에게 뒤지는 단 한 가지, 허락되지 못한 권능이었다. 석세서는 보통의 흡혈귀들보다 훨씬 뛰어난 능력을 갖게 되었지만 그들 역시 예정된 파멸에서 벗어날 수는 없었다. 아니, 다른 흡혈귀들보다 그 시기가 더 빨랐다.

왜 살려고 발버둥 치지?

당장 모든 저항력을 버리고 마음을 비운 채로 아침 햇살을 맞이하는 것만으로도 죽을 수 있다. 그에 비하면 햇빛을 피하기 위해, 혹은 햇빛에 대항해 정신을 집중하는 것은 여간 번거로운 게 아니다.

그래, 이따금 죽고 싶다는 생각을 안 한 것도 아니다. 수많은 인간이 흡혈귀물의 로망 소설에서 적은 것처럼 영구불변의 삶 따위 지긋지긋하기도 하다.

자살을 해도 이상할 게 없지.

하나 그럼에도… 그가 이 구차한 삶을 구차하게, 흡혈귀의 제왕이란 자리에 어울리지 않게 살아온 것은…….

삶이 너무나도 아름답기 때문이었다.

우스운가? 웃긴가? 흡혈귀가 삶을 찬미한다는 게 어처구니없을 정도로 웃기는가?

아니다. 긴 시간을 허락받았다고 해서 나태에 젖어들거나 방종하는 것은 약한 자들의 증거, 인간이든 흡혈귀든 간에 상관없는 이야기이다. 인간으로서 영웅이라면 흡혈귀로서도 그 강한 의지가 바래지 않을 것이고 흡혈귀로서 영웅이라면 인간이라 하더라도 그 큰 그릇이 어디 가지 않을 것이다.

"그러면 라스베이거스로 갈까."

테트라 아낙스는 전용기의 행보를 밝히며 조용히 턱을 괴었다. 그의 전용기에는 이미 북극을 지나 캐나다를 넘어 미국으로 향하는 직선 항로를 이동하기에 충분한 연료가 있었다.

그때 활주로로 검은 마수가 나타났다. 어둠을 두른 마수, 한세건은 양손에 총을 들고 촉수처럼 꿈틀거리는 도폭선을 휘감은 채 나타났다.

"미친!"

조종사는 갑자기 활주로 앞에 튀어나온 그를 보고 기겁했다. 개인화기로 비행기를 멈추겠다는 건가? 하지만 어처구니없게도 그게 가능하다. 권총이나 소총으로 비행기를 폭파시키는 건 불가능하겠지만 한세건에겐 비스트와 도폭선이 있었다.

그때 한세건의 앞으로 그림자가 지기 시작했다. 한세건이 양손의 총화기를 하늘 높이 던지고 등허리에 차고 있던 비스트를 빼 드는 것과 동시에 그림자로부터 괴물들이 나타나 한세건을 덮쳤다. 아니, 덮치려 했다.

"아아아아아!"

"끼히히히히!"

그림자 괴물들은 망령의 목소리를 가지고 있었다. 흡혈귀에게 희생당한, 혹은 그저 부유령으로 떠돌다 혼팅을 겪던 한세건에 이끌린 망령들이 그림자로 인해 육신을 얻어 덤벼든다. 테트라 아낙스는 저주받은 망령들에게 실체를 부여하는 사악한 마법으로 자신의 비행기를 공격하려는 한세건을 막아내려한 것이다.

촤르르륵!

한세건의 몸에 감겨 있던 도폭선이 풀려나 달려드는 그림자 괴물들을 휘감았다. 한세건이 몸을 당기며 도폭선을 분리해 내자 도폭선을 물고 있던 플러그가 딸깍하고 전기 스파크를 일으켜 도폭선을 폭발시켰다.

콰콰쾅!

그림자 괴물들이 산산조각 나며 검은 피를 흘렸다. 하지만 세건의 발밑에서도 그림자 괴물이 올라오며 가시가 돋은 팔을 뽑아 들고 아랫배를 할퀴려 했다. 할퀴는 정도로 끝나는 게 아니라 두 동강이 난다 해도 믿을 위세였다.

"칫!"

한세건은 몸을 옆으로 날려 공격을 피하고 비스트를 비행기에 겨누었다.

쾅!

그러나 한세건이 방아쇠를 당기기가 무섭게 그림자 괴물이 몸을 날려 비스트의 총구를 덮었다. 물론 비스트의 총탄은 간단히 그림자 괴물을 찢어발겼지만 그걸로 끝이었다.

위이이이잉!

에어버스가 지상에서 이륙하며 멀어져 간다. 깜짝 놀란 세건이 비스트를 겨눴지만 이번에도 그림자 괴물들이 그를 덮친다.

"꺼져!"

녹티스가 칼날을 번뜩이자 그림자 괴물들이 비명을 지르며 쓰러졌다. 테트라 아낙스가 멀어져서인지, 아니면 녹티스가 울어대기 때문인지 그림자는 사라지고 눈송이만 휘날린다. 결국 활주로에서 에어버스를 저지한다는 무모한 계획은 계획으로만 끝나고 말았다.

"제기랄!"

한세건은 어쩔 수 없이 몸을 돌렸다. 서린과 릴리쓰의 심장, 그리고 테트라 아낙스를 태운 비행기는 동쪽으로 날아가더니 선회하여 북상했다. 정보상에게 돈을 주고 항공기록을 보면 행선지를 알 수 있을까?

그러나 비행기의 소유주가 테트라 아낙스이다 보니 행선지가 어디인지 모르겠다. 아마도 러시아를 벗어날 텐데… 그리되면 진짜 닭 쫓던 개 지붕 쳐다보는 격이다. 테트라 아낙스의 목적이 서린의 몸을 빼앗는 것이라면, 아마 그런 작업을 하기 편한 자신의 본거지, 혹은 작업을 위해 준비한 비밀의 아지트 같은 곳으로 이동하리라.

러시아를 벗어나 거기까지 가는 데 과연 얼마나 걸릴까? 그전에 서린이 테트라 아낙스에게 몸을 빼앗기지 않을까? 한세건은 전용기도 없고, 비합법적인 수단으로 국가를 탈출하려면 검은 시장이 활성화되어야 한다. 지금 같은 비상시국에서도 뒤쪽으로 국외로의 탈출을 도와주는 놈들이 있을까?

아니, 그보다 과연 그는 그때까지 버티기나 할 것인가?

"일단은 여기서 무사히 빠져나가는 것부터 신경 써야겠군."

한세건은 활주로 옆에 세워둔 오토바이에 올라타고 시동을 걸었다.

"상황 종료군. 승자는 테트라 아낙스. 역시 아무리 늙어 비틀 어져도 괴물은 괴물이로군."

백색의 아르마니 원단을 써서 만든 어처구니없는 악취미의 슈트를 걸친 백인 남자가 멀어져 가는 에어버스를 눈으로 쫓으 며 중얼거렸다. 하늘로부터 눈이 격하게 쏟아지자 그의 뒤에 서 있던 소년이 작은 키로 폴짝 뛰어오르며 그의 어깨 위에 코 트를 걸쳐 주었다.

"열심히 한다고 했는데, 역시 테트라 아낙스는 골치 아파. 이 렇게 놓치게 되다니. 역시 시간을 초 단위로 쪼개서 상황을 예 측했음에 틀림없어. 코앞에서 놓치다니······."

그의 앞에는 청바지에 야구 모자를 걸친 백발의 남자가 아무 렇지도 않게 눈 위에 걸터앉아 있었다.

"눈을 덕지덕지 붙인 그 엉덩이로 어디 올라가지 마! 눈 녹으 면 지저분해지니까."

붉은 머리칼의 여성이 손에 떨어지는 눈을 훅 불어서 날리고 뒤를 돌아보았다. 그들이 뒤로하고 있는 곳에는 군용 장갑차량 몇 대가 불타고 시체가 널려 있었다. 이렇게 화기애애하게 대 화하기에는 이상한 환경이지만 그들은 개의치 않았다. 저 일을 저지른 장본인이 바로 그들이었기 때문에.

"괜찮아. 안 젖었는데 뭐. 나는 약간 변온동물 같은 기가 있어서 눈 위에 앉아도 잘 안 젖더라고."

그가 그리 말하자 다른 이들에 비해 훨씬 두터운 파카를 입어 흡사 스키장에 온 것 같은 모습의 남자가 덜덜덜 떨며 말했다.

"확실히 피도 눈물도 없긴 하지."

"네게 그런 말을 듣고 싶진 않군. 다른 놈이면 몰라도."

"확실히 피도 눈물도 없긴 하지."

백의의 남자가 치명타를 먹였다. 사냥물의 숨통을 끊으려는 자비심인가?

"어이… 너무하잖아. 팬텀."

백발 청년은 자신에게 치명타를 날린 백색 슈트의 남자를 흘겨보았다. 그러자 그가 만면에 미소를 짓고 대답했다.

"자기 입으로 다른 놈이면 모른다고 했잖아? 그래서 내가 말해준 것뿐인데."

"그런 식으로 따지면 너도 네 입으로 말하고 어긴 게 많다고! 한 번 어길 때마다 일 달러를 벌금으로 받았으면 그 지폐 쌓아서 달까지 여행하고도 남을걸!"

"그런 기억 없어."

"기억력이 나쁜 탓이겠지."

"그나저나 이제 어쩌지요?"

검은 차이나드레스를 입은 동양인 여성이 부채를 펼쳐 두 사람 사이를 가로막고 물어보았다. 그러자 그녀의 옆에 붙어 있던 소녀가 발을 동동 굴렀다.

"아직 서린의 몸을 바로 빼앗지는 못했을 거야. 제트기라도 빌려서 타고 공중에서 요격하는 건 어때요?"

"절대 무리라고 보는데?"

다들 고개를 가로저었다.

"전투기는 주머니에서 꺼내나 보지? 네가 뭐 걸어 다니는 항공모함이야?"

추위에 떨던 아시아인 남자가 빈정거렸다. 아닌 게 아니라 지금 쿠데타로 전 세계가 어수선한데 민간인 신분으로 전투기를 몰 수 있을 리 없다. 그런 짓을 했다가는 되레 러시아 공군에게 격추당하리라.

"그나저나 공격을 받으니까 전용기 타고 도망가는 건 알겠는데 어디로 가려는 거지?"

"릴리쓰의 몸을 이용할 수 있는 마법적 시설이 있는 곳이겠지. 이러니저러니 해도 몸을 옮기는 일이라면 그냥 간단하게 되는 일이 아닐 테니까."

백의의 흡혈귀 팬텀은 기억 밑바닥에 잠겨 있던 지식들을 꺼내 어렵게 테트라 아낙스의 행동을 예측했다. 영혼을 옮기는 비술에 대해서는 그도 연구한 적이 있었다. 하나 흡혈귀로서 살기 위해 뇌리에서의 우선순위를 변경시키면서 알고 있던 지식마저 가물가물해졌다. 그 덕분에 사법사 팬텀이 아닌 판타즈마고리아의 팬텀으로서 미치지 않고 살아남을 수 있었던 것이지만…….

'위험한데. 과거의 마음이 기억과 함께 떠오르려고 해.'

잠깐 마법에 대해서 생각한 것만으로도 머리가 복잡해지고 미칠 것 같다. 순간적으로 떠오른 광기나 분노, 증오, 그 모든 것이 부메랑처럼 돌아온다. 마법의 기억과 함께 외면한 광기는 시간이 흘러도 사라지지 않고 때때로 그를 습격한다. 그마저도 이럴 정도인데 테트라 아낙스는 대체 얼마나 강력한 충동과 광기를 견뎌내고 있는 것일까?

"그러면 라스베이거스의 테트라 빌딩인가? 참 골치 아프군. 어이, 팬텀. 전용기 있어?"

백발의 흡혈귀 아르곤이 쪼그려 앉아서 손가락을 튕기자 눈발이 바람에 흩날려 흩어진다. 입고 있는 옷이 갑옷에서 청바지와 조끼로 바뀌긴 했지만 그 백발과 선명한 이목구비는 분명히 그 옛날 전장을 누비며 피를 갈구하던 괴물이었다.

진마 아그니가 최근 분쟁 지역에 출동해 피를 채우는 것은 그 옛날 아르곤이 하던 짓을 흉내 낸 것에 지나지 않는다.

"있긴 하지만 지금 러시아에 없는데. 남유럽 쪽으로 돌려놔서."

팬텀의 에어버스는 팬텀 혼자만 쓰기 위해 산 게 아니다. 태양을 견디지 못하는 흡혈귀의 이동 수단으로 쓰기 위해 산 것이니 판타즈마고리아의 얼마 되지 않는 멤버의 요구에 따라 세계 곳곳을 돌게 되어 있었다.

"제가 이런 일이 있을 줄 알고 불러놨습니다."

그러나 빌헬름이 기다렸다는 듯 말했다. 이런 일이 일어날 것을 예측했단 말인가? 그렇다고는 해도 만약 불발로 그쳤으면 엄청난 비행 비용을 물었을 텐데 빌헬름처럼 동전 한 닢조차 효율적으로 쓰지 못하면 입에 가시가 돋는 자가 그런 짓을 하다니, 과연 필요한 곳에선 대범하다.

"역시 빌헬름."

대부분의 흡혈귀는 그에게 감탄하며 팬텀을 흘겨보았다. 팬텀은 그 시선이 부담스러운지 헛기침을 하며 빌헬름을 칭찬했다.

"잘했다."

"그나저나 다른 놈들은 어쩌죠?"

"전세기 하나 잡아줘. 물론 불법 수송용 수속은 다 마쳐서."

"제가 말하는 다른 놈은 헌터들 말하는 건데요? 돈까지 들여가면서 그래야 하나요?"

너무 쉽게 대답하는 팬텀을 보고 빌헬름은 혹시 의사 전달이 잘못되었나 싶어서 다시 물어보았다.

"응. 그들로서는 이 나라를 빠져나가기가 힘들 거 아냐? 특히 비스트가 그렇고……. 그들도 일이 이리된 이상 싫더라도 우리보단 테트라 아낙스에게 먼저 이를 들이밀겠지."

역시나 잘못 들은 게 아니다. 팬텀은 알면서 흡혈귀 사냥꾼에게 전면 협력하라고 명하는 것이다. 빌헬름은 뭔가 말하려고 했지만 어디 팬텀이 말해서 들어먹은 적이 있었나? 생각해 보니 한심하다. 빌헬름은 한숨을 푹 내쉬었다.

"휴우, 물어본 제가 잘못이군요. 예, 알겠습니다. 하지만 그놈들이 테트라 아낙스를 물어 죽이면 우리라고 곱게 놔둘 거라고 생각하지 마세요. 길들이지 않은 사냥개는 그만큼 위험하죠."

테트라 아낙스가 당한다는 걸 상상하기란 매우 어려운 일이었지만 빌헬름은 모든 가능성을 점쳐 보았다. 테트라 아낙스가 어떤 초자연적인 통찰력으로 미래를 예측한다면 빌헬름은 오직 이성적인 통찰력으로 미래를 예측하고 대비한다. 그런 식으로 앞날을 준비하는 빌헬름의 입장에서는 팬텀이나 다른 진마들의 어딘지 모르게 자기 파괴적인 느슨한 부분이 이해가 되질 않았다.

조금만 더 주의하고 조심스럽게 행동하면 이렇게 되지 않았을 텐데……. 철저하게 모든 일을 통제했다면 애초에 이렇게까지 몰리진 않았을 것이다. 그런데 느슨하게 대처해서 하나둘 빈자리로 물이 새다 보니 그 물이 어느새 발을 적실 정도로 차오른 게 아닌가?

대표적인 예가 바로 마수라고 불리는 헌터, 한세건이다. 좀더 진작 밟아 없앴다면 이렇게 골치 아픈 일은 겪지 않았을 텐데, 이게 무슨 RPG 게임의 악당들도 아니고 상대가 나중에 거물이 되어 목을 위협할 때까지 내버려 두나? 진작 밟아 없앴어야지.

하지만 빌헬름은 그런 이유로 자신의 마스터를 탓할 수는 없었다.

"이 자식, 나는 적어도 그놈들에게 안 당해! 그리고 테트라 아낙스의 목을 따는 것도 나야. 내가 그 피를 마셔 버려야지."

진마 아그니는 호언장담하고 있었다. 호언장담이 허풍에 가깝다는 점에서는 지하철에서 주정 부리는 사람과 별반 다를 게 없어 보인다. 다들 그런 아그니를 흘겨보더니 고개를 절레절레 저었다.

"나는 사양하고 싶은데."

"늙어버린 흡혈귀의 피를 마시면… 부작용이 있을지도 몰라."

'다른 놈도 아니라 테트라 아낙스라면 가능성이 있지.'

테트라 아낙스가 노화된 것은 그가 행한 마법의 부작용 때문이라 하는데 그것은 일종의 저주일 것이다. 원래 육체의 노화를 겪지 않고 정신의 노화만 겪는 흡혈귀가 육신의 노화를 겪은 건 보통 일이 아니다. 그런데 그런 놈의 피를 마신다?

테트라 아낙스의 혈액에 존재하는 흡혈귀의 원천, VT는 매우 탐이 나지만, 그렇다 해도 너무 큰 모험이다.

"그냥 해본 말이야!"

아그니는 어색한 분위기를 전환하기 위해 그렇게 말했지만 다들 눈초리가 사납다.

'그게 아니시겠지.'

'하여튼 이 자식 욕심은…….'

다른 이들은 다들 그렇게 생각했지만 굳이 들춰낼 필요는 없었다.

"전용기를 준비시키고 전세기를 수속하려면 좀 시간이 걸리겠군요."

"얼마나?"

그 말에는 강한 신뢰가 담겨 있었다. 좀 시간이 걸린다고 하는 건 엄살일 뿐, 빌헬름의 수완을 생각할 때 그리 문제가 될 만한 시간은 아니리라.

"돌아가면서 하도록 하지요."

빌헬름은 그리 말하며 자신의 위성 PDA를 꺼내 작업에 들어
갔다. 비록 소년의 외양을 하고 있지만 그 모습은 무슨 패션 잡
지에나 나올 법한 젊은 기업가의 모습이었다. 유비쿼터스 시대
의 개막을 알리는 것인가?

"분명히 같은 시대를 사는데 왜 나만 뒤떨어지는 것 같지?"

아르곤이 그리 묻자 창현이 낸들 알겠냐고 제스처를 취했다.

"실제로 뒤떨어지고 있어요."

"누구는 자가용 비행기도 있는데……. 오 마이 갓, 눈물이 내
가슴을 찢는구나. 부익부 빈익빈이려나."

"뭐, 누구라고 말할 건 없고, 찢어지게 가난한 것도 딱히 죄
라고 할 건 아니지만 같은 시간에 남들은 다들 잘 먹고 잘사는
데 혼자 덜떨어지면 그건 그 작자의 인간성을 의심할 수밖에
없다고요."

창현과 래트가 아르곤을 핍박하자 아르곤은 대뜸 아그니에
게 다가가 어깨에 팔을 둘렀다.

"여어, 친구."

"아니, 됐다."

평상시엔 아르곤과 친해지려고 노력하던 아그니였지만 이번
에는 아르곤을 최대한 외면했다.

"장난할 때가 아니야! 얼른 돌아가야지 뭐 하는 거야? 지금
이라도 당장 테트라 아낙스를 뒤쫓자고!"

노닥거리는 흡혈귀들을 보다 못한 헤카테가 닦달했다. 그들은 투덜거리며 차량으로 돌아갔다. 하나 그때 빌헬름이 칫, 혀를 찼다.

　"…아주 제대로 당했군요."

　"뭐?"

　"폭설입니다. 왔던 길이 다 막혔어요."

　"제… 제설차는?"

　"그 제설차가 오려면 공무원들이 좀 여유가 있어야겠지요? 하지만 전쟁이 벌어진 판에 공무원들은 민간인의 대피를 지휘하느라 빠진 상황이니 발이 묶인 거죠."

　이리된 이상 차로는 저 광활한 설원(!)을 지나가지 못한다. 흡혈귀들이니 뛰어가면 되지 않겠냐고 생각할지도 모르지만 아무리 흡혈귀래도 광활한 설원을, 그것도 눈보라를 뚫고 지나가면 죽기 딱 좋다. 원래부터 저온에서도 효소 활동이 일어나게 하는 VT 항원을 가진 아르곤이나 무사할까?

　"헬기는 어때?"

　"오라고 하면 오겠지요. 그렇지만 헬기를 부를 거면……."

　빌헬름은 저택을 가리켰다. 테트라 아낙스의 저택 안에 헬기 한 대쯤은 있지 않겠냐는 의견이었다.

　"글쎄?"

　"폭설을 예측해서 우리 발목을 묶을 정도면 그런 건 치워놨겠지?"

　아르곤이 그리 말했지만 팬텀이 그에 대해 부정적이었다.

"테트라 아낙스의 성격상 그렇게 아주 철저히 밟지는 않을 거야. 그렇게 철저히 밟았다면 지금 이렇게 되지도 않았겠지. 라이칸스로프들이 여기까지 봉기하게 내버려 둔 것도 능력이 없어서나 몰라서 그런 게 아니니까……."

다들 걱정하는 것과 달리 테트라 아낙스는 치밀함이 부족했다. 그가 정말 치밀하게 세상을 지배했다면 테트라 아낙스의 혈족 이외의 흡혈귀들은 살아남지도 못했을 것이다. 테트라 아낙스의 능력이라면 자기 혈족만을 지키고 오직 자신만이 지배자가 되는 것도 가능했으니까.

아니나 다를까, 격납고에는 카모프32 민간용 헬기 한 대가 놓여 있었다. 문제는 이런 눈보라에서 띄울 수 있냐는 것이지만 팬텀이 성급하게 조종간을 잡았다.

"헬기 몰 줄 아나?"

아르곤이 의외라는 듯 물어보자 팬텀이 어깨를 으쓱했다.

"대충은. 개인 비행기 면허를 따기 위해서 항공 학교를 다녔었거든. 헬기랑 경비행기, 제트기 정도는 배워뒀지."

그만큼 배웠으면 정도, 라고 겸손을 떨 만한 게 아니다. 아르곤은 혀를 내둘렀다. 비행기 면허를 따기 위해 항공 학교를 다니는 흡혈귀라? 참 같은 흡혈귀 입장이긴 하지만 어처구니없다고 아르곤은 생각했다. 그도 흡혈귀이지만 간혹 느껴지는 일반적인 흡혈귀와의 괴리감은 참 형언하기 힘들었다.

"그런데 부조종석은 누가 앉지?"

"아르곤은 어때? 군대 생활 많이 해봤으니 알 텐데?"

다른 흡혈귀들이 아르곤에게 기대를 걸며 물어보았다. 그러자 아르곤이 손을 내저었다. 난처해하는 기색이 역력했다.

"나는 보병이랑 해병 출신이라 헬기는 잘 모르지. 공수부대는 들어간 적이 있지만."

"결국 단순 병사만 줄곧 했다 이거군."

"어쩔 수 없잖아. 신분을 위조하는 데도 돈이 들어. 명확한 신분이 아니면 공군 파일럿이 될 수 없잖아. 그리고 내 인생에 있어서 이 비행기라는 물건이 나온 지는 얼마 안 되었다고."

그러자 보다 못한 헤카테가 혀를 찼다.

"그놈의 돈 핑계 그만 대면 안 돼?"

"하지만 사실인걸."

"아니, 핑계 대면 댈수록 추잡해지는 이야기라 그래. 당장 땅 몇 헥타르만 사서 삼십 년만 지나도 거금이 되는데, 그럴 자본금도 없다면 포도 품질이 좋은 해의 와인을 사들였다가 숙성되면 팔든가. 흡혈귀가 돈 벌 방법이 얼마나 많은데 그걸 못 해서 그러는 거야?"

헤카테가 그리 말하자 창현은 수첩을 꺼내서 그녀의 말을 적었다. 다만 한국인 특유의… 그 영어 못 하는 병이 도져서 알아듣는 건 얼마 안 되고 옮겨 적는 것은 또 그보다 더 적었다.

테트라 아낙스의 별장에 있던 카모프 헬기는 민간용으로 제작된 거라 군용 헬기처럼 레이더와 지표 분석, 각종 정보 장치에 대한 제어는 그리 필요하지 않다. 팬텀과 아르곤이 그냥 조종석과 부조종석을 차지하고 헬기의 시동을 걸자 기다렸다는 듯 로터가 웅장한 소리를 내며 돌아갔다.

"마치 쫓아올 수 있으면 쫓아와 보라는 것 같군."

테트라 아낙스의 행동을 이해할 수 없다는 듯 아그니는 고개를 좌우로 흔들었다. 이거 한 대 부수고 가는 데 그리 오랜 시간이 걸리지도 않는데 내버려 두고 가다니 테트라 아낙스는 대체 무슨 생각일까? 그때 빌헬름이 투덜거렸다.

"당장 마스터도 그런 짓을 하고 있는데 테트라 아낙스가 하는 짓이 뭐 신기하겠어요? 새삼스럽게."

## 2

쿠데타가 실패로 돌아가고 시베리아 라이칸스로프 여단이 물러난 지금, 모스크바는 혼란의 도가니였다. 비록 쿠데타는 끝났지만 아직 도시는 회복되지 않았다. 전기가 끊기고 가스가 공급 중단되었는데 그 위로 눈보라까지 휘몰아치면서 도시는 삽시간에 얼어붙었다.

각국의 대사관은 전세기를 불러 자국민을 최대한 빨리 대피시키고자 했다. 그러나 공항의 수용 시설에는 한계가 있고 그 공항도 지금 임시 발전기로 돌아가고 있는 처지라 사정이 여의치 않았다.

가스가 끊겨 입김이 얼어붙는 공항 로비에는 많은 사람이 오도 가도 못 하고 발을 동동 구르며 추위에 떨고 있었다. 그때 그들 사이로 한 동양인 청년이 당당하게 걸어왔다. 그다지 많이 껴입은 것도 아니지만 추위에 익숙한지 가슴을 활짝 펴고 있는 청년은 얼굴에 온통 반창고를 붙이고 있었다.

몇몇 사람은 그가 유명한 테러범 한세건처럼 녹색의 블리치를 넣은 머리를 하고 있다고 생각했지만 설마 아무리 그래도 그런 놈이 대로를 당당히 돌아다닐까 싶어 신경 쓰지 않았다.

한세건이 빌딩을 통째로 폭파하는 기예를 선보인 이후 그처럼 녹색으로 머리를 물들이는 이가 늘어났다. 한세건은 어떤 정치적인 목적도 표방하지 않았지만 사람 중에는 늘 또라이 같은 놈들이 있게 마련이다. 그러니까 저런 놈은 그냥 악취미인 놈 중 하나라고 보는 게 옳다.

물론 그는 한세건 본인이 맞았다.

엑토플라즘 마스크를 쓰기엔 얼굴 상태가 안 좋아서, 또 위장 여권에 자기 맨얼굴이 찍혀 있었기에 변장을 하지 않고 왔을 뿐이다.

세건은 얼굴을 감싸고 있던 반창고들을 떼어서 쓰레기통에 던져 넣었다.

테트라 아낙스의 모스크바 별장에서 빠져나왔을 때 한세건은 끔찍한 눈보라를 만나게 되었다. 보통이라면 그냥 인근 주유소 등에 멈춰 서서 제설차들이 눈을 치우길 기다려야 하겠지만 시간이 촉박한데 그렇게 있을 수가 없었다. 그래서 한세건은 모스크바 외곽 국도를 오프로드 바이크 한 대로 눈보라를 뚫고 지나왔다.

물론 그런 미친 짓을 하는 와중에 몸 여기저기에 동상을 입었다. 만약 그가 평범한 인간이었다면 손가락과 발가락 몇 개쯤은 잘라내야 했으리라. 그러나 한세건의 몸은 이미 상당히 흡혈귀화가 진행되었기에 흡혈귀의 피를 빌리지 않고도 상처가 재생되었다.

"내가 그 자식도 아니고 얼굴에 반창고를 붙일 이유가 없지."

그는 내심 불쾌해하며 얼굴을 만지작거렸다. 보통 사람이라면 얼굴을 통째로 뜯어내고 생체 이식을 해야 할 정도로 심한 동상이었다. 그러나 그게 피부 크림을 바르고 반창고 몇 개를 붙이면 될 정도로 낫더니 이내 완전히 나아버린 것이다. 동상이 나은 것은 좋지만 재생력을 사용하면 사용할수록 그에게는 안 좋은 영향이 미치게 된다.

그나저나 이건 대체 뭘까. 세건은 숙소에 남겨져 있던 편지를 들어보고 눈살을 찌푸렸다. 호텔 보이가 가져다 두었다고 하는 편지에는 전세기용 보딩 티켓과 가짜 여권, 그리고 무려 외무부 장관의 추천서가 붙어 있었다.

편지는 실베스테르의 이름으로 발송되었는데 테트라 아낙스는 라스베이거스에 위치한 테트라 재단 빌딩으로 향했을 거라는 첩보와 함께 그에 필요한 수속이 밟아져 있었다.

'실베스테르가 이렇게 빠르게 반응할 리가 없잖아?'

세건은 이게 함정이라고 여겼다. 실베스테르는 냉정하고 침착한 성격이지만 그렇다고 그게 근면하고 정확하단 소리는 아니다. 스누피 잠옷을 입고 단걸 잘 먹는 그 신부는 한세건이 핏

발 선 눈으로 와서 이 세계에서 살겠다고 외쳤을 때도 그를 덕연에게 넘겨 버렸다. 결과적으로 그 덕에 지금의 세건이 있는 것이지만, 그건 어디까지나 실베스테르가 세건을 귀찮아했기 때문이지 송덕연에 대한 믿음으로 그렇게 한 것이 아니다.

그런데 이 반응은 너무 빠르다. 그러나 테트라 아낙스가 직접 보낸 것은 아니겠지. 아마 흡혈귀, 이만한 재력과 추진력을 동시에 갖춘 팬텀의 짓이리라.

'그런데 팬텀이 실베스테르의 이름을 빌리다니 구차하군. 실베스테르를 열 받게 하려고 그러는 건 아닐 테고. 다른 놈이 한 걸까?

그놈 성격에 이런 짓을 할까? 그런 의문이 들긴 했지만 정신을 차려 보니 그는 어느 틈에 모스크바 셰레메티에보 제2공항에 와 있었다.

지금 그에겐 선택의 여지가 없었다. 이제 테트라 아낙스가 서린의 몸을 빼앗아 영생을 누리는 걸 손가락 빨고 보고 있든가 아니면 함정이든 뭐든 간에 당장 그 뒤를 쫓든가, 두 가지 선택지밖에 없다. 물론 세건이 선택할 것은 뻔했다.

그 목숨 다하는 날까지 흡혈귀에게 마수의 이빨을 박아 넣는 것, 그것이 한세건의 염원 아니던가?

"사람이 이렇게 많은데 보딩이 제대로 될까 걱정이군."

장관의 추천장까지 받아둔 걸 보면 걱정할 필요가 없는 일이지만 난민 수용소 같은 꼴이 된 공항 로비를 보니 걱정이 되지 않을 수 없었다. 그러나 자신의 바이크가 트레일러 안에 들어가고 그 트레일러가 다시 비행기 안에 들어가는 것을 보고 세건은 안심했다. 아무리 상황이 안 좋아도 공항 업무가 마비되진 않은 모양이다.

"그런데 나 혼자 오라고 하기엔 좀 큰데? 저렇게 큰 비행기를 나 혼자 쓰라고 하는 건가?"

덕분에 바이크를 실을 수 있었지만 한 명 태울 비행기치곤 많이 크다. 그런 생각을 하며 세건이 고개를 돌릴 때 그의 눈에 아주 익숙한 이의 얼굴이 들어왔다. 전면 유리창으로 된 벽의 난간에 기대어 역시 비행기를 노려보고 있던 회색 머리칼의 청년이 거기에 있었던 것이다. 서린과 많이 닮았지만 어떤 의미에서는 전혀 닮지 않은 얼굴, 그나마 오드아이라는 점은 비슷할까?

이사카 베르게네프! 서린의 쌍둥이 형이며 쿠데타를 일으킨 또 하나의 라이칸스로프 무리를 이끄는 리더! 바로 그가 여기에 와 있는 것이다.

"어처구니가 없군! 백주 대낮에!"

한세건은 즉시 무기를 꺼내려 했지만 주위에 사람이 너무 많았고 이사카가 반응을 보이지 않는다. 이사카도 한세건을 발견했지만 손가락을 꼼지락거릴 뿐 총을 뽑거나 타격 공격을 가하지 않았다. 그 역시 이 많은 사람 앞에서 싸울 생각은 없는 듯했다. 평상시에 두르던 우의 대신 미해병대의 도트 매트릭스 군복 바지에 프린팅 라운드 티, 그리고 양가죽으로 만든 차이나 칼라 재킷을 두르고 있었다. 굉장히 안 어울리는 복장 선택이다.

"큭, 무슨 생각이지, 이건?"

"아마도 전세기 한 대에 한 명을 태우긴 아깝다고 생각했는지 모르지. 비스트, 너도 이건가?"

이사카는 그리 말하고 품에서 세건이 받은 것과 같은 초청장을 꺼냈다. 거기에는 당당하게 판타즈마고리아의 이름이 은박으로 입혀져 있었다.

"역시 그놈 짓인가?"

"아마 그놈의 부관 짓이겠지. 팬텀 역시 오래 사는 놈이라 세심한 부분에서는 많이 부족하다고 하더군. 오래 사는 놈들이 다 그렇지."

이사카는 초청장을 품에 넣고 보딩 패스만 꺼내서 손가락 사이에 꼈다.

"무슨 속셈이지? 네 패거리는? 혼자인 건가?"

"그놈들까지 끌고 들어갈 필요는 없지. 고든은 내 먹이야. 그 녀석과 결판을 내야 할 놈은 나지 그들이 아니야."

"그 늙은이 처먹는 게 네놈 취미인 줄은 몰랐는데. 역시 개자식이라 취미도 고상하시군."

아마도 자신의 부하들을 떼어놓고 온 모양이다. 테트라 아낙스와의 싸움에 더 이상 부하들을 말려들지 않게 하겠다는 건가? 아니면 혼자서도 자신이 있다는 건가? 분명히 이 녀석, 무지막지하게 강하긴 했지?

한세건은 그를 경계하며 생각에 잠겼다. 공항에선 여전히 많은 사람이 분주하게 움직이고 있어서 세건과 이사카가 신경을 곤두세우든 말든 다들 그 사이로 지나갔다. 그때 일단의 무리가 그들을 알아보고 다가왔다. 좋게 보면 용병, 나쁘게 보면 마피아의 히트맨쯤으로 보이는 거구의 남자 넷이었다. 드레드 헤어를 한 흑인과 유럽 인종 혼혈인, 팔에 큼지막하게 십자가를 새긴 아랍인, 거구에 안경을 쓰고 올백 머리를 한 동양인이었는데 다들 키가 190센티미터가 넘고 체중도 평균 120킬로미터 정도는 잡아야 할 것 같은 덩치였다.

"혹시… 당신 비스트 아닌가?"

알제리 혼혈인이 신기하다는 듯 세건에게 말을 걸었다. 한세건은 이놈들은 뭐지, 하고 잠시 흘겨보았지만 곧 그들이 흡혈귀 사냥꾼이라는 걸 깨달았다. 만약 한세건이냐고 물었다면 그냥 용병이나 현상금 사냥꾼이라고 할 수 있겠지만, 비스트라고 부르는 이라면 헌터나 흡혈귀밖에 없다.

"맞는데? 당신들은?"

"이야, 이거 소문으로만 들었는데 영광이군."

"그래, 하하. 생각보단 작은 체구네. 흡혈귀를 잔뜩 해치웠다고 해서 엄청난 괴물일 줄 알았더니."

"그것도 그거지만 정말 대단한 배짱인데. 맨얼굴로 돌아다니다니."

"때로는 맨얼굴이 최고의 방패이기도 하지."

한세건은 그들의 호들갑을 보고 의아해했다. 그러자 그들도 역시 세건과 같은 보딩 패스를 꺼내 보였다.

"아, 원래 우리는 파리에서 일하던 안티 버민(Anti—Vermin) 방역 회사인데 여기서 재밌는 일이 벌어질 거란 첩보를 듣고 왔다가……. 끝물에 들어와서 발이 묶여 있었지."

"그런데 마침 전설적인 진마사냥꾼이 우리가 빠져나갈 자리, 그리고 더 큰 자리를 마련해 준다고 하지 않겠어?"

"의심하면서 왔는데… 당신이 있는 걸 보니 진짜인가 보군."

한세건은 그 이야기를 듣고 눈살을 찌푸렸다. 이사카까지야 그렇다 쳐도 이젠 별놈을 다 모으는군. 게다가 이놈의 수완은 어찌나 좋은지, 이런 듣도 보도 못한 뱀파이어 헌터들에게 어떻게 저런 걸 다 보내났나?

'정말 무서운 놈이군. 빌헬름이라고 했던가, 그 흡혈귀 자식?'

그들은 세건에게 이것저것 물어보다가 이사카를 돌아보았다.

"이 자식은 라이칸스로프다."

한세건은 경계해 두라는 의미에서 미리 말했지만 헌터들은 시큰둥한 표정이었다.

"라이칸스로프는 돈이 안 되잖아?"

흡혈귀의 피는 막대한 돈이 되지만 라이칸스로프에게는 건질 게 아무것도 없었다. 그리고 보니 흡혈귀 사냥꾼이던 사혁도 라이칸스로프였다.

"당신도 흡혈귀 사냥 하러 가는 건가?"

"그 비슷하지."

이사카는 그들의 질문에 답했다. 라이칸스로프가 그들 사이에 있다고 하는데도 다들 별 의식을 하지 않는다. 손만 수평으로 홱 휘둘러도 사람은 머리통이 터지고 모가지가 날아갈 판인데 긴장도 안 되나? 세건은 그게 신기해서 그들을 유심히 살펴보았다.

그때 다른 헌터들이 몰려오기 시작했다. 그들도 한세건과 이 안티 버민 방역 회사의 사람들을 알아보고 몰려왔다. 흡혈귀 사냥꾼은 두 부류로 나뉘는데 흡혈귀를 잡아서 그 피를 짜내 돈을 벌려고 하는 이들, 그리고 또 하나는 가족이나 소중한 사람을 흡혈귀에게 잃어서 복수하기 위해 흡혈귀 사냥에 뛰어든 이들이다. 지금 이 공항에 모인 흡혈귀 사냥꾼들도 정확하게 그 두 부류로 나뉘었는데 그 대다수는 돈을 위해 싸우는 이들이었다.

"전쟁 통이라는데도 이렇게 많은 흡혈귀 사냥꾼이 나오는군. 라이칸스로프를 막아내려는 흡혈귀를 잡겠다고 이렇게나 많이 온 건가?"

어처구니가 없군. 한세건은 흡혈귀들을 잡겠다고 하긴 했지만, 라이칸스로프들의 쿠데타를 막기 위해서 흡혈귀들과 라이칸스로프가 싸운다면 잠시 물러날 정도의 생각은 있었다.

그의 목적은 월야의 주민 전부의 몰살이지 지금 당장 흡혈귀들을 도륙하며 자신의 쾌감을 느끼고자 하는 게 아니었기 때문이다.

그런데 이들은 바로 그 쿠데타를 막기 위해 몰려든 흡혈귀들을 잡아 돈을 벌려고 하는 이들이었다. 3차 세계대전이 일어나든 말든 일단 흡혈귀를 잡아서 소득부터 올리고 보겠다는 그들의 방식을 세건은 이해할 수가 없었다. 그러나 경멸이나 혐오를 느끼는 것은 아니었다. 그런 걸 느낄 만큼 한세건 자신이 그들보다 도덕적으로 더 낫다고 생각하지 않는다.

그나저나 헌터 네트워크도 운영비가 안 나와서 망할 만큼 흡혈귀 사냥꾼이 줄었다고 알고 있었는데 그래도 흡혈귀 사냥꾼이 이렇게 많다니. 세건은 그 점에 새삼 놀랐다.

그때 보딩이 시작되었다.

"콩나물시루가 따로 없군."

세건은 몰려드는 헌터들을 보고 기겁했다. 빌헬름 이 녀석은 돈도 많으면서 전세기값이 아까웠는지 좌석 전체를 꽉꽉 메운 모양이었다.

'독한 놈이군, 진짜.'

세건은 내심 감탄하고 비행기에 올라탔다. 그런데 자신의 옆자리에 이사카가 떡하니 앉는 게 아닌가?

"뭐야, 이건?"

"표가 그렇게 되어 있어. 아마 초청장을 보낸 순서가 그래서인 것 같은데?"

"으음."

아마 제일 처음부터 한세건을 생각하고 그다음에 이사카를 떠올린 모양이다. 아니면 그 반대거나. 어느 쪽이든 간에 한세건으로서는 불쾌한 일이었다. 옆에 라이칸스로프 놈을 앉혀두고 비행을 하면 잠도 잘 수 없을 게 아닌가? 모스크바에서 라스베이거스까지면 비행 거리도 엄청날 텐데, 도중에 기항도 한

번 해야 하지 않나?

하지만 이사카도 별로 싸울 생각은 없는 듯했다. 어차피 비행기 안에서 싸워봐야 의미 없는 짓이기도 하고, 테트라 아낙스가 목표인 이상 괜히 자신들끼리 싸워서 힘을 낭비할 이유가 없다.

그렇지만 목숨을 걸고 싸우다가 이렇게 평화롭게 나란히 비행기에 앉아서 틀어주는 방송이나 보고 있자니 상당히 심란했다.

"다른 헌터들도 있으니까 잠시 휴전하도록 하지?"

이사카는 그리 말하고 먼저 쿠션에 몸을 기대어 눈을 감았다. 물론 그가 눈을 감는다 해서 무방비가 되었다는 것은 아니다. 예지 능력과 그 외 각종 해괴한 능력을 가지고 있는 이사카는 눈을 감는다 해서 쉬운 상대가 아니다.

세건은 최대한 경계하면서도… 경계하고 있다는 걸 내색하고 싶지 않았다. 이건 자존심의 문제였다. 흡혈귀, 혹은 라이칸스로프, 모든 것을 사냥하기 위해서 한세건은 자존심을 중요시여겼다. 한세건은 태연하게 이사카의 옆자리에 앉아서 같이 눈을 감았다.

"그게 되어야 말이지."

"긴장되나?"

"뭐?"

"심박이 올랐어. 땀 냄새에서도 긴장한 기색이 역력한걸?"

이사카는 기분 나쁠 정도로 정확한 한국어로 세건의 변화를 지적했다. 그 순간 한세건의 손이 움직였다. 글록을 정확하게 이사카의 관자놀이에 겨눈 것이다. 하지만 이사카도 칼날을 빼들어 한세건의 목에 겨눴다.

한세건은 격분해서 뭐라고 말하려 했지만 곧 말을 내뱉는 대신 한숨을 내쉬고 총을 거뒀다.

"총을 들이밀고 협박하는 것도 폼이 나지 않아. 관두지."

"칼 대고 협박하는 건 폼이 나나? 그만두자고."

이사카도 시미터를 거두었다. 마침 그들이 무기를 거두자마자 스튜어디스로 보이는 아가씨가 다가왔다. 이사카와 세건은 퍼스트 클래스에 앉아 있고 다른 이들은 일반석에 있었는데 다급하게 편성한 전세기라서 그런지 승무원의 수가 정기편들에 비해 적어 보였다. 덕분에 퍼스트 클래스의 서비스도 별로 좋지 않았다. 하지만 이런 부족함도 그 짧은 사이에 전세기 한 대를 끌어와서 맞춘 상대방의 수완을 생각하면 전혀 허술해 보이지 않는다.

"그놈 예지력이라도 있나 보군."

한세건이 예지력을 들먹거리자 눈감고 누워 있던 이사카가 움찔했다. 자기 이야기 하나 싶어서 꿈틀한 모양이다.

"쿠데타가 실패했는데 왜 테트라 아낙스에게 혈혈단신으로 시비를 거는 거지? 네겐 아무런 이득이 없을 텐데? 아니면 정말 릴리쓰가 네게 부여한 의무를 다하려고 하는 건가? 그럴 거면 부하들을 데려오는 게 낫지 않나?"

세건은 스튜어디스가 주는 맥주를 받아 들고 물어보았다. 어차피 싸움은 못 하니 말싸움으로 신경이나 건드리자는 것일까?

이사카가 릴리쓰가 부여한 임무에 얼마나 민감한 반응을 보이는지 알면서 물어본 것임에 틀림없다. 하나 이사카는 태연하게 반문했다.

"그러는 너는 왜 이득이 없는데 뛰어들지?"

"약속을 한 게 있으니까."

한세건이 그리 말하자 그는 피식 웃었다.

"네가 그런 인간인 줄 몰랐군. 흡혈귀 사냥꾼은 흡혈귀 피를 짜서 돈을 버는 쓰레기가 아니었나? 뭐, 좋아. 약속이라. 그런 건 나와 같군."

"그런 식으로 문답에서 빠져나가는 놈이 제일 싫지. 내 질문에 답하는 게 아니라 반문한 뒤 자신도 그렇다니, 어지간히 말을 아끼는군. 무성의한 건가?"

세건이 투덜거리자 이사카는 딴청을 부리며 물어보았다.

"그런데… 롯시니는 어땠어?"

"어땠냐니?"

"어떻게 살았는지 궁금해서. 어린 시절에 헤어진 이후로는 통 보질 못했으니, 어떻게 됐는지 모르겠다 이거지. 테트라 아낙스를 제압하는 게 목적이지만 결과적으로 그 녀석을 구출해야 하는데… 구출하는 상대방에 대해서 좀 자세히 알고 싶은 건 이상할 게 없잖아?"

"녀석은 더할 나위 없는 바보 멍청이지. 그 정도 알면 녀석의 전부를 안 거다."

한세건은 그렇게 잘라 말했다.

그때 스튜어디스가 노트북 하나를 꺼내서 세건과 이사카 사이에 두었다.

"응?"

"아마 팬텀 패거리가 우리에게 할 말이 있나 본데?"

이사카는 먼저 노트북에 손을 뻗어서 건드렸다. 손을 대자마자 대기 모드였던 노트북이 깜빡이고는 곧 동영상이 재생되었다. 거기에는 아무리 보아도 셀프 카메라를 찍고 있는 각도로 보이는 빌헬름의 모습이 있었다.

—보나 마나 둘이 반목하고 있을 것 같으니 공평하게 정보를 주도록 하지요. 아, 비스트는 영어 잘하던가? 기억이 안 나네. 급한 대로 자막을 첨부했으니 보고 읽도록 해요.

—오, 이거 뭐야. 동영상 촬영이야? 나도, 나도!

아르곤과 창현이 빌헬름의 뒤에 나타나더니 카메라 앞에 얼굴을 들이밀었다.

'뭐야, 이 바보들은?'

한세건은 어처구니가 없어서 동영상을 보며 눈살을 찌푸렸다.

—고든은 테트라 재단 빌딩으로 갔을 게 분명합니다. 라스베이거스 교외에 있는 건물이지만 경계가 삼엄하고 인간 경찰들이 지키고 있으니 불법행위를 밥 먹듯 자행하는 당신들 헌터로서도 난감하겠지요. 그리고 장비도 없을 테고. 장비는 우리가 보내준 초청장에 지정한 숙소로 가 있으면 번튼이란 남자가 배달해 줄 겁니다. 비스트 당신이 거래해야 해요. 알아듣겠어요?

동영상을 보던 이사카가 킥킥거리며 중얼거렸다.

"신뢰받고 있나 보군? 흡혈귀에게 신뢰받는 흡혈귀 헌터라, 매우 인상적이군. 체면 구겨지겠는데?"

"신뢰 이전에 능력의 문제지. 농담이라고 하는 거라면 여기서 결판을 보지, 라이칸스로프? 네놈, 짜증 나니까."

"당신도 꽤 짜증 나. 사사건건 신경질이군."

"오호, 그래? 서로서로 짜증 난다는 점에서는 의견이 일치하는데⋯⋯. 해치 열고 한 고도 천 미터에서 뛰어내려 주실까?"

둘이 티격태격하는 사이에도 동영상은 계속 진행되었다. 팬텀 일파도 일단 테트라 아낙스에게 반기를 든 이상 아주 끝장을 보려는지 빌헬름은 테트라 재단 빌딩의 청사진과 위성사진, 각종 자료를 카메라로 찍어서 보여주었다. 해상도가 그다지 높지 않은 동영상이라 보는 데는 어려움이 따랐지만 대충 포인트는 짚을 수 있을 정도였다.

—카메라로 보여준 이 자료는 지금 그 노트북에 들어 있으니까 알아서 잘 복습하세요. 군경과 민병대는 알아서 해결하리라 믿습니다. 테트라 재단 빌딩에서 가장 가까운 민병대와 경찰서, 군부대에 대한 자료도 첨부했습니다. 참고로 가장 위험한 군대는 바로 그 민병대예요. 네바다 NRA 지부인데 민병대 주제에 교관은 전부 그린베레 출신에 아직도 서부시대 목장처럼⋯ 밤에 주거침입하는 이들을 쏴 죽이는 놈들이죠. 민병대지만 장갑차도 있어요.

그리고 지금 네바다 주 주지사는 NRA의 입김을 듬뿍 받는 공화당원 존 헤밍웨이다. 문제가 발생하면 주저 없이 민병대에게 자위권을 줄 놈이다.

"비행시간이 지루하진 않겠군. 대책을 강구해야 할 테니."

이사카는 노트북을 살피며 중얼거렸다.


3


라스베이거스에는 고든이 이사장으로 있는 테트라 재단의 총본부가 있다. 이름부터 상당히 노골적인 테트라 재단 총본부는 완벽한 차광막을 가진 인텔리전스 빌딩으로 주위에는 군대를 뺨치는 삼엄한 경계가 펼쳐져 있었다. 명분상으로는 NGO를 지원하는 재벌의 사회 활동용 재단이라고 하지만, 세상 사람들이 다들 그렇게 순진하지만은 않기에 다들 그 테트라 재단을 R. 고든의 탈세 및 검은돈 세탁용 위장 재단이라고 여기고 있었다. 아마 저 삼엄한 경비도 그것 때문이겠지. 사람들은 그렇게 단순하게 생각했다.

돈세탁을 위한 위장 재단이라고 생각하는 게 단순하다고는 할 수 없지만, 진실에 비하면 그들의 생각은 하염없이 단순했다. 하긴 불야성의 라스베이거스를 바라보며 세워진 인텔리전스 빌딩이 흡혈귀의 거처라고 생각하는 놈이 있다면 정신병원 의사가 쌍수 들고 환영할 것이다. 그렇지 않아도 미합중국에는 음모론 편집광이 많은 편이다. 로즈웰 외계인 이야기부터 MIB, 엑스파일 등만 봐도 알 수 있지 않은가?

서린은 눈을 감고 빌딩의 공간을 파악하고 있었다. 눈을 감고 있어도 몸에 난 솜털 하나하나에 스치는 공기의 흐름으로, 그리고 그에게 들려오는 사물들의 소리로 그는 공간을 '이해' 할 수가 있었다. 빛 없이도 사물을 '이해'하는 게 가능했다.

그는 지금 특수한 구속복을 입고 계속적으로 약물을 투여받으며 원폭이 떨어져도 끄떡없을 것 같은 재단 건물 지하 연구실에 유폐되어 있었다. 에어컨 공조기에 달린 필터는 무슨 잡균 잡티 하나도 용납하지 않는 반도체 공장용 같았다.

'보지도 않고 이렇게 아는 게 대단하군.'

서린은 그리 생각하며 자신의 몸에 들어온 약물들을 분해나 흡수 없이 그대로 모공으로 보내 땀으로 발산시켰다. 처음에는 어떻게 하는지 몰라서 약에 취해 그냥 정신을 잃고 있었지만 그것도 잠시, 곧 서린은 약을 흡수하지 않고 그대로 배출하는 법을 알게 되었다.

하지만 라이칸스로프에게 통하는 약이라니 굉장하군. 이게 테트라 아낙스가 만들어낸 약이란 말인가? 그러고 보면 서린은 마취제가 통하지 않아서 치과에서 고생했었다. 나중에 자신이 치아가 무한정 새로 나는 체질이라는 걸 안 뒤에는 이가 썩으면 아예 손으로 잡고 뽑아버렸지만……

서린은 자신의 몸에 투여되는 약을 배출하는 데 성공했지만 그래도 아직 취한 척하며 상황을 살펴보고 있었다. 테트라 아낙스는 그를 구속시키고 자리를 떠났다. 몸을 빼앗겠다고 해서 지금 당장 두개골이라도 절개하는 게 아닐까 걱정했는데 그런 무식한 방법은 쓰지 않으려고 하는 것 같았다.

'고기를 죽이지도 않고 국 끓이고 있네? 이것들이……'

서린은 이것들이 자신을 얼마나 우습게 보기에 그러는 걸까 싶어서 불쾌해졌다.

'하긴 생으로 회 쳐 먹으려나?'

서린은 그리 생각하고 조심스럽게 몸에 힘을 주었다. 계속 한 자세로 드러누워 있자니 몸이 갑갑하다. 실험실 안은 에어컨이 잘되어서 선선하고 쾌적했지만 가만히 있자니 좀이 쑤시고 짜증이 났다.

그럼 여기서 탈출을 해볼까? 하지만 테트라 아낙스가 상대라는 게 무섭다. 이전에도 한 번 도중에 탈출하려다가 그 시도가 좌절되었기 때문에 두렵다. 왜 코끼리를 어린 시절에 쇠 말뚝에 묶어두면 나중에 커서도 말뚝에 매여 가만히 있는다고 하지 않던가? 무기력과 절망이 학습되면 사람이든 다른 무엇이든 거기서 끝나게 된다.

'으음.'

그러나 서린이 누구인가? 한세건에게 매일같이 사망 직전까지 두들겨 맞으면서도 끝까지 비비적거리던 배짱으로 먹고사는 인물이 아니던가? 서린의 사전에 절망과 좌절이란 없었다. 한세건의 견해로 보자면 워낙 속없이 사는 놈이라 그런 생각은 애초에 하지도 않는다.

문제는 이번의 시도가 실패하게 되면 그때는 진짜 빠져나갈 길이 암담해진다는 것이다. 그러면 어떻게 해야 할까?

서린이 그렇게 생각하고 있을 때 연구실 문이 열리고 묵직한 뭔가가 바퀴 굴러가는 소리를 내며 다가왔다. 그리고 연구원들끼리 대화하는 게 들려왔다. 원체 서린이 영어가 짧은 데다 워낙 말이 빨라서 뭐라고 하는지 못 알아듣겠다. 서린이 당황하는 사이에 그들은 서린의 옆에 그것을 두고 파워 케이블을 연결하고 자리를 비웠다.

　서린은 조그맣게 실눈을 뜨고 힐끔 옆을 돌아보았다. 그것은 커다란 수조였다. 밑에는 수조 안의 물을 정화하기 위한 정화용 장치가 있었는데 인공신장이나 인공심폐에 버금가는 고급 의료기로 보였다. 그리고 그 수조, 망치로 때려도 흠 하나 나지 않는 강화 아크릴을 통째로 써서 만든 수조는 상어 한 마리쯤은 넣을 수 있을 만큼 컸다.

　커다란 수조 안에는 한 소녀가 속옷에 가까운 새하얀 원피스 한 장만을 걸친 채 쪼그려 앉아 있었다. 그녀는 눈을 감고 있었는데 흡사 죽은 듯했다.

　"아."

　서린은 그런 그녀를 보고 자신의 처지도 잊고 입으로 소리를 냈다. 안에 감시 카메라도 있을 텐데 이래도 되나 하는 생각이 잠깐 들었지만 일반적인 CCTV는 화상 데이터만 전송한다는 것을 떠올린 서린은 즉시 진정했다.

　수조 속의 소녀, 스팅레이를 바라보면… 서린은 왠지 모르게 자신의 어머니가 떠올랐다. 이사카가 봉인해 버린 기억 저편에 갇혀 있던 어머니의 모습이 아직 어린 저 소녀와 오버랩되다니… 왜 그런 것일까?

'그녀가 릴리쓰가 된 건가?'

서린은 그렇게 생각할 수밖에 없었다. 이사카는 분명히 어머니를 죽이고 릴리쓰의 존재를 성궤 자체에 봉인했다. 그런데 테트라 아낙스는 릴리쓰의 심장의 봉인을 풀었다. 그리고 그 후엔 어떻게 되었더라?

'욱…….'

머리가 아프다. 기억의 봉인은 풀리긴 했지만 후유증은 심각했다. 아직도 머리를 쓰려면 아프다.

"빌어먹을!"

서린은 카메라에 찍히는 걸 염두에 두고 잠시 들썩거리기만 할 뿐 몸은 일으키지 않았다.

그러나 그런 그의 움직임에 반응한 것일까? 수조에 갇혀 있던 스팅레이가 눈을 떴다. 그녀가 눈을 뜨자 물이 순식간에 검게 물들면서 주위로 힘이 퍼져 나갔다. 물탱크 속에 갇혀 있는데 물이 차오르는 느낌이랄까? 갑자기 서린 자신이 물에 잠긴 기분이 들었다.

하지만 그녀가 눈을 뜨자마자 그녀를 가두고 있는 수조의 밑에 달린 기계가 움직이기 시작했다. 그것은 산소의 공급을 끊는 장치였다. 스팅레이는 물속에서 몸부림쳤다. 괴력을 발휘해 수조의 벽을 강타하지만 꼼짝할 수도 없었다. 특수 아크릴로 만들어진 수조는 적어도 안에서의 공격으로는 깨지지 않게 되어 있었다. 제대로 땅을 짚은 채로, 충분한 공간을 확보하고 때린다면 모를까, 아무리 흡혈귀라 하더라도 그녀가 안에서 그걸 깬다는 건 불가능하다.

그래, 그녀가 릴리쓰인 게 확실하다. 테트라 아낙스는 릴리쓰의, 아니, 릴리쓰였던 여자의 변이된 심장을 매개로 몸을 옮기려 하고 있었다. 그렇다면 릴리쓰를 확보해 두는 게 좋겠지. 쓸모가 아주 많은 도구니까.

"…칫."

하지만 서린은 그 모습을 보고 도저히 모른 척할 수가 없었다. 사람을 수조에 가둬두고 산소 공급을 차단하다니…… 게다가 어린 소녀가 아닌가?

'아니, 애초부터 목 위까지 다 잠겨 있었지만……'

아마도 스팅레이는 물속에서 호흡을 할 수 있는 것 같았다. 그렇지만 아무리 물속에서 호흡이 가능하다 하더라도 물에 산소 자체가 공급되지 않으면 죽는다. 물고기라고 하더라도 죽는다.

산소가 부족해져서 그런지 스팅레이는 저항을 못 하고 다시 혼절했다. 그러자 수조의 물이 다시 맑아진다.

"흠."

서린은 몸을 일으키고 주위를 둘러보았다. 마침 철제 의자가 있어서 서린은 그걸 집어 들고 힘껏 휘둘러 수조를 때렸다.

쾅!

철제 의자가 박살 나며 수조가 밀렸다. 표면에 흠집만 갔을 뿐 수조 자체는 끄떡없다.

"뭐… 뭐야?"

서린은 그 모습을 보고 질려 버렸다. 이렇게 튼튼할 수가? 어중간한 도구로는 어림도 없겠다.

"칫!"

기왕이면 생살로 치는 일은 피하고 싶었는데 어쩔 수 없다. 서린은 손을 변형시켜 예리한 손톱이 자라나게 하고 그 손톱을 머리 위로 치켜들었다. 사람을 향해 휘두르면 내장이 갈기갈기 찢어질, 면도날처럼 예리하고 낫처럼 튼튼한 손톱들이다. 그러나 철제 의자가 걸레가 되는 걸 볼 때 이 수조의 강도는 그 이상일 것이다.

"하앗!"

서린이 팔을 휘둘러 수조를 강타하자 역시 예상대로 손톱이 부러지고 피가 튀었다. 그래도 철제 의자로 쳤을 때보다는 확실하게 긁혔다.

"울버린처럼 발톱이 나오면 좋을 텐데."

서린은 그리 중얼거리고 야구 선수가 공을 던지듯 크게 몸을 와인드업 한 뒤 다시 주먹을 날렸다. 쾅! 굉음과 함께 수조에 금이 갔다. 대신 서린의 손은 무슨 무한궤도에 말려 들어간 것처럼 완전히 으깨졌다.

"아야야야… 아파 죽겠네."

실제로 보통 사람이라면 통증과 그 처참한 모습에 놀라 기절해 버렸으리라. 그러나 서린은 부러져서 손을 찢고 나온 손뼈를 태연하게 맞추고 몇 개 맞춰지지 않는 뼛조각은 입에 집어

넣고 오독오독 씹어 먹었다.

그러자 순식간에 손이 재생되어 원래대로 돌아왔다. 참 편한 몸이다. 그렇지만 몸은 편한데 마음은 편치 못하다. 제대로 된 인간도 아니고. 그래서 지금 여기 만리타향 머나먼 땅에 살벌한 놈들에게 잡혀서 끌려온 거 아닌가?

'원래대로라면 부동산 중개업 면허를 취득했어야 했는데. 아, 부동산 중개업도 이제 한물갔다고 했나?'

서린은 그리 생각하며 다시 주먹을 휘둘렀다. 이번에야말로 수조가 깨져서 터지고 스팅레이가 깨진 수족관에서 금붕어 튀어나오듯 튀어나왔다.

"컥, 콜록콜록."

그녀는 물을 뱉어내며 고통스러워했다. 서린은 그런 그녀를 살펴보며 한숨을 내쉬었다. 아무리 릴리쓰에 흡혈귀라고 하지만 지금으로서는 아무것도 모르는 무지한 여자아이에 불과해 보였다. 이런 애를 물고문(?)하다니……. 독한 놈들이다. 헐리웃 영화도 안 보나? 성인 남자는 얼마든지 쏴 죽여도 되지만 어린 소녀와 애완동물은 절대 해쳐서는 안 된다는 미국 영화의 법칙을 무시하다니…….

"그나저나 카메라에 보였겠군."

수조를 깨느라 일어났으니 그들도 서린이 약에 중독되지 않았다는 것을 알게 되었으리라. 그럼 즉시 탈출하는 게 낫겠다. 서린은 스팅레이를 일으키기 위해 그녀를 부축하려 했다. 그러나 그때 스팅레이가 입을 벌리더니 서린의 팔을 물었다.

"그만! 라이칸스로프의 피는 독이야!"

서린은 반사적으로 팔을 흔들어 그녀를 집어 던지고 말았다. 그럴듯한 실험 기구와 사무 집기 위로 알몸이나 다름없는 원피스 한 벌만 입고 내던져진 그녀는 몸으로 집기들을 때려 부수며 요란하게 나가떨어졌다.

서린은 그런 그녀를 보고 깜짝 놀라서 일으켜 세웠다. 서린은 나름대로 그녀의 몸을 걱정해서 이런 건데 이렇게 되면 되레 공격한 꼴이 아닌가?

"으으으으!"

과연 스팅레이는 분노하며 일어났다. 그녀는 분명히 릴리쓰에게 감염되어 새로운 릴리쓰가 되었을 텐데… 그런데도 반응은 이전과 별반 달라진 게 없었다. 여전히 백치 같다. 그래서일까? 그녀는 서린이 자신을 공격했다고 여기고 적의를 드러냈다.

주위의 공기가 짙어지고 다시 물속 같은 느낌으로 변해 버렸다. 그리고 곧 검은 그림자들이 촉수가 되어 사방에서 일어난다. 하지만 서린은 그런 그녀에게 양팔을 벌리고 다가갔다. 지금 여기서 그녀랑 다툴 때가 아니다. 도망을 치지 않으면 정말 테트라 아낙스에게 몸을 빼앗기니까.

"어이! 지금 이럴 때가 아니라고! 저 수조에 다시 갇히고 싶은 건 아니겠지?"

서린은 자신에게 악의를 품고 자라나는 촉수들을 손으로 휘둘러 쳐냈다. 저번에는 그녀의 촉수에 꼼짝없이 휘감겨서 정신을 잃어버렸었는데 이제는 휘둘러 치면 치는 족족 무슨 호프집 한 치 찢어지듯 촉수가 쭉쭉 찢어졌다.

"흡!"

서린이 양손을 뒤로 당겼다 앞으로 내밀자 그에 걸린 촉수가 찢어지며 열풍에 휘말려 날아갔다. 촉수와 피를 휘감은 소용돌이가 단숨에 스팅레이를 휘감았다. 흡혈귀에게도 산소는 필요하다. 그리고 폐로 호흡하는 이상 흡혈귀가 산소를 섭취하는 방법은 흉강의 팽창과 수축을 통해 폐에 공기를 들이마시는 것. 인간과 다를 게 없다. 그렇다면 흉강의 팽창 수축에도 공기가 들어가지 않게 만들면 된다. 서린은 바람으로 그녀 주위를 맴도는 공기를 희박하게 만들어 그녀의 신체 기능을 저하시켰다. 그렇잖아도 수조 속에 있느라 만성적인 산소 결핍을 겪고 있던 그녀는 이런 공격에 약했는지 순식간에 신체 기능이 떨어졌다. 그 틈을 놓칠 서린이 아니었다. 서린은 단숨에 간격을 좁혀 그녀를 붙잡았다. 그는 손톱을 세워 그녀의 눈에 겨누고 말했다.

"해칠 생각 없어. 날 믿어. 지금은 도망부터 치자니까."

서린이 그리 말하자 신기하게도 그녀가 공격을 멈추었다. 공격할 수 있음에도 불구하고 공격하지 않는다는 걸 알아준 것일까?

"아… 아아아."

말이 통하는 것일까? 스팅레이는 서린을 보더니 코를 킁킁거리며 다가왔다. 그러더니 문득 손을 뻗어서 서린의 얼굴을 덥

석 잡았다.

물어뜯으려나? 그리 생각한 서린이 질끈 눈을 감았지만 스팅레이는 킁킁거리며 냄새를 맡을 뿐이었다. 그러더니 갑자기 반색하며 서린을 와락 끌어안았다.

의외의 반응에 서린은 놀랐지만 곧 자신에게 뺨을 비벼대는 스팅레이로부터 릴리쓰를 느낄 수 있었다. 자신의 자식을 알아보는 것일까? 그러나 릴리쓰 간에는 기억의 전승이 없다고 했는데 무슨 이유에서 이러는 것일까?

"아우우우… 위험… 위험해."

그녀는 머리를 감싸 쥐고 휘청거리더니 서린에게 기대었다.

"아, 아하하핫. 괜찮아, 괜찮아. 그러면 일단 빠져나가고 보자."

서린은 그녀를 안아 들었다. 그녀는 분명히 사람 잡아먹는 괴물이지만 이러는 걸 보면 잘 가르쳐서 사람 만드는 것도 그리 문제가 없어 보인다. 그래, 내가 잘 가르쳐서 사람 만들어야지. 세건 형 같은 성격파탄자는 못 하는 일이지만 나라면 잘할 수 있다는 걸 보여주겠어! 서린은 그런 쓸데없는 의욕을 불사르며 밖으로 뛰쳐나갔다. 하지만 곧 큼지막한 냉장고 같은 철문이 복도를 막고 있는 것을 발견해야 했다.

"뭐, 뭐야, 이건?"

이건 아까 전의 수조보다도 몇 배는 더 단단한 문이다. 그렇다면 그럴 바엔 콘크리트를 부숴 버리는 게 더 낫지 않겠는가? 하지만 서린은 벽을 바라보고 이내 포기했다. 이곳의 콘크리트

벽은 두께가 50센티미터도 넘어 보였다. 거기다 콘크리트 사이에는 방사능과 전자파 펄스, 텔레파시 등을 막기 위해 납이 들어 있었다. 두께 50센티미터가 넘는 콘크리트를 피와 살로 이뤄진 몸을 도구 삼아 부순다는 것은 상당히 미친 행위다. 볼코프 레보스키처럼 강체 능력이 있다면 해볼 만하지만…….

"아? 그게 있었지?"

그러고 보니 그걸 잊었군. 서린은 자신의 외할아버지, 볼코프의 힘을 빌려서 강체 능력을 썼던 적이 있었다. 이제 볼코프와는 지구 반대편이라 과연 그 능력이 써질지 의문이지만 서린은 자신이 할 수 있을 거라 생각했다.

그리고 과연 그의 생각대로 몸에 힘이 들어왔다. 서린은 강화된 방화벽을 단숨에 후려갈겼다. 피와 살로 이뤄진 몸이 부서지려나 했는데 강체가 성공했는지 문만 찌그러질 뿐 서린의 몸에는 상처 하나 나지 않았다. 하지만 서린이 문을 부쉈을 때, 그 앞에서는 검은 법의에 후드를 눌러쓴 금발의 남자와 그와는 대조적으로 현대적인 장비를 갖춘 흡혈귀 군대가 방어진을 펼치고 있었다.

"카메라가 있는 건 알고 있었을 텐데……. 하지만 이 문을 부수다니 대단한걸."

검은 법의를 입고 있던 금발 남자, 앙리 유이는 솔직히 감탄했다. 두께 10센티미터의 복합 강판으로 만든 문이다. 플라스틱폭탄으로도 다섯 번 정도는 터뜨려야 겨우 뜯어낼 수 있는 지독한 문짝인데 이걸 아무런 도구도 없이 안에서 열 수 있을 줄은 몰랐다. 과연 아무리 그래도 리림은 리림이라 이건가?

"당신은 테트라 아낙스도 아닌데 왜?"

서린은 특유의 긴장감 없는 표정으로 물었다. 총구가 수십 개가 겨눠지고 있는데도 태연하다 못해 싸울 맘이 사라질 정도다. 테트라 아낙스의 몸이 될 예정이니 해하지 못하리라고 생각한 것일까? 아니면 원래 개념이 없는 걸까? 앙리 유이는 눈살을 찌푸렸다.

"나는 테트라 아낙스의 비술을 봐야 하니까. 안에 들어가시지. 쓸데없는 저항을 하면 껍질을 벗겨놓고 소금 항아리에 담가 버릴 테니까."

앙리 유이의 협박은 진심이었다. 그러자 서린의 안색이 창백해졌다. 서린 역시 그가 진심이라는 걸 알았을까? 서린은 주저하며 조심스럽게 말문을 열었다.

"저… 그런데……."

"응?"

"그런데 왜 제 앞에 태연히 서계세요?"

"어?"

앙리 유이가 의아해하는 순간 서린이 돌격해 왔다. 그 움직임이 너무나 빨라서 앙리 유이는 미처 방어하지 못했다. 앙리 유이는 손날을 세워서 도끼로 내려찍듯 뛰어드는 서린의 모습을 보면서도 피하지 못하고 무의식중에 팔을 들어 막았다.

콰직!

서린의 손날이 앙리 유이를 수직으로 두 조각 내버렸다. 깜짝 놀란 흡혈귀 군대들이 총을 쏘려 했지만 그다음 순간 서린은 그들을 지나쳤다. 방금 전 어리바리하게 말을 걸어왔던 서린과는 사람이 달라 보이는, 냉혹하고 침착한 표정이었다. 차가운 그 표정에서 유독 붉은 눈동자가 광채를 발한다.

"너무 느린데? 다들."

콰드득!

전원의 목이 수평으로 비틀리더니 몸통에서 찢겨져 나갔다. 서린이 지나자 그제야 바람이 일어나 흡혈귀들의 목을 쥐어뜯었다. 서린이 손톱으로 잘라 버린 머리가 바람에 휘말려 허공으로 튕겨 올랐다. 피가 스프링클러처럼 뿌려지고 잘린 머리가 수박처럼 떨어져 지면을 구른다. 끔찍한 참극, 그러나 그 빠르기와 정확함, 그리고 잔혹함과 과단성은 아름답기까지 하다.

털썩!

두 조각 난 앙리 유이와 목을 잃은 흡혈귀들이 일제히 쓰러지고 그 뒤에는 손톱을 세운 채 서 있는 서린만이 있었다. 서린도 급격하게 자신의 능력 이상으로 움직인 덕에 몸의 근육이 파열되고, 무릎의 인대가 끊어지고, 뼈가 피부를 찢고 튀어나왔지만 잠깐 서 있는 것만으로도 그 상처가 빠르게 아물었다. 재생력을 생각하면 이 정도로 움직이는 건 일도 아닌지 아프지도 않다.

"후우, 왜 멍청하게 적 앞에서 멀뚱히 서 있는 거야?"

서린은 스팅레이에게 따라오라고 손짓하고 바닥에 떨어진 소총을 하나 집어 든 뒤 앞으로 향했다. 방금 전 그 일은 앙리 유이의 잘못이 컸다. 아무리 상대가 흐리멍덩한 소년으로 보인다 하더라도 어쨌든 흡혈귀의 유일한 라이벌인 라이칸스로프. 그런데 그 앞에서 멀뚱히 서 있다니 안전 불감증이라 해도 과언이 아닐 것이다.

하지만 그렇게 만든 것은 사실 서린이었다. 서린의 특이한 친화력과 느슨한 태도가 앙리 유이의 긴장을 느슨하게 만들어 버린 것이다. 앙리 유이뿐 아니라 다른 흡혈귀들 모두가 총구를 겨누고 있었음에도 불구하고 방심하고 있지 않았던가?

"참 이상하지?"

서린은 그리 말하고 피식 웃었다. 그런데 그때였다.

콰직!

이번엔 서린의 가슴에서 뭔가가 튀어나왔다. 깜짝 놀란 서린이 그것을 보니 보랏빛의 끔찍한 벌레였다. 굵기는 새끼손가락만 한데 길이는 약 1미터가량 된다. 그런 벌레가 심장과 폐를 뚫고 튀어나온 것이다.

"윽!"

"이번엔 내가 묻고 싶군! 진마를 둘로 쪼갰다고 죽었을 거라고 생각하다니!"

앙리 유이가 몸을 일으켜 세웠다. 아직도 그의 몸엔 서린이 쪼갠 흔적이 남아 있었다. 시뻘건 흉터가 세로로 전신에 나 있었으니까.

그러나 앙리 유이의 상처는 분명히 아물어가고 있었다. 상처가 아무는 게 눈에 보일 정도였다.

"컥."

"악!"

스팅레이는 서린이 당하는 것을 보고 무의식중에 손을 뻗어 앙리 유이를 치려 했다. 그러나 스팅레이의 몸 안에서도 벌레가 튀어나와 그녀의 입 밖으로 빠져나왔다. 기관지와 식도를 찢고 목구멍 밖으로 뛰쳐나온 것이다. 물론 내장도 갈기갈기 찢겼음은 두말할 필요도 없다.

서린은 호흡곤란을 일으키면서도 몸에 남아 있는 산소를 쥐어짜 힘을 모았다. 몸에서 자라난 벌레를 잡아서 뽑아내려 했지만 잡는 순간 끊어질 만큼 연약하다. 이런 놈이 어떻게 몸을 찢고 밖으로 뛰쳐나오기까지 할 수 있는 것일까?

콰직!

벌레가 하나 더 튀어나왔다. 게다가 이놈들은 피부를 통해서 독액을 분비했다. 체내 점막을 통해서 시큰한 독액이 흡수되는데 전신이 달아오른 무쇠처럼 뜨겁다.

"어… 어떻게?!"

맞지도 않았는데? 닿은 것도 서린이 공격한 그 한순간이었는데 언제 이런 벌레가 몸속에 있었던 거지? 설마 테트라 아낙스에게 잡혀 올 때, 그 몽롱한 때에 이미 조치를 취해놓았단 말인가? 아니면 앙리 유이의 이 마법인지 혈인 능력인지 모를 벌레는 그런 명중시키는 과정이 필요 없단 말인가?

서린은 독에 중독된 몸으로 앙리 유이에게 소총을 겨눠 쏘았다. 그러나 총알이 도중에 휘어지며 앙리 유이를 피했다. 애꿎은 복도에 총알 비가 내린다.

"꽤 괜찮은 일격이었다. 아니, 솔직히 말해서 그런 육체적인 능력은 어떤 흡혈귀에게도 없겠지, 아르곤이라면 모를까. 그러나 너는 마법이란 것에 대해서 너무 개념이 없어. 그래서야 좀 힘만 센 바보에 불과하지."

"테트라 아낙스에게 나를 던져 주면 평생 테트라 아낙스의 발 밑에서 허우적거려야 할걸! 당신은 그걸 알고서도 이러는 거야?"

서린은 그렇게 물어보았다. 물론 여기는 테트라 아낙스의 심장부! 그 안에서 저 앙리 유이가 테트라 아낙스에 대해 불손한 생각을 품을 리는 없다. 사고조차 지배하는 게 테트라 아낙스의 힘이니까. 하지만 너무나 분하고 억울해서 그렇게 말하지 않으면 견딜 수가 없었다. 그런데……

앙리 유이의 대답은 서린의 기대를 확 벗어난 것이었다.

"오해가 좀 있나 보군. 나는 그렇다 해도 테트라 아낙스가 두렵지는 않아. 다른 흡혈귀들과 같이 취급하면 곤란하지. 차기 테트라 아낙스 당주씨."

그는 스팅레이가 불러들이는 촉수들을 바라보며 씨익 웃더니 손가락을 벽에 가져다대고 스윽 문지르며 그녀에게 걸어갔다. 그러자 벽이 강한 빛을 발하며 썩기 시작한다. 마치 시간이 수십 년은 족히 흐른 것처럼 색이 바래고 녹슬고 문드러진다.

"비의를 추구하는 나에게 있어서 흡혈귀인가 아닌가, 그들의 지도자가 테트라 아낙스인가 아닌가 그런 건 사소한 문제일 뿐이야. 너는 이해하지 못하겠지. 릴리쓰도… 그저 흡혈귀의 안

존에만 신경 쓰고 있으니까."

앙리 유이는 그리 말하고 손을 뒤로 당기더니 용조(龍爪)의 형상으로 만들었다.

콰직!

앙리 유이의 용조가 스팅레이를 향해 날아들었다. 스팅레이가 검은 그림자들을 불러 앞을 가로막았지만 앙리 유이의 손이 적중한 순간 섬광이 뿜어져 나왔다.

"소용없어. 지혜의 정점에 이른 릴리쓰라 하더라도 내 비의(秘意)의 적수가 아닌데 하물며 반 백치는 더 말할 것도 없지."

앙리 유이는 눈살을 찌푸리며 손을 거뒀다. 빛이 사라진 자리에는 쓰러진 스팅레이의 모습이 있었다. 마치 마술사가 아무 것도 없던 곳에서 비둘기를 만들어낸 뒤 관객의 박수를 기대하는 것처럼 앙리 유이는 쓰러진 스팅레이를 가리키며 으쓱해 보였다.

"저기, 방금 전에 흡혈귀의 안존에만 신경 쓴다고 하셨는데, 전 아니거든요?"

서린은 독에 의해 고통받으면서도 손을 휘휘 내저으며 아니라고 똑 부러지게 말했다. 괜히 입 벌린 앙리 유이만 벙한 표정을 지었다.

"여… 여튼, 당신이 온몸으로 난 테트라 아낙스의 부하가 아니라고 하니 감동했네요. 그렇군요… 쿨럭……. 테트라 아낙스의 옵션이 아니어서 이런 일을 하고 있는 거군요. 아욱… 혹시 뭔가 대책이라도 있는 겁니까?"

"그걸 네게 말할 의리는 없잖아?"

그때 그들의 뒤쪽에서 눈을 가린 흡혈귀 한 명이 걸어왔다.

"그만… 앙리 유이. 이제 준비해야 하니까 그 이상 하지 말아요. 릴리쓰도 완전히 부숴 버리면 안 되니까."

"그런가? 하지만 어쩌게? 지금 저 리림은 앗차 하는 순간 흡혈귀 하나쯤은 걸레로 만들 수 있다고. 여기 쓰러져 있는 것들이 안 보여? 때려눕혔을 때 박살 내지 않으면 석세서라는 너희도 피 볼걸? 지금 저 녀석을 막고 있는 독도 곧 자체 해독해 낼걸?"

앙리 유이는 쓰러진 흡혈귀 병사들을 가리키며 그리 말했다. 피바다 속에 쓰러진 흡혈귀 병사들은 흡사 그물에 끌려 올라온 생선들이 뻐끔거리듯 바닥에서 꿈틀거리고 있었다. 그러나 앙리 유이가 지적하자 테트라 아낙스의 흡혈귀 병사들은 그에 반항이라도 하듯 천천히 정신을 차리고 자신의 머리를 잡아 목에 붙이고 일어났다. 상처를 은이나 다른 반(半)재생 물질로 처리하지 않은 덕에 생명력이 그다지 강하지 못한 약한 흡혈귀들도 목이 잘리고도 그때까지 살아 있을 수 있는 것이었다.

아니, 약한 흡혈귀라고 하는 건 너무 헐값으로 취급하는 것이다. 저들은 테트라 아낙스 클랜의 정예병이니 결코 약하다고 할 수는 없다. 그렇게 생각하면 또 저 많은 놈을 단 일격에 목을 뽑아버린 서린의 능력이 놀랍다. 다른 놈들에게 맡겨두면 과연 제어나 가능할지 의심스러울 정도다.

"너무 걱정해 주셔서 몸 둘 바를 모르겠습니다만 이후는 제가 알아서 하지요. 당신은 어서 의식의 준비를 도와주세요. 곧 놈들이 들이닥쳐서 방해를 할 테니까 말이죠."

브리아레오스는 그리 말하고 피투성이가 된 서린의 목을 움켜쥐었다. 순식간에 연수가 끊어지고 신경이 단절되어 서린의 몸이 축 늘어져 버렸다. 이렇게 하면 의학적으로는 몸이 움직이려야 움직일 수가 없지만 서린처럼 혈통이 좋은 라이칸스로프에게는 의학적인 것 이상의 능력이 있으니 방심할 수 없다. 지금 테트라 아낙스의 병사들조차 목이 잘렸는데도 몸을 움직여 목을 주워 들지 않았는가?

"헉… 헉헉……. 곧 놈들이 들이닥친다고?"

서린은 몸이 움직이지 않는데도 숨을 몰아쉬면서 그렇게 반문했다. 브리아레오스는 숨길 생각도 없는지 고개를 끄덕였다.

"그래."

"그렇다면 당신들은 실패할 거야. 크억."

서린의 목을 쥐고 있던 브리아레오스의 손이 검게 물들자 서린이 비명을 질렀다.

"아니, 절대 그렇지 않다. 테트라 아낙스의 예지는 절대다."

"가, 가만히 앉아서 기다리는 바보에게 테트라 아낙스는 절대자일 수밖에! 애초에 도전도 해보지 않았으니까! 하지만 세건 형은 다르다고. 형은 내가 아는 한 최고의 미친놈이니까."

한세건이 들었다면 길길이 날뛸 이야기였지만 서린은 거침없이 말했다. 그러자 브리아레오스는 거침없이 서린의 목을 분질러 버리고 앙리 유이를 지나쳐 걸어갔다.

"쓸데없는 이야기가 길었군. 모두들 준비하도록."

브리아레오스의 명령을 듣자 목이 잘렸던 흡혈귀들이 일사불란하게 움직였다. 그리고 앙리 유이도……. 그는 브리아레오스의 뒤를 따르며 홋 코웃음 쳤다.

"벌써 시작인가? 좀 시간이 있을 줄 알았더니."

"녀석들이 오기 전에 끝날 겁니다. 이미 릴리쓰에 흡혈귀의 정수를 옮기는 데 성공했으니까요. 그냥 옮겨서 힘을 전이하는 건 사혁조차 해냈을 정도로 간단한 것이니 어려울 게 없지요."

"문제는 영혼이지. 과연 잘될까?"

"밑 작업은 비행기에서부터 지금까지 쭉 해왔습니다. 이제 마무리 단계지요."

"방해자가 들이치기 전에 끝나긴 하고?"

"적어도… 그렇게 끝날 겁니다. 테트라 아낙스는 그렇게 예지하고 있으니까."

"그렇다면 이미 결정 난 승부군. 따분해라."

앙리 유이는 의욕이 한껏 저하된 표정으로 서린을 바라보았다. 테트라 아낙스는 그를 모스크바에서 공수해 오는 동안 이미 영혼을 옮길 밑 작업을 대충 끝냈다. 아마도 오늘 안에 이 녀석은 죽어 없어지고 대신 고든이 그 몸을 차지하겠지. 그러나 왜일까? 일이 그렇게 쉽게 풀리지만은 않을 것 같다는 예감이 들었다.

# 4

전기가 만들어내는 빛으로 달뜬 어둠, 빛에 물들어 버린 어둠은 더 이상 어둠이 아닌 듯 하늘에는 별조차 보이지 않았다. 룩소 호텔의 피라미드에서 빛이 올라와 전깃불에 멍든 하늘을 찌른다.

하늘을 향해 찌르는 빛의 검이라고 해야 할까? 아니면 여기 이 라스베이거스가 남근 숭배의 성지이며 저것은 우뚝 솟은 남근으로서 대자연을 범하는 인간 문명의 상징이라 할까? 피라미드와 스핑크스를 재현한 룩소 호텔은 그런 의미에서 참으로 복잡다단했다.

룩소 호텔의 옆, 엑스칼리버 호텔의 식당에서 룩소 호텔의 전경을 괜찮게 감상할 수 있다는 건 지독한 아이러니다. 한세건은 그 야경을 바라보며 냅킨으로 입을 닦았다.

"많이 먹는군. 고기로 벌써 이 킬로그램 정도 되는데."

"그런데도 몸이 꽤 슬림하잖아. 어이, 다이어트 약 광고에 나가도 되겠는데?"

"아무리 먹어도 살찌지 않습니다, 거 좋군."

그와 함께 라스베이거스로 온 헌터들은 꽤나 유쾌한 타입들이었다. 하긴 가족의 복수를 위해 싸우는 자는 암울 그 자체라 해도 과언이 아닐 만큼 어두운 법이지만 돈을 위해 싸우는 자는 경박하거나 또라이거나 혹은 둘 다이게 마련이다. 이러니저러니 해도 이 세상에 용병 자리는 많이 있다. 같은 인간을 상대하는 것만으로도 먹고사는 데는 부족함이 없는데 인간보다 더 강한 것들을 적으로 돌리는 이들은 제정신이 아니게 마련이다. 특히 복수를 위해서도 아니라 돈을 위해서 그러는 것이라면 더더욱!

그래서 그들은 지금 코미디언 뺨치는 솜씨로 케이블 TV 통신판매의 다이어트 약 광고를 흉내 내고 있었다. 유머러스한 자들은 그리 싫어하는 편이 아니지만 이들에게서는 유머러스함 이전에 광기가 느껴진다.

"먹을 수 있는 만큼 먹어둔 거야. 어차피 대금은 다 팬텀이 낼 테니까 상관없지 않아? 술만 먹지 않도록 해. 곧 시작할 테니."

한세건은 헌터들이 그의 식욕에 놀라는 것을 보며 그리 말했다. 소화하기가 고역이긴 하지만 완전히 흡혈귀가 되는 걸 방지하기 위해서도 음식은 많이 먹을 필요가 있다. 음식을 소화하면 인간인 부분의 기능이 더 강화되어 흡혈귀화를 늦춘다. 제대로 된 이론인지는 모르지만 김성희의 분석이 그러했고 그녀의 분석에 따라 움직인 바로는 그녀의 이론에서 모순을 찾을 수 없었다.

문제는 허기도 느끼지 못하는데 억지로 먹어야 한다는 게 고역스러운 것이다. 그리고 지금 당장에라도 테트라 재단의 건물에 뛰어들고 싶어서 몸이 들썩거릴 정도인데도 참아야 한다는 것도 괴롭다. 이러다가 정작 테트라 아낙스 빌딩을 박살 내고 들어갔을 때 거사가 다 끝나 있다면 얼마나 어처구니없는 일인가?

그러나 기다려야 했다. 실베스테르와 팬텀, 그런 이들과 유기적으로 움직이지 않으면 일을 성공할 수가 없다. 흡혈귀들과 손을 잡고 일할 바엔 죽는 게 낫다고 생각하지만, 한세건 혼자 죽어서 끝날 일이라면 벌써 끝났다.

한세건이 흡혈귀와 싸우는 것은 자기만족을 위한 것이 아니라 사명감에 가깝다. 만약 흡혈귀의 머리통에 방아쇠를 당기는 게 마냥 쾌감만 느껴졌다면 한세건은 차라리 자기 머리통에 방아쇠를 당겨서 모든 걸 끝냈을 것이다. 복수는 쾌락이어서는 안 된다. 숭고한 고행이고 사명이어야 한다.

그리고 그에게는 약속이 있었다.

서린을 테트라 아낙스가 되게 하지는 않겠다. 괴물이 된다면 그놈은 내 손으로 죽이겠다.

그 약속을 지키기 위해서라면 흡혈귀와 유기적으로 움직이는 것 정도는 감내할 수 있다. 손을 잡고 신뢰할 수는 없지만 같은 적을 시간 맞춰서 공격하는 것 정도는 할 수 있겠지.

문제는 지금 그의 맞은편에 앉아서 그와 비슷한 양의 스테이크를 먹어치운 저 라이칸스로프 놈이다. 어처구니없게도 이놈은 같은 비행기로 왔을 뿐 아니라 그와 같이 퍼스트 클래스 쪽에 내정되어 있었기 때문에 다른 헌터들은 다들 그를 한세건의 동료쯤으로 안다. 실제로 이사카는 그런 편견에 대해서 전혀 거부반응을 보이지 않았다.

"맛있네. 먹을 만하군, 광우병 걸린 소도."

이사카는 냅킨으로 입을 닦고 손가락도 닦은 후 포크를 내려

놓았다.

"호주 청정우라고 하던데."

"호주산 소들은 매일같이 샤워라도 하는 모양이지?"

"피부에 페브리즈를 뿌린다고 하더군."

세건은 그리 말하고 이사카를 바라보았다. 서린보다 키도 약간 크고 회색 머리칼에 인상도 날카롭긴 하지만 왠지 서린을 보는 것 같다. 그래도 형제라고 닮은 구석이 있는 것인가?

서린치고는 엄청나게 기어오른다는 게 다르긴 하지만 사는 문화가 달라서 그러려니 하고 있다. 한국이야 나이가 한 살만 차이 나도 형 대우하는 문화지만 러시아는 어디 그런가? 그리고 또 라이칸스로프 놈에게 나이 좀 더 먹었다고 형 취급 받겠다는 것도 우습고. 그러나 또 그렇게 공정하고 공평하게 대하자니 억울하다. 사람이나 잡아먹는 괴물 놈에게 공명정대하게 대할 이유는 또 뭐지?

이런저런 생각으로 세건이 골치 아파할 때 호텔 보이가 열심히 달려오더니 그들 앞에 멈춰 섰다. 그러고는 한세건에게 전화기를 건네주었다.

"접니까?"

세건이 의아해하며 전화를 받으니 젊은 여자의 목소리가 수화기 저편에서 들려왔다. 김성희의 목소리였다. 러시아에서 급하게 물러난 이후로는 도통 연락을 하지 않았는데 먼저 알아서 연락을 해오다니 대체 어떻게 된 거지? 팬텀이나 실베스테르를 통해서 자신의 이야기를 들은 것일까?

—세건, 지금 어디니?

"라스베이거스의 호텔이요."

—뭣?! 아니, 대체 누구랑?

놀라는 폼이 이상한 쪽으로 오해한 것 같았다.

"험악하게 생긴 다수의 남자랑요."

—…이 누나는 널 그렇게 키우지 않았단다. 문란하게 자랐구나.

대체 무슨 생각을 하는 거야? 한세건은 한숨을 내쉬고 농담기를 쏙 빼고 정색하며 말했다.

"쓸데없는 농담은 그만두고, 어떻게 알았어요?"

—그냥 메일이 와서 알았는데?

"아무 메일이나 함부로 받지 말아요. 그러니까 스팸 메일에 개인정보 유출당하고 바이러스 걸리고 그러는 거 아니에요."

—나 컴맹 아니다, 뭐. 그런 거에 당한 적도 없어. 내가 무슨 경로당 할머니인 줄 아니?

"아, 말이 그렇다는 거지요."

—그나저나 지금 그럼 어느 호텔이니? 나는 지금 플라밍고 호텔에 와 있어. 실베스테르랑 합류했는데 바꿔줄까?

"위험한데 왜 여기까지 왔어요?"

세건이 정색하며 물어보았지만 전화기 너머로 쌀쌀맞은 실베스테르의 목소리가 들렸다. 벌써 바꾼 건가?

—한세건, 몸은 어때? 설마 벌써 흡혈귀가 된 건 아니겠지? 햇살은 따뜻하게 느껴지고 있나?

"거의 되기 직전입니다만 염려 마시지요. 되기 전에 뒈지든 뒈지게 만들든 어떻게든 할 테니까. 그쪽이야말로 몸은 괜찮아요? 나사 몇 개 빠지진 않고?"

—내가 로봇인 줄 아냐? 별일은 없어. 그런데 너희들 움직이는 쪽 뒤에는 팬텀이 있다는 걸 알고 있냐?

"예, 그놈들이지요. 제법 수완이 좋던데요. 그렇기 때문에 이용 가치가 있지 않나요?"

능력이 뛰어난 만큼 이용할 가치가 있다. 하지만 한세건이 흡혈귀를 이용하기 위해 그 존재를 묵인하다니······.

—타락했군.

"뭐라 해도 좋아요. 혈관에 마약을 처넣을 때부터 이미 법적으론 타락의 극치를 달렸으니까. 중요한 건 목적을 달성하느냐지요. 그리고 그 녀석들이 차려준 밥상을 받는다 해도 제가 흡혈귀의 개가 되는 일은 없을 겁니다. 그것만은 내 심장이 뛰고 있는 한 변하지 않을 진실이에요. 실베스테르도 그건 알고 있을 텐데 왜 이제 와서 새삼스럽게 타락했느니 어쨌느니 하는 감상적인 소리를 하는 거지요, 건전하신 실베스테르 신부님?"

—그냥 떠본 거다. 미안.

그 순간 세건은 이게 지금 진짜 실베스테르에게서 온 전화인지 의심스러웠다. 미안하다니? 그 실베스테르가 남에게 미안하다고 하다니, 있을 수나 있는 일인가?

하지만 짧게 한마디 한 것뿐이고 실베스테르의 말투에는 정말 미안해서 어쩔 줄 모르겠다는 기색은 하나도 없었다.

"여하튼 시간이나 좀 맞추지요. 그놈들이 짜준 계획에는 앞으로 두 시간 뒤 습격이라고 되어 있는데… 그쪽은 준비가 끝났나요?"

―준비랄 게 뭐 있나? 침입 루트를 상정하고 들어가면 그만이지. 경찰과 주 방위군이 걱정이긴 하지만, 그 전에 적들을 무력화시키고 들어가면 될 일 아닌가? 그런 식이라면 한세건 너는 예전에 한국에서 어떻게 빌딩을 날렸지?

"그야 뭐… 폭약이 충분히 있었으니까요."

외국에서 무기를 조달하기란 쉽지 않다. 그리고 세건이 한국에서 플렉스 메디칼, 테트라 아낙스가 소유한 제약 의료 종합 회사를 날려 버린 것은 어디까지나 철저한 사전 조사와 준비를 거쳤기에 가능했던 일이다. 하지만 지금처럼 이제 막 비행기 타고 날아와서 일을 진행하기란 좀처럼 쉬운 일이 아니다.

그래도 그때와 달리 지금은 사람이 많다. 물론 이 흡혈귀 사냥꾼들은 초반에나 도움이 될 것이다. 실제로 세건은 그들에게 초반에 습격하고 피를 가져갈 수 있을 만큼 가져간 뒤 빠지라고 해두었다.

어차피 이 녀석들은 흡혈귀의 피를 팔아서 돈을 벌기 위해 온 놈들이고 더러는 흡혈귀의 피에서 직접 사이키델릭 문을 채취해 자신이 즐기기 위해 싸움터에 뛰어든 마약중독자도 있었다. 사이키델릭 문에 중독되어서 그 공급을 스스로 해결하기 위해 뛰어든 미친놈들……. 그런 놈들에게 목숨을 걸고 흡혈귀 세력 전부를 타도하라는 건 어불성설이다.

흡혈귀가 생존을 위해 인간의 일정 수가 필요하듯 그들도 생존을 위해 흡혈귀 일정 수가 필요하니까.

만약 사이키델릭 문에 중독되었는데 흡혈귀가 멸종해 사이키델릭 문의 공급이 중단되면 어떻게 될까? 한세건이 쿨 다운을 겪어본 바로는 이미 인간 레벨을 벗어난 그나 겨우 견디지 보통 사람들이 견딜 만한 것은 아니었다. 그래서 흡혈귀나 커럽티드가 될 위험이 있음에도 불구하고 헌터들은 사이키델릭 문을 끊지 못하고 다시 이 월야의 주민으로 돌아오는 것이다.

"플라밍고면 그다지 멀지 않군요. 만나서 전술에 대해 이야기해 볼까요?"

—아니, 직접 만날 필요는 없어. 전화로도 충분하지.

그래서 세건은 자신의 행동에 대해서 설명했다. 우선 지금 행동을 같이하는 헌터들은 초반 습격 후 흡혈귀 군대들을 섬멸하는 데까지만 함께할 것이라는 것을 명시해 두었다. 그들은 흡혈귀의 피를 모으는 데만 급급할 것이고 그건 분명히 흡혈귀 몇 마리만 잡더라도 해결될 문제니까. 개개인이 가져갈 수 있는 피의 양이 한정되어 있고 분명히 전사자가 발생할 것을 상정하면 그런 결론밖에 나올 수 없다.

세건은 그들에게 입구 돌파를 맡기고 자신은 건물 안으로 침입, 아마도 지하에 위치해 있을 연구소를 향해 간다는 심플한 계획이었다. 지하에 연구소가 있다고 확신할 수 있는 것은 테트라 아낙스를 잡기 위해 핵미사일을 발사하는 것도 마다하지 않을 이들이 있었기 때문이었다. 핵미사일에서 살아남기 위해서는 납으로 차단된 지하 셸터 이상 가는 게 없다. 지상에 있는 건물이라면 아무리 대단한 것이라 하더라도 원폭의 폭격에 취약할 수밖에 없다.

"그러면 실베스테르, 일단 이야기는 이 정도 해두지요. 지금에 와서는 이런 이야기 미리 해봐야 아무런 소용이 없으니까. 전술은 그때그때 상황을 봐서 바뀔 겁니다. 무엇보다도… 협조 이상의 보고는 더 이상 하지 않을 테니까요."

세간에는 한세건이 실베스테르의 제자로서, 그의 부하 정도로 알려져 있지만 결국 둘은 독자적인 노선을 걸을 수밖에 없었다. 실베스테르가 흡혈귀들에게 추구하는 것과 한세건이 흡혈귀들에게 추구하는 것은 달랐다. 아니, 한세건은 흡혈귀에게만 파멸을 강요하지 않았다. 결국 흡혈귀도, 라이칸스로프도, 마법사도, 흡혈귀 사냥꾼도… 모두가 세건에게는 용납될 수 없는 존재였다. 그 자신을 포함해서. 물론 거기엔 당연히 실베스테르도 김성희도 들어간다.

'뭐 이런 미친 새끼가 다 있나?'

스스로도 그런 생각을 안 하는 건 아니지만 그것이 바로 한세건의 오기였다. 흡혈귀와 라이칸스로프, 마법사가 득시글대는 비일상에 침해당한 인간인 그가 마냥 희생되는 희생자가 아니라 가해자로서 비일상을 침해한다. 그래서 그들에게 저 지나가는 보잘것없는 인간이 단순한 먹이가 아님을 뼈저리게 새겨주는 것, 그것이 한세건의 목적이다. 먹이사슬 아래에 위치한 인간이 포식자인 괴물들에게 교훈을 새겨주기 위해서, 한세건은 포식자의 자리에 위치한 모든 것을 파괴할 것을 맹세했다.

그러나 적은 다수에 강대한 데 반해 그는 혼자이고 약하다. 치밀하게 준비하고 모든 수단을 동원하지 않으면 승리는커녕 생존조차 불가능하다.

한세건은 전화기를 보이에게 건네주고 자리에서 일어났다.

"그러면 시작이다. 일어나, 개돼지만도 못한 라이칸스로프!"

"벌어진 아가리에서 나오는 말이 매우 향기롭군그래. 한 번만 더 그따위로 입을 놀리면 찢어버린다."

"성격 좋군, 찢고 끝내다니. 나라면 강판에 간다. 물론 너를 말이지."

한세건과 이사카는 서로 으르렁대며 호텔의 입구로 향했다. 호텔의 직원들은 이 험악한 무리를 보고 난처해하다가 그들이 지나가자 무슨 전염병 환자라도 발견한 듯 뒤로 허우적거리며 물러났다.


호텔 안쪽, 인공 호수에 만들어둔 성과 각종 위락 시설을 대수롭지 않게 지나친 헌터들과 한세건, 그리고 이사카는 미리 주차해 둔 18휠러 컨테이너 트럭 뒤로 올라탔다. 누가 보더라도 수상하다. 관광버스나 자가용을 준비한 게 아니라 트럭, 그것도 안이 보이지 않는 컨테이너 트럭에 들어가다니…… 위락 시설에 걸맞게 중세 복장을 한 호텔 직원들은 참 이해 불가능하다는 표정으로 그들을 배웅했다.

"경찰에 신고하는 게 낫지 않을까요? 아무래도 저놈들 사고

칠 것 같은데."

"디트로이트에서 공립 고등학교를 다녀봤는데… 그때 수학여행 때 저런 모습이었던 걸로 기억하는데."

"정말이에요? 이거 사태가 심각한데요."

"고등학생보다 저쪽의 생김새가 좀 평화롭고 그런 정도의 차이가 있지만 기본은 비슷해. 매우 심각한걸."

"세상에 공립 고등학교보다 물 안 좋은 놈들이 어딨겠어요? 있다면 범죄자나 용병 집단이겠지."

묘한 편견의 공감대가 형성되었다. 그렇게 말하고 있지만 지금 이 입구에 서 있는 호텔 직원들은 다들 공립학교 출신이었다. 그들은 진짜로 범죄자에 용병 집단인 뱀파이어 헌터들이 트럭에 올라타고 떠나는 것을 보며 투구를 내렸다.

"중세 콘셉트인 호텔 말고 다른 곳으로 옮기고 싶어. 투구도 무겁고 불편하고."

그렇게 투덜거리면서 그들은 방금 전 자리를 떠난 이들에 대한 기억을 잊어버렸다.


테트라 재단의 빌딩은 사우스 메릴랜드 웨이를 서쪽으로 마주 보고 있는 커다란 150미터 이상의 건물이었다. 5층까지는 거대한 아케이드 및 컨벤션 센터이고 그 위에 4개의 탑과 같이 빌딩들이 붙어서 서 있었다. 일개 재단의 것이라고 하기엔 너무나 크고 비싼 건물이지만 원래 탈세용 재단이라고 알려져 있었기에 이러한 것은 아무런 문제가 없었다.

사실 고든이 테트라 재단을 만든 목적은 탈세를 위한 것도 있지만 진짜 중요한 것은 테트라 아낙스의 부를 세세토록 물려주기 위한 도구로서였다. 인간의 신분을 가지고 있으니 언젠가는 사망했다고 하긴 해야 하는데 사망을 하고 나면 재산의 행방에 대해서 명확히 해야 할 것이 아닌가? 자신의 자식이라고 되어 있는 놈에게 상속하면 될 것 같지만 그렇게 되면 막대한 상속세를 물어야 한다. 상속세를 그렇게 많이 내다가는 재산이 남아나질 않으리라. 그래서 이들은 재단이라는 기구를 만들고 그 기구의 장 자리를 바꾸는 방식으로 상속을 쉽게 했다.

그리하여 흡혈귀들의 부와 권력, 그 무한한 상속의 상징인 테트라 재단 빌딩이 세워진 것이다.

그 건물에는 이미 오늘 벌어질 적의 습격을 예상했는지 민병대가 완전무장한 채 진을 치고 있었다. 테트라 재단에서 인근 민병대와의 협동 훈련을 명분으로 그들을 출동시킨 것이었다. 만약 테트라 재단이 테러를 당하게 되면 이 일대의 치안을 지키고 주민의 재산과 생명을 보호하기 위해 민병대가 즉각 출동하는 것을 골자로 한 협력 관계 약정서에 조인한 민병대원들은 이런 훈련을 오히려 즐기고 있었다. 총과 군사훈련을 좋아하는 밀리터리 마니아들로 구성된 민병대이니만큼 실전 수행 능력을 갖추고 있었다. 억지로 하는 자보단 즐기는 자들이 더 잘하는 법이라던가?

실제로 민병대의 교관 중에는 그린베레나 델타포스 출신도 종종 있어서 훈련 캠프를 운영하면서 병사들을 육성하는 미친 경우도 있었다. 이렇게 훈련을 끝마친 민병대가 치안을 위해 지들 멋대로 순찰도 한다. 그런데 인근 경찰과 주 방위군조차 그들을 눈감아주고 있었다. 아니, 이 정도면 한패라고 불러야 하리라.

그 건물 맞은편, 쇼핑센터의 높은 유리 아케이드 지붕 위에는 백발의 흡혈귀 한 명이 뻔뻔스럽게도 맑은 태양 아래 서서 인터내셔널을 개사해 부르고 있었다.

"일어나라~ 가난뱅이 흡혈귀! 돈 많은 흡혈귀를 조지고 아무 이념 갖다 붙여 팔자 한번 고쳐 보자~"

뭔가 심각하게 아전인수 격인 가사로 바뀐 인터내셔널을 부르던 그는 곧 진정하고 그 자리에 쪼그려서 테트라 재단 빌딩을 살펴보았다. 곳곳에 저격수가 배치되어 있고 무엇보다 테트라 아낙스의 눈 역할을 수행할 비둘기가 넘쳐 난다. 실제로 지금 그가 있는 곳도 비둘기투성이였다. 그는 비둘기 똥이 옷에 묻지 않도록 지금도 각별한 주의를 기울였다.

"이걸 평화의 상징으로 만든 놈은 늘 긴장하고 있어라. 내가 뒤통수 쪼개 버릴 테니까."

그 뒤에서 동양인 청년이 투덜거리며 카메라를 꺼냈다. 무선 모듈을 통해서 카메라에 찍히는 화상 정보를 동료와 공유할 수 있는 시스템으로 근처에 다른 동료들이 있다는 걸 알 수 있었다.

"오, 맙소사. 저 헤스턴(Charlton Heston:영화배우이며 NRA 회장)의 추종자 놈들. 쫙 깔렸는데?"

흡혈귀긴 해도 원래는 흑인인지라 NRA에 대해 깊은 반감을 가지고 있는 래트는 비둘기들을 발로 걷어차며 비명을 질렀다. 그러자 아르곤이 쪼그려 앉은 채 모자를 고쳐 쓰고 비둘기를 바라보았다. 이미 테트라 아낙스의 눈 역할을 하는지 비둘기 몇몇이 그를 무서워하지도 않고 똑바로 바라보고 있었다.

푸드드드드득!

사방에서 비둘기들이 날아오르는데 히치콕 감독의 '새'를 보는 듯한 장면이다. 이렇게 새들이 날아오르면 몰래 숨어서 접근하고 그런 거 없다. 하긴 테트라 아낙스에게 기습을 가한다는 건 애초에 불가능한 일이다. 예지력을 가진 놈을 어떻게 기습할 것인가?

"빠르든 늦든 발각될 거였지."

아르곤은 그리 중얼거렸다. 그때 대로를 따라 검게 칠한 18휠 트레일러트럭 두 대가 달려오는 게 보였다. 테트라 재단 건물 앞에는 그런 차량의 진입을 막기 위해 바리케이드가 쳐져 있었는데 첫 차량 위에 벨트로 상반신을 고정한 채 매달린 동양인 남자가 눈에 들어왔다. 그는 노모 히데키의 등 번호가 붙은 메츠 티셔츠를 입고 M400 파편 수류탄을 들고 있었다.

바리케이드를 수류탄으로 날리겠다고? 농담이겠지? 절대 무리다. 영화나 그런 거 보면 수류탄이 불꽃을 뿜으며 대폭발을 일으키지만 그건 대부분 등유를 부어서 폭염을 일으키는 거지 진짜 폭발이 아니다. 그리고 철제 바리케이드는 의외로 튼튼한 물건이라 수류탄으로 좀 건드린다고 수줍게 자리를 비켜줄 놈이 아니다. 그러나 그 동양인 남자, 아마도 일본인으로 보이는 그는 투심 그립으로 수류탄을 잡고 멋들어지게 던졌다. 어깨가 무지 강한지 쉽게 뻗어 나간 수류탄이 바리케이드 밑에서 폭발하자 바리케이드가 들썩이더니 길옆으로 비껴 나갔다. 타이어를 터뜨리기 위해 철침을 세워둔 곳에도 수류탄이 떨어져 폭발이 일자 텅 하고 튕겨 올라 길옆으로 비껴졌다.

"뭐야! 저 미친놈들은!"

NRA 계열의 민병대에게 미친놈 소리를 들었다면 그 인생 볼 장 다 본 것이다. 그렇지만 수류탄으로 투심 패스트볼을 뿌려대는 놈이라면 미친놈 이외에 달리 칭할 말이 없었다.

끼이이이이이이이이!

선두의 18휠 트레일러트럭이 멋지게 '잭나이프'를 일으키며 길바닥에 타이어를 문질러 댔다. 급정거나 커브 시 트레일러가 멋대로 흔들리는 현상을 잭나이프라고 하는데 요즘 나오는 차량에는 잭나이프를 방지하기 위한 유압 장치가 되어 있었다. 하지만 그들은 일부러 그런 장치가 없는 차량을 가지고 억지로 잭나이프를 일으킨 것이다.

뒤로 처져 있던 트레일러가 옆으로 꺾여서 앞으로 미끄러지는 것과 동시에 트레일러의 옆이 열리고 생명줄을 걸고 있던 소총수들이 모습을 드러냈다.

두두두두두두두!

격렬하고 열정적인 총성과 함께 민병대들 위로 총알이 퍼부어졌다. 아무리 NRA가 총 쏠 기회가 오면 기꺼이 쏜다는 과격 단체라지만 그들은 테트라 재단을 경비하면서 이게 그냥 자신들의 후원사와 우의를 다지는 기동훈련이라고 생각했지 실전이라고는 생각 못 했었다.

그에 반해서 이미 사이키델릭 문을 빨고 맛이 간 흡혈귀 사냥꾼들은 닥치는 대로 '인간'들에게 총질을 가했다. 완벽한 기습이었다.

그들은 선두의 NRA 멤버들을 쓰러뜨리자마자 생명줄을 툭 풀어버리고 차량에서 뛰어내려 앞으로 달렸다. 궤멸적인 타격을 입은 NRA가 응사하긴 했지만 약에 취한 헌터들을 막기에는 역부족이었다.

"자, 쓸어버려! 저거 부숴!"

"오케이!"

아직 뛰어내리지 않고 차량에서 장비를 고르던 용병들이 가옥 파괴탄을 장착한 로켓 런처로 각 건물의 차광용 레일들을 공격했다. 고도가 너무 높아서 제대로 맞지는 않았지만 차광 레일에 구멍이 몇 개씩 뚫려서 건물 안으로 빛이 들어왔다. 어차피 실내에서 로켓을 사용하긴 번거로우니 그들은 가져온 로켓을 마구잡이로 퍼부어 건물 안에 일광이 들어갈 수 있도록 했다. 흡혈귀와 싸우기 위해서는 필연적인 작업이지만 겉보기는 상당히 안 좋다. 도심 한복판에서 대뜸 로켓포를 갈겨대다니.

"제대로 미친놈들이군."

아르곤은 건물 위에서 그 모습을 보고 눈살을 찌푸렸다. 미쳐도 곱게 미쳐야지 저렇게 미치다니……. 아무리 NRA 멤버에 민병대라 해도 인간들인데, 인간을 쏘는 데 거리낌 없는 저놈들을 보면 구역질이 난다. 그러나 흡혈귀인 아르곤이 그렇게 여기는 것도 또 웃기는 일이다.

"저 민병대 전력도 녹록지 않을 텐데 역시 기습당하는 데에는 장사 없군."

아르곤의 말을 듣기라도 했는지 민병대들도 반격을 시작했다. 자리를 잘 잡고 저격을 준비 중이던 NRA 멤버들이 헌터들에게 총격을 가한 것이다. 사이키델릭 문이 좀 잘 받은 이들은 저격수가 자신에게 집중하는 순간 낌새를 느끼고 휙 피해 버렸지만 그러지 못한 헌터들은 꼼짝없이 저격의 밥이 되었다. 그러나 여전히 헌터들이 우세했다.

"인간으로 인간을 상대한다니 테트라 아낙스도 악취미군요."

창현은 그 모습을 보고 실소를 터뜨렸다. 메릴랜드 웨이 측의 민병대와 경비병, 경찰들은 사이키델릭 문에 취한 헌터들에게 싹 쓸려 버렸다. 게다가 시간은 낮, 흡혈귀들은 안에서 수성하는 게 고작이다.

"저놈들이 더 악취미야! 사람인 거 뻔히 알면서 쓸어버리는 놈들이 더하지, 뭐."

아르곤은 그리 말하고 뛰어내리려다가 잠시 멈춰 섰다. 지금 뛰어들면 헌터들과 충돌할 염려가 있다. 그리고 무엇보다 헌터 중에 녀석이 보이지 않는다.

부아아아앙!

고주파의 엔진음과 함께 바이크 한 대가 달려왔다. 트레일러 안에서 대기하고 있던 한세건이 밖으로 뛰쳐나오며 멋지게 지면에 내려선 것이다. 이미 만전의 준비를 다한 한세건은 군용 배낭을 메고 건물로 돌진했다. 그런데 그의 뒷좌석에는 또 어디선가 본 것 같은 녀석이 있는 게 아닌가?

"…이사카 베르게네프?"

눈도 좋은지라 한눈에 그의 정체를 알아본 아르곤은 실소했다. 러시아에서 쿠데타를 일으키겠다고 아옹다옹하던 놈이 한세건의 등짝에 매달려 있었다. 물론 이사카는 한세건의 털끝 하나 손대지 않은 채 저렇게 격하게 움직이는데도 뒤쪽의 안장을 양손으로 잡고 버티고 있지만 한세건도 어제의 적에게 등을 맡기다니 기가 막혔다. 그렇게까지 테트라 아낙스를 잡아야겠다는 것도 참… 대단하다.

"오 마이 갓. 하늘에 계신 우리 아버지께 걸고, 저 형제는 뭔 짓이래?"

"저 친구도 완전히 돌았군. 그렇게 흡혈귀가 미운가? 러시아 전역을 불바다로 만든 놈이랑 손을 잡다니!"

창현은 한세건에게 예전부터 당한 게 좀 있어서 그런지 악담을 퍼부었다. 그러나 흡혈귀 사냥꾼으로서 한세건이 무슨 수단이라도 가리지 않는다는 걸 생각하면 도덕적인 비난 따위는 허공에 삽질하는 격이다.

"이 정도면 테트라 아낙스가 따돌림 당하는 거지. 역시 사람은 평상시 마음을 곱게 써야 해."

에스프리의 흡혈귀들은 그리 중얼거리며 상황을 관망했다. 하지만 언제까지 관망할 수도 없다. 흡혈귀 사냥꾼들은 사이키델릭 문의 효과로 잘 싸우고 있긴 하지만 저들의 움직임과 들고 있는 장비를 본 아르곤은 저들이 대충 흡혈귀의 피만 가져갈 만큼 챙겨서 한밑천 잡으면 빠져나갈 거라는 것을 알았다. 아마 한세건도 그걸 알고 저들을 썼으리라. 민병대 초반 배치 병력은 방금 기습으로 극심한 타격을 입었지만 아직도 많이 있다. 경찰과 군대도 출동할 테고……. 그렇다면 저 헌터들은 그들을 흔들어줄 미끼가 된다.

'아니, 그건 살아서 나가려는 생각이 있을 때뿐이군.'

아르곤은 아케이드에서 훌쩍 몸을 날려 전쟁터를 방불케 하는 테트라 재단 빌딩으로 향했다.

"아무리 그래도 테트라 아낙스가 이렇게 손 놓고 당할 놈은 아니야! 따라와!"

"예!"

# 第35夜

밤의 재생

1

태초에 릴리쓰가 테트라 아낙스의 수장 고든을 낳았다. 처음에는 인간이었던 고든이지만 대부분의 1세대 흡혈귀가 그렇듯 성장이 끝나고 난 뒤의 변이를 거쳐 그는 흡혈귀가 되었다. 기원전의 고대사회에서 태어난 고든은 원초적인 흡혈귀의 힘을 가지고도 사람들을 피해 다녀야 했다. 태양광을 이겨내는 방법은 알고 있지만 여전히 태양은 그에게 고통을 주는 존재였고 밤에는 폭군들이 풀어둔 야경꾼들이 돌아다녔다. 밤낮을 가리지 않고 압박해 오는 환경 속에서 그는 비술에 몰두할 수밖에 없었다. 타고난 혈인 능력만이 아닌, 마법을 개발하고 연구해서 자신의 생명과 자리를 지켜야 했다.

곧 고든은 최고의 마법사가 될 수 있었다. 지성과 지혜를 타고난 고든이 수명의 제약도 받지 않고 연구에 몰두했으니 당연한 결과다. 인간들의 수명이 길어봐야 백 년도 못 된다는 걸 감안하면 애초에 이리될 것은 자명했다. 고든은 이내 어떤 인간 마법사도 도달하지 못한 영역에 도달했다.

그러나 문제는 그가 지닌 사명이었다. 그는 월야의 수호자. 마법의 광기와 인간의 이성을 격리하는 안전장치로서 작동해야 했다.

그 사명을 추구하려 하면 할수록 그는 자신의 능력에 중독되었다. 정보와 예지의 힘은 자신의 눈으로 보는 것 이상의 정보를 주게 되고 자연히 정신병을 불러일으킨다. 더구나 이 정보는 인류의 수가 늘어나면 늘어날수록 기하급수적으로 증가해갔다. 알렉산드리아 대도서관의 장서가 지금으로 치면 고작 1,000권, 소르본대학 초창기 도서관의 장서 수가 5,000권에 불과 했었다는 걸 생각해 보라. 인류의 문명이 발달할수록 정보는 기하급수로 늘어나고 뱀파이어와 인간의 접점, 사고도 걷잡을 수 없이 늘어났다.

자신의 사명과 능력에 몰려 한계에 달한 아낙스는 자신을 소재로 연구를 시작했고 오라클 시스템과 네 마리의 뱀은 그렇게 태어났다.

네 마리의 뱀, 불로불사를 추구하는 테트라 아낙스는 바로 그렇게 태어난 것이다. 하나 같은 네 마리의 뱀이라 해도 나머지 테트라 아낙스는 고든의 부속품과 같은 존재였고 그들도 그 사실에 진저리 쳤다. 이 세상의 누구도 믿지 않고 홀로 괴물처럼 버티고 서 있는 고든, 그에 비하면 이성을 잃고 사람을 잡아 먹겠다고 설치는 녀석들은 단순한 짐승에 불과했다. 수천 년을 살아오며 단 한순간도 남에게 의지하지 않은, 인간과 비슷한 마음을 가지고 있으면서도 전혀 다른, 흡혈귀들조차 상상할 수 없는 심연의 존재가 바로 테트라 아낙스의 수장 고든이다. 그는 이제 자신의 몸이 한계에 도달했다는 것을 알았다. 마법의 연구를 위해 자신을 너무 혹사한 탓에 그는 저주를 받았다. 흡혈귀로서의 VT는 막대하지만 그렇다 해도 노화를 막을 수는 없었다.

그리고 이제, 그의 몸은 메마른 토지처럼 천천히 부서지고 있었다. 인간으로 치자면 약 160세가 넘는 고령의 육신이긴 하지만 이렇게 되다니……. 고든은 쓴웃음을 지었다.

"그 몸으로 제대로 비술이나 진행할 수 있겠습니까?"

앙리 유이는 걱정된다는 듯 중얼거리며 제단 위에 놓인 서린을 바라보았다. 라스베이거스에 위치한 테트라 재단 빌딩의 지하에는 아주 오래전부터 테트라 아낙스가 마련한 그들의 보금자리가 있었다. 핵미사일이 떨어져도, 코발트 코팅한 중성자탄이 터진다 해도 끄떡없게 만들어진 이 거대한 지하 셸터는 그 기능성에 반하는 구태의연한 디자인을 고집하고 있었다. 벽 곳곳에는 네 마리의 뱀이 휘감긴 부조가, 부조가 없는 부분에는 붉은 피가 흐르는 분수가 설치되어 있었다. 묽게 희석한 인간의 피가 굳어지는 일 없이 홈을 따라 흐르며 시내를 이루고 시내가 교차하는 정중앙에 네 마리의 뱀 머리

위에 얹어진 커다란 제단이 있었다.

서린은 바로 그 위에 묶여 있었다. 이미 마취제를 한 말도 넘게 쏟아부었지만 체내 제어가 완벽한지 녀석은 전혀 마취되지 않고 발버둥 쳤다.

"곱게 마취되는 게 덜 아프고 좋을 텐데 끝까지 고통을 자초하는군."

"제길! 누구 좋으라고 곱게 굴어!"

서린이 몸부림쳤지만 자신의 몸만 상할 뿐, 구속구를 벗어나지 못했다.

"그러면 우선 릴리쓰의 심장을 가져오도록."

고든이 휠체어에서 일어났다. 그가 일어서자 피부가 부서져 먼지처럼 흩날린다. 이미 더 이상 생물로서의 기능이 없는 육체가 오로지 의지로 인해서 움직이는 그 모습은 기괴하기 이를 데 없었다.

테트라 아낙스의 흡혈귀들이 조심스럽게 릴리쓰의 심장을 운반했다. 이미 주술적인 처리가 끝난 그것은 검은 암흑의 힘을 뿌리고 있었다. 저주에 가까운 그 심장을 앙리 유이가 받아 들었다.

"쓰레기를 금으로 만드는 연금술사, 사혁이라고 했던가? 그 친구는 무식하게 외과적인 수술을 동원했지만 나는 그렇게 할 필요가 없지."

그는 흡혈귀의 피를 심장에 부었다. 릴리쓰의 심장은 오래전에 몸통에서 뽑혀 나와 바짝 말라비틀어졌었지만 피를 붓자 마치 그 자신이 생명체라도 되는 것처럼 피를 꿀꺽꿀꺽 마시며 생기를 되찾았다.

"테트라 아낙스, 당신의 피는 쓰지 않는 겁니까?"

"내 피에는 저주가 흐르고 있다. 쓰지 않는 게 좋겠지."

"그렇다면 테트라 아낙스의 혈인 능력을 못 쓰게 될 텐데요? 그건 흡혈귀 전체에게 있어 중대한 손실일 텐데."

"흡혈귀의 손실을 걱정할 정도가 되었나, 앙리 유이. 많이 착해졌군."

"아, 그건 그냥 어쩌다 보니, 버릇처럼 나온 겁니다. 칭찬 감사하군요."

어찌 되었든 간에 영혼 전이의 비술에 대해서는 이미 고든에게서 들었다. 이제 그걸 실연해 볼 차례. 그 전에 서린을 흡혈귀로 바꾸기 위해 그는 정신을 집중했다.

심장을 향해 핏물이 몰려든다. 미리 준비해 둔 진마의 피들이 릴리쓰의 심장으로 스스로 떠서 빨려든다. 바짝 마른 릴리쓰의 심장은 게걸스럽게 피를 빨아들이며 생기를 회복했다. 테트라 아낙스가 징벌의 의미로 거둬들인 피가 릴리쓰의 심장을 되살리고 있었다.

"어머니가 자식의 피를 마시고 자식은 어머니의 심장을 뽑아내니 그야말로 아름답도다!"

앙리 유이는 릴리쓰의 자식들, 흡혈귀의 피를 릴리쓰의 심장에 먹이며 기꺼워했다. 그가 양손을 교차해 십자로 수인을 맺자 굉음이 일어났다.

콰직!

곧 심장의 안쪽으로부터 벌레가 나타났다. 촌충과도 같고 지렁이와도 같은 보랏빛의 벌레가 꿈틀거리며 릴리쓰의 심장을 찢어발기고 그 피를 마셨다. 릴리쓰의 심장 일부가 벌레의 형상으로 변이해 심장 자체를 붕괴시키고 있는 것이다.

테트라 아낙스 본인의 피는 아니지만 테트라 아낙스의 클랜원들, 그리고 다른 흡혈귀들과 석세서의 피가 섞인 릴리쓰의 심장은 이윽고 심장의 세포 일부가 변이되어 만들어진 벌레에 의해 완전히 먹혀 버렸다. 벌레는 릴리쓰의 심장을 완전히 먹어치운 뒤 이윽고 변이했다. 앙리 유이는 가느다란 신경다발처럼 변해 버린 그것을 서린에게 보냈다. 신경다발과 시냅스 덩어리로 보이는 그것은 스스로의 의지로 서린의 피부를 파고들어 갔다.

"아아아아아아아악!"

서린은 비명을 질렀다. 라이칸스로프로서 그는 육체적 고통에 둔감했다. 그런데도 이 정도라니 도대체 그 고통이 얼마나 극심할지는 상상도 할 수가 없었다. 라이칸스로프의 피가 흡혈귀에게 맹독으로 작용하듯이 흡혈귀의 피는 라이칸스로프에게 치명적이다. 그런 흡혈귀의 피가 서린에게 흘러 들어가 이윽고 그를 흡혈귀로 변이시킨다.

앙리 유이는 손으로 피를 떠서 서린의 입을 향해 피를 흘려보냈다.

"마셔라. 네 구강을 통해 피를 흡수함으로써 너는 이 흡혈귀의 저주에 맹세하는 것이다. 피를 마시며 사는 괴물이 되겠노라고."

이미 괴물인 서린에게 그게 무슨 의미가 있을지 모르지만 앙리 유이는 완벽주의자였다. 그는 서린에게 피를 붓고 돌아섰다.

"변이에 얼마나 오래 걸릴는지 모르지만… 적들이 앞에 와 있습니다, 테트라 아낙스. 시간을 벌 수 있을지요?"

"이전에도 이런 대화를 했었다, 인간의 마도사여. 그래, 질문이 있는가?"

"밖에 팬텀과 그 외의 친구들이 와 있습니다. 헌터도 와 있고. 의식을 진행하는 동안 괜찮을까요? 변이가 진행되는 시간도 있고 그럴 텐데 그때 습격을 받으면 인간의 마법사에 불과한 저로서는 당신을 지킬 수 없습니다만?"

"그들이 오기 전에 의식은 끝난다. 그리고 의식이 끝나고 나면 그들은 내 적이 되지 못하지."

"하긴."

서린의 능력을 봤던 앙리 유이는 그 말이 결코 허풍이 아니라는 것을 알고 있었다. 테트라 아낙스는 지금 이렇게 몸이 움직이는 게 용할 정도의 노인임에도 불구하고 흡혈귀들을 지배하고 있다. 그런 그가 라이칸스로프의 강건한 몸을 얻게 된다면 어떻게 될까?

"테트라 아낙스로서의 능력을 잃는 건 아쉽지 않습니까? 그게 없으면 흡혈귀 사회가 유지되기 힘들 텐데?"

"천만에. 내 능력은 혈인 능력이기에 쉽게 쓸 수 있는 것이지만 혈인 능력이면서도 마법에 가깝기 때문에 이렇게 막대한 힘을 발휘할 수 있는 것이야. 영혼이 나라면… 테트라 아낙스로서 지금까지처럼 밤의 세상을 지키는 건 계속할 수 있어. 그리고 이러니저러니 해도 지금 그의 몸에 부을 피와 릴리쓰의 심장은 충분히 태양광에 저항할 만한 힘을 주지."

즉 VT 10만 이상은 만들어두겠다는 소리였다. 태양광에 견딜 수 있는 흡혈귀와 그렇지 못한 흡혈귀의 경계선이 되는 수치, 흡혈인자 10만. 수명이 수백 년 이상인 흡혈귀들만이 겨우 그 정도의 수치에 도달할 수 있었다. 그만큼의 흡혈인자를 모으기 위해서 대체 얼마나 많은 흡혈귀를 착취했을까? 아니면 저 석세서들처럼 유전공학으로 만든 걸까? 그러나 이미 마법을 잘못 써서 피를 본 테트라 아낙스가 자신의 몸으로 쓸 자에게 유전공학 기술을 사용할 것 같지는 않았다.

"그렇다면 다행이군요. 테트라 아낙스의 억제력은 꼭 필요하거든요. 그러지 않으면 사람 한 명 마음대로 죽일 수 없으니까."

앙리 유이는 피의 제단 위에서 고통으로 몸부림치는 서린을 바라보았다. 사혁도 아마 이런 과정을 거쳐서 변이에 성공했었겠지? 그는 그리 생각하며 서린의 상태를 살펴보았다.


새하얀 양복 바지, 새하얀 구두, 속이 비쳐 보이지 않는 새하얀 긴팔 드레스셔츠, 그리고 그 위의 새하얀 조끼, 보기만 해도 눈으로 뛰어드는 가시광선과 자외선 때문에 머리가 아파오는 복장을 한 금발의 남자가 있다. 그는 선글라스를 쓰고 조끼 위에 걸친 홀스터에 권총들을 꽂아 넣었다. 여기에 담배라도 있다면 훌륭히 '마피아'로 보일 텐데 그는 아쉽게도 담배를 피우지 않았다.

"먼저 선수를 당하니 이거 나가기가 무섭군. 따라 했다고 할까 봐."

그가 그리 중얼거리자 붉은 머리칼의 여성이 입에 가느다란 담배를 물고 불을 붙일까 말까 고민하면서 투덜거렸다.

"별게 다 무섭다."

"헌터들도 트레일러트럭을 썼으니까요."

그 옆의 동양 여성은 무광의 검은 가죽으로 만들어진 잠행복을 입고 옷의 주름진 부분에 달린 비수대에 비수를 꽂고 있었다.

붉은 머리칼의 여성은 담배를 붙이려다 집어넣고 대신 벽에 붙어 있는 냉장고에서 헌혈용 혈액 팩을 꺼내서 이로 뜯고 빨아들였다.

"그런 문제로 저 풋내기 헌터들에게 소송이라도 당할까 봐 그래? 팬텀, 쓸데없는 소리 하지 말고 얼른 진입할 타이밍을 정하자니까?"

"헌터들과 충돌하는 건 막아야지. 성동격서로 가볼까?"

팬텀은 동료들의 상태를 살펴보다가 문득 생각나서 청골에 붙여둔 트랜스리시버를 누르고 빌헬름에게 물어보았다.

"트레일러트럭 안에 자동차가 들어가서 몰래 이동하면서 다니다가 필요하면 나와서 악당과 싸우던 시리즈물이 있었는데 뭐였더라? 데이비드 해셀호프가 나오던 거, 차는 키트였고."

팬텀이 통신 모듈을 통해서 질문을 던지자 빌헬름의 대답이 들려왔다.

—나이트 라이더 말입니까?

"그게 생각나는군. 하지만 헌터들이 똑같은 수법을 쓸 줄은 몰랐어."

—특허도 내지 않았는데 당연하지요. 별로 새로울 것도 없는 전법이었습니다.

"그렇지만 잭나이프를 걸며 돌진하는 건 꽤 멋지던걸."

헤카테가 한마디 덧붙이자 팬텀은 고개를 끄덕였다. 선글라스 너머로 눈동자가 붉게 빛나는 게 보인다.

"역시 헌터들은 무시할 수가 없어. 하지만 그렇다고 손 놓고 있을 수도 없지. 그럼 우리도 가볼까?"

팬텀이 그리 중얼거리자 파군이 무수한 나이프가 꽂힌 잠행복에 두 자쯤 되는 길이의 터무니없는 철 부채를 쥐었다.

"팬텀도 전투복을 제대로 챙기는 게 낫지 않습니까? 총탄에 대해 방어하려면 방탄복 정도는 입는 게 좋을 텐데요."

그렇게 말하며 그녀는 자신의 옷에 비수를 살짝 눌러보았다. 특수 섬유로 만들어진 옷은 칼날을 대고 그어도 그어지지 않았다.

"나는 이거면 됐어요."

─괜찮겠습니까, 마스터?

그들과 달리 지휘 차량에 있는 빌헬름은 마스터가 걱정되는지 자꾸 질문을 던졌다. 그러자 팬텀이 히죽 웃었다.

"거 '괜찮겠습니까?' 그거 버릇 되겠다."

─다 마스터가 변변찮아서 이러는 것 아닙니까?

빌헬름은 가시가 돋친 말투로 투덜거렸다. 지금 그는 전투에서 빠져서 마리아와 함께 지휘 차량에 있었다. 아무리 흡혈귀라 해도 어린아이의 모습을 한 그와 마리아를 싸움에 말려들게 하고 싶지 않다는 팬텀의 고집이었다. 할리우드 영화도 아닌데 어린애는 죽으면 안 된다는 것도 아니고 그들이 실제로 어린아이인 것도 아니다. 그런데도 팬텀은 막무가내였다. 다른 이들은 팬텀의 말도 안 되는 억지에 펄펄 뛰었지만 그래도 그들도 결국 동의하고 말았다.

사실 어린아이 모습인 둘은 확실히 직접적인 전투에서 힘을 발휘하기가 힘들었다. 그래서 발목을 잡느니 후방에 있는 게 낫다고 생각한 빌헬름은 후방 지원을 하기로 하고 지휘 차량에서 군복을 입고 있는 것이었다. 어린 소년의 몸으로 군복을 입는 것도 웃길 것 같은데 원래 군인 출신이라 그런지 입혀놓으니 제법 가닥이 나왔다.

"칫. 서린을 내가 구해서 점수를 대폭 따야 하는데."

마리아는 빌헬름의 옆 좌석에 앉아 툴툴거리고 있었다. 빌헬름은 그런 그녀를 보고 한숨을 내쉬었다.

"라이벌이 있는 것도 아닌데 너무 앞서 나가는군요. 그리고 어차피 그쪽은 성장을 하는 라이칸스로프……."

"수명이 다르다는 건 나도 알아."

"그런 이야기가 아니라 어지간히 변태 취향이 아니고선 어린 소녀에게 만족하며 평생을 살 리가 없다 이거지요."

"……."

"저도 마스터에게 좀 더 도움이 되고 싶습니다. 지휘나 후방 지원으로 돕는 것도 돕는 거지만 이건 제가 어린 소년인 상태에서 흡혈귀가 된 것 때문에 직접 전투에 참여할 수 없고, 이쪽밖에 할 수가 없으니 할 수 없이 하는 것뿐이지요."

"아니, 누구도 빌헬름이 도움이 안 된다고는 말할 수 없을걸."

빌헬름이 살인적인 업무량을 소화해 내는 걸 직접 본 이들은 누구도 동의할 수밖에 없는 말이다.

흡혈귀들에게 있어서 일상을 반복하는 것은 정말 고통스러운 일이다. 잠을 자고, 깨어나고, 식사(?)를 하고 하는 이 일상 하나하나가 그들에게는 끝없이 반복되는 어제와 오늘 같았다. 그러다 보니 사업이나 그런 것에 능동적으로 뛰어들기란 어려웠다. 그런데 빌헬름은 그런 쪽으로 능동적으로 뛰어들어서 일을 조정해 팬텀의 부족함(본인이 들으면 화내겠지만)을 채워주는 것이다.

빌헬름이라고 처음부터 그렇게 초인적인 업무 능력을 갖고 있었던 것은 아니었다. 그저 자신이 할 수 있는 방법으로 팬텀에게 도움이 되기 위해 노력한 결과일 뿐이다.

"그러면 스탠바이! 아르곤! 가옥 파괴탄과 연막탄으로 길을 열어주세요!"

빌헬름의 지시가 내리자 창현과 래트가 가옥 파괴탄과 연막탄을 발사해 습격해 온 헌터들 때문에 상대적으로 방비가 소홀해진 테트라 재단 빌딩의 남동쪽, 컨벤션 센터 출입구를 공격했다. 연막이 뿌려지는 그 순간 트레일러의 문이 열리고 흡혈귀들이 빠른 속도로 이동해 건물 안으로 잠입했다.

"그럼 재미있게 놀아보자고!"

아르곤이 선두로 달려 지하로 내려가는 에스컬레이터가 설치된 로비에서 훌쩍 뛰어내렸다. 에스컬레이터를 향해 소총을 겨누고 대기하고 있던 흡혈귀 병사들이 깜짝 놀라서 사격했지만 아르곤은 좌측으로 페인트를 준 뒤 우측으로 이동해 기둥을 통해 사격을 피하며 접근해 소총을 발사하는 흡혈귀의 팔목을 잡았다. 그리고 그 순간 아르곤의 손에 들려 있던 도끼가 옆에 서 있던 다른 흡혈귀의 머리를 쳐 날렸다. 도끼특유의 둔중함이 없고 파괴력만 있는 듯한 섬광 같은 공격이었다.

"도끼는 너무 무식해 보여서 쓰기 싫었는데!"

우드득!

아르곤이 팔목을 비틀자 흡혈귀의 손에서 소총이 떨어졌다. 아르곤은 그 소총을 잡고 흡혈귀의 목을 쥔 채 어깨에 소총을 걸치고 옆에 서 있는 다른 흡혈귀 병사들에게 총격을 가했다. 흡혈귀 병사가 아르곤에게 저항하려고 했지만 피까지 얼어붙는 듯한 고통에 움직일 수조차 없었다.

다른 흡혈귀들이 아르곤을 향해 총격을 가했지만 원래 아르곤의 특기인 얼음 방벽에 흡혈귀들의 몸까지 방벽으로 세웠으니 될 리가 없다. 아르곤은 자신에 의해 목이 날아간 흡혈귀의 몸에 소총을 들려서 적들에게 발사하게 고정시키고 자신은 낮게 이동하며 적진으로 뛰어들었다!

패액!

마치 줄에 묶어서 던지는 팽이가 풀려나는 것처럼 소총을 쥔 흡혈귀의 몸이 제자리에서 빙글 돌며 사방으로 소총을 난사했다. 아르곤은 그 틈에 적진으로 뛰어들었다. 놀란 흡혈귀들이 응전하려고 했지만 공중으로 뛰어올라 몸을 웅크린 아르곤이 몸을 쫙 펴며 전신의 탄력을 담아 도끼를 휘둘렀다.

콰직! 쩍!

흡혈귀들의 팔다리가 허공으로 치솟아 오른다. 지상에 착지한 아르곤이 손으로 땅을 짚으며 기어가듯 옆으로 빠져나오더니 지면을 얼어붙게 하고 그 위로 미끄러지며 도끼를 휘둘러 흡혈귀의 다리를 후려쳤다.

텅!

단 일격에 두 다리가 잘린 흡혈귀가 공중에 떠오르고 그 순간 아르곤의 도끼가 다시 빛을 발한다. 산산조각 난 흡혈귀가 날아오르는데 그 사이에서 아르곤이 눈보라를 일으키며 신출귀몰 누비고 다녔다.

아르곤이 그렇게 적진을 누비자 흡혈귀들이 온통 산산조각

났다. 이전의 장도도 꽤나 위력이 강했지만 도끼를 쓰니 그야
말로 날아다닌다. 흡혈귀의 괴력은 도끼의 무게가 지니는 둔중
함을 무시하고 파괴력만 증감시켰다. 게다가 이 도끼의 자루는
골프 클럽처럼 고탄성 소재인지라 때릴 때마다 깨끗하게 날아
간다.

"역시 대단하군요."

"이래서야 남는 게 없겠어, 브라더. 우리도 가자고! Here we
go!"

두두두두두두!

아르곤이 적진을 휘젓는 사이 창현과 래트가 소총을 들고 뛰
어내리며 사격을 가했다. 원래대로라면 로비 쪽으로 들어오는
순간 집중포화에 걸려 걸레가 되어야 했지만 연막탄과 가옥 파
괴탄으로 흔들고 또 아르곤이 선수를 쳐서 적진을 휘저은 덕에
둘은 쉽게 들어올 수 있었다.

"역시 아르곤! 잘하는군!"

파군은 현무강탄을 날려 벽 뒤에 숨어 있는 흡혈귀를 요격하
고 표창을 던져 반대쪽에서 나타나는 흡혈귀를 명중시켰다. 적
의 몸에 꽂혔던 표창이 스스로 돌아오는 순간 표창이 꽂혔던
상처로부터 붉은 피가 분수처럼 뿜어져 나오더니 비수와 함께
파군에게 돌아갔다. 어차피 테트라 아낙스에 반기를 든 이상
테트라 아낙스 클랜의 피를 마시는 것을 피할 이유가 없는지라
다들 실컷 피를 먹어댔다.

"오래간만에 현역으로 싸우려니 잘 안 되지?! 파군! 부하 뒤

에만 있지 말고 가끔 운동을 해주라고!"

헤카테는 보디 벙커로 돌격 자세를 취한 2인조를 충격파로 산산조각 내고 벽에 손을 댔다. 부웅 하는 진동과 함께 건물 전체로 저주파가 흘렀다. 헤카테는 그렇게 저격수들의 위치를 알아내고 인정사정없이 저격수들을 향해 쇼크웨이브를 날렸다. 저격수들은 소총으로도 뚫을 수 없는 콘크리트 벽 뒤에 숨어 있었지만 헤카테의 충격파는 간단히 콘크리트를 꿰뚫고 그들을 직접 강타했다.

그렇게 흡혈귀들을 쓰러뜨리고 나서 헤카테는 그들의 피 속에 서서 구속력을 강화해 피를 빨아들였다.

평상시 피 빠는 데 혈안이 되어 있던 아그니는 아주 신이 났다.

"대박 터졌다! 복권 맞은 기분이야! 흡혈귀 피를 이렇게 많이 마실 수 있다니!"

양손에 중기관총을 든 아그니는 시원하게 총을 갈기며 테트라 아낙스 재단의 컨벤션 센터를 벌집으로 만들었다. 한참 총을 갈겨서 흡혈귀들을 제압한 그는 멜빵으로 중기관총을 지탱하면서 오른 손가락을 튕겨 유리벽을 겨눴다.

지지지직!

고열로 인해 강화유리가 변성되면서 글씨가 나타났다. 'Festa de Tetra'라는 글자가 천박하게 새겨졌다.

"쓸데없긴."

헤카테는 유리창을 날려서 글자를 지우고 지하로 뛰어내렸다. 아직도 많은 병력이 남아 있지만 그들의 목적은 적의 섬멸이 아니라 의식의 저지다. 잡병들 처리는 헌터들에게 맡기고 그들은 빨리 안으로 진입해야 한다. 이 재단 건물의 하부, 비밀의 의식이 행해지는 테트라 아낙스 클랜의 본거지로 들어가야 하는 것이다. 문제는 그들은 암호를 모른다는 것. 길은 알고 있지만 그들이 테트라 아낙스의 부름에 응해서 들어갈 때는 오직 테트라 아낙스 클랜의 수행원인 오라클들의 인도에 의해서였지, 자기 스스로 버튼을 누르며 들어간 적은 없었다.

하지만 위치는 알고 있으니 부숴서 들어가면 된다! 무기질을 부수는 데 있어서는 헤카테가 독보적이었다. 물론 아그니도 있긴 하지만 아그니의 경우는 산화될 가능성이 있는 물건을 부수는 데나 달인이지 이미 산화되어 더 이상 열로 인한 산화가 불가능한 물건에는 대책이 없었다. 진동으로 물질을 파괴하는 헤카테가 길을 뚫는 게 낫다.

"너무 어부지리를 노리면 속도가 늦어져! 먼저 뚫자!"

헤카테는 건물의 지하 주차장까지 달려가며 청사진에서 봤던 지하 주차장 2C—06 구역을 향해 달렸다.

"헌터들은 벌써 갔나? 안 보이는군."

팬텀은 권총을 든 채로 헤카테의 뒤를 따랐다. 그때 그들과 반대편에서 적을 쓸고 와 양동을 벌이던 아르곤이 합류했다.

"헌터? 우리 쪽도 못 봤어. 아마 녀석들, 로비에서 해치운 흡혈귀들 피 빨아먹느라 정신이 없을걸? 좀비 같은 놈들이잖아."

흡혈귀의 피와 살, 그 모든 게 흡혈귀 사냥꾼들에게는 돈이다. 그러니 시체를 남겨두고 전진한다는 건 그들에겐 있을 수 없는 일이다.

뭐, 그걸 알고 있어서 애초에 팬텀도 헌터들에겐 큰 기대를 안 걸었다. 다만 비스트만은 달리 움직일 것이다.

'그 친구에게도 제대로 된 정보를 안 줬지, 아마?'

헌터들에게 넘긴 정보는 애초에 여기 지하에 적이 있다는 것까지가 끝이었다. 아무리 테트라 아낙스를 물리치기 위함이라 해도 뱀파이어 로드로서의 프라이드가 있다. 그게 아니라 하더라도 테트라 아낙스가 쓰러지는 건 흡혈귀의 손에 의한 것이어야지 인간의 손에 의해서는 안 된다.

인간의 손에 의해 흡혈귀의 왕이 쓰러지게 되면 그때는 모든게 끝이다. 테트라 아낙스를 물리치는 게 흡혈귀라면 다른 흡혈귀의 대부분은 그를 테트라 아낙스 이상의 강자로 인정하고 그의 주도권을 존중하게 되겠지만 그게 없다면 흡혈귀들은 통일되는 법 없이 제각각 움직이게 된다. 흡혈귀란 기본적으로 인간의 피를 마시고 사는 존재. 통제 없이 무차별로 증식하면 반드시 파국에 이르게 된다. 테트라 아낙스의 통제에서 풀려난 흡혈귀들은 사사로운 정에 의해서 인간을 흡혈귀로 바꿀 테고 그렇게 규정 이상의 흡혈귀가 태어나게 되면 헌혈 팩으로는 도저히 혈액을 공급할 수 없다.

그리되면 결국 사람들을 무차별 습격해 피를 빨아야 혈액 수급을 조달할 수 있을 거고 그렇게 사람을 계획 없이 무차

별로 습격하는 흡혈귀는 조직의 보호를 받을 수 없다. 조직에서 벗어난 흡혈귀는 어지간히 능력이 뛰어나지 않는 한 결국은 헌터들의 먹이가 되어 마약의 재료가 된다. 최악의 경우는 흡혈귀의 정체가 알려져 이 세상 전부가 미쳐 버리는 것이다.

아마 불로장생을 위해 흡혈귀가 되려고 하는 이들이 생길 테고 그런 이들을 경계하여 사람들 사이에서는 불신과 의혹이 싹틀 것이다. 결과적으로 인간이 없어지고 전부 흡혈귀가 되어버리거나 하면… 그때는 인류의 종말마저 오게 되리라.

너무 과한 생각이라고 할지도 모르지만 소집단의 인간들 사이에서 실험해 본 결과 실제로 발생한 일이다.

"그런데 만약 테트라 아낙스가 쓰러지면 내가 통제를 해야 하는데 그래도 괜찮겠나? 내가 고든의 유산을 집행하고 오라클 시스템을 인수받아서 어둠의 세계의 모든 정보를 관리하는 걸 탐탁지 않게 여길 자가 한둘이 아닐 텐데?"

팬텀이 동료 흡혈귀들에게 물어보자 달리던 흡혈귀들이 움찔했다. 파군이야 원래부터 팬텀에게 묘하게 호감이 있어서 적극 찬성이지만 다른 흡혈귀들은?

"거 아직 테트라 아낙스는 잡지도 않았는데 벌써부터 뭐하자는 겁니까? 김칫국 마신다는 소리 알아요?"

창현이 따지자 팬텀이 머쓱해져서 손을 휘휘 내저었다. 김칫국을 왜 마시는지는 모르겠지만 대충 무슨 뜻에서 하는 말인지는 알 것 같다.

"그… 그냥 해본 소리야."

"그런 일이 벌어진대도, 테트라 아낙스가 쓰러지고 나서 통제를 하는 건 팬텀이 하는 척하면서 사실은 빌헬름이 하는 거 아냐? 그거라면 난 불만 없어. 여튼 고든을 제외한 다른 테트라 아낙스 세 명이 무사해서 그들의 신병을 확보했으면 좋겠군."

헤카테가 그렇게 말하자 모두들 은근슬쩍 동감해 버렸다. 물론 일이 그렇게 단순하게 해결될 일이 아니다. 테트라 아낙스가 쓰러지면 팬텀을 주축으로 흡혈귀들의 수가 늘어나는 것을 통제하고 행동 강령을 지키는지 감시하는 일종의 위원회를 만들긴 해야겠지만 과연 다른 흡혈귀 놈들이 그 통제에 얼마나 따라줄는지 의문이다. 그렇지만 그것도 테트라 아낙스가 팬텀의 손에 죽었을 경우의 이야기이다.

물론 테트라 아낙스는 고든 말고 세 명이 더 있지만 그들은 고든과 같은 자리에 있다. 팬텀이 아닌 다른 인간이 고든을 습격해 그를 죽인다면 그 자리에 있는 다른 테트라 아낙스도 그의 손에 몰살당할 것이다.

그리고 테트라 아낙스가 인간 손에 죽는다면 바로 파멸이다. 이후의 혼란 속에서 흡혈귀들의 번영은 끝나고 테트라 아낙스를 중심으로 성립한 이 밤의 세계는 파괴될 것이다. 이야말로 인간의 손으로 흡혈귀 사회를 파괴할 수 있는 절호의 찬스, 지난 2,000년간 단 한 번도 오지 않은 격변의 시기가 온 것이다.

"비스트는 시대를 잘 타고 태어났어."

팬텀은 문득 그런 생각을 중얼거리며 앞으로 나아갔다.


## 2


한세건은 조심스럽게 상황을 주시하고 있었다. 흡혈귀들은 그에게 재단 건물에 대한 정보는 주었지만 내부에 대해서는 별다른 정보를 주지 않았다. 테트라 아낙스는 핵미사일에 대비해서 지하 셸터에 들어가 있을 거라고는 예상할 수 있었지만 그 지하 셸터가 어디에 있는지, 또 진짜 거기에 가 있는지 확신할 수가 없었다.

하지만 그때 이사카가 나섰다.

"내가 찾을 수 있지."

"그게 진짜인가?"

"그럼. 거짓으로 보이나? 나는 내 능력에 대해 그렇게 의문 품는 놈에 익숙지 않아서 신선하군, 그런 반응은……."

무지막지한 잘난 체다. 자신의 능력에 절대적으로 신뢰를 가지고 있는 놈답다. 한세건은 매우 불쾌해졌지만 그가 하는 말이 거짓이 아님을 알기에 별말 하지 않았다. 이사카의 능력은 테트라 아낙스를 상대하기 위해 만들어진 것, 예지 능력을 가진 그가 이런 사소한 정보를 모를 리 없다.

게다가 그는 서린과 쌍둥이 형제다. 타고난 텔레파시 능력에 쌍둥이 형제로서의 정신적인 교감까지 있다면 아무리 테트라 아낙스가 방해 공작을 펼친다 해도 그렇게 못 찾지는 않으리라. 하지만 세건이라면 그런 능력이 있을 경우 혹을 달고 같이 들어가는 것보다는 혼자서 처리하겠다.

테트라 아낙스를 처리한다는 것은 흡혈귀들의 종주권을 빼앗는다는 의미가 있다. 한세건이 인간의 몸으로 테트라 아낙스를 노리는 것도 바로 그런 의미에서였다. 그가 테트라 아낙스를 해치우면 흡혈귀들은 주도자 없이 예지 능력과 정신 지배형 텔레파시 능력을 잃고 와해된다.

테트라 아낙스가 흡혈귀의 손에 쓰러진다면 그놈이 테트라 아낙스를 죽인 공을 인정받아 그 자리를 대신하여 파멸을 피할 수 있겠지만 그렇지 않다면 누구도 감히 공을 내세울 수 없는 것이다. 게다가 고든을 제외한 테트라 아낙스 3인, 그들이 문제다. 그들이 살고 고든만 죽는다면 흡혈귀들에겐 최고의 이야기이다. 고든의 강압적인 지배에서 벗어나 좀 더 유연한 운영을 할 것으로 기대되니까. 뭐, 그것도 얼마나 오래갈는지는 모른다. 오래 살다 보면 계속 새로운 정보와 사상이 유입되거나 회의가 들면서 성격이 변하게 마련이니까. 하지만 적어도 지금 현재로서는 다른 테트라 아낙스들이 고든보다 더 유연한 사고방식을 지니고 있기에 그들은 필요했다. 고든이 없더라도 그 3인의 텔레파시와 예지 능력만으로 인간들의 눈에서 흡혈귀를 숨기는 것 정도는 가능할 테니까.

만약 한세건이 고든을 물리친다면? 그때는 고든만으로 끝나지 않을 것이다.

그 의식의 장에는 아마도 테트라 아낙스 전원이 몰려 있겠지. 고든이 그들의 운명을 틀어쥐고 흔드는 이상 그들을 그냥 내버려 둘 리가 없다. 고든이 몸을 바꾸려 할 때가 가장 큰 약점이라는 걸 생각하면 눈에 보이지 않는 곳에서 딴짓을 하게 내버려 두는 것보다는 바로 눈앞에서 목숨을 틀어쥐고 자유를 빼앗는 게 낫다.

아마도 고든은 그리 생각할 것이고 그렇기에 그가 의식을 진행하고 있는 곳에서는 틀림없이 테트라 아낙스 전원이 존재할 것이다.

한세건이 고든을 물리친다면 고든에게 속박당하고 있는 나머지 테트라 아낙스도 전부 죽여 버릴 것이고 그러면 흡혈귀들은 파멸이다. 아마도 팬텀을 맹주로 움직인 반테트라 아낙스파는 단결하겠지만 그들에게 테트라 아낙스처럼 정보를 조작하는 능력이 없는 이상 한계가 온다.

그때가 되면 진마고 뭐고 간에 결국 인간에게 살해당하지 않기 위해 벌벌 떨며 살 수밖에 없는 것이다. 아무리 뛰어난 능력을 가진 진마라 하더라도 대낮에는 신체 능력이 떨어지고 언젠가는 휴식을 취해야 한다.

한세건이 정녕 월야의 모든 것을 파괴하고 싶다면 테트라 아낙스가 흡혈귀들, 저 팬텀 일파의 손에 쓰러져 어둠의 세력이 그쪽으로 재개편되는 것은 막아야 한다. 물론 테트라 아낙스가 서린의 몸을 빼앗아 새롭게 재생하는 것을 막는 것은 물론이다. 사혁 건에서도 봐서 알겠지만 흡혈귀와 라이칸스로프의 장점을 모두 갖게 되는 개체는 무시무시한 힘을 가지게 된다. 하물며 지금 그 장점을 가지려 하는 이는 밤의 제왕 테트라 아낙스 본인이 아닌가?

일단 그가 전이에 성공하게 되면 지금 몰려든 이들은 몰살당하고 테트라 아낙스의 새로운 천년왕국이 지상에 강림할 것이다.

"뒤에서 깨물지나 마라, 짐승 잡종."

한세건은 트레일러 안에 설치된 오토바이 캐리어 위에 올라갔다. 어지간히 흔들려도 오토바이가 튀지 않도록 바닥에 고정하게 되어 있는 그것은 안정적으로 세건의 오토바이를 붙잡고 있었다. 그렇지만 아무리 고정되어 있는 오토바이라 해도 흔들리는 차 안에서 타는 건 위험한 일이다. 흔들리다가 실수로 옆에 벽에 들이받기라도 하면 오토바이와 컨테이너 사이에 다리가 끼어서 부러지기 때문이다.

"너나 물지 마라, 흡혈귀 잡종."

이사카는 세건의 뒤쪽에 올라타며 그리 말했다. 이건 뭔가 한마디 하지 않을 수 없어서 세건은 반문했다.

"흡혈귀 잡종?"

"모를 거라 생각하나? 네놈 몸에선 흡혈귀 냄새가 풀풀 나. 아직은 인간이라 할 수 있겠지만… 얼마나 갈지."

이사카는 더 이상의 언급을 피했다. 하지만 세건으로서는 잔소리에 불과했다. 어차피 그건 본인도 알고 있는 사실, 굳이 언급해 봐야 그 입장에선 한 소리 또 하는 격이다.

"내 걱정을 해줄 처지가 아닐 텐데?"

"그건 그렇지. 하지만 웃기지 않나? 괴물을 잡으려 하는 이가 괴물이 되다니. '심연을 바라보는 자는 심연 역시 그를 바라본다'."

"뭐, 그건 어찌 되었든 좋아. 네가 길을 알고 있다니 함께 행동하도록 하지. 어차피 여기까지 온 이상 딴생각은 하지 말고."

한세건은 그가 테트라 아낙스를 직접 쓰러뜨려 어둠의 맹주자리를 차지하려 한다고 여겼다. 그에게는 테트라 아낙스를 대신할 만한 예지 능력이 있으니 테트라 아낙스를 쓰러뜨리면 그의 천하가 열릴 것이 아닌가? 물론 그것은 세건이 이사카의 몸상태를 잘 모르기 때문에 갖는 생각이었다.

한세건은 오토바이의 스로틀을 당기며 캐리어의 자물쇠를 풀었다. 헌터들이 트레일러의 뒷문을 열어주자 세건은 거칠 것 없이 트레일러 뒤쪽으로 뛰어내렸다.

끼이이이익!

타이어가 아스팔트 위를 긁는 소리와 함께 오토바이가 힘차게 앞으로 튀어 나갔다. 세건은 트레일러를 제치고 윌리를 선보이며 이미 헌터들의 총격에 의해 균열이 간 유리창을 뛰어넘어 안으로 돌입했다. 안에는 미리 대기하고 있던 흡혈귀들이 대형 화분을 엄폐물로 삼고 햇빛을 피해 그늘에 숨어서 총을 겨누고 있었다. 한세건은 오토바이에서 손을 놓고 시트를 박차며 그 위에서 뛰어올랐다.

뒤이어 총성이 올리며 한세건이 타고 있던 오토바이를 격중시켰다. 그러나 한세건과 이사카는 이미 오토바이에서 뛰어내린 뒤였고 주인 잃은 오토바이는 무서운 기세로 흡혈귀들에게 날아가 충돌했다.

한세건은 오토바이에서 몸을 날린 순간 뒤로 빙글 공중제비를 넘으며 글록을 양손으로 뽑아 쥐고 자신을 향해 소총을 올리는 흡혈귀들을 향해 겨누었다. 흡혈귀들이 소총을 쏘려고 했지만 혈관 속에 사이키델릭 문이 흐르는 세건이 더 빨랐다.

탕탕!

두 발의 총성이 올리는 것과 동시에 흡혈귀들이 머리통에서 피를 흘리며 쓰러진다. 한세건은 공중에서 총구의 방향을 바꿔 다른 흡혈귀들을 쏘며 착지했다.

"대낮부터 무서운 게 없구나, 흡혈귀! 나는 네놈들보고 순수를 위해 울어보라든가 그런 건 안 하기로 했다! 그냥 다 뒈져!"

한세건은 앞으로 뛰어들어 흡혈귀의 턱을 권총으로 후려쳐 돌려 버렸다. 턱이 부서지고 목이 돌아가 목뼈가 부러지는 흡혈귀. 그러나 그 정도로 죽지 않을 놈이란 건 세건이 더 잘 안다.

콰직!

한세건이 쑤셔 박은 글록이 흡혈귀의 목을 찢고 들어가 입천장에 닿았다.

탕!

총성과 함께 흡혈귀의 머리가 터져 버렸다. 놀란 다른 흡혈귀가 총격을 가했지만 한세건은 흡혈귀의 몸을 그들에게 던지고 앞으로 달렸다.

탕! 탕!

두 발의 총성, 십자가를 그리며 빠져나가는 탄흔을 따라 피가 튀고 흡혈귀가 주저앉았다.

"그아아악!"

흡혈귀는 무릎을 꿇었음에도 불구하고 발작적으로 손을 휘둘러 한세건을 공격했다. 하지만 세건은 총을 수평으로 눕혀 총구로 흡혈귀의 팔꿈치를 받아냈다.

으적!

흡혈귀의 팔꿈치가 부러지는 바로 그 순간, 한세건은 방아쇠를 당겼다. 9㎜ 파라블럼탄 한 발이 흡혈귀의 팔을 끊어서 하늘 멀리 날려 버렸다.

"뭐……."

흡혈귀의 말이 끝나기도 전에 한세건이 몸을 앞으로 던지듯 기울여 흡혈귀를 끌어안았다.

콰직!

그다음 순간 그의 글록이 흡혈귀의 관자놀이에 박혔다. 두개골의 골판이 부러지면서 글록이 흡혈귀의 관자놀이를 뚫고 뇌까지 찔러 버린 것이다.

탕!

눈이 돌아간 흡혈귀를 확인하며 한세건은 결정타를 날렸다. 9㎜ 파라블럼에 불과한 글록 18은 그 연사 능력을 제외하곤 흡혈귀를 상대하는 데 부족한 총으로 여겨지지만 뇌 속에 총구를 쑤셔 박고 방아쇠를 당기면 이야기가 다르다. 흡혈귀의 눈이 튀어 나가고, 두개골 안에서 뇌수가 폭발하고, 머리가 통째로 깨져 날아갔다. 단 일격에 치명적 상처를 입은 흡혈귀가 쓰러지자 그 틈을 타고 다른 흡혈귀들이 뛰어들었다.

"이 괴물 자식!"

하나 한세건은 지면을 박차고 벽을 타고 달리며 흡혈귀들에게 총알을 퍼부었다. 마치 수술용 메스로 수술을 하는 것처럼, 세건의 총탄은 흡혈귀들의 해부학적 급소를 정확히 명중시켰다. 총탄이 그의 검이 되어 관절을 감싼 힘줄을 끊었고, 관절을 관통하면 육신을 연결하는 것은 피부뿐이다. 그 피부마저 회전하는 탄환에 말려 들어가 찢어져 버린다. 그뿐만이 아니다. 탄환이 두개골을 쏘면 정확하게 두개골을 함몰시켜 머리통을 깨 버리고, 설사 방탄복 위를 쏘더라도 늑골이 깨져 횡격막을 찌르게 한다거나, 견갑골을 부러뜨려 팔을 움직이면 활배근과 광배근에 뼈가 찔리게 한다든가 하는 식으로 적을 확실히 무력화시켰다.

그가 쓰는 총은 분명히 9㎜ 파라블럼에 불과할 텐데 머리가 터지고 팔다리가 잘려 나가는 걸 보니 무슨 폭탄이라도 갈기는 것 같아 보인다. 게다가 이게 엄청나게 빠르다. 사이키델릭 문의 영향일까? 아니면 한세건이 이미 맛이 갈 만큼 가서 그 반대급부로 그만큼 빨라진 것인가? 놀랍도록 빠르고 정확하다. 글록 18의 연사 기능을 사용하면서 한 발도 낭비 없이 적들에게 총알을 퍼붓는 그 모습은 영화 '매트릭스'의 'Bullet Time'을 연상시켰다.

사이키델릭 문이 만들어내는 명정의 시간 속에서 한세건은 보통 인간은 꿈도 꾸지 못할 집중력으로 흡혈귀들을 도륙하고 도륙했다. 미친 달이 낳은 가장 흉악한 인간의 손에서 글록이 쉴 새 없이 불꽃을 토해냈다.

"흡혈귀 죽이는 데 도가 텄군."

이사카는 솔직히 감탄했다. 그도 한세건 못지않게 전장을 누비고 다녔지만 상대가 인간이었기 때문에 쏘면 그냥 죽었다. 흡혈귀들을 상대할 때도 어렵지는 않았다. 흡혈귀들은 인간을 잡아먹는 맹수이지만 이사카는 그런 흡혈귀들보다도 더 위, 먹이사슬의 정점에 도달해 있었다.

그렇기에 설마 이렇게까지 파괴력에 집착하는 사격술이 존재하리라고는 생각도 못 했다. 약자인 인간이 흡혈귀에 대항하기 위해 연마한 기술이라 이건가?

철컥!

한세건은 빈 탄창을 뽑아내며 머리가 날아간 흡혈귀의 사타구니를 걷어차 태양광이 들이치는 식물원 중앙으로 날렸다. 흡혈귀를 차올려서 그놈의 몸을 방벽으로 삼는 사이 한세건은 탄창을 가는 작업을 끝마쳤다. 양손으로 쏘다 탄창 가는 것도 이제 이력이 났는지 탄창 가는 솜씨가 수준급이다. 오른손 엄지, 왼손 중지로 탄창 멈치를 누르면 빈 탄창이 탁 튀어나와 좌우로 날아가고 그다음엔 벨트 포치에 끼워둔 탄창을 꽂은 뒤 역시 벨트에 슬라이드를 걸고 밀어서 장전을 완료한다. 번거로운 동작이지만 어찌나 익숙한지 무지 빠르다.

치이이이익!

햇빛이 머리를 잃은 흡혈귀의 몸뚱이를 무참히 태워 버린다. 곧 흡혈귀가 될지도 모르는 한세건으로서는 참으로 의미심장한 모습이었다.

흡혈귀로서 죽게 된다면 저것이 그의 미래의 모습인가?

그날을 기억한다. 피비린내로 가득한 집, 가족의 집에 들어섰을 때 그가 느낀 부조리! 그날부터 한세건은 악몽에 사로잡혀 있었다. 그런데 이제 그것도 끝을 낼 수 있는 건가? 설사 그가 돌아서, 흡혈귀의 피가 저주를 걸어서 이성을 잃고 그저 무차별로 사람을 습격한다 하더라도 세건은 믿고 있었다. 실베스테르나 다른 헌터가 그를 합당한 결과로 인도하리라. 괴물이 되는 그 순간, 인간으로서의 한세건은 죽는다.

하지만 어차피 지옥의 1번지 정도는 예약해 두고 있는 몸이다. 그때까지 길동무나 좀 늘려보는 게 그가 바라는 바!

한세건은 거침없이 흡혈귀들을 도륙하며 안으로 뛰어들었다. 양손으론 글록을 갈기면서 도폭선을 휘둘러 흡혈귀들의 목을 쳐 날리고 시체를 일광을 향해 집어 던진다.

"미친개 같군, 아무거나 막 물어뜯는……. 쓸데없이 적을 죽이는 건 그만하고 비밀 통로로 가지."

이사카는 한세건이 뛰어드는 것을 지켜보며 흡혈귀들의 시체에서 소총을 빼앗아 양손에 쥐고 소총을 쌍권총 쓰듯 인정사정없이 흡혈귀들에게 총알을 퍼부었다. 대낮에 기습이 완벽히 성공해서 그런지 적의 반격은 두텁지 못하다. 하지만 아무리 그렇다 해도 테트라 아낙스의 방어진이 이렇게 희박하진 않을 터. 아마도 공격받고 있는 것은 이쪽만이 아닌 것 같다. 그러고 보니 흡혈귀들, 팬텀과 그에 동조하는 흡혈귀들은 먼저 미국에 들어왔다. 아마 그들이 양동작전을 펼치고 있는 거겠지.

"그럼 먼저 가지!"

그는 건물 벽에 붙어 있는 컨트롤 박스에 다가가 앞을 뜯어냈다.

그리고 코드를 입력하자 벽이 열리고 숨겨진 엘리베이터가 모습을 드러냈다. 승용차 한 대쯤은 들어갈 수 있게 되어 있는 주차용 엘리베이터였다.

한세건이 뛰어들자 이사카가 문득 물어보았다.

"다른 녀석들을 기다릴까?"

"아니, 먼저 가지. 공을 빼앗기고 싶진 않아."

"진심으로 하는 소리는 아니겠지?"

"흡혈귀 놈에게 테트라 아낙스를 죽이게 하면 녀석들이 테트라 아낙스의 피를 먹고 또 다른 테트라 아낙스가 되지 않나? 그걸 감안하면 내가 죽이는 게 낫지."

"그야 테트라 아낙스가 아무런 탈 없는 흡혈귀라면 말이지. 하나 적어도 고든의 피를 마실 바보는 없을걸, 아무리 미친놈이라도. 노화를 일으키는 흡혈귀의 피를 마시는 건 자살행위니."

그건 그렇다. 하지만 고든의 노화가 과연 피를 마신 놈에게
유전이 되는가? 그건 확인해 볼 가치가 있지 않나? 한세건은
그리 생각했지만 곧 그건 자신의 사고방식이라는 걸 깨달았다.
죽는 게 두렵지 않다 못해 죽고 싶어서 환장한 그의 사고방식
을 저 흡혈귀들에게 따라 하라는 건 무리다.

한세건은 엘리베이터 패널을 눌렀다. 입구를 비밀번호로 열
게 되어 있는데 또 안에서도 비밀번호로 엘리베이터가 작동하
게 되어 있는지 정상적인 패널 버튼은 작동하지 않았다. 그러
자 이사카가 나서서 역시 버튼을 눌렀다. 여기가 마치 이사카
의 집이라도 되는 양 엘리베이터는 고분고분하게 움직였다.

"굉장한데?"

"별로. 예언자라면 복권 번호 정도는 맞힐 수 있어야지."

이사카는 그리 말하고 엘리베이터를 작동시켰다. 그러자
엘리베이터는 천천히… 빛 한 점 없는 어둠 속으로 밀려 들어
갔다.


"다들 철수하는군."

실베스테르는 쌍안경을 끼고 상황을 지켜보고 있었다. 흡
혈귀 사냥꾼들은 피를 그득그득 채워서 챙길 만큼 챙기고 빠
져나갈 준비를 하고 있었다. 인근 순찰을 돌던 경찰들이 우선
적으로 출동하긴 했지만 그들은 강력한 무장을 한 헌터들을
보고 기겁해서 물러났다. 일단 지원이 와서 어느 정도 싸울

준비가 되지 않으면 중화기로 무장한 흡혈귀 헌터들을 상대할 수 없을 것이다. 게다가 저들은 이미 머릿속의 나사가 풀려 버린 놈들이다. 흡혈귀를 잡는 데 사람이 방해된다? 그러면 사람을 죽이는 것도 거리낌 없이 저지를 놈들이고 저들 중에는 사혁처럼 사람을 흡혈귀로 만들어서라도 피를 짜낼 독종도 있었다.

"정말… 걱정이네요."

김성희는 평상시 입던 정장 대신 브이넥 티와 숏컷 진즈를 입고 서서 상황을 지켜보았다. 누가 뭐라 해도 지금 여기는 완전 전쟁터를 방불케 했다. 하긴 모스크바에선 실제로 전쟁도 벌였었지. 거기에 비하면 여기는 양반이다.

"그런데 어쩌지?"

유스틴은 그들과 행동을 달리하는 저지먼트를 떠올리며 당황스러워했다. 이미 상부에서는 한세건을 제거하라고 명령했다니 솔직히 말해 이해가 가지 않는다. 물론 한세건은 테러범이고 명백하게 범죄자이지만 흡혈귀를 잡기 위해 움직이는 조직들 역시 대부분 범죄 조직이다. 그들이 사용하는 무기는 죄다 불법 무기이고 하는 짓도 다들 십 년 형은 족히 받을 만한 중범죄였다.

"그 아이가 흡혈귀가 될 거라는 것 때문에 그러나? 지금은 테트라 아낙스의 재생을 막는 게 더 중요할 텐데?"

"아마도 그렇겠지."

헌터 출신의 흡혈귀라는 것은 교회에서도 꽤나 꺼림칙한 존재로 여긴다. 다른 어떤 흡혈귀보다도 강하고 까다로운 적이 되기 때문이다.

실베스테르는 무장을 점검하고 긴 은발을 쓸어 올렸다.

"보고는 해뒀나?"

"이쪽 라인으로 해두긴 했지만 알다시피 종파가 다르잖아? 콘스탄티노플과 바티칸은 화해한 지 꽤 지났지만 우리는 보다 더 꼴통이고 보수적이지. 우리 쪽 말을 들을 리가 없어."

테트라 아낙스가 몸을 바꾸려 하는데 그게 일각을 다투는 일이니 저지먼트에 대한 명령 우선권을 바꿔달라는 청원을 넣었지만, 역시 관료 조직이 다 그렇듯 일이 제때 돌아가지 않았다. 아마 전화를 받은 교환수로부터 한 명씩 차례대로 상부로 결재 받으면서 올라가고 있을 것이다.

"괜찮을 거예요. 세건이는 먼저 들어가지 않았나요?"

김성희는 낙관적으로 말했지만 실베스테르는 고개를 저었다. 저지먼트, 에밀 카이히는 임무 편집광이다. 죽이거나 그에 준하게 박살 내지 않는 한 그놈은 임무를 달성하고 만다.

"하여튼 생각하기를 거부하는 놈들은 웃긴다니까."

"머릿속에 생각이 없어야 오래 살기 편한 법이지."

실베스테르는 마치 남 말 하는 것처럼 말하고 천천히 건물 아래로 뛰어내렸다. 김성희가 그 모습을 보고 깜짝 놀라 움직이려 했지만 유스틴이 손을 내저었다.

"당신은 여기 있어요. 직접 전투에 참여하는 건 불리하니까 탈출할 준비를 해두고서. 주 방위군과 경찰들이 오면 곤란하잖아요?"

"예, 알았어요."

"그럼!"

유스틴도 실베스테르의 뒤를 따라 건물에서 뛰어내렸다. 쇼핑센터 위, 수영장과 카페테리아가 있는 탁 트인 옥상에서 뛰어내려 버리다니, 다른 사람들의 시선이 두렵지도 않은 건가? 그러나 사람들은 모두들 테트라 재단을 공격하고 있는 의문의 무장 세력에 정신이 팔려 있었다.


신부복을 입은 남자가 큼지막한 케이스 하나를 들고 걸어 들어가는 모습을 본 경찰들이 그를 제지하려 했다. 소총으로 완전무장한 민병대들도 나동그라지고 계속해서 자동화기류의 총성이 울려 퍼지는 테트라 재단 빌딩 앞에 차를 세우고 그 뒤에 숨어서 지원만 기다리고 있던 경찰들로서는 용기를 낸 것이리라.

"그만둬요! 지금 안에서는 난장판이 벌어지고 있습니다!"

하나 이 은발의 신부는 두꺼운 신부복을 입고도 땀 한 방울 흘리지 않으며 그들을 살펴보았다. 성직자를 하기엔 너무 젊어 보이는 얼굴이지만 눈빛만은 나이를 가늠할 수 없는 허무를 담고 있었다. 그 신부는 한숨을 내쉬며 말했다.

"알면서도 들어가야 하는 게 성직자 된 나의 도리다."

"예?"

"죽을 사람들을 위해 미사를 보는 것 말이지."

실베스테르는 그리 말하고 경찰들의 목에 수도를 넣어 그들을 단숨에 쓰러뜨린 뒤 옆으로 치워놓았다.

"그렇게 해도 되겠어?"

유스틴이 다가오니 실베스테르는 흥 코웃음 쳤다.

"오늘 적어도… 테트라 아낙스나 서린, 한세건, 셋 중 하나, 혹은 셋 다 죽을 것 같다. 곤란해. 갈보들이 흔들리는 것은 바라는 바이나 그렇게 되면 눈물을 흘리는 흡혈귀라는 이야기는 대체 어떻게 되는 거지?"

실베스테르는 불길한 말을 거리낌 없이 하며 안으로 들어갔다. 이미 대부분이 정리된 덕에 안은 한가했다. 부상 입은 민병대원들이나 멀쩡히 건물 안에서 사무를 보던 사람들이 헐떡이며 쓰러져 있고, 극심한 부상을 입어 정신을 잃은 흡혈귀들이 그런 인간들에게 달라붙어 피를 빨거나 아니면 햇빛에 고스란히 노출되어 죽어가고 있었다.

탕!

실베스테르는 데저트 이글로 아직 살아 있는 흡혈귀들을 쏴버리고 안으로 들어갔다.

"의인은 없나니 하나도 없구나."

실베스테르는 시체를 걷어차고 안으로 향했다. 그도 테트라 아낙스의 비밀 통로가 어디에 있는지는 모르지만 위는 아닐 거라 생각했다. 쿠데타 때 그놈들은 핵미사일을 날려서 테트라 아낙스를 초토화하려고 했다. 그것만이 아니라 9.11 사태 때 빌딩을 비행기로 들이받아 버린 걸 생각해 봐도 초고층 건물 옥상의 펜트하우스라는 것은 살기는 좋지만 방어에는 취약한 곳이다. 휠체어 신세를 지는 늙은이 하나를 잡기 위해 그런 미친 짓을 벌이는 것은 어불성설이지만 그 늙은이가 테트라 아낙스라면 무슨 수를 써도 이상할 게 없었다.

테트라 아낙스도 그걸 알고 있을 테니 보다 안전한 지하 쪽으로 거처를 옮겼을 것이다. 사실 그게 전통적인 흡혈귀의 안식처이긴 했다. 햇빛이 들지 않는 지하의 감옥이나 묘실, 그곳이야말로 흡혈귀의 본거지가 아닌가?

그러나 이 인텔리전스 빌딩의 지하는 보통 물건이 아니다. 코발트 중성자 폭탄을 막기 위해 골조와 골조 사이에 두께 100㎜의 납판을 깔고 저주파 충격을 막기 위해 에어 덕트도 곳곳에 깔았다. 에어 덕트는 공기를 환기시킬 뿐 아니라 폭탄이나 지진의 충격을 완화시킨다. 화학 가스나 독가스, 무력화 가스 등은 흡혈귀에게도 어느 정도 통하기 때문에 그걸 써서 잡는다는 생각도 해보았지만 이곳의 공기 정화 시스템은 너무나도 완전해서 설계자, 혹은 설계를 의뢰한 자가 편집광이 아닐까 의심될 정도로 만들어져 있었다.

테트라 아낙스의 건물인 이상 의심할 여지가 없는 사실이긴 하지만.

실베스테르는 건물 중앙 컨퍼런스 홀과 지하 아케이드를 관통하는 큰 구멍을 발견했다. 파괴한 수법은 폭탄이 아니다. 고압의 워터제트 같은 것으로 잘라낸 듯한데 사방에 파편도 거의 튀지 않았고 물도 없었다. 이렇게 물질을 부술 수 있는 거라면 헤카테의 쇼크웨이브가 있을 것이다. 아마 이들도 지하에 관심을 두고 있는 모양이지? 실베스테르는 밑으로 뚫린 구멍을 보며 혀를 찼다. 어떻게 할까? 뛰어들까? 그러면 흡혈귀들의 뒤통수를 물게 될지도 모르는데……. 그러면 흡혈귀들을 공격하지 말아야 하나? 테트라 아낙스를 물리칠 때까지?

실베스테르는 혀를 찼다. 테트라 아낙스를 죽인 그 순간 헌터와 흡혈귀들은 싸움을 벌이게 된다. 그리고 사실 그때가 되면 헌터 쪽이 훨씬 불리하다. 테트라 아낙스가 쉽게 죽지는 않을 테니 흡혈귀들도 희생을 치러야 하겠지만 그건 헌터 역시 마찬가지다. 그런데 완전히 무장했고 싸울 준비가 된 진마 여럿을 한꺼번에 상대할 수 있을까?

'한세건은 바로 테트라 아낙스를 공격할 테니 나는 그놈이나 좀 상대해야겠군.'

그는 팬텀에게 갚아줘야 할 빚이 있었다. 아주 많이…….

"따라와!"

유스틴이 먼저 터널로 뛰어내렸다. 터널은 지하 주차장으로 연결되어 있었는데 주차장에는 이미 많은 괴물이 죽어 있었다. 흡혈귀도 있고, 구울화된 인간들도 있고, 좀비도 많이 있었다. 하지만 그들이 모두 박살 나 있는 걸 보면 팬텀 일당이 이쪽으로 침입했음을 알 수 있었다.

"진마가 너무 많은데. 우리는 단둘이고. 괜찮을까?"

"우리 쪽이 먼저 습격한다!"

"뭐? 그렇지만 그건 테트라 아낙스를 돕는 건데?"

"지금 테트라 아낙스 쪽에는 의식에 들어간 고든을 제외하고 테트라 아낙스가 셋, 그리고 석세서가 둘, 네크로폴리스의 앙리 유이가 있지?"

"그럼 당장 진마만 쳐도 여섯인데?"

"팬텀, 아그니, 아르곤, 창현, 헤카테, 파군, 마리아. 이 정도 였나?"

수를 헤아리던 실베스테르는 팬텀 쪽이 그렇게 넉넉한 게 아니라는 걸 깨닫고 당황했다. 여기서 팬텀에게 시비를 걸었다간 진짜로 테트라 아낙스가 어부지리를 볼 수도 있겠다.

"그러니까 아무 생각 없이 무작정 하지 말자니까."

유스틴은 투덜거리며 손을 꼽았다.

"우리는 그냥 대충 싸우면서 흡혈귀들이 승리를 거머쥐게 한 뒤 난입해서 이득을 챙기면 돼. 알겠어, 실베스테르? 그리고 그 나이에 숫자도 못 세면 어쩌자는 거야?"

실베스테르는 유스틴의 말에 고개를 끄덕였다. 그는 자신이 실수한 건 사실이지만 이 기회에 한껏 기어오르는 유스틴을 내 버려 둬야 하나 고민했다. 그런데 그때였다.

쿠쿵…….

갑자기 지진이라도 났는지 아무런 것도 없는 지하 주차장에 서 강한 바람이 일어났다.

"설마?"

유스틴과 실베스테르는 불길한 예감을 느꼈다. 뭔가 일어나 서는 안 될 일이 이 지하에서 일어나고 있었다.

# 3

서린은 몸부림을 그치고 숨을 몰아쉬었다.

"헉… 헉헉헉……. 제, 제기랄!"

눈앞에 전기불꽃 같은 게 오락가락해 시계가 완전히 마비되었다. 하지만 서린은 보지 않아도 주위 정황을 알 수 있었다. 몸 안의 아픔은 점차로 사라지고 이제 희미한 통증만이 남는다. 그것은 일종의 근육통 같은… 경미한 고통이다.

"어디 해볼까."

앙리 유이는 제단에 묶여 있는 서린의 목에 주사기를 꽂고 식도로 강제적으로 흡혈귀의 피를 흘려보냈다. 서린은 저항하려고 했지만 도저히 저항할 수도 없이 비릿하고 뜨뜻한 피가 목구멍 안으로 꿀꺽꿀꺽 흘러 들어왔다.

따뜻하고 맛있다!

서린은 놀랐다. 미각 세포가 없는 목구멍으로 삼켰을 뿐인데도 속에서부터 올라오는 혈향이 머리를 어지럽게 했다.

"반응은?"

"항체 반응 없습니다. 흡혈귀화 성공입니다."

"그래? 간단한 거였군, 역시."

서린의 몸 상태를 모니터하던 흡혈귀들의 콜사인에 앙리 유이는 만족스러워했다. 예상대로 릴리쓰의 심장을 매개로 사용하면 라이칸스로프인 서린도 흡혈귀로 바꿀 수 있었다. 이후에는 무슨 부작용이 있을지 모르지만 적어도 지금으로서는 그러하다.

"크아아악!"

서린이 몸부림치자 그의 혈관이 검게 물든다. 이제 항체 반응이 일어난 것인가? 깜짝 놀란 앙리 유이가 모니터 요원을 돌아보았지만 요원은 어깨를 으쓱해 보일 뿐이다. 항체 반응은 전혀 없었다. 방금 전까지 고통이 가라앉았었는데 피를 마신 것으로 발작을 일으키는 것인가?

다른 테트라 아낙스 멤버들, 고든이 스스로를 복제해 만들어 낸 클론들은 눈살을 찌푸리며 그 광경을 바라보고 있었다. 물론 그들도 이 비술을 진행하기 위한 술사로서 여기에 불려 나온 것이다. 4인의 마법사와 한 명의 주체자가 시전해야 비로소 효과를 볼 수 있는 육체 전이의 비술, 그것을 이루기 위해서 그들은 여기에 모여 있는 것이다.

그러나 사실 그들은 고든이 재생에 성공하는 것을 바라지 않았다. 그들은 고든의 복제로 원래대로라면 고든의 영혼을 옮기기 위한 도구, 혹은 실험 기구, 그것도 아니면 세계 통제를 원활히 하기 위한 일종의 노동력에 불과했다.

고든은 그들을 자신과 같이 클랜 로드의 위치에 끌어올리고 직접 네 마리 뱀으로 불멸과 불사를 상징하며 자신의 복제에 불과한 이들을 격상시켰다. 그들은 모든 흡혈귀의 정점에 올라서서 미주와도 같은 피에 취하고, 쾌락에 취하고, 무료한 시간을 달래기 위해 오락에 열중했다. 겉으로는 할 일 없는 한량 짓으로 보여서 잘 적응하는 것으로 보였지만 편집광 고든을 상대하며 사는 것은 하루하루가 지옥이었다.

그래서 그들은 브리아레오스나 조반니와 접촉해 어떻게 해서든 이런 일이 일어나는 걸 막으려 했다. 고든에게 노화의 저주가 다가와 마침내 죽음에 이른다면, 그것을 그냥 받아들이는 게 그들 입장에서는 좋았다. 테트라 아낙스의 수장인 그가 죽더라도 예지 시스템과 정보 교란 시스템, 테트라 아낙스의 오라클 시스템을 운영하는 것은 그들로서도 가능한 일이었다.

그러나 고든은 죽으려 하지 않았다. 그는 수천 년을 살아온 지금도 삶을 찬미했고 즐겼다. 삶에 대한 애증을 간직한 그가 고스란히 죽는다는 건 있을 수 없는 일이다.

결국 일은 이렇게 되고 말았다. 고든은 그들이 역심을 품을 것에 대비해서 필요한 수단을 모조리 강구해 둔 상태였다. 무엇보다 그들은 지금 자신의 생각이 자신의 순수한 생각인지, 아니면 고든이 뿌려둔 의심이나 불안, 그 외 다른 사소한 인자로 인한 거짓 생각인지조차 확신할 수가 없었다. 게다가 고든은 이 의식이 진행되는 동안 그들의 생명을 담보로 잡았다.

역시 아무리 자신의 복제들을 형제니 뭐니 치켜세워 주며 테트라 아낙스의 운영까지 맡겼다고 해도 그들을 믿고 자신의 몸을 맡길 만큼 성인군자는 절대 아니다.

"그러면 이제 테트라 아낙스! 당신의 비술을 선보일 차례요. 그런데 뇌사시키지 않아도 괜찮은 겁니까? 의식이 남아 있으면 저항할지도 모르는데?"

앙리 유이는 고든을 바라보며 비술을 보챘다. 지금의 고든은 완전히 말라비틀어진 시체 일보 직전의 모습이었다. 하지만 그렇게 약한 노인의 모습을 하고 있는데도 무시무시한 기백이 느껴졌다. 수천 년을 살아온 흡혈귀들의 왕, 그가 지금 여기에 자신의 모든 것을 걸고 서 있는 것이다. 이만한 기백이 느껴지지 않으면 그게 이상한 것이리라.

"그 소년에게 무슨 의지의 기백이 있어 나를 꺾는다는 거지? 나를 모욕할 셈인가?"

테트라 아낙스, 고든은 그리 말하며 서린을 돌아보았다. 서린은 누운 채로 고든을 바라보다가 기겁했다. 분명히 그는 노쇠하다 못해 무너지는 노인의 육체에 구속되어 있지만, 그와 겹쳐져 보이는 그의 본질은 훨씬 크고 무서운 존재였다.

무시무시한 위압감이다. 흡사 거대한 구렁이 앞에 홀로 선 생쥐가 된 기분이었다. 실제로 저놈은 포식자다. 먹이사슬의 정점에 군림하고 있는 흡혈귀의 왕! 서린은 현기증이 나는 것을 느꼈다.

"그러면 시작하지. 이 의식 동안 그는 살아 있지 않으면 안 돼. 그의 정신을 동력으로 삼아 기억을 세공하고 영혼의 공간을 만들어내야 하니까. 내 생애의 기억 중 쓸모 있는 정보를 전부 넣으려면… 그것도 시간이 꽤 걸리지."

"기꺼이! 어차피 시간 보내는 것에는 이골이 난 몸이니까 말이지요. 앗차, 실례. 오래 사신 흡혈귀분들 앞에서 내가 무슨 망발이람. 그렇죠?"

앙리 유이가 그리 말하자 고든이 손을 들어 서린의 이마에 손을 댔다.

"그러면 시작하도록 하지. 조반니, 그리고 브리아레오스. 침입자들을 막도록."

고든은 석세서들에게 그리 명하고 힐끗 고개를 돌려 제단 옆의 수조에 갇혀 있는 스팅레이를 바라보았다. 그녀는 두꺼운 아크릴 벽에 손을 대고 두들기며 서린과 고든을 향해 뭐라고 외치고 있었다. 하지만 밖에서는 아무것도 들리지 않았다.

"자… 잠깐!"

그때 묶여 있던 서린이 숨을 헐떡이며 고함을 질렀다. 테트라 아낙스는 서린의 말을 듣고 손을 멈췄다.

"마지막으로 남기고 싶은 말이라도 있나?"

"저… 지병이 있는데 이런 몸도 괜찮아요?"

"내 지병보단 낫겠지."

지금도 여전히 부서져 가루가 되는 몸을 한 채 고든이 그리 말했다. 하긴 할 말 없다. 몸이 저 모양인데 놈이 뭐든 마다하겠는가?

고든의 손가락이 서린의 머리를 파고들듯이 강하게 움켜쥐었다. 그러자 곧 서린의 머릿속으로 정보가 흘러들어 왔다.

"아… 아아윽!"

서린은 갑자기 물밀 듯 밀려드는 정보들에 기겁했다. 테트라아낙스의 기억이 그의 머릿속으로 강제로 들어오고 있었다. 게다가 어처구니없는 것은 서린이 그의 기억을 마치 기다리기라도 했다는 듯 받아들이고 암기하는 것이다. 이래서야 협조하는 꼴이 아닌가?

서린은 자신이 경험했던 일을 회상하는 것처럼 테트라 아낙스가 되어서 그의 생애를 되짚어보고 있었다. 고대 국가에서 사람들을 피해 도망치며 어둠 속에서 사람을 습격해 먹고, 힘을 키우기로 결의하는 어린 시절을 지나, 때로는 삶에 회의도 느끼고 죽음을 동경하기도 하다가 비술에 빠져 허우적거리는 격동의 시기에 마법을 완성하고……. 그 모든 것이 주마등처럼 서린의 머릿속을 스쳐 지나갔다.

남의 인생을 보는 게 아니라 자신이 정말 그 일을 겪었던 것처럼 느껴지는 것이다.

"크악!"

너무 빨라서 현기증마저 느껴질 때 서린은 몸서리치며 혀를 깨물었다. 피가 튀자 고든은 손을 놓았다. 아직 그의 기억은 서력이 시작되지도 않았는데, 서린은 벌써 머리가 터지기 직전이 되어 있었다.

"머리를 잘 써. 이 정도 정보량도 다루지 못하다니 능력이 의심스럽군."

고든은 서린이 고통스러워하는 것을 보며 그리 질타했다. 아니, 그러니까 잠깐, 지금 이 양반은 '네가 열심히 해야 내가 네 몸을 빼앗기 수월해지잖아' 라고 말하고 있는 것인가? 아전인수도 이 정도면 밭이 수영장이 될 판이다.

그러나 제아무리 서린이라도 지금 이 상황에서 농담을 하거나 반발을 할 수가 없었다. 목숨이 오락가락하는 게 느껴지는데 농담할 여유가 없다.

하지만 지금 그는 테트라 아낙스가 자신의 몸으로 만들어둔 육체다. 그러니까 아마 흡혈귀로서 진마급의, 상당히 강력한 흡혈귀로 변이되었을 것이다. 테트라 아낙스니까 정신 지배와 텔레파시 능력, 예지력일까?

아니, 그가 테트라 아낙스라면 그것만 넣지는 않겠다. 가능하다면 뛰어난, 지금보다 더 완전한 육체로 만들려고 할 테니까. 그러니까 서린이 만약 그 능력을 사용할 수 있다면 이 상황에서 벗어나는 것도 가능할 것이다. 좀 더 마법에 가까운 혈인능력이 있다면 구속구를 찢어버리고 탈출할 수 있을지도 모른다. 하지만 그 혈인 능력은 어떻게 쓰지?

서린은 즉시 몸을 이리저리 뒤틀며 혈인 능력이란 걸 써보려고 안간힘을 썼지만 대체 어떻게 써야 할지 모르겠다. 고든의 기억에서 본 대로 대충 어떻게 쓰는지 머리로는 이해하겠는데 아직 몸으로 할 수는 없었다. 고든의 영혼이 들어오기 전에는 그의 기억은 책을 보는 것과 같은 것이다.

그러고 보면 한국에 있을 때 책을 보고 요리를 해본 적이 있었는데 결과가 만족스럽게 나온 적은 단 한 번도 없었다.

"큭!"

그러는 사이에 고든의 손이 다시 서린의 이마를 짚었다. 분명히 두개골 밖에서 잡는 것이지만 마치 뇌 자체를 직접 만지는 것처럼 꺼림칙하다. 그리고 또다시 테트라 아낙스의 기억이 흘러들어 왔다.

"크으으윽!"

점점 더 속력이 빨라진다. 아이러니컬하게도 서린이 테트라 아낙스의 이 정보 전달에 익숙해지면서 속력이 빨라지는 것이었다. 마치 서린이 테트라 아낙스에게 몸을 바치기 위해 열심히 노력하는 것 같잖아?

"익숙해지고 있군."

앙리 유이는 그 비술을 보며 혀를 찼다. 기억을 옮기는 비술은 마법이긴 하지만 태반은 테트라 아낙스의 텔레파시에 의존하고 있었다. 이래서야 그가 배운다 해도 써먹기는 힘들다. 뇌를 외과 수술로 치환하는 게 아니라 상대방의 뇌를 고스란히 써야 하나? 아니면 테트라 아낙스의 노화는 이미 뇌까지 침해하고 있어서 어쩔 수 없이 서린의 뇌를 사용하는 것인가? 서린의 뇌를 사용하는 것이라면 상대방의 정신을 지워 버리고 식물인간 상태로 만들지 않으면 안 될 텐데 서린은 아직까지 살아 있다. 정신을 이따금 잃는 것 같지만 그러다가도 고통으로 깨어나면 말을 하는데 여전히 잘한다. 아직도 뇌의 제어 대부분은 서린에게 있는 것 같았다.

하긴 테트라 아낙스의 노화는 뇌에도 진행되고 있을 테니 뇌를 갈아봐야 소용없을 것 같기도 하다. 그렇다고 서린의 뇌를 빼앗아서 거기에 자신의 영혼을 강제로 덮어씌운단 말인가? 위험하군. 이래서야 테트라 아낙스가 오히려 서린에게 흡수될 가능성도 있다. 물론 그 가능성은 낮겠지만…….

그러나 앙리 유이의 우려와 달리 서린의 저항은 점차로 약해지고 있었다. 이러니저러니 해도 결국 서린은 고든의 적이 될 수 없고 육체를 빼앗는 것도 시간문제다. 테트라 아낙스의 기억 자체가 서린의 정신을 오염시키고 있었고 그렇게 오염된 서린이 고든을 상대할 수 있을 리가 없다.

"문제는 바로 그 시간에 있지."

적들이 다가오는 것을 느끼며 앙리 유이는 눈을 감았다. 테트라 아낙스가 그에게 가르쳐 준 마법의 일부를 머릿속에서 구성하며 다른 이들과 함께할 때 어떤 원리로 작동할지, 그 전체적인 구조를 그려보는 것이었다. 영혼을 옮기는 의식에 사용된 마법의 비의 자체는 매우 단순한 것이었지만 고든이 만들어낸 이 마법은 만약의 경우 고든의 영혼을 위해하는 일이 발생하지 않도록 이중삼중으로 프로텍터를 걸고 있었다. 그렇게 오래 살았으면서도 자신의 몸을 지키겠다는 편집광적인 발상은 여전했다.

"제일 경계 구역으로 적들이 접근했습니다."

흡혈귀 오라클들이 경보를 말해주었다. 그러자 방어를 맡고 있던 브리아레오스의 부관 블라드가 손을 들었다.

"방화벽 차단했나?"

"예. 원폭을 터뜨리더라도 뚫을 수 없을 겁니다. 문은 안에서 닫으면 절대로 열리지 않게 되어 있습니다."

오라클의 말에 자부심이 묻어 나왔다. 이 테트라 아낙스의 본거지는 지하부에 와서는 도저히 열 수 없는 은행 금고 형식의 문으로 막혀 있었다. 지하는 네 개의 단계로 나뉘어 있는데 각 단계를 연결하는 문은 안에서 비상경계체제에 돌입하면 밖에서 열 수 있는 방법이 없는 은행 금고형 문이었다. 플라스틱폭탄으로 문짝을 날리려면 제아무리 뛰어난 폭탄 기술자라 해도 수백 킬로그램 단위의 폭약과 아세틸렌 버너, 충격 반향용 워터 백 등을 필요로 했다. 지상의 방어진을 뚫고 들어오는 이에게 그만한 장비가 있긴 어렵고 설령 그러한 장비로 뚫는다 해도 그 문짝이 네 개나 있다. 네 개의 문을 다 뚫는 사이면 테트라 아낙스는 서린의 몸을 빼앗고 새로운 왕, 흡혈귀와 라이칸스로프 모두의 왕으로 재등극할 것이다. 그리고 수천 년, 어쩌면 영원히 이 어둠의 세상을 지배할지도 모르지……

블라드는 그것을 떠올리며 몸서리 쳤다.

한때는 이사카 베르게네프에게 기대를 했다. 테트라 아낙스에 의해 수차례 죽음을 맞이하고, 각종 실험 재료로 쓰이며 농락당한 밤의 여신 릴리쓰. 그녀가 테트라 아낙스의 권세를 깨기 위해 만들어낸 마지막 리림 이사카 베르게네프라면 테트라 아낙스를 능가할 수 있다고. 그래서 테트라 아낙스가 그를 피하고 있다는 사실을 알았을 때는 누구든지 기대하지 않을 수 없었다. 그러나 쿠데타라는 강경책으로 테트라 아낙스를 끌어내려고 했던 이사카는 보기 좋게 실패하고 말았다. 그리고 이제, 남들보다 훨씬 뛰어난 능력을 가지고 있다는 죄로 짧아진 수명을 견디지 못하고 죽어가고 있다고 했다.

테트라 아낙스의 무서움에 모두들 놀라지 않을 수 없었다. 그 리림조차 결국 테트라 아낙스의 모든 능력과 권력 앞에는 초라할 뿐이었다. 결국 이제 일이 이렇게 된 이상, 그들은 테트라 아낙스에게 충성하며 그들이 잠시나마 역심을 품었다는 사실을 고든이 기억에서 지워 버리길 빌 수밖에 없었다.

다행히 테트라 아낙스도 지금은 내색을 하지 않고 있었다. 하지만 모르는 일이다. 테트라 아낙스는 워낙에 속이 깊고 음흉해서 지금 가만히 있다고 해서 그게 곧 용서받았다는 뜻은 아니니까.

"공기 순환 시스템은?"

"순조롭게 작동 중입니다."

"그러면 제일 구역에 실험체들을 풀어!"

블라드가 명하자 오라클들은 거리낌 없이 스위치를 작동시켰다. 희미하게 멀리서 뭔가 문이 열리는 소리가 들렸다. 만약 적들이 방화벽을 부술 만한 도구를 가져왔다 하더라도 실험체와 싸우느라 시간을 빼앗기면 번거롭겠지. 그리 생각한 블라드는 손을 놓았다.

다른 사람이나 헌터들은 그들이 러시아에서 보인 행동이 테트라 아낙스에게 반기를 들었다고 말할 거나 되냐고 비웃을 것이다. 너무나 소극적인 그들의 행동은 기실 한세건의 비웃음을 샀다. 감나무 밑에 누워서 감 떨어지길 기다리는 것도 아니고 아무것도 하지 않는 주제에 테트라 아낙스가 자연히 실각하기를 바라는 모습이 우습지 않을 이유가 없다. 그러나 그것은 예지력을 가지고 절대적으로 군림한 테트라 아낙스를 몰라서 하는 말이다. 다른 어떤 이들도 테트라 아낙스 클랜에 속한 이들의 심정을 모른다.

"크윽……."

무엇을 바라는 것일까? 블라드는 아랫입술을 깨물고 의식이 벌어지고 있는 제단을 바라보았다. 강화 아크릴 벽으로 막혀 있는 제단으로는 어떤 흡혈귀의 능력도 통용되지 않는다. 그들은 거기에 서서 테트라 아낙스가 무사히 새 몸을 얻는 걸 그저 바라봐야 했다.

그때였다.

"그만두지."

베이런은 의식에 붓던 자신의 힘을 거두고 정신 집중을 풀었다. 고든은 서린의 머리를 잡고 있었고 앙리 유이와 다른 테트라 아낙스들은 그를 서포트하느라 묶여 있는 상황이었다. 그 상황에서 베이런 혼자 손을 뗀 것이다.

"노쇠함을 받아들여, 고든. 파멸을 받아들여야 네 존재는 정당화된다."

폭군의 본분은 파멸에 있는 법, 파멸하지 않는 폭군은 있어선 안 된다. 그리 말한 베이런은 상반신의 재킷을 벗어 던졌다. 안에는 고전적이라면 고전적이지만 플라스틱폭탄과 시한장치가 있었다.

"후후후후, 우습군. 석세서들을 준동해서 움직이면 될걸, 그건 뭐지? 베이런, 너는 고귀한 테트라 아낙스의 일원이다. 나에게 반기를 든 것 정도는 용서할 수 있지만 네 목숨을 하찮게 여기는 건 용서할 수 없어!"

고든은 의식에 집중하면서도 입을 열었다. 그는 여력이 있었다. 서린이 정보를 받아들이는 속도는 그리 빠르지 않아서 고든에게는 아직 많은 정신적 여유가 있으니 지금 반발한 베이런은 자살행위나 다름없었다.

하지만 베이런은 고개를 저었다.

"그 석세서들을 준동시켜 봐야, 그들은 테트라 아낙스에게 직접적으로 거역할 수 없게 만들어져 있지 않나? 텔레파시로 뇌를 세류(洗流)하기만 하면 죽음을 맞이할 텐데."

텔레파시에 약하게 만들어진 브리아레오스와 조반니는 테트라 아낙스의 적이 될 수 없다. 그들의 뇌는 우선 만들어진 뒤 거기에 영혼을 부여한 것이라 그런 정신 공격에 약할 수밖에 없었다. 브리아레오스는 그나마 텔레파시 능력이 있어 방벽을 칠 수 있겠지만 테트라 아낙스의 입장에서 보면 브리아레오스의 힘은 미약했다. 결국 상대도 안 되고 죽음을 맞이할 수밖에 없는 것이다.

"그래서 귀한 테트라 아낙스의 피를 흘려서라도 반발하겠다, 그건가?"

"물론!"

베이런은 고든에게 뛰어들었다. 강화 아크릴 벽이 열리고 테
트라 아낙스의 호위용 키메라가 달려들었다. 황소만 한 덩치의
커다란 도베르만들이 나온 것이다. 비록 모습은 평범한 군견이
지만 이 키메라들은 라이칸스로프를 능가하는 신체적 특성을
지니고 있었다. 달리기도 더 빠르고 순발력도 근력도, 모든 면
에서 더 뛰어나다. 흡혈귀가 직접적으로 싸우면 상대할 수 있
을 리가 없다. 하지만 베이런의 손가락 끝에서 푸른빛의 광구
가 나타나 사방으로 튀어 날아갔다.

"어이쿠!"

앙리 유이는 방벽을 쳐서 자신에게 날아드는 광구를 막아냈
다. 그러나 키메라들은 그런 재주가 없어서 광구에 그대로 맞
았다.

바지지직!

강력한 전류가 단숨에 신경을 태우고 뇌를 파괴했다. 키메라
들의 몸은 라이칸스로프처럼 재생하게 되어 있었지만 순식간
에 모든 신경계가 타버리니 움직여질 리가 없다.

콰직!

그러나 고든에게 손을 뻗은 베이런의 팔이 어깨부터 잘려서
하늘로 날아올랐다.

깜짝 놀란 베이런의 앞에는 같은 테트라 아낙스인 소년, 마
틴이 일본도를 허리에 찬 채로 미소를 짓고 있었다.

"꽤 괜찮은 거합발도술이지?"

"마틴."

소년은 경악한 베이런의 목을 향해 다시 일본도를 뽑아 휘둘 렀다. 칼집에서 빠져나온 칼은 검푸른 인문(刃汶)을 일렁이며 섬광처럼 베이런의 목을 후려치려 했다.

캉!

급한 대로 베이런은 호신용 38구경 리볼버로 공격을 막아 냈다. 그러나 발도 일격이 막히는 걸 되레 기다리기라도 했다 는 듯 소년은 칼을 내려 베이런의 다리를 후려쳤다. 물 흐르는 듯한 연속 동작, 흠잡을 데 없는 깔끔한 연격이다. 그렇다고 해도 보통 사람이라면 그런 임기응변으로 뼈를 끊는 건 상상 도 못 하겠지만 마틴의 일격은 충분히 베이런의 다리를 잘라 버렸다.

찰칵!

다리를 자른 것만으로 만족했는지 마틴은 칼집을 머리 위로 들더니 머리 위에서 납도했다.

"테트라 아낙스는 항구 불변이어야 해. 이대로 보고 있자고, 베이런."

다리가 잘린 베이런을 향해 그는 말했다. 베이런은 피투성이 가 된 채로 후훗 코웃음 치더니 리모컨의 스위치를 눌렀다. 몸 에 휘감은 플라스틱폭탄을 터뜨리는 스위치였으리라. 하지만 폭탄은 터지지 않았다.

"결국 뻔하지."

마틴의 최초 일격에 날아간 것은 베이런의 팔만이 아니었다. 폭탄의 회로와 플라스틱폭탄의 신관 자체를 잘라 분리해 버린 것이다. 신관이 잘려서 영향을 받지 않으니 리모컨을 눌러봤자 폭발할 리가 없다. 물론 전선이 잘못 잘리면 폭발하게 만들 수도 있었겠지만 그런 영화에서나 나올 법한 폭탄은 사실 잘 쓰이지 않는다. 실제로 폭탄 테러는 상대에게 예고할 필요도 없고 단발에 고성능의 회로를 내장해 해제하기 힘겹게 만드는 것보다는 심플한 회로를 내장한 고폭탄을 여러 발 쓰는 게 훨씬 더 효과적인 법이다.

"그냥 자폭했으면 될 텐데 왜 일어나서 그랬어? 하긴 알고는 있었지만."

마틴은 일본도를 거두고 잘린 베이런의 팔을 들어 그에게 붙여주었다.

"이게 우리 운명이지."

"빌어먹을."

베이런은 자신을 제지한 마틴을 믿을 수 없다는 듯 바라보다가 아랫입술을 깨물었다. 직접 베이런을 베어버린 주제에 이게 운명이라고 말하다니! 가증스러워서 견딜 수가 없다. 하지만 마틴은 원래 고든에게 가까웠다.

그래, 패배할 줄 알고 있었다. 실패할 것도 알고 있었다. 자신이 테트라 아낙스이니만큼 더더욱 명확했다. 그래, 달라질 건 아무것도 없다. 이대로… 테트라 아낙스가 재생하는 것을 지켜볼 수밖에.

그러나 정말 그걸로 좋은가?

# 4

테트라 재단 건물의 지하는 중성자탄이 터져도 끄떡없을 정도로 튼튼한 방호 시설로 감춰져 있다. 두께 200㎜의 납판과 복합 장갑으로 뒤덮이고 그걸 다시 두꺼운 콘크리트로 둘러싼 이 지하면은 폭탄으로도 쉽게 뚫을 수 없다. 침입자를 막기 위한 철저한 경계도 물론이다.

하나 한세건과 이사카는 애초에 흡혈귀들이 통로용으로 사용하는 엘리베이터를 통해 무사히 지하에 들어올 수 있었다. 이사카의 예지 능력은 그들이 사용하는 비밀번호를 쉽게 알아냈다.

"설마 보안이 이렇게 허술한 건가? 문 하나 비밀번호만 알면 들어올 수 있게?"

한세건은 권총을 겨눈 채 주위를 경계하며 나온 뒤 적이 없다는 걸 확인하고서야 말을 꺼냈다. 그러자 이사카가 터벅터벅 걸어 나오며 말했다.

"아니. 이게 제일 구역이다. 안은 네 기대에 부응할지 모르지만 무수한 보안 구획으로 나뉘어 있고 그때마다 건드려 줘야 해. 그리고 지금부터는 아마, 안에서 닫으면 밖에서는 못 여는 은행의 금고 형식으로 되어 있을 거야."

일종의 셸터 같은 개념인가? 그렇다면 큰일이다. 아무리 한세건이 폭약을 주렁주렁 달고 다닌다지만 그걸로 부수는 데도 한계가 있다.

"안에서부터 열지 않으면 안 된다고? 그러면 어떻게 그걸 열지?"

"그건 이제부터 고민해 봐야지."

이사카가 그리 말하더니 문득 입에 손을 가져가 대었다. 조용히 하라는 소리였다. 아닌 게 아니라 곧 뭔가가 작동되는 소리가 들리더니 벽면이 열렸다.

엘리베이터에 맞닿아 있는 긴 복도의 문이 열리고 안에서부터 썩어 들어가는 좀비와 구울, 그리고 다 자란 인도코끼리만 한 크기의 거대한 검은 그림자가 나타났다. 그 검은 그림자는 번들거리는 가죽과 큼지막한 팔다리를 가진 괴물로 흡사 엎드린 사람같이 기어 왔다. 복도를 가득 메우고 오는지라 피할 방법이 없어 보인다.

"커럽티드!"

한세건은 적들의 정체를 알아보고 경악했다. 커럽티드는 흡혈귀의 저주받은 피를 이기지 못해 변이하는 존재들로 주로 싸구려 사이키델릭 문을 쓰다가 흡혈귀화조차 하지 못한 헌터들에게서 자주 일어났다. 그렇다면 저들은 헌터란 말인가?

"테트라 아낙스가 자신의 저주를 풀어보기 위해 연구하느라 만들어진 존재들이야. 원래 흡혈귀인 놈들 중에 테트라 아낙스에게 밉보인 놈들을 잡아 온 거지."

이사카는 AK 소총을 잡고 눈살을 찌푸렸다. 총탄이 간당간당하다. 몸에 지닐 수 있는 한 많은 총탄을 가져오긴 했지만 그

뱀의 재생  **313**

래도 약 육백여 발 정도가 한계였다. 소총탄 육백여 발이면 엄청나게 많은 거지만 이런 놈들을 상대하는 데는 좀 무리다. 이사카는 AK—47을 잡고 복도에서 천천히 걸어 나오는 커럽티드를 향해 사정없이 쏘았다.

두두두두두!

총구에서 불꽃이 튀자 어두운 지하가 환하게 밝아졌다. 풀오토로 긁어도 총알이 빗맞을 수 없을 정도로 적이 많았다. 그러나 구울과 좀비는 소총에 맞아 너덜너덜해지면서도 아랑곳하지 않고 이사카를 향해 달려들었다.

이사카는 다가오는 구울과 좀비를 발길질로 걷어찼다.

콰직!

선두에 달려오던 좀비가 천장으로 튕겨 올라 5미터도 넘는 천장에 충돌한 뒤 바닥으로 떨어진다. 이사카는 한 탄창을 다 비워낸 AK 소총을 양손으로 잡은 채 빙글 몸을 돌리며 돌려차기로 천장에 부딪혔다가 떨어지는 좀비를 다시 후려 찼다.

터엉!

좀비라고 해도 역시 성인 남성만 한 체중을 가지고 있는데 그래도 이사카에겐 공깃돌이나 다름없었다. 이사카의 발길질에 차인 좀비는 수평으로 날아가 동료들을 덮쳤다.

콰직!

후미에서 걸어오던 커럽티드가 이사카의 소총에 벌집이 되어서 흥분하더니 자신에게 날아온 좀비를 낚아채서 머리를 물어뜯었다.

우드드득!

순식간에 좀비 한 마리가 커럽티드의 배 속으로 사라졌다. 살이 다 썩어 문드러져서 먹는 사람은 심히 고생할 것 같은 불량 식품이 되었는데도 커럽티드는 아랑곳하지 않고 되레 그 좀비를 맛있게 먹어치웠다.

이사카가 소총을 다시 커럽티드에게 겨누고 당겼지만 안쪽에 아무렇게나 기형적으로 뒤틀린 뼛조각이 있어서인지, 그게 아니면 저 커럽티드의 자체 능력인지 도통 총알이 박히지 않는다.

물론 그렇다 하더라도 피투성이가 된 건 확실하다.

"크아아아!"

그러나 그렇게 화력을 퍼부어도 좀비와 구울들이 사정없이 밀려드는 데는 재간이 없다. 더 이상 총알을 퍼부어봐야 화력 낭비라고 깨달은 한세건은 녹티스를 빼 들었다.

"부수고 지나간다!"

"육탄전인가?"

그거라면 이사카도 조예가 깊다. 그는 칼을 빼 들고 한세건과 등을 마주했다. 문득 뒤로 칼을 찌르면 어떻게 될까 하는 생각이 머리를 스치고 지나갔지만 한세건도 그런 생각을 하고 있을 거라는 데 생각이 미치자 피식 웃음이 나왔다. 이 인간은 정말 오기의 덩어리이다. 지금 당장에라도 이사카를 찌르고 싶어서 몸이 안달 날 지경인데도 테트라 아낙스를 물리치는 게 우선이라는 자신의 방침 때문에 못하고 안절부절못하는 게 너무

어처구니가 없다.

"덩치만 크지 아무것도 아냐!"

이사카는 파이로키네시스를 발휘해 커럽티드의 몸통 뒤쪽을 공격했다. 몸 안에서부터 강제로 육신이 산소와 결합하며 고열이 발생하자 커럽티드의 지방이 끓어오르며 불이 붙었다.

"끄웨에엑!"

커럽티드가 돼지 멱따는 소리를 내지르며 발버둥 치자 애꿎은 좀비와 구울들이 커럽티드에 치여서 나동그라졌다.

이사카가 허공에 손을 휘두르자 손의 궤적을 따라 좀비와 구울, 커럽티드를 가릴 것 없이 전부 불타올랐다. 덕분에 통로가 확 트인다.

"바이바이!"

이사카가 활약하는 걸 본 한세건도 질세라 도폭선을 날려 커럽티드의 양팔을 휘감았다. 그리고 휘감기는 걸 확인한 동시에 플러그를 점화, 펑 하는 굉음과 함께 커럽티드의 양팔 살점이 날아갔다. 양팔의 살점과 근육이 사라진 커럽티드는 막대한 체중을 이기지 못하고 앞으로 굴렀다.

"복도도 좁아 터졌는데 코끼리만 한 놈들을 뒀으니 당연한 결과지."

한세건은 자신의 목을 물겠다고 덤벼드는 좀비에게 손을 뻗어 그 입을 확 잡았다. 좀비는 세건을 물려고 했지만 한세건이 휙 손을 당기자 턱이 통째로 뽑혀 나왔다.

한세건은 턱을 잃은 좀비를 걷어차고 USAS—12를 꺼내 복도에 무차별 난사를 가했다. 순식간에 복도가 썩은 피로 가득 찼다. 역시 무서운 화력, 연발 샷건다운 위력이다.

그런데 그때 이사카가 깜짝 놀라더니 아직 불타고 있는 좀비 와 커럽티드 사이로 뛰어들어서 불씨를 막 밟아 끄려는 게 아 닌가?

"갑자기 미치기라도 했냐? 네가 불 질러놓고 무슨 짓이야?"

"이놈들, 산소를 차단하고 있어!"

"…이런 젠장."

아마 구획을 나눠서 공기 유입을 정할 수 있는 시스템인가 보다. 그렇지만 공기를 완전히 차단해서 안의 놈들을 질식시킬 이런 미친 시스템을 장착하다니, 편집광도 이만저만한 편집광 이 아니면 못 할 짓이다.

세건과 이사카는 즉시 불을 끈 뒤 최단 코스로 향했다. 바닥 에 부비트랩이 깔려 있었지만 이사카는 자신이 직접 설치한 것 처럼 손쉽게 그것들을 찾아냈다.

"그럼 이제 어디로 가야 하지?"

"여기로!"

이사카는 마치 자기 집을 찾아가듯 갈림길을 타고 달렸다. 골목골목마다 좀비들이 튀어나왔지만 이사카와 세건이 칼을 휘두르니 동강 난 좀비가 하늘로 치솟아 올랐다. 곧 그들은 두 꺼운 방화벽 앞에 섰다.

"…은행 금고보다도 더 커 보이는데."

"이래도 되나?"

한세건은 혹시나 싶어서 가지고 있던 전동 드릴을 문에 대고 돌려보았다. 만약 이걸로 구멍이 뚫리면 그 속으로 폭약을 집어넣고 에폭시 수지로 뒤를 막아서 터뜨리는 방법으로 손쉽게 문의 내구를 저하시킬 수 있다. 그러나 전동 드릴이 허무하게 겉돌았다.

"…산화시키면 어떨까? 네 발화 능력으로?"

"그러고 싶지만 표면은 죄다 산화 세라믹스 코팅이 되어 있어서 산소가 직접 닿지 않는 이상 발화 능력을 쓸 수가 없는데?"

"코팅을 벗기면?"

"그 부위로 금속을 태울 수는 있지만 이 경우는 복합 장갑이라 태우고 나면 탄 놈은 산화 금속으로 변해서 다음 장갑판을 코팅하게 되어 있어. 계속 파면서 들어가긴 해야 할 텐데……. 태운다고 해서 강도가 딱히 크게 떨어질 것 같지는 않은데?"

이사카는 냉정하게 문을 분석했다. 어쨌거나 부수려면 오랜 시간이 걸린다는 것이다. 혹시 해서 쇼크웨이브를 사용해 보긴 했지만 단일 소재가 아닌 방화벽을 부술 수는 없었다.

그때 그들의 뒤에서 발소리가 들려왔다. 한세건은 반사적으로 USAS—12를 뒤로 돌려서 방아쇠를 당겼지만 그보다 먼저 질풍 같은 속력으로 흡혈귀 한 명이 달려들어 세건의 총과 손목을 잡았다.

"구면이군, 사냥꾼!"

"너는?"

한세건은 창현이 자신의 손목을 잡고 있는 걸 보고 깜짝 놀랐다. 다른 흡혈귀들도 흉내 내지 못할 순발력이다.

"그래도 이역만리에서 같은 한국인을 만나니까 기쁘지?"

"한국 '인'? 농담이겠지."

세건은 자신의 손목을 강하게 쥐고 있는 창현을 보며 눈살을 찌푸렸다. 적요와 창운이라는, 테트라 아낙스보다도 더 오래된 흡혈귀들이 한국에서 공멸한 후, 그 피를 계승한 한국인 흡혈귀가 바로 그다. 한세건을 피해서 한국에서 이리저리 도망쳐 다닌 신세라 그런지 창현은 그에게 개인적인 유감이 많았다. 게다가 창현은 인간일 때부터 세건보다 나이도 많았고 군대도 다녀왔다. 아무리 이제는 그런 게 상관없는 처지라고 하지만 대한민국에서 군복무를 마친 사람답게 피해의식을 가지고 있던 창현은 세건의 태도가 건방지고 싸가지가 없다고 생각했다.

뚜두둑.

한세건의 손목이 부러지는 것과 동시에 세건이 팔꿈치로 창현의 얼굴을 강타했다. 창현이 무심코 힘을 세게 주어 세건의 손목을 부러뜨린 것이다. 그러나 그 대가로 세건의 팔꿈치가 창현의 안면을 함몰시켰다. 세건은 한 방에 그치지 않고 연타로 팔꿈치를 날려 아예 창현의 머리를 없애 버리려 했다.

쩍!

그러나 이번엔 창현이 채찍 같은 돌려차기로 세건의 복부를 강타했다. 세건의 팔꿈치가 창현의 아래턱을 쳐 날려 버렸고 창현의 돌려차기는 세건의 늑골 네 대를 분질렀다.

"커억!"

"큭!"

한세건은 즉시 USAS—12의 트리거를 잡았으나 그때 그들 사이에 아르곤이 끼어들었다. 아르곤은 양쪽으로 손을 뻗어서 창현과 세건을 확 밀쳐서 간격을 벌렸다.

"그만! 애도 아니고 뭐 이렇게 열심히 싸워?"

세상에 어떤 어린이들이 팔꿈치로 안면을 함몰시키고 턱을 날려 버리는지, 또 손목을 악력만으로 분지르고 돌려차기로 늑골을 분지르는지 매우 궁금해졌지만 세건은 쓸데없는 말을 하지 않기로 했다. 그는 부러진 손목을 잡아서 뼈의 단면을 맞추고 재생을 기다렸다.

"재미있게 잘 노는데 내버려 두지?"

이사카는 둘이 다투는 걸 보고 빈정댔다. 흡혈귀들은 이사카를 보고 껄끄러운 듯 입을 다물었다. 그들은 이전까지만 해도 이사카 베르게네프, 그리고 라이칸스로프들과 싸워왔고 이사카에게 많은 부하를 잃었다. 그러나 이사카도 뒤끝이 없는 성격인지 쓸데없이 다투기를 포기하고 문을 턱으로 가리켰다.

"이 문을 열지 않으면 산소가 부족해서 다들 죽을 텐데… 혹시 흡혈귀님들께서는 뭔가 대책이 있으신가?"

"글쎄?"

아그니는 대뜸 발화 능력을 사용해 문을 태워보려 했지만 타지 않는다. 이사카가 예상한 대로 산소에 접할 부분이 없어서 타지 않는 것이다.

"왜 안 타지?"

"주위에 세라믹스 코팅이 되어 있어서. 이미 산화물인 세라믹은 산소랑 반응하지 않지."

이사카가 친절히 알려주자 아그니는 얼굴을 붉혔다.

"아, 알고 있었어. 까먹어서 그랬을 뿐이야. 나도 공부는 잘한다고!"

"누가 뭐래?"

헤카테는 쇼크웨이브로 문을 부수려 했다. 그러나 고주파 펄스를 만들어내도 요지부동이다. 복합판에 의해 운동에너지가 기묘하게 흐트러지면서 파괴력이 소음으로 분산되어 버린다. 그러는 사이에도 공기는 점점 나빠지고 있었다. 아무리 흡혈귀나 라이칸스로프라고 해도 산소를 필요로 하는데 테트라 아낙스는 이 구역을 이런 방화벽으로 봉쇄하고 공기 순환 시스템을 끊어서 공기 유입을 막아버린 것이다. 이대로라면 여기서 꼼짝없이 폐사하게 생겼다.

"팬텀은 뭔가 방법이 없어?"

"문을 여는 마법이 있긴 하지만 역시 테트라 아낙스의 본거지답게 마법에 대한 대비가 되어 있군. 다기드가 설치되어 있기 때문에 마법의 힘이 집중되지 않아서 도중에 술식이 풀려버려."

다기드는 보통 저주의 매개물로 쓰이는 도구를 말하지만 이경우는 마력을 집중시키는 부적이었다. 마력을 집중시키는 속성을 가진 다기드는 잘 분산 배치하면 그 물질에 대해서 마법을 쓰지 못하게 만들 수도 있었다.

"끄떡없네. 어떻게 하지?"

"어쩔 수 없군."

그때 이사카가 그들 앞에 나섰다. 그는 가급적 능력을 쓰고 싶지 않았지만 이렇게 대책이 없어서야 할 수밖에 없다.

"내가 텔레포트해서 안에 들어가 열도록 하지. 단 하기 전에, 그걸 하고 나면 난 기력 소모가 심하거든. 그러니까 당신들이 적어도 오늘 하루 동안은 날 건드리지 않겠다고 명예를 걸고 약속해 줬으면 하는데. 내가 나쁜 마음을 먹는다면 당신들을 여기에 가둬두고 혼자 텔레포트로 빠져나가면 된다는 걸 알아두라고. 나로서는 이 문 열어서 당신들을 구해야 할 이유가 없는데도 불구하고 해주는 거니까."

이사카의 생명력은 이제 얼마 남지 않았다. 그러니까 목적을 달성하기 위해서 그는 그 힘을 아끼고 또 아껴야 했다. 그러나 만약 흡혈귀들이 그를 먼저 제거하려고 마음먹는다면 어떻게 될까? 이사카는 테트라 아낙스에게 도전하지도 못하고 죽음을 맞이하게 되리라.

하지만 그 사실을 흡혈귀들에게 알리다니……. 물론 흡혈귀들도 테트라 아낙스와 이사카의 신경전을 보고 어느 정도 상황을 눈치채기는 했다. 하지만 본인이 직접 이렇게 말할 줄은 몰랐다.

파군은 눈살을 찡그렸다. 라이칸스로프들에게 죽은 자신의 부하를 생각하면 지금 이사카가 그들의 편이든 아니든 간에 당장 죽여 버리고 싶은 마음이 굴뚝같았다. 그녀뿐만이 아니라 아그니도, 헤카테도 내심 꺼리고 있는 모양이다. 적을 공격하지 않겠다는 약속이야 어겨 버리면 그만이지만 그들에게는 체면과 명예도 매우 중요하다. 보통 사람 같으면 척을 지어도 끽해야 3~40년 가면 많이 가는 거지만 뱀파이어들 간에는 한번 대립각을 세우면 적어도 수백 년은 간다.

그래도 차마 정면으로 반대하지 못하는 것은 이사카의 말이 사실이기 때문이지 그 이상도 이하도 아니다. 이사카가 힘써주지 않으면 그들은 여기서 질식사한다. 죽진 않겠지만 의식을 잃고 무력화될 테고 그럼 테트라 아낙스가 몸을 다 바꾸고 나서 기절해 있는 그들을 집어다가 잡아먹든가 징벌을 가하든가 마음대로 요리할 것이 분명하다.

"물론. 신의를 저버리는 것은 올바른 사업자가 할 짓이 아니지. 당장 신의를 지키다가 피를 보더라도 결국은 신의를 지키는 쪽이 크게 버는 길이거든."

투기 자본으로 악명 높은 깁슨 투자 증권의 오너가 나불댈 말은 아닌 것 같지만, 팬텀은 그렇게 자신했다. 그러자 이사카는 다른 흡혈귀들을 돌아보았다.

"모두 동의하는 건가? 다들 명예를 걸고 대답해 주지그래? 명예 하나만을 믿고 응하는 건 나로서도 적자지만 그래도 흡혈귀들은 앞으로 오래 살 텐데 오래 욕먹으면서 살기 싫어서라도 명예는 챙겨주겠지?"

"무… 물론."

헤카테는 마지못해 동의했고 아그니도 어쩔 수 없이 따랐다. 파군 역시 반대를 표명하지 않았다.

"분위기가 이렇게 흘러가나?"

아르곤도 할 수 없다는 듯 동의했다.

어차피 구두 약속일 뿐이지만 이사카는 그걸로 만족한 모양이다. 흡혈귀와 라이칸스로프의 약속은 허공에 누각을 짓는 것과 같아서 그 기초를 아무리 다진다 해도 결코 신뢰가 오가지는 않는다. 하나 그럼에도 불구하고 이사카가 약속을 강요한 것은 그들에게 명예의 빚을 지우기 위해서이다. 흡혈귀들의 삶은 수천 년이기에 그들이 한번 명예의 빚을 지면 그것은 막대한 이자를 치르기 전까진 좀체 지워지지 않을 것이다. 이사카는 그 정도에 만족했는지 업무에 착수하기로 했다. 싸다면 싸고 비싸다면 비싼 특이한 착수금이다.

"그럼!"

이사카는 순식간에 그 자리에서 사라졌다.

"저 녀석 정말 몸 상태가 안 좋은가 보군. 자신에게 손대지 말라고 약속을 받아내다니."

아르곤은 이사카가 사라지자 중얼거렸다. 뱀파이어들도 자존심이 강하지만 고위 라이칸스로프들은 야성이 강해서인지 본능적으로 무리의 우두머리가 되고 싶어 한다. 자존심이라기보다는 무리 짐승의 본능에 가까운 권력욕을 가진 고위 라이칸스로프가 이렇게까지 말하는 것은 들어본 적이 없었다.

"으음."

이사카가 사라지니 남은 건 한세건뿐, 평상시엔 워낙에 악독하게 흡혈귀를 사냥하던 그가 진마들에게 포위당한 형국이다. 하지만 한세건은 태연자약했다. 어차피 이놈들이 제정신 박혀 있으면 지금 세건을 처치하려고 들지도 않을 테고 죽을 게 무서웠으면 이런 짓은 애초에 하지도 않았다.

"재생력이 제법 빠르군. 네놈… 이제 거의 흡혈귀나 다름없군. 어때, 기분이? 나중에 흡혈귀 될 때를 생각해서 진로를 정하지그래? 나는 혼자 노는 타입이지만 아르곤이나 팬텀은 받아줄지도 모르는데?"

아그니는 한세건을 바라보며 이죽댔다. 그러자 한세건의 눈에서 불길이 일었다.

"네놈들 담력으로 나를 받을 수나 있겠어?"

"으음… 확실히 빌헬름이 펄펄 뛰겠지. 나는 그걸 감당할 담력은 없는데."

팬텀은 곤란하다는 듯 볼을 긁적이더니 그래도 세건에게 손을 내밀어 악수를 청했다. 물론 세건은 응하지 않았다.

"흡혈귀랑 악수하고 쎄쎄쎄하며 놀 생각은 없어. 당장 목적이나……."

한세건의 말이 끝나기 전에 문이 열리고 이사카가 피투성이가 된 몸으로 걸어 나왔다. 물론 이사카의 피가 아니라 흡혈귀들의 피다. 아무리 생명이 다해가는 몸이라 해도 이사카는 결코 호락호락한 상대가 아니다. 테트라 아낙스를 잡기 위해 릴리쓰가 만들어낸 자식, '필요의 아이'니까.

그렇지만 예상보다 너무 빠르다.

"매번 이런 식이라면 나는 문 열어주는 걸로 끝날 것 같군. 문 앞에 지키고 있는 친구들이 많던데?"

이사카는 쓴웃음을 지었다. 과연 문을 보니 복도 여기저기에 흡혈귀며 괴물들이 죽어 너부러진 게 보였다. 혼자서 저 많은 놈을 이렇게 빠른 시간에 물리쳤단 말인가?

"고무적이군."

아르곤은 박수를 치며 히죽 웃었다.

"빨리 문만 열어, 그럼."

그러자 헤카테가 아르곤의 옆구리에 팔꿈치를 찔러 넣었다. 퍽 소리가 날 정도인 걸 보니 장난 삼아 건드린 건 아닌 것 같다. 이사카 베르게네프라는 존재는 그들에게 있어서 큰 위협이다. 흡혈귀인 그들이 말할 처지는 아니지만 정말 괴악한 괴물이다. 이 세상의 안정을 위해서는 존재하지 않는 편이 더 나은 괴물이니까, 이렇게 싸우다 죽어주는 게 모두를 위해서 좋은 것이다.

"여어, 한세건. 몸은 좀 괜찮나?"

아르곤은 싱글벙글 웃으면서 창현과 세건 사이에 섰다. 창현과 한세건 사이에 자신의 몸으로 벽을 세운 것이다. 한세건이 뱀파이어를 아작 내겠다고 덤벼들까 봐 몸으로 막아선 걸까?

"잔소리할 시간이 없어. 가지."

세건은 그리 말하고 앞으로 걸어갔다. 이제 어쩐다? 문은 이사카가 열 수 있으니 다행이지만 주위가 온통 흡혈귀다. 테트라 아낙스를 물리치기 전까지는 꽤 괜찮은 전력이겠지만 그를 물리치고 나서는 바로 적이 된다. 게다가 아그니가 있다는 게 마음에 걸린다. 저놈의 파이로 키네시스는 폭탄과 화약류를 산화시켜 버리는 힘이 있어서 총화기와 폭탄을 못 쓰게 한다. 그럼 순전히 육탄전만 남게 되는데… 육탄전으로는 도저히 승산이 없다.

일단 아그니를 기습으로 제거한다? 그를 제거한다고 세건의 승산이 높은 것은 아니지만 아그니가 있을 때는 손도 발도 못 내는 것에 비하면 낫다. 해볼 만하다. 하나 흡혈귀들도 생각이 있다면 한세건이 아그니를 어떻게 하고 싶어 할 거라는 것쯤은 예상하겠지.

"테트라 아낙스가 롯시니의 몸을 손에 넣으면 위험해. 몸이 삭은 노인이었을 때도 다들 설설 기었는데 팔팔한 라이칸스로프의 몸을 손에 넣으면 어떻게 될까?"

이사카는 그렇게 말하며 앞으로 걸어갔다. 그도 몸이 성치 않은 듯했지만 지금 모여 있는 이들 중에서 적의 방화벽을 열 수 있는 이는 오직 그뿐이다.

"일단 따라와. 얼마 남지 않았어."

이사카는 심장 위에 손을 얹은 채 어둠 속을 향해 걸었다.

# 5

방화벽 안은 온통 피로 바다를 이루고 있었다. 처참한 살육의 증거도 이 정도면 격이 떨어지는 법. 흡사 도살장을 연상케 하는 그 모습은 비현실적이라서 끔찍하다고 느껴지지도 않았다. 너무나도 과한 선혈과 피 냄새는 후각만이 아니라 감각 그 자체를 마비시켰다.

아니, 애초에 지금 이 광경을 바라보고 있는 이들 중에는 이 정도 가지고 호들갑을 떨 만한 감각을 가진 인물도 없었다. 살다 보면 손을 더럽혀야 할 때도 있는 법, 이미 다들 손을 더럽혀 본 이들이 이제 와서 흡혈귀 좀 도륙했다고 뭐 대단히 여길 게 있는가?

물론 객관적으로 보면 지금 이 광경은 사나흘은 밥이 목구멍으로 넘어가지 않을 만큼 끔찍한 광경이 맞았다. 이사카에 의해 토막 난 흡혈귀들은 자신들의 피 속에 너부러진 채 껄떡껄떡 숨이 넘어가고 있었다. 이사카는 그런 피바다를 터벅터벅 걸어와 안에서 방화벽을 열고 피에 젖은 손을 털어냈다.

그 동작에는 자신이 벌인 살육에 대한 자랑이나 자부심 없이 그저 피로만이 비쳐 보일 뿐이었다. 대체 무슨 수를 써서 이렇게 순식간에 흡혈귀들을 제압하는지 모르겠다.

"이제 하나 남았군."

팬텀은 남은 하나의 방화벽을 떠올렸다. 안으로 들어가면 바로 테트라 아낙스가 비밀 거처로 사용하던 곳이 나온다. 네 마리 뱀의 부조가 잔뜩 새겨져 있는 악취미한 제단이 있는 곳, 그곳에서 의식을 벌이고 있으리라.

물론 이곳은 미국, 라스베이거스이다 보니 그 안에 설치된 제단이니 뭐니 하는 건 전부 근대에 와서 만들어진 것이다. 유서 깊은 물건도 아닌데 디자인이 그 모양이라는 건 악취미라고 밖에는 할 말이 없다.

"혼자 일을 다 시켜서 미안하군."

팬텀이 그리 말하자 이사카는 실소했다. 염치가 있는 건 좋은 일인데 어차피 그런 이야기 들어봤자 이놈은 믿을 수가 없다. 어차피 이 녀석은 뱀파이어 편에 선 놈일 테니까.

"그만둬. 어차피 문을 열려면 이 녀석들이 보관하고 있는 물리적인 키를 필요로 하니까."

전자식으로 만들면 해킹의 우려가 있다고 생각했기 때문일까? 물론 회선이 밖에 노출되지 않으면 정상적으로는 해킹되지 않지만 마법사 중에는 전자 기판에 관여하는 마법을 사용해 전자 기계를 자기가 원하는 대로 조작하는 이들이 있었다. 그래서 이런 구닥다리 방식으로 방화벽을 만들었으리라.

그때 선두에 걷던 이사카가 멈춰 섰다. 희박한 미광이 만들어내는 흐릿한 실루엣 너머 강렬한 존재감의 아우라를 숨기지 않고 다가오는 두 명이 있었다. 발소리까지 들릴 정도니 그들에게 은신의 의지가 없음을 알 수 있었다.

"뭐야, 인공 흡혈귀 아냐! 나 원 참. 이제는 별게 다……."

아그니는 상대방을 알아보고 대뜸 조소를 터뜨렸다. 테트라 아낙스가 만들어낸, 지금의 진마들을 대체하기 위한 대체품, 생체공학으로 급조한 석세서들이 걸어 나오고 있었다. 조반니 반테로와 브리아레오스, 이 두 명은 자신들보다 훨씬 더 많은 적에게 걸어오면서도 태연했다. 아니, 태연하다기보다는 초탈했다고 보는 게 더 옳을 것이다. 그들은 테트라 아낙스의 의식을 지켜야 하는 자신의 처지에 절망한 채로 걸어 나왔다. 테트라 아낙스가 저대로 재생하는 것을 내버려 두어서는 안 된다. 하지만 테트라 아낙스는 지금 당장에라도 강력한 정신 공격으로 그들의 영혼조차 파괴할 수 있다.

"표정이 말이 아니군."

팬텀이 그리 말하자 조반니가 쓴웃음을 지었다.

"그야 잘 알 텐데. 우리 처지를."

"우리는······."

브리아레오스는 말을 하며 안대를 풀었다. 그의 안대는 안쪽에 안구를 해치기 위한 칼날이 붙어 있어서 아무리 재생하더라도 상처가 계속 벌어져 눈을 상하게 만들도록 되어 있는 도구였다. 시력을 잃으면 예지력이 강해지기에 일부러 그런 조치를 취한 것이었지만, 지금은 그 예지력이 필요 없다는 것일까? 안대를 떼자마자 눈은 재생되고 그는 시력을 되찾았다.

그의 맹목은 결국 값싼 장애였다. 예지력을 얻기 위한 억지 희생, 그것도 지금은 테트라 아낙스가 저 의식에 들어가면서 불투명해졌다.

테트라 아낙스계 흡혈귀들의 영지를 모아서 강대한 의지를 발현하는 오라클 시스템, 그 오라클 시스템에 속하는 이들은 눈을 일부러 상하게 하여 예지 능력을 강화했다.

"우리는 테트라 아낙스의 호위병입니다. 우리를 넘지 않으면, 당신들은 테트라 아낙스를……."

"정말 테트라 아낙스를 물리치고 싶다면 너희도 가담하는 게 어때?"

아르곤은 눈에서 피를 흘리며 말하는 브리아레오스에게 그렇게 물었다. 그러자 브리아레오스는 고개를 들었다. 선명한 갈색 눈동자가 아르곤을 훑어보았다.

"우리는 당신처럼 자유롭지 못합니다, 아르곤. 테트라 아낙스에게 저항하는 그 순간, 영혼마저 소멸당할 겁니다."

"그런 거 같더군."

아르곤은 그들을 바라보며 복잡한 표정을 지었다. 목숨을 저당 잡힌 자는 선택이 없다. 그저 압제자가 시키는 대로 뭐든지 다 할 수밖에. 그러나 여기서 정말 타협안은 없는 것일까?

"비켜줄 수는 없나?"

"저희보고 죽으란 말입니까?"

"응. 희생해 줘."

아르곤은 얼굴색 하나 바꾸지 않고 그렇게 말했다. 농담이라도 악질적인 말이다. 만약 그의 어조에 진실성이 없었다면 이 분위기에서 농담하는 그에게 저주를 퍼부었으리라. 하지만 농담으로 하는 말은 아니었다. 그들이 희생하지 않고서는 테트라 아낙스에게 가는 데 시간이 더 걸리고 만다.

"…뻔뻔하시군요."

브리아레오스는 예상 밖의 대답을 들었는지 픽 웃었다. 조반니 반테로는 브리아레오스와 아르곤의 대화를 들으며 살짝 질려 버렸다.

"바보 같은 소릴 하는군."

"그런 소린 예전부터 많이 들었지."

아르곤은 그리 말하며 양옆으로 손을 휘둘러 다른 이들보고 먼저 가라고 신호했다. 아무래도 조반니나 브리아레오스를 혼자서 상대하겠다는 것 같았다.

"이런 편이 시간 면에서 낫지? 석세서 당신들도 체면이 서고?"

무모한 짓이다. 한세건은 아르곤과 칼을 섞어본 기억을 떠올리며 혀를 찼다. 아르곤은 분명히 한세건보다 우세했었지만 그건 그리 뛰어넘지 못할 차이는 아니었다. 전체적인 역량이 우위인 건 분명하지만 기능적으로 극복하지 못할 차가 나진 않는다. 하지만 테트라 아낙스가 심혈을 기울여 만들어낸 석세서의 경우는 이야기가 다르다. 독액과 텔레포트를 번갈아 쓰는 조반니 반테로가 그를 얼마나 속 썩였던가? 그런 놈들을 혼자 상대하겠다니, 자살행위나 다름없다. 만약 아르곤이 실력을 숨기고 한세건을 대충 상대했던 거라면 조반니 반테로와 브리아레오스를 동시에 상대할 수 있겠지.

"그, 글쎄. 눈 가리고 아웅이긴 한데요."

약하게 말하는 브리아레오스와 달리 조반니는 할 마음이 나는 모양이었다. 어차피 테트라 아낙스는 그들이 잠시나마 역심을 품었었다는 걸 알고 있을 테니, 몸 부서져라 싸워서 어떻게든 용서받는 수밖에 없다. 다행인지 불행인지 모르지만 테트라 아낙스는 공식적인 석상에선 석세서를 진마나 다름없이 대접해 주었기 때문에 큰 형벌을 내리진 못할 것이다. 열심히 싸웠다는 것만 보여주면 면책받을 수도 있는 것이다.

이런 면책 하나 바라고 움직이다니, 조반니 반테로는 자신의 처지를 한심하게 여겼지만 어쩔 수가 없었다. 코카인의 주 생산자로 고부가가치 영농을 실현하는 조반니 반테로라고 스스로는 말하고 있지만 그것 역시 테트라 아낙스의 지원과 협력하에 이뤄진 일이다. 지금 남미의 마약상의 대부분이 CIA 요원이다가 운 좋게 커넥션을 장악한 순간 CIA를 은퇴하고 그 자리에 눌러앉아 부자가 된 부정거래자라는 걸 감안할 때 결국 주인이 CIA냐 테트라 아낙스냐인 점만 다르지 나머지는 다를 것도 없다. 마약왕이라고 해봐야 그 동네에서나 떵떵거리지 결국 거대한 진짜 실세들 앞에서는 꼬리 내리고 쥐죽은 듯 죽어지낼 수밖에 없는 것이다.

조반니 반테로는 그게 마음에 들지 않았다. 하지만 그는 세상을 바꿀 자격이 없다. 석세서라는 건 사라진 고대 흡혈종들의 능력을 보존하기 위한 것으로 '멸종동물 보호구역'이라는 비아냥거림의 대상이었다. 애초에 목적도 그런 해괴한 것인 데다가 더해서 테트라 아낙스의 제어용 장치가 잔뜩 붙어 있으니 자유가 없다. 자유가 없으니 세상의 주도자들에게 반발할 수도 없지.

"같은 석세서라고 희생해 줘야 할 의리는 없지. 그러니까 어디 희생시켜 보시지, 아르곤."

"이런, 농담 아니었는데."

아르곤은 그리 대답하며 피식 웃었다. 그러자 헤카테가 깜짝 놀라서 그를 바라보았다.

"잠깐? 지금 이게 무슨 소리지? 석세서라니?"

"몰랐나? 그는 첫 번째 석세서야."

조반니가 부연했다. 아르곤은 그걸 부인하지 않았지만 이건 헤카테가 아는 한 도저히 있을 수 없는 일이었다. 아르곤 역시 천 년이 넘은 오래된 전통 흡혈귀 중의 한 명으로 그가 활동한 시기나 역사 등으로 볼 때 명실상부한 진마였던 것이다. 아니, 우선 저 석세서들은 대장균을 플라스미드 절개로 변종시켜서 만들어낸 바이오 팩토리에서 VT인자를 증산 농축하는 작업을 통해 만들어진 인공 진마다. 증식하기 쉬운 대장균의 DNA를 바이러스로 잘라내고 필요 유전자를 전사시켜 만들어내는 바이오팩토리가 실용화된 것은 20세기의 일로, 그 이전부터 이미 진마였던 아르곤이 석세서일 리는 없는 것이다.

그런데 그가 석세서라니?

"너 석세서였어?"

"몰랐나? 팬텀은 알고 있었지?"

아르곤이 묻자 팬텀은 고개를 끄덕였다. 그렇다면 진짜 아르곤이 석세서였단 말인가? 너무나 의외라서 모두들 할 말을 잃었다.

"아아, 괜찮아. 내가 말하는 석세서랑 지금의, 인공적인 것과는 의미가 좀 달라. 내 때에 석세서는 절멸된 고대종 흡혈귀의 피를 계승했다는 의미고, 딱히 내 몸에는 테트라 아낙스가 날 제어하기 위한 장치 같은 게 없어. 그리고 그때의 고든은, 아낙스는… 지금과는 전혀 달랐지."

석세서의 원래 목적인, 소실된 혈족의 피를 재생하자는 취지에 딱 맞는 예라 하겠다. 하지만 인간이던 아르곤이 고든의 무모한 실험에 의해 흡혈귀가 된 것에 만족하고 있는지는 모르겠다.

"그때는 정말 고든이 무슨 신의 사도쯤으로 여겨졌지. 딱 그만큼만 해줬으면 칭송이 자자했을 텐데 왜 이런 얼간이 짓을 하는지 모르겠어."

아르곤은 오래간만에 옛날을 회상하며 몸을 풀었다. 조반니 반테로와 브리아레오스는 그런 아르곤을 바라보며 복잡한 표정을 지어 보였다. 그가 흡혈귀가 된 것에 대해서 어떻게 생각하는지는 모르지만 적어도 지금 조반니 반테로나 브리아레오스가 그를 부러워하고 있는 것만은 분명했다. 그는 테트라 아낙스에 의해 진마로 만들어졌으면서도 아무런 장치가 걸려 있지 않았다. 자유의지로 살 수 있고 그래서 테트라 아낙스의 조직에 반하는 흡혈귀 집단, 에스프리마저 만들지 않았던가?

"가봐!"

아르곤의 외침과 동시에 조반니 반테로가 텔레포트해 아르곤의 뒤에 나타났다. 하지만 아르곤은 도끼를 등 뒤로 돌려 등쪽의 급소를 방어하고 브리아레오스를 향해 냉기의 저주를 퍼부었다.

한세건과 이사카는 아르곤이 그들과 맞서 싸우겠다고 하는 순간 이미 앞으로 뛰고 있었다. 한세건의 경우는 아르곤에게 동태가 되어서 며칠 동안 끓는 물 속에서 얌전히 몸을 불려야 했었다. 그걸 생각하면 아르곤에게 뭔가 한 방 먹여주고 싶은 마음이 굴뚝같았지만 지금은 그런 사사로운 원한보다 테트라 아낙스를 어떻게 해야 한다.

## 6

서린은 테트라 아낙스의 악몽에서 헤매고 있었다.

한없이 주어진 시간 속에서 최초의 이상을 잃고 타락하고 종국에는 타락의 의미조차 잊어버리는 악몽. 세계의 모든 것을 보며 그는 자신의 이상이 좌절되는 것에 고통받았다.

그는 악몽 속에서 고든이 되었다.

페니키아와 시나이 반도에서 지중해를 지나 로마로, 그 후로 계속 북상하며 문명의 격동 그 중심에서 모든 것을 본다. 보기 싫어도 세상의 이치와 진리, 여론이 텔레파시가 되어, 예지가 되어, 통찰이 되어 그를 엄습했다. 머릿속에 아로새겨지는 정보들을 무시하고 싶지만 마치 머리채를 붙잡힌 채 심문당하는 자처럼 그는 정보를 거부하지 못했다. 그 정보는 그에게 힘이 되었지만… 목적 없는 힘만큼이나 어처구니없는 것은 또 어디 있을까?

고든은 그래서 스스로에게 목적을 부여하기 위해 노력했다.

그는 사람들을 지배하고, 흡혈귀들을 통제하고, 금융과 의학에 투신했으며 역병을 치료해 사람을 구하고 또한 사람들의 피를 빨아 그들을 몰살하기도 했다. 파란만장하고 괴로우면서도 그때까지는 그럭저럭 즐거운 삶이었다. 하나 점차 노화가 진행되고, 또한 그가 지닌 무서운 통찰력이 가져오는 의심과 권태가 그를 미치게 만들었다.

결국… 그는 자기 자신을 극도로 혐오했다.

그러면서도 또 자신에 대한 집착과 애착이 너무 강했다.

자신을 증오하고 사랑하고, 이상은 높고 실현은 힘들고, 흡혈귀들 사이에선 폭군으로 군림하고 있지만 그렇다고 해서 그가 신이 된 것은 아니다.

테트라 아낙스는 그렇게 자멸하고 있었다. 그 자멸을 막기 위해서 고든은 리림에 대해서 연구를 시작했다. 그 전에는 릴리쓰에게 화풀이하듯 그녀를 파멸시키고 봉인했지만 이제는 순수하게 리림의 육체를 빼앗을 방법을 연구한 것이다. 그동안 몸의 노화를 막기 위해 갖가지 수단을 강구했지만 흡혈귀들은 어떻게 해도 이 저주로부터 피할 수가 없었다. 그렇다면 흡혈귀가 아닌 다른 것을 선택해야 하는데, 그의 능력이 유지되지 않는다면 몸을 바꿔봤자 다른 흡혈귀나 그가 만들어낸 테트라 아낙스들에 의해 파멸당할 뿐이다.

그래서 리림의 몸을 빼앗기 위해 그 행방을 추적한 것이었다.

그가 릴리쓰를 프레스터 존의 성궤에 봉했을 때, 인간 성기사들이 그 성궤를 찾아내 봉인을 푸는 만행을 저질렀다. 물론 그 대가로 봉인을 푼 성기사는 릴리쓰의 빈껍데기, 성구를 몸에 이식당해 진마 유다가 되어 흡혈귀들을 사냥하였지만, 고든은 그에게는 별 관심이 없었다. 그가 지니고 있는 것은 릴리쓰의 빈껍데기일 뿐이다.

릴리쓰의 본질은 정신 기생체이고 그것은 인간이 멸망하지 않는 한 더불어 멸하지 않는 불멸의 존재였다.

그런데 릴리쓰의 빈껍데기를 이용해 진마가 되었다는 게 열쇠가 될 줄이야?

성구가 열리고 릴리쓰가 해방되었을 때, 릴리쓰와 함께 갇혀 있던 빈껍데기는 강력한 뱀파이어 인자의 원천이 되어서 진마 유다를 만들어내었다.

그것은 강력한 정보가 현세의 본질마저 흐릴 수 있으며, 이것을 응용하면 그 안에 테트라 아낙스라는 영적 정보를 주입하는 순간 리림의 본질이 파괴되고 리림의 육신조차 테트라 아낙스의 영적 정보에 걸맞게 변이된다는 결과를 예측하게 해주었다.

테트라 아낙스는 그러한 과거의 정보에 의지해 자신을 옮기는 작업을 수행한 것이다.

나는… 누구지?

서린의 기억과 테트라 아낙스의 기억이 짧은 시간이나마 같은 시공을 공유하게 되었다. 포장마차를 끌고 아버지를 도우며 어렵게 살던 시절의 소년인가, 아니면 자신의 타락에 고통받으며 몸부림치던 노회(老獪)한 흡혈귀의 왕인가?

기억을 잃는 자는 자신의 정체성을 손상당한다. 기억 자체가 영혼을 구성하지는 않지만 성격은 잉태한다. 성격은 영혼을 규정하는 큰 요소이고, 결국 영혼을 키우는 모태가 된다.

이미 테트라 아낙스의 기억을 가진 점에서 그는 반은 테트라 아낙스가 되어버렸다. 이제 고든이 자신의 영혼을 불어넣어 의사의 주도권을 가져가면 모든 게 끝나게 된다.

"으으으윽!"

강력한 텔레파시가 서린의 머릿속을 짓이겼다. 머릿속이 타오르는 것 같고 진짜인지 환각인지 모르겠지만 살이 타는 듯한 냄새가 코를 찔렀다.

서린은 눈을 부릅떴다. 여기서 의식을 놓으면 정말 테트라 아낙스가 되어버린다! 아무리 정신이 혼미해도 확실히 할 건 확실히 해야 했다. 그는 롯시니이고 서린이다!

'……'

'그래. 그렇게 마음먹으면 되는 거군. 생각보다 간단하잖아? 얄팍한 가족에 대한 기억, 연민, 그다지 두텁지 않은 인생이군. 역시 라이칸스로프라고 해도 아직 인간의 수명도 채 살지 못한 어린이다워.'

고든의 의식이 그의 머리 안쪽에서 울려 퍼진다. 아니, 그 자신의 의식의 경계가 흐트러졌다. 그는 서린인가 고든인가?

그때였다.

'아?!'

고든이 그답지 않게 의표를 찔린 듯 탄성을 질렀다. 잔잔한 수면, 흠잡을 데 없는 거울 표면 같던 고든의 의식에 실낱같은 틈이 생겼다. 유리판을 강한 힘으로 접으면 강도 이내에서는 견뎌낸다. 그러나 이윽고 강도의 한계에 가깝게 되면 균열이 가고 결국 파멸한다.

'말도 안 돼! 너, 너는!'

고든의 의식이 서린에게 빨려든다. 그것은 분명히 서린에게도 파멸이지만 고든에게는 존재 자체가 위협받는 흉악한 공격이었다. 있을 수 없는 일이다. 의지의 힘을 겨룬다면 보통 사람은 결코 텔레파시 능력자의 적이 될 수 없다. 설사 강철 같은 의지를 가진 이라 하더라도 정신의 곳곳을 우회 공격 가능한 능력자의 적수는 되지 못한다. 직진만 가능한 로켓형 차량은 아무리 최고속이 시속 1,000킬로미터를 넘는다 해도 전후좌우 및 후진이 가능한 일반 차량보다도 총체적 능력은 떨어지게 마련이다.

그래야 했는데……

어찌 된 일인지 고든은 서린에게 갇혀서 빠져나갈 수가 없었다. 이건 함정이었다.

'아?'

서린은 고든이 자신에게 스며드는 것을 느끼다 문득 그의 기억에서 해방되었다. 광야를 헤매고 태양으로부터 절연당해 밤의 창백한 빛을 등지며 살던 음습한 고든의 기억은 여전히 강렬하게 그를 침식했지만, 그의 영혼은 기억에서부터 자유롭다.

서린은 냉정하게 과거로부터 자신을 분리해 지금 현재의 모습을 살펴보았다. 금색의 조명, 활짝 열린 조리개로 들어오는 허용치 이상의 빛이 실루엣을 뭉갠다. 뜰에는 아직 어린 이사카가 나무에 매단 타이어 그네에 거꾸로 매달려 있고 긴 금발의 여성이 그 그네를 밀고 있었다.

누구인지는 보이지 않는다. 그 소년이 이사카의 어린 시절임을 안 것은 순전히 어떤 통찰 때문이었다. 그의 얼굴도 모습도 보이지 않는다.

서린은…….

그녀에게 다가갔다.

'그러니까 롯시니.'

그녀는 다정하게 서린의 머리 위에 손을 얹으며 이렇게 말했다.

'네가 이사카를 지켜주렴.'

무슨 의미지?

왜 그녀는 그에게 이사카를 부탁했을까? 왜?

그러고 보면 그녀는 이 밤의 세계를 계속 유지하기 위해 마물을 낳는 마녀, 그런 그녀가 왜 마물들의 왕인 테트라 아낙스에게 복수하겠다는 사소한 이유로 이사카를 낳은 걸까?

강대한 힘으로 라이칸스로프를 증식시키기 위해서? 흡혈귀들의 수가 늘어나서 라이칸스로프가 멸종의 위기에 처했으니까?

그러나 그가 본 시베리아 라이칸스로프 여단의 두목 볼코프 레보스키는 그리 호락호락한 상대가 아니었다. 라이칸스로프는 이사카 베르게네프가 없다 하더라도 멸망하지 않았을 것이다. 그러면 테트라 아낙스를 제거하기 위해서 이사카 베르게네프를 낳은 것인가? 일반적으로 알려져 있듯이? 그러나 테트라 아낙스의 텔레파시 능력 없이는 이 세계가 유지되지도 않으니 그건 그녀가 원하는 바가 아닐 것이다.

결국 그녀는 테트라 아낙스가 그녀를 죽이든 말든 아무런 상관이 없었다. 테트라 아낙스는 밤의 왕, 그가 존재하고자 하는 이상 그조차 이 미친 달의 세계를 지키는 수호자다. 그런 그를 같은 목적의 릴리쓰가 제거하고자 할 리가 없다. 아무리 테트라 아낙스가 그녀를 수차례 해치고 결국 도구로 전락시키려 했다 하더라도 그녀가 개인적인 감정으로 테트라 아낙스를 제거하려 할지는 의문이었다.

만약 그녀가 그를 제거하려고 한다면 그때는…….

테트라 아낙스, 고든보다 더 뛰어난 자질을 가진 진정한 흡혈귀의 왕을 낳았을 때다.

그리고 그녀는 진정한 흡혈귀의 왕이 될 인물, 서린과 이사카를 낳았다. 이사카에겐 무리할 정도로 강력한 힘을 주고, 서린에게는 밤의 제왕에 가장 걸맞은 강력한 영혼을 주었다. 그뿐만이 아니라 그녀가 낳은 이사카의 힘으로 서린의 기억을 봉인시키고 그의 뇌리 속에 흡혈귀의 왕을 잡아넣을 함정을 만들었다. 아니, 서린의 존재 자체가 테트라 아낙스의 관이었다. 고든을 파괴하기 위한 도구, 고든이 그 몸을 빼앗고자 한다면 그에게 죽음을 부어 영혼마저 파멸시키는 함정 그 자체였다.

이 모든 것이, 그녀의 안배였다.

'그래서, 이사카와 롯시니, 둘 다 안배하에 낳은 당신이 왜 저에게 이사카를 부탁하는 건가요. 당신은 과연 정말 사람이긴 한가요? 사람의 마음이 있긴 있는 건가요? 어머니, 당신은 저를 당신의 자식으로 생각하는 건가요? 누가 필요의 아이고 누가 욕구의 아이지요? 당신은 릴리쓰의 목적 외에 나를, 이사카를, 그저 혈육으로서 필요로 하는 건가요? 아니면 나도 이사카도 그저 도구? 테트라 아낙스를 새롭게 태어나게 할 도구에 불과했나요?'

서린은 몇 번이나 외쳤다. 하지만 대답은 없었다. 릴리쓰는 이미 사멸해 다른 모습을 취했고 그녀는 아직 휘발되지 않은 서린의 기억에 남아 있는 잔상일 뿐이니까. 서린은 고개를 저었다.

황금빛은 사라지고 그곳에는 마치 아서 왕 전설의 끝자락에 선 상처 입은 왕처럼 쓰러져 있는 고든이 있었다. 그가 살아오며 저지른 악행들, 폭거들을 생각해 보면 상상하기 힘들 정도로 숙연한 모습이었다.

그것은 고든의 젊은 시절의 모습, 아직 노화의 저주가 발동하기 전의 그 모습은 서린이 아니었다면 알아보지도 못했으리라. 붉은 머리칼, 곧은 콧등과 짙은 눈썹. 베이런의 모습을 닮아 있지만 그보다는 좀 더 고결하고 숭고해 보였다. 의외였다. 그가 테트라 아낙스의 고든을 보며 그런 감정을 느낄 줄은……. 좀 전까지만 해도 상상할 수도 없었다.

고든은 손을 포갠 채 안개 낀 호수 위에 떠 있는 나룻배에 누운 채로 죽음을 기다리고 있었다. 흡사 전사자처럼, 관이 될 나룻배에 누운 영혼은 문득 눈을 떴다. 그러고는 웃음을 터뜨렸다.

"하… 하하하하하하하하. 크하하하하하."

고든은 폭소를 터뜨렸다. 누운 채로 죽음을 기다리면서도 웃는다. 서린은 그저 궁금해서 물었다.

"뭐가 우습지?"

"웃기지 않을 수가 없지 않나. 신에 가까운 흡혈귀라고 너무 비행기를 태워줘서 나도 좀 거만해진 것 같군. 이제 와 생각해 보면, 분명히 이번 대의 릴리쓰가 뭔가 수작을 부렸다는 걸 알고 있었는데. 나도 미숙했어. 왕이라 뻐기던 것이 수치스러워 숨고 싶을 정도다."

고든은 이미 이 함정을 알고 있었다. 서린이 진정 필요의 아이이며 그에게는 테트라 아낙스가 될 운명이 주어져 있었다는 것을. 그것은 이사카의 능력으로 인해 감춰져 있긴 했지만 오라클 시스템을 지니고 있는 테트라 아낙스는 예지의 공백을 통해서 역으로 진실을 유추할 수 있었다. 지켜지고 있는 것엔 음모가 있다. 그것을 명확히 하면 음모를 추론할 수 있는 것이다.

그런데 그렇게 명확하게 알고 있었던 사실을 왜 기억하지 못했을까?

서린은 그런 의문을 품었다가 곧 알아차렸다. 그에게 전이된 고든의 기억은 후대에 오면 올수록 뒤죽박죽이 되었다.

고든은 자신의 예지로 인한 피해망상과 과대망상, 그리고 정신분열에 시달리고 있었다. 아니, 본디 초월적 예지와 통찰이라는 것은 정신병에 근접한 능력이다. 그래서였을까? 고든의 안에는 이전 이상을 품고 그것을 관철하던 숭고한 왕이 있었고, 또한 의심에 사로잡혀 모든 흡혈귀를 파멸시키려 하는 광기의 왕이 있었다.

삶의 의욕과 죽음에의 찬미, 그 모든 것이 복잡하게 뒤섞여 있는 한 몸, 그리고 그 몸을 집어삼키는 흡혈귀의 저주가 고든을 미치게 했다. 그래, 고든은 미쳐 버렸다.

정신분열증에 시달리고 있던 놈이 뭔가 꼼꼼하게 정리할 수 있을 리가 없지.

그렇다고는 해도 고든이 죽고자 갈망하지 않았다면 애초에 이 함정은 아무런 힘을 발휘하지 못했을 것이다. 서린의 안에 있는 함정은, 고든의 죽음의 열망을 증폭시키는 강력한 감정의 트랩이었다.

서린에게는 애초부터 죽음에 대한 열망이 거세되어 있었는데, 그것은 서린의 안에 묶여져서 누군가가 그와 강제적 동조를 이루는 순간 그에게 전사되게 되어 있었다. 고든의 행동을 예측이나 한 것 같은 함정, 게다가 고든의 약점인 죽음에 대한 열망이 그 열쇠라니……. 그것은 릴리쓰가 무엇을 추구하는지 알려주었다.

만약 고든이 죽음의 열망을 견딜 수 있다면 그는 테트라 아낙스로서, 이 밤의 세계를 수호하는 어둠의 왕으로서 여전히 합당하다. 릴리쓰가 아무리 그를 미덥지 않게 여긴다 하더라도 그녀의 독단으로 테트라 아낙스를 교체할 수는 없다. 보다 테트라 아낙스에 합당한 존재가 그 자리를 차지하고 어둠의 자식들을 멸망에서 지키면 릴리쓰는 그걸로 만족할 수 있었던 것이다. 서린이든 이사카든 그녀가 직접 낳은 자식들이라 하더라도 그 목적에 비하면 하찮았다.

다행히 서린에게서 전사된 죽음의 열망을 받아들인 고든은 자멸을 선택했고 결국 테트라 아낙스의 영지와 힘은 모조리 서린에게 넘어갔다. 서린이 더 테트라 아낙스에 적합하기 때문에 살아남은 셈이다.

"내가 진짜 필요의 아이였군."

이사카는 자신이 필요의 아이라고 생각하고 있었지만 그건 사실이 아니다.

아니, 물론 이사카는 필요했다. 그의 능력으로 인해 서린이 성장할 때까지 테트라 아낙스의 손을 타지 않았고, 또한 서린의 안에 숨겨진 함정이 이사카의 능력으로 보호받고 있었다.

이사카는 자신도 모르는 사이 자신의 예지 능력을 이용해 서린의 안에 내재된 함정을 테트라 아낙스의 눈으로부터 가리고 있었던 것이다.

아무리 뛰어난 능력이 많은 이사카라 하더라도 그냥 전투에서 힘을 쓰는 정도로 그렇게까지 쇠약해질 리가 없는데, 라이칸스로프가 기본적으로 가지는 생명력과 재생력을 생각해 보면 능력을 그 정도 썼다고 바로 수명이 줄어들고 목숨이 날아가진 않을 텐데 그는 유달리 소모가 컸다. 몸의 강건함에서는 흡혈귀를 능가하는 라이칸스로프가 피를 쏟으며 혼절할 정도로 생명력을 손상당한 것은 바로 그 때문이리라.

'아! 이건 고든의 기억이군.'

서린은 피를 흘리는 이사카의 모습이 기억에 있는 것을 보고 그게 고든의 기억이라는 걸 상기했다. 고든의 기억도 이제 그의 기억 안으로 편입된지라 어디까지가 자신의 기억이고 어디까지가 고든의 기억인지 경계가 모호하다. 보통 사람이라면 자신의 정체성이 손상되었음을 걱정할 텐데 서린은 그런 쪽으로는 생각이 미치지 않았다.

"…어머니."

서린은 문득 그녀를 떠올렸다. 그동안 그는 어머니의 얼굴을 기억해 내지 못했지만 이제는 기억할 수 있었다. 이사카를 지켜달라. 그 말을 할 때의 그녀는 먼 미래의 서린에게 쇠약해질 이사카를 구해달라고 간청한 것이었다. 이사카가 생각한 것과 달리 릴리쓰에게도 예지 능력이 있었던 것이다.

그렇지만 그녀 자신이 죽는 것은 물론이고, 사랑하는 아들에게 심장이 도려내질 것을 알면서도 이 길을 택했단 말인가? 대체 왜? 그녀에게 있어서 자식들은 결국 모조리 다 도구였단 말인가?

"뭐, 좋아. 고든, 당신은 잠들어. 내가 당신을 대신해서 테트라 아낙스가 되겠어. 나는 남을 통솔하는 데는 익숙하지 않지만 적어도 나 자신을 잃지는 않을 거야."

"천 년기(Millenium)를 두 번이나 지내도 그렇게 될까? 물론 네 정신과 영혼은 나보다 더 시간을 잘 견디게 되어 있지만… 너도 결국 나와 같이 될 것이다, 새로운 테트라 아낙스."

고든은 서린에게 저주 아닌 저주를 퍼부었다. 그처럼 결국에는 미쳐서 모든 것을 잃어버리게 될 거라고. 하지만 서린은 고개를 저었다.

"해보지 않으면 모르는 거지. 그럼 안녕히. 안식을 취해, 흡혈귀의 왕."

그는 테트라 아낙스가 되는 것을 바라지 않았다. 적어도 이전에는. 하나 지금은 그가 왕이 되고자 한다. 고든의 자리를 대신하고 어머니 릴리쓰의 의지를 존중해 새로운 흡혈귀의 왕이 되겠다고. 그의 마음이 올바른지는 모르겠다. 어머니 릴리쓰의 의지도 역시 의심스럽다.

그러나 그 뒤에 어떤 추악한 의도가 있다 한들 이번엔 그 자신이 흡혈귀들의 왕, 새로운 테트라 아낙스가 되고 싶었다. 물론 테트라 아낙스의 막대한 재산과 강력한 힘이 탐나지 않는 것은 아니다. 그렇지만 그보다 더 그를 자극한 어처구니없는 감정은 바로 측은지심이었다. 왜 고든은 모든 것을 가지고 있으면서도 그렇게 고통받았지? 그럼 다른 흡혈귀들은? 진마들도 이런 고통을 받는 것일까?

7

콰직!

서린은 손을 움직여 고든의 몸을 움켜쥐었다. 그렇지 않아도 풍화되던 그의 몸은 완전히 박살 나 가루로 변하고 이윽고 먼지가 되어 사라졌다. 원래부터 이미 빈껍데기였다. 의식을 진행하는 순간 고든의 몸은 비어버렸다. 그래서 서린이 고든의 몸을 부숴도 주위에서는 경거망동하지 않았다. 고든의 육신이던 뱀파이어 더스트가 흩날리고, 구속구에서 풀려난 서린이 몸을 일으켰다.

"풋. 크큭."

서린은 웃었다. 어처구니가 없다. 결국 이사카는 연막이었고 그야말로 진정 릴리쓰가 낳은 필요의 아이다. 모든 것이 명확하다. 그가 어떤 상황에서도 낙천적인 정신을 유지할 수 있는 것은 그게 바로 오랜 세월을 살 테트라 아낙스에게 있어서 가장 필요한 부분이었기 때문이었다.

고든은 테트라 아낙스로서 살아가기엔 너무나 섬세한 정신을 가지고 있었다. 스스로를 혐오하고 고통받고, 그런 점에서는 한세건도 마찬가지였지. 그에 비해 낙천적이고 언제나 자유롭게, 어깨에 힘을 빼고 느긋하게 살 수 있는 서린은……

흡혈귀의 천년왕국의 지배자, 테트라 아낙스의 수장에 가장 적합한 영혼을 가지고 있었다. 릴리쓰가 염원하던 고든보다 더욱더 뛰어난 밤의 제왕, 그녀의 염원의 결정체.

"아하하하하하하하하하!"

웃었다.

새로이 태어난 어둠의 왕, 애초부터 제왕의 그릇을 가지고 태어난 라이칸스로프는 웃었다. 이제 그는 괴물 중의 괴물이 되어 수천 년의 시간을 지켜보아야 할 것이다. 그런데……

"아, 심각한 척도 안 되네. 역시 난 내가 생각해도 좀 돌았나 봐."

그는 웃음을 멈추고 몸을 움직여 보았다.

"으으음! 어디 보자."

기지개를 켜듯 팔을 뒤로 돌려 깍지를 끼자 몸에서 뚜둑 소리가 난다. 운동 전의 가벼운 스트레칭은 기본 상식이라 할 수 있는 절차지만 늙어버린 몸으로서는 도저히 할 수 없던 일이다. 대체 이런 짓을 몇 년 만에 해보는 거지? 아니, 대체 몇 세기 만에……?

서린은 그리 생각하고 문득 놀랐다. 테트라 아낙스, 고든의 기억과 그의 기억, 고든의 인격과 서린의 인격이 혼재해 있었다.

"그, 그대는?"

앙리 유이는 미심쩍은 표정을 숨기지 않았다. 그러나 서린은 그를 무시하고 몸을 풀었다.

"아, 나 참, 진짜. 악취미군."

앙리 유이는 서린의 말투를 듣고 깜짝 놀랐다.

"설마 흡혈귀의 왕이 그 꼬마에게 당한 건 아니겠지?"

"꼬마라고 하기엔 나도 좀 많이 컸는데."

서린은 구속구에 묶인 채 몸부림치다 너덜너덜해진 옷자락을 찢어내고 앙리 유이를 노려보았다.

"고든은 우울해서 테트라 아낙스 하기 싫대요. 그래서 제가 테트라 아낙스가 되겠습니다. 이후 잘 부탁드려요. 서린입니다."

살벌하게 노려보고 있지만 말하는 투는 서비스 정신이 실존한다면 뚝뚝 흘러넘칠 것 같았다.

"풋."

앙리 유이는 소년처럼 폭소했다. 전혀 사심 없이, 그저 지금 현 상황이 웃겨서 그는 웃음을 터뜨렸다.

"아하하하하하! 이거 정말 걸작이군. 매우 유쾌해, 유쾌한 기분이다."

"다 웃으셨어요?"

그 순간 앙리 유이의 면상에 서린의 주먹이 꽂혔다. 다른 테트라 아낙스들은 그 모습을 보며 당황했지만 앙리 유이의 편을 들어줄 것도 아니라 그냥 바라만 보았다. 앙리 유이가 고무공처럼 튕겨 나가나 싶더니 벽에 엎드리듯 찰싹 달라붙어 충격을 완화시켰다. 서린은 앙리 유이의 얼굴에 주먹을 꽂았던 손을 펴서 손가락을 까딱거렸다.

"요리 컴. 아직 덜 끝났네요. 기름기 많은 느끼한 녀석. 오늘 한번 기름기 쪽 빼고 담백한 사나이로 거듭나 보세요."

생글생글 웃으면서 말하는데 그 기백이 장난이 아니다. 앙리 유이는 안면 골절을 입은 상황에서도 힘겹게 평정을 유지하며 말했다.

"아, 아니. 사양하지. 그래, 그렇군. 네가 바로 진정한 필요의 아이였군. 릴리쓰도 대단한데. 자기 목숨까지 걸어가면서 이런 함정을 파다니. 이사카조차 속아 넘어갔기에 그렇다고는 해도 고든이 걸려들다니. 역시 몸이 바스러지니까 급해서 판단력이 흐려졌나?"

앙리 유이는 순식간에 벌어진 일을 통찰하고 웃어댔다. 다른 테트라 아낙스도 그의 말을 듣고 지금 이 자리에 서 있는 저 소년이 서린임을 알았다. 마틴은 즉시 칼자루를 쥐었지만 그 순간 그의 손목이 서린의 손아귀에 잡혔다.

서린은 테트라 아낙스 특유의 통찰력으로 마틴의 다음 행동을 알고 있었다. 마틴은 손목에 힘을 몇 번 주다가 도저히 완력으로는 상대가 되지 않는다는 걸 알고 발차기를 날렸다. 꽤 매서운 공격이지만 미리 알고 있는 상대에게는 되레 공격자가 위험해지는 공격이었다. 과연 서린은 그 발차기를 고개를 젖혀 피한 뒤 그놈의 발목을 잡고 빙글 돌렸다. 발차기의 기세가 그대로 살아서 마틴이 장난감처럼 서린의 손에 딸려 올라갔다. 손아귀에서 그렇게 몇 차례 마틴을 돌리던 서린은 그를 바닥에 눌러 버렸다.

"웃차, 다 했냐?"

"크윽! 네, 네놈은 고든이 아냐!"

"물론 아니지. 나처럼 착하고 순진하고 멋진 놈을 고든 같은 늙은 변태랑 같이 취급하다니, 천벌받아!"

서린은 마틴의 머리를 쥐어박았다. 제대로 때리면 골통을 부숴 버리는 것도 일이 아니겠지만 말 그대로 쥐어박았을 뿐이다.

베이런은 그 상황을 보고 기가 막혀서 다시 물어보았다. 머리로는 알고 있는 사실이지만 가슴으로 받아들이긴 힘들었다.

"그렇다면 지금 고든은?"

"내 속에 고든 있지."

서린은 스스로 혀를 내밀고 구역질하는 시늉을 했다. 하지만 베이런은 서린이 왜 저러는지 알지 못했다. 그냥 고든에게 심한 혐오를 느끼고 있는 것인가 보다 했다.

그러나 서린의 입장에서는 그가 곧 고든이나 다름없었기에 그를 마냥 혐오할 수는 없었다. 이제 와서 생각해 보니 고든도 처음에는 순수한 열정을 가진 멋진 놈이었다. 살기 위해, 그리고 살아가기 위해 살다 보니 결국 이렇게 된 것이고 그것도 끝없는 회의 속에서 저지른 일이다. 만약 정말 서린의 몸을 빼앗는 것에만 환장했다면 이렇게 허를 찔려 당하지도 않았을 것이다. 애초에 그는 강렬한 타나토스에 입 맞추고 그를 단절한 태양을 향해 보답 없는 열병, 사랑에 빠져 있었으니까.

테트라 아낙스로서는 어울리지 않는다.

서린은 아랫입술을 질끈 깨물고 앙리 유이를 노려보았다.

더 이상 용무가 없다고 판단되어서였을까? 그는 지금 눈앞에서 벌어지는 일에 대해서 아무런 움직임도 보이지 않고 그저 관객의 입장이 되어서 다음 행동을 기다리고 있었다. 서린이 손을 뻗자 그의 손아귀로 마틴의 일본도가 떠올라 잡혔다. 길이 3척의 긴 태도가 검푸른 칼날을 번뜩인다.

"큭!"

또 한 명의 테트라 아낙스, 고든의 여성체 복제인 레베카가 텔레파시로 서린의 정신을 제압하려 했다. 그러나 서린은 즉시 혈인 능력을 사용해 레베카의 텔레파시를 차단했다. 마틴이 합세했지만 둘을 합쳐도 서린의 적이 될 수가 없었다.

"마, 맙소사!"

"진짜인가?"

오라클 시스템을 쓰지 않았는데도 레베카와 마틴의 능력으로는 서린을 상대할 수가 없었다. 마치 살아생전의 고든을 대하는 것 같다.

"꼭 이렇게 시험해 봐야겠나? 당신들 입장에서도 고든보다 내가 테트라 아낙스가 되는 게 더 나을 것 아냐? 아, 자존심 문제인가? 염려 말아요. 고든처럼 삭막하게 할 생각은 없으니까. 당신들을 최대한 존중하고 협력받을 생각이에요."

서린이 그리 말하자 레베카가 고개를 저었다.

"자, 잠깐. 너무 좋게 생각하는데."

"그럼?"

"테트라 아낙스라는 건 무슨 자리가 아니라고! 그런데 어느 날 갑자기 고든이 죽고 그의 힘이 상속되었다고 해서 우리가 왜 너를 테트라 아낙스로 인정해야 하는 거지?"

"그럼 곱게 나가게 해줄 건가요? 아님 나를 제거해 볼래요? 미리 말해두지만 레베카, 마틴, 당신들은 내 적수가 될 수 없어요. 게다가 지금은 우리끼리 티격태격할 때가 아니니까… 항변은 거기까지!"

"윽."

레베카는 입을 다물었다. 그러자 앙리 유이가 박수를 쳤다.

"그럴듯하군요. 새로운 테트라 아낙스의 말대로 지금은 뱀들끼리 싸울 때가 아닙니다."

"저 친구에게 동조하긴 싫지만 나는 그를 테트라 아낙스라고 인정하겠어."

베이런은 마틴을 노려보며 말했다. 어차피 테트라 아낙스, 고든에게 반기를 들었던 몸이니 고든보다 서린 쪽이 더 마음에 드는 건 당연하다.

"전 별로 유감 없습니다, 새로운 테트라 아낙스. 아무리 불로불사의 테트라 아낙스라 해도 세대교체를 할 때가 되긴 되었는데 적절한 시기에 교체된 것이니까요. 그래, 새로운 흡혈귀의 왕, 어쩌실 겁니까? 지금 여기 모여 있는 친구들에게 자신의 지배권을 각인시킬 생각입니까?"

앙리 유이는 레베카와 마틴을 보며 서린에게 은근한 어조로 물어보았다. 말은 저렇게 하지만 마틴과 레베카에게 쓴맛을 보여줘서 그들에게 누가 주인인지 알려주라는 것이나 다름없었다. 하지만 그런 짓을 하면 서린이 아니라 고든이게? 서린은 고든처럼 강압적으로 대할 생각이 없었다. 마틴의 경우는 정신 상태가 너무 이상하지만 레베카는 보수적이긴 해도 상식이 통하는 상대니 강압적인 고든보다 서린 쪽이 더 나으리라.

"그럴 필요는 없어! 지금은 우리끼리 노닥거릴 때가 아니니까."

서린은 칼을 칼집에 집어넣고 손뼉을 쳤다.

"준비한 것을!"

테트라 아낙스가 몸을 바꾸었을 때를 대비해 이미 서린의 몸에 맞춰 옷을 준비해 두었었다. 테트라 아낙스의 클랜원임에 분명한 여자 흡혈귀가 옷이 담긴 슈트 케이스를 가져왔다.

"이거 말고. 양복 입고 싸우란 말야?! 곧 침입자가 들이닥칠 텐데?"

"직접 싸울 건가?"

보다 못한 소년, 마틴이 그에게 물었다. 그러자 서린은 고개를 저었다. 부정의 뜻으로 저었다기보다는 그런 일이 가급적 일어나지 않으면 좋겠다는 뜻에서 한 것이다.

"적의 리더는 팬텀이지? 그러면 설득한다."

"뭐? 말이 되나? 루즈벨트가 히틀러를 설득했으면 이차 세계 대전도 거기서 끝났겠지."

"테트라 아낙스가 무슨 루즈벨트야? 히틀러 쪽이지."

서린은 마틴에게서 손을 놓아 그를 자유롭게 해주었다. 마틴은 눈살을 찌푸리며 일어나더니 옷에 묻은 먼지를 털어냈다.

"내가 새로운 테트라 아낙스가 된 이상, 저들에게는 당장 저렇게 반란을 일으켜야 할 이유가 없어!"

서린은 그리 말하며 테트라 아낙스 클랜원들을 바라보았다. 그들은 서린에게서 뿜어져 나오는 텔레파시의 특색에서 그가 고든이라는 걸 믿어 의심치 않고 있었다. 그들은 곧 고분자 소재의 방탄 슈트를 가져왔다.

서린은 재빠르게 옷을 갈아입으며 여자들의 시선을 의식했다. 다들 무표정한 게 별로 관심이 없나 보다.

나름대로는 볼만한 몸매라고 자부하고 있는데 아무도 관심을 보이지 않다니. 다행이라고 생각하면서도 왠지 아쉽고 복잡한 심정이 든다. 서린은 얼굴을 붉히며 옷을 갈아입었다. 다들 뭐라고 하지 않는데 혼자 의식하는 것도 이상하니 감행할 수밖에 없다.

한편 서린의 속 편한 말을 듣고 기막혀하던 마틴이 반발했다.

"마, 말이 쉽지, 칼을 뽑았는데 무도 안 자르고 넣을 리가 없잖아? 설득이라니."

"설득할 가능성은 충분해. 그렇잖아? 예지력을 발휘해 보라고."

"잠깐. 지금 너무 기분 내는데, 소년. 우리는 아직 너를 새로운 테트라 아낙스라고 인정하지 않……."

또 한 명의 테트라 아낙스 레베카가 반발했다. 그녀도 고든은 마음에 들지 않았지만 그렇다고 이런 품격이라곤 찾아보기 힘든 천둥벌거숭이 같은 동양인 소년에게 테트라 아낙스 수장의 자리를 준다니?

"팔자 좋은 소리 하시네요! 곧 적들이 쳐들어올 텐데 직접 싸워서 이길 자신이 있어서 그러는 거예요? 그리고 고집 좀 그만 부려요! 이전보다 더 나은 서비스로 모시겠다는데도 왜 그리 까다로운지."

서린은 옷을 완전히 입은 뒤 머리를 스테인리스 빗으로 빗어 올렸다. 빗에 온통 약물이 배어 나온다. 그동안 주사당한 마취제를 모공으로 뿜어내다 보니 지금의 서린은 온통 마취제로 흠뻑 젖어 있는 상태였다.

서린은 일본도를 붙잡았다. 한세건에게 검술을 배우긴 했지만 한세건도 좀 자기 마음대로 칼을 휘두르기 때문에 서린에게는 별 도움이 되지 않았다. 그러나 테트라 아낙스, 고든의 기억에 이미 고류 검술에 대한 자료 및 경험이 축적되어 있었다. 놀랍게도 테트라 아낙스의 기억은 일단 접촉하기가 힘들지만 그 기억을 끄집어낼 수만 있다면 서린 자신이 경험한 것처럼 생생했다. 하긴 고든이 자신의 몸으로 쓰기 위해 서린에게 기억을 불어넣었으니 그런 것도 당연하다.

서린은 발도와 동시에 수평으로 칼을 휘둘러 스팅레이, 아니, 지금은 릴리쓰가 갇혀 있는 강화 아크릴 수조를 쪼갰다. 쩡하는 소리와 함께 칼날이 부서지며 하늘로 파편이 날아올랐다.

"어머나? 싸구려네?"

흥미 없어진 장난감을 버리듯 부러진 칼을 내려놓는 서린을 보며 마틴이 분개했다.

"싸구려는 무슨! 안 부서지는 게 당연하지!"

"그래?"

서린은 흥미롭다는 듯 마틴을 보았다. 테트라 아낙스 중에서는 가장 어린 탓인지 행동이 톡톡 튀는 놈이다. 놀리는 재미가 있겠다고 생각한 그 순간 수조가 깨어지고 안에 갇혀 있던 스팅레이가 밀려 나왔다.

"컥… 콜록콜록."

스팅레이는 폐에 들어찬 물을 내뱉으며 기침을 했다. 서린은 그런 그녀에게 다가가 머리를 쓰다듬었다.

"자자, 이제 괜찮아, 괜찮아."

"괜찮긴 뭐가 괜찮아?"

"불만 많구나?"

"그래. 어디서 굴러먹다 온 말 뼈다귀인지도 모르는 놈에게 테트라 아낙스의 수장 자리를 주라니!"

"그럼 아예 베이런이 해."

마틴의 반발에 서린은 너무나도 쉽게 말했다. 마치 지우개 좀 빌려 써도 되냐고 물어보는 학급 친구에게 대답하는 듯하다. 그렇지만 거대한 권력과 금력, 어둠의 힘의 총합체인 테트라 아낙스의 수장 자리를 그렇게 쉽게 남에게 주다니? 베이런조차 놀라서 눈을 휘둥그레 떴다.

"어? 베이런은 테트라 아낙스에게 칼날을 들이밀었는데 그에게 양도한단 말야?"

"마틴만 아니면 다 괜찮아."

"이… 이런."

마틴은 서린의 말에 상처받았다.

"짜식, 네가 하고 싶었냐? 권력 지향이네?"

서린은 그런 마틴을 아예 놀려먹었다. 소량의 피라도 귀신같이 알아채고 흥분하는 상어처럼 서린은 놀려먹을 수 있는 약점은 귀신같이 찾아냈다.

"아냐!"

마틴이 발버둥 치는 걸 무시하고 서린은 슈트 케이스 안에 있던 M4 카빈 소총을 조립했다.

"총은 이건가?"

테트라 아낙스가 직접 총을 든다니 있을 수 없는 일이다. 지금까지 고든은 직접 싸우는 걸 보인 적이 없었다.

하긴 휠체어에 몸을 의지하고, 결국에는 말라비틀어진 벌레처럼 변했던 그의 몸을 보건대 직접 전열에 나서는 것은 자살행위나 마찬가지였을 것이다. 그러나 고든의 성격상 설사 몸이 건재했다 하더라도 직접 천박하게 싸우지는 않았을 것이다.

이렇다 해도 역시 준비는 다 되어 있었다. 서린의 몸에 맞춘 방탄복과 서린이 쓸 만한 무장. 테트라 아낙스가 서린의 몸을 빼앗으면 그가 직접 쓰기 위해 맞춘 것이겠지.

아니면 혹시 서린에게 자신의 영혼을 빼앗길 것을 예상하고 있었나? 그럴지도 모른다. 고든은 한순간 모든 것을 알았지만 그것을 의식적으로 주의하지 않았다.

주의 속에서 멀어질 만한 일은 어차피 신경 쓸 일이 아니라고 생각했기에. 하긴 그러지 않았으면 지금까지 맨정신을 유지하고 살 수는 없었을 것이다. 예지력만큼 정신 건강에 나쁜 능력도 없으니까.

서린은 M4 카빈 소총을 완전히 조립하고 살펴보았다. 무광 처리된 묵직한 검은색의 도장이 마음에 든다. 그리고 희미하게 느껴지는 좋은 강철의 냄새, 쇠 냄새는 분명히 피의 그것을 닮아 있었다. 아직 약실에 화약 한 번 담은 적 없는지 정갈한 쇠 냄새와 구리스, 오일의 냄새를 제외하곤 어떤 불순물도 느껴지지 않았다.

순결한 성처녀 같은 총, 마음에 들지 않는 표현이지만 이 총은 마음에 든다. 탄창을 빼 총탄을 확인해 보니 탄심에 빼곡히 박힌 법은이 선명하다. 밤의 주민들에게 목적을 관철시키는 물질 은. 역시 마음에 든다.

"휘유, 멋진걸."

새로운 테트라 아낙스의 수장은 휘파람을 불며 기꺼워했다. 베이런에게 그 수장의 자리를 양도할 수도 있다고 의사는 표명했지만 아직까진 그가 바로 수장이다.

그는 씨익 웃으며 원래 고든의 육신이던 잿더미를 밟고 섰다.

"내가 테트라 아낙스가 된 이상, 테트라 아낙스에 영광 있으라! 앞으로 한 천 년, 이천 년 정도는 더 살아야겠어! 아니, 아예 질릴 때까지 평생!"

서린은 그리 다짐했다. 그러나 그렇게 하기 위해서는…….

"세건 형은 날 죽이려 들 텐데. 골치 아프군."

하여튼 옛말 틀린 것 하나 없다. 모진 놈 옆에 있으면 벼락 맞는다더니, 서린 입장에선 이제 모든 사건이 해결된 거나 다름없는데 한세건의 입장에선 이제부터가 시작인 셈이다. 그러고 보면 이전에 그는 세건에게 만약 자신이 괴물이 된다면 그때는 직접 죽여달라고 부탁까지 했었다. 그때는 혹시 자신이 잘못될까 봐 한 말이었지만 이렇게 되면 곤란하다. 이제 테트라 아낙스가 되어서 그 막대한 재산을 상속받고, 쓸데없이 어깨에 힘주고 사느라 자신을 스스로 고문하고 있는 저 얼간이 같은 흡혈귀들에게 사람답게 사는 법도 좀 가르칠 수 있을 텐데. 아, 하긴 한세건은 애초에 흡혈귀들의 존재 전체를 인정하지 않았지.

"세건 형 성격에 오버하지 않을 리가 없는데. 걱정이네, 다들 너무 진지해서."

서린은 답답해하며 카빈 소총을 점검했다. 그러자 베이런이 그에게 다가왔다.

"그럼 탈출합시다."

"탈출?"

"테트라 아낙스 전용의 비밀 엘리베이터가 있습니다. 그걸 이용하면 최상층으로 이동 가능합니다."

베이런은 제단의 기둥에 설치된 비밀 문을 열었다. 적들은 지하로 추격해 오고 있으니 이곳을 통해서 밖으로 나가면 따돌릴 수 있다. 그동안의 방어 장치가 시간을 제대로 끌어준다면 말이지만.

# 第36夜

변이

# 1

코를 찌르는 피 냄새에 눈살이 절로 찌푸려진다. 실베스테르 신부는 온통 사체로 도배된 지하도를 걸으며 주위를 둘러보았다. 그들이 잠시 늦은 사이에 저들은 이미 안으로 뚫고 들어간 모양이다. 김성희에게 밖의 상황은 어떻게 되는지 물어보고 싶었지만 지하라 그런지 무전기가 통하지 않는다.

그러고 있을 때 문득 품에 있던 핸드폰이 진동했다. 무전기는 안 되는데 휴대전화는 터진단 말인가? 이게 무슨 휴대전화 광고도 아니고 이런 어처구니없는 경우가 어디 있을까?

그러고 보면 지하 곳곳에 휴대폰 중계기가 설치되어 있었다. 희미한 미광들 속에서 LED 빛을 반짝거리며 숨어 있는 휴대폰 중계기는 심해어를 집어삼키기 위해 발광하는 아귀와 같아 보였다.

어처구니없군.

인디아나 존스 영화를 찍어도 이상하지 않을 흉악한 인테리어로 되어 있는 지하도 안에 설치된 중계기라니, 언밸런스의 극치다.

실베스테르는 실소하며 휴대전화를 들었다.

"무슨 일이지?"

"밖에선 헌터들이 빠져나가고 그들을 추격하느라 경찰들이 분주해서 시내가 완전히 아수라장이 되었어요."

"재단 건물 안쪽으론?"

"한 명도 안 들어가는데요?"

아마도 테트라 아낙스의 텔레파시가 그들에게서 안에 들어갈 동기를 차단하고 있음이 분명했다. 그러지 않고서야 이런 엄청난 사태가 발생했는데 정작 피습당한 건물 안으로 들어가지 않는다는 게 말이 되지 않았다.

"고든은 건재한 건가? 아니, 다른 테트라 아낙스만으로도 그만한 일은 가능하겠지?"

실베스테르는 밖의 사정을 들어보며 안으로 걸어 들어갔다. 총탄은 입구 초에만 사용했을 뿐 그 후로는 사용하지 않았는지 바닥에 탄피는 별로 보이지 않았다.

그렇게 걸어 들어가고 있을 때 앞서가던 유스틴이 멈춰 섰다. 그녀의 앞에는 에밀 카이히가 웅크려 앉아서 바닥에 떨어진 피를 확인하고 있었다. 피가 찐득하게 고여 있는 바닥을 밟아서 신발 자국이 고스란히 남아 있었다. 에밀은 그중 한 발자국을 예의 주시했다. 콘크리트 바닥 위인지라 밟은 자의 체중은 알 수 없었지만 이미 이전에 확보한 자료가 있는지 그는 그게 한세건의 것이라 단정 지은 듯했다.

"먼저 들어갔군."

"테트라 아낙스보다 그를 우선할 셈인가?"

실베스테르가 그리 물었지만 에밀 카이히는 대답하지 않았다. 명령 선상에서 독립적인 그는 실베스테르를 존중해야 할 어떤 이유도 없었다. 물론 그것은 실베스테르도, 유스틴도 마찬가지였다.

에밀 카이히는 아무런 대답 없이 앞으로 먼저 달려갔다. 그 뒷모습을 보면서 실베스테르는 말리지 않았다. 테트라 아낙스의 재생을 저지하는 게 다른 것보다 더 우선되어야 한다고 생각되지만, 그가 한세건을 옹호해야 할 이유는 없다. 유다의 계승자, 그리고 이윽고 흡혈귀가 될 것이 분명한 자. 결국 처단해야 한다. 그가 이 세계에 끌어들인 것과 다름없고 그가 바로 한세건의 정신적인 대부(代父)나 다름없지만 어쩔 수 없다. 결국 이렇게 될 것을 알고 있었기에 파국이 결정되어 있던 선택이었다.

하지만… 눈물을 흘리는 흡혈귀라.

"만약 눈물을 흘리는 흡혈귀가 있다면 그놈이겠지."

흡혈귀가 되는 것에 좌절하는 이, 절망하는 이, 분개하는 이는 많다. 그런 이들 사이에서 한세건만이 특별한 존재인가 하면 그렇다고 할 수는 없다. 그가 느끼는 감정의 복잡함은 분명 그만의 것이겠지만 그게 눈물을 흘리는 흡혈귀의 조건이 될 것인가?

실베스테르는 복잡한 심정으로 천천히 에밀 카이히의 뒤를 따라 걸었다.

한세건과 이사카, 그리고 흡혈귀들은 천천히 걷고 있었다. 테트라 아낙스가 언제 서린의 몸을 빼앗을지 모르는 상황에서 천천히 걷고 싶은 마음은 전혀 없지만 유동형 감압 장치에 의한 부비트랩이 설치된 곳에서는 대책이 없었다. 인간들이 행한 행동이 거의 없는 변형형 함정에 대해서는 이사카의 통찰력을 쓰기가 힘들었다. 게다가 지금 이사카의 상태는 매우 안 좋았다. 계속해서 혼자 적을 뚫고 문을 부수다 보니 무리가 간 모양이었다. 그러나 또 이사카도 고집이 있어서 자신의 약한 모습을 흡혈귀들에게 보여주고 싶어 하지 않았다.

"그럼 또 가지! 뒤는 부탁해!"

이사카는 텔레포트로 그들 앞에서 사라졌다. 방화벽을 열기 위해서 이동한 것이다. 그렇게 막 이사카가 사라진 그 순간이었다.

때르르릉!

고전적인 전화벨 소리가 울려 퍼진다. 팬텀이 발을 멈추고 홀스터 밑에 붙은 휴대전화를 꺼냈다. 긴장감이 팍 깨지는 순간이었다.

한세건은 기가 막혀서 주위를 둘러보았다.

"저거 그러고 보니 진짜 중계기였군."

왜 핸드폰 중계기가 이런 데 박혀 있는 거지? 대답은 뻔하다. 테트라 아낙스도 결국 공적인 신분은 사업가이기 때문이다. 잘 나가는 사업가가 언제 핸드폰 죽여놓고 사는 것 봤나? 빚쟁이 들에게 쫓기는 신세라면 또 몰라.

"아, 예. 여보세요. 응? 어?"

팬텀은 수화기 너머에서 들려오는 말에 깜짝 놀랐다. 수화기 에선 빌헬름이 놀라서 외치고 있었다.

—기밀을 요하는 사항입니다.

"어, 그래?"

팬텀은 즉시 이어폰을 꺼내 휴대전화에 꽂고 다시 말을 꺼 냈다.

"그래, 말해봐라."

—테트라 아낙스, 고든이 당했답니다! 서린에게!

너무나 충격적인 말이라 팬텀도 자신의 귀를 의심했다.

"그게 사실이냐?"

—그야 모르죠. 하지만 서린 본인이 나서서 마스터와 이야기 를 하고 싶다는데요?

"…바꿔봐."

빌헬름이 회선을 변경해 서린과 팬텀을 연결해 주었다.

—아, 안녕하세요. 서린입니다. 이야기는 들었지요? 단도직 입적으로 말할게요. 테트라 아낙스에 대한 봉기를 그만둬 주세

요. 이로 인한 어떤 보복도 하지 않겠습니다.

"…흉내가 아니라고 어떻게 단정 짓겠습니까?"

―그야 그렇게 생각하는 게 당연하지요. 음, 하지만 그렇다고 싸움을 강행하는 건 이래저래 큰 손실이 아닐까요? 게다가 제가 말하긴 그렇지만 그쪽도 희생자가 안 나올 수가 없어요. 그게 누가 될지 모르는데 그걸 감수하시겠습니까?

서린은 침착하게 말했다. 하지만 그건 협박이다. 팬텀은 내심 놀라면서 전화기를 고쳐 잡았다. 이런 순간에 그가 통화하고 있으니 주위에서 이상하게 여긴다. 특히 한세건은 전화 내용을 들으려고 하는지 다가오고 있었다.

비스트가 들어서 좋을 게 없다. 팬텀은 몸을 돌리며 통화를 계속했다.

"그렇다면 직접 가서 보는 걸 피할 필요도 없지 않습니까?"

―그야 그렇지만 세건 형이 거기에 있지요? 그 사람은 설득당할 사람이 아니잖습니까? 그렇다고 처단하기도 싫어요.

그 말을 들은 팬텀은 마음이 확 기울었다. 테트라 아낙스라면 연기라고 해도 이렇게까지 말할 놈이 아니다. 비스트의 안전을 보장하기 위해 반군들에게 협상을 제안한단 말인가? 이런 일이 가능한 것은 정말 서린뿐이다.

"제압하면 되지요."

―무리예요. 흡혈귀들에게 제압당하면 자폭이라도 할걸요. 그러고도 남을 사람이죠.

수화기 너머의 서린이 한숨을 내쉬었다.

"알겠습니다. 사정 이야기는 나중에 듣도록 하죠."

팬텀은 그리 말하고 전화를 끊었다. 저쪽은 서린이 확실하고 무슨 이유에서인지 모르지만 고든은 힘을 잃었다. 그렇다면 확실히 팬텀의 반란도 명분을 잃게 된다. 서린이 이후 흡혈귀들을 잘 이끌 수 있다면 그는 어차피 귀찮은 일에 참여할 생각도 없었다. 예지 능력과 텔레파시 능력을 가진 자가 흡혈귀들을 이끄는 게 훨씬 더 나으니까.

문제는 어떻게 한세건과 이사카를 여기서 빼냐는 거다.

"무슨 이야기지?"

한세건은 추궁하듯 팬텀을 바라보았다. 그러자 팬텀 대신 파군이 나서서 세건의 앞을 가로막았다. 여자치고는 상당한 키인 파군은 세건의 앞을 가로막고 철 부채를 펼쳤다.

"무엄하군, 인간. 아무리 그래도 흡혈귀 군주를 대할 때는 어느 정도 절차를 지켜주면 고맙겠는데?"

"지금 흡혈귀가 무슨 관직이라도 되는 줄 아나 보군?"

실제로 봉건사회의 습관이 남아 있는 파군으로서는 흡혈귀가 귀족이고 인간이 평민이나 천민이란 묘한 신분 의식이 박혀 있었다. 그런 그녀로서는 상당히 강력하고 영향력 있는 팬텀과 같은 귀족이 한세건이라는 천둥벌거숭이에게 모욕당하는 것을 참을 수가 없었다.

그러나 그건 한세건의 입장에서도 마찬가지였다. 원래 한세건은 신분 의식, 계급의식 그런 것을 참아주지 못하는 성격이다. 그런데 그가 증오해 마지않는 흡혈귀가 그러다니. 기가 막힐 일이다.

그때 팬텀이 다른 흡혈귀들에게 귓속말을 했다. 물론 한세건은 청력이 좋으니 그걸 들을 수 있었지만 영어가 아니라 프랑스어로 말하는 데에는 대책이 서지 않았다. 이사카라도 있으면 듣고 무슨 이야기냐고 물어볼 수 있겠는데 지금 이사카는 또 문 열러 앞으로 먼저 나선 상황이다.

"그러면… 저 작자를 제거하도록 하지요."

파군은 테트라 아낙스와 더 이상 싸울 필요가 없다는 말에 대뜸 한세건에게 적의를 드러냈다. 아그니는 의아해하며 팬텀에게 물었다.

"정말 믿을 만한가? 테트라 아낙스가 연기하는 것일지도 모르잖아? 여기서 예봉이 꺾인 다음에 나중에 섬멸당하면 그땐 대책이 안 선다고."

아그니가 말하는 것도 일리는 있다. 아니, 그렇게 의심하는 게 정상이긴 하다. 게다가 그들 입장에서는 비스트를 데리고 테트라 아낙스 앞에 데려가도 손해 볼 게 없다. 만약 정말 테트라 아낙스가 서린의 손에 떨어져서 그들이 더 이상 싸움을 원하지 않는다면 거기서 확답을 받아두는 게 좋고, 아닐 경우는 애초의 계획대로 싸우는 게 좋다.

문제 될 것은 아무것도 없다. 그들은 그냥 하던 대로 하면 될 뿐.

"맘에 안 들긴 하는군. 손잡은 상대의 뒤통수를 후려쳐야 할지도 모른다는 게."

헤카테는 힐끔 한세건을 돌아보았다. 한세건은 그들의 이야기를 못 알아듣는지 팔짱을 끼고 내심 삐친 표정으로 가만히 서 있었다.

"뭐, 그러면 테트라 아낙스 앞까지 가도록 하지. 비스트야 어떻게 되든 알 바 없잖아? 거기서 테트라 아낙스가 우리 편이라 하면, 비스트랑 빌빌대는 이사카 정도야……."

그렇게 말하며 아그니가 태연스럽게 한세건의 옆을 지났다. 그런데 그때였다.

탕!

무시무시한 총성과 함께 아그니의 몸이 옆으로 튕겨 나갔다. 아그니가 미처 놀라기도 전에 비스트에 맞아 걸레가 되다시피 한 그의 몸통을 향해 한세건이 뛰어들어 주먹을 날렸다.

콰직!

총에 의해 찢어진 몸통 속으로 주먹이 꽂히자 선혈이 튀며 몸이 완전히 부러져 버렸다. 아그니의 몸이 두 동강 나는 것과 동시에 한세건이 수류탄 두 개를 흡혈귀들 사이에 던졌다. 첫 발은 플래시 뱅, 두 번째는 세열 파편 수류탄이었다.

"큭! 알아들었나?!"

"무슨 영재교육 받은 것도 아닌데 저 나이에 몇 개 국어를 한다는 거야? 그럴 리 없어!"

흡혈귀들은 기겁하며 물러났다. 그때 플래시 뱅이 터졌다. 섬광탄이 폭발하며 섬광과 굉음으로 그들을 기절시키려 했다. 감각을 끊어내야 한다. 그러나 어둠 속에 익숙해지고, 또 예민해진 고막이 과연 저 굉음과 섬광을 견딜 수 있을까?

"으악!"

뒤이어 파편 수류탄이 터지며 파편이 흩날렸다. 팬텀이 나서서 파편들을 비틀어 동료들을 지켰지만 그조차도 앞으로 폭발을 뚫고 나갈 수는 없었다. 그나마 뒤로 물러나서 그 자리를 피하고 공격을 피하는 수밖에. 그렇게 완전히 허를 찔린 진마들은 깜짝 놀라서 뒤로 몸을 날렸다.

"큭! 비스트! 내 말 들어봐! 중요한 이야기가⋯⋯!"

팬텀은 그에게 서린이 테트라 아낙스가 되었음을 말하려 했지만 세건은 팬텀의 말을 함정이라 여겼는지 들을 생각도 않고 뒤로 몸을 날려 팬텀에게서 멀어졌다. 하긴 팬텀의 능력을 생각할 때 말을 듣겠다고 접근하는 건 상당히 위험한 짓이다.

사실 한세건은 불어를 할 줄 몰랐지만, 흡혈귀들의 회동을 보고 그들이 뭔가 수작을 꾸미고 있다고 생각한 뒤 주저 없이 선공을 선택한 것이었다. 어차피 그렇지 않아도 아그니의 능력에 부담을 느끼고 있던 세건은 기회가 오면 그들을 처리하려고 마음먹고 있었다.

한세건은 부비트랩을 뛰어넘고 부비트랩들 위에 신관 꽂은 TNT 바를 던져 넣었다. 그리고 즉시 앞으로 달렸다. 앞에는 테트라 아낙스가 서린의 몸을 빼앗기 위해 의식을 벌이고 있거나, 아니면 벌써 그게 끝났겠지. 강력한 흡혈귀가 득시글거릴 텐데 그곳에 혈혈단신으로 뛰어들어 봤자 위험하긴 하다.

하지만 일단 폭탄이 터지기만 하면 이야기는 다르다. 지하에서 폭탄을 터뜨리면 충격파가 벽에 반사되며 반향을 일으켜 2차, 3차로 계속 피해를 주게 된다. 폭탄을 피할 곳도 없다. 단 문제가 있다면 그러면 폭탄을 쓰는 한세건 역시 성치는 못하리라는 것이다.

"큭!"

세건은 코에서 뭔가 뜨끈한 것이 흘러나오는 것을 느끼고 무의식중에 손으로 그걸 훔쳤다. 뜨뜻한 코피가 밸브 열린 수도꼭지에서 물이 나오는 것처럼 흘러나오고 있었다.

눈앞의 시계가 흐릿해진다. 보이지 않는 건 아니다. 되레 공간 감각이 지나치게 뚜렷해졌다. 눈대중만으로 저 앞 복도까지의 거리가 몇 미터인지, 폭은 몇 미터인지, 그런 것까지 알 수 있을 정도였다. 그렇게 기형적으로 증대되는 공간감에 비해 색채가 따라가지 못해서 형상으로부터 색이 녹아서 흘러내린다. 강력한 마약에 의한 명현 현상, 사이키델릭 문의 증상이다.

흡혈인자가 늘어나고 있었다. 흡혈귀가 되어간다.

"제기랄!"

한세건은 리모컨을 눌러 폭탄을 폭파시키고 몸을 앞으로 던졌다. 부비트랩들까지 연쇄 폭발이 일어나며 뒤의 통로가 무너져 붕괴했다. 다른 벽은 튼튼해서 그냥 TNT를 부착한 정도로는 부서지지 않을 테지만 이곳 부비트랩이 설치된 통로는 부비트랩들 때문에 다른 곳보다 훨씬 약했다.

한세건은 완전히 무너진 통로를 바라보고 몸을 일으켜 세웠다. 몸이 자신의 몸 같지 않다. 심장이 깨질 것같이 아프고 눈앞이 파랗게 타오른다.

하지만 이제 곧 모든 게 끝난다. 테트라 아낙스는 이 앞이다. 그때까지는 마수로 있어야 한다. 모든 것을 물어뜯는 상처 입은 맹수로서 존재해야 한다.

통증을 끊어내고, 한세건은 식은땀을 흘리면서도 꼿꼿이 몸을 세웠다. 통증은 분명히 있지만, 그것은 남의 것처럼 멀리 느껴진다.


이사카는 자신이 테트라 아낙스의 본당에 들어왔음을 알 수 있었다. 공기 중에 감도는 사악한 기운, 그리고 흡혈귀들의 왕이나 즐김직한 피의 분수가 그것을 증명했다. 피브린을 전부 제거하고 항응고제를 넣어 굳지 않게 만든 피가 분수를 이루고 있는 모습은 정말 장관이었다. 만약 햇빛이 들어오고 이게 피가 아닌 물이라면 잘 꾸민 분수 정원 같았으리라. 하나 이곳은 중성자탄이 터져도 끄떡없는 지하 벙커이고 식물 대신 끔찍한 키메라들이 즐비했다.

이사카는 자신에게 뛰어드는 도베르만의 모습을 한 키메라를 노려보았다. 독이 흐르는 날카로운 이빨을 드러낸 도베르만은 무서운 속도로 달려들었다. 물리기만 하면 지금 의지만으로 움직이다시피 하는 이사카에게는 치명타가 될 것이다. 저놈들은 뼈가 부서지고 살가죽이 끊겨 마침내 사지가 동강 날 때까지 물어뜯을 수 있는 괴물들이다.

그러나 이사카는 그런 괴물의 공격을 피하려 하지 않고 되레 뛰어들었다.

뚜득!

이사카의 손바닥이 도베르만의 턱을 붙잡고 그 목을 뒤로 접어버렸다. 완전히 뼈가 부러지면서 뒤통수가 척추에 닿았다. 도베르만을 그렇게 접어버린 이사카는 접혀진 도베르만 키메라를 흥분한 키메라들 사이에 집어 던졌다. 키메라들이 그렇게 던져지는 몸통을 피해 물러나는 순간 이사카는 텔레파시를 발휘해 그들 뒤에 있던 키메라들을 잠시 제압했다. 어설프게 옆으로 뛰어서 공격을 피하던 키메라들을 향해 다른 키메라들이 달려들어 목덜미를 물어뜯었다.

키메라들이 혼란을 겪는 사이, 이사카는 그들 사이를 지나며 쿠크리를 휘둘렀다. 낫을 휘둘러 곡식을 수확하듯, 키메라들의 머리가 일격에 잘려 나가 하늘로 치솟는다. 이사카는 그렇게 그들을 쓸어버리고 방화문 앞에 섰다. 그가 문을 여니 다른 이들은 어디 갔는지 보이지 않고 한세건이 혼자 휘청거리며 걸어 들어왔다.

위험하다. 휘청거리며 걷는 폼이 유령과 같다. 이사카는 그를 죽여 버릴까 싶어 쿠크리를 틀어쥐었지만 그보다 먼저 한세건이 움직였다.

철컥!

글록을 꺼내 든 한세건은 고개를 숙인 채 보지도 않고 방화문으로 달려드는 키메라들을 향해 총을 겨눴다.

글록의 총구에서 화염이 혀를 낼름거리자 핑음과 함께 키메라들이 굴렀다. 한세건은 그렇게 키메라들을 제압하고 총을 좌우로 휘둘러 빈 탄창을 흩뿌렸다. 녹색으로 물들인 머리칼이 검은 어둠에 잠식되어 일렁인다. 한세건은 글록의 총열을 식히며 고개를 위로 쳐들고 한숨을 내쉬었다.

"후우우우."

그의 숨결이 자동차의 배기음처럼 느껴진다. 이사카는 쿠크리를 거두고 그를 바라보았다. 지금도 그에게서는 위험한 기운이 느껴지고 있었지만 그게 무엇인지는 모르겠다.

"흡혈귀들은?"

"무슨 수작을 부리길래 선수 쳤다."

한세건은 그리 말하며 이사카를 의아하다는 듯 바라보았다. 눈에서 푸른 불꽃이 이는 게 사이키델릭 문도 이제 치사량 이상으로 들어왔음이 분명하다. 한세건은 마약의 힘으로 겨우겨우 인간으로서 살아 있는 것이다. 그렇지만 이사카도 그런 한세건과 다를 게 없는 상황이었다. 이사카 역시 자신의 힘 때문에 생명력을 태워 이제 그 끝에 달한 몸, 그러다 보니 예지 능력이 있어도 사용하지 않아서 한세건이 무슨 짓을 했는지 알지 못하는 것이다.

"진마들인데 잘도 제거했군그래. 폭탄을 쓴 건가? 이런 곳이라면 폭탄을 피할 수도 없고 그 위력은 대단할 테니까."

"잘 아는군."

"몸에서 화약 냄새가 풀풀 나. 산화되어 버린 화약의 냄새."

"권총 냄새와 다른가?"

"TNT는 확실히 다르지."

한세건으로서는 뭐가 다른지 모르지만 이사카가 그리 말하니 다르긴 다른 거겠지. 그리 생각한 세건은 이사카가 연 방화벽 안으로 들어갔다.

한세건은 열린 방화벽 안에 펼쳐진 모습을 보고 눈살을 찌푸렸다. 골이 지끈거린다. 피 냄새, 신선한 피 냄새가 공기 중에 가득하다. 입에 침이 고인다. 열흘 굶다가 음식점 앞에 선 것처럼 식탐이 끓어오른다. 그는 이미 거의 흡혈귀가 되다시피 했다. 마약의 힘으로 어렵사리 인간인 상황을 유지하고 있을 뿐, 영혼 자체도 이미 흡혈귀의 것과 다를 바 없이 변이된 뒤였다.

그러나 지금은 그 피에 대한 갈망보다 더한 갈망이 한세건을 사로잡고 있었다. 이제 곧, 테트라 아낙스에게 닿게 된다. 이전에는 감히 흡혈귀의 왕에게 접근한다는 것은 상상할 수도 없는 일이었다. 그러나 지금은 손이 닿는 곳에 있다니, 가슴이 떨린다. 이 밤을 헤매며 몇 번이나 갈망하던 것이 지금 눈앞에 있다.

하지만 그때였다.

"헉!"

갑자기 눈앞이 검게 물든다. 한세건은 벼락에 맞은 것처럼 경련을 일으키더니 주저앉았다. 사이키델릭 문이 혈관 안에서 흐르고 있는데도 몸이 굳어버리고 의식이 육체와 단절된다.

변이가 시작되는 것이다.

이제 테트라 아낙스를 코앞에 두고서 이런 일이 벌어지다니!

"흐음, 시작이군."

이사카는 한세건이 주저앉은 것을 보고 천천히 소총을 한세건의 머리에 겨누었다. 한세건은 숨을 헐떡이며 눈을 부릅떴지만 이사카가 들이민 총구에서 벗어날 방법이 없었다.

"죽고 싶나?"

이사카는 총을 거뒀다. 만약 그가 죽음을 바란다면 적선 삼아 한 방 갈겨주는 것도 나쁘지 않다. 이러니저러니 해도 비스트는 자신의 역할을 다했다. 인간의 몸으로 지금까지 흡혈귀들을 이렇게 휘저은 것만 해도 훈장감이다.

하지만 한세건은 포기하지 않았다.

"테트라 아낙스는 내가 접수하도록 하지. 뒤에서 쉬고 있으라고."

이사카는 그 말을 남기고 앞으로 걸어갔다. 이사카의 뒷모습을 무력하게 바라보며 뒤에 무릎 꿇고 앉아 있던 한세건은 가슴 위에 손을 얹었다.

덜컥.

심장이 멎어버렸다. 생명이 빠져나가고, 이제는 무가치한 고깃덩이가 되어, 한세건은 옆으로 쓰러졌다. 눈은 그대로 크게 뜬 채, 옆으로 쓰러진 한세건의 머리가 바닥에 충돌했다.

# 2

서린은 엘리베이터를 기다리고 있었다. 고요한 지하층 안쪽에서 엘리베이터의 기동음만이 희미하게 들렸다. 왠지 모르게 기분이 초조하고 어색하다.

"그런데 이 릴리쓰는 어쩔 겁니까?"

베이런은 그렇게 물어보았다. 원래 고든은 이번 이식에서 자신이 실패할 경우 다시 몸을 갈 수 있도록 릴리쓰를 확보하고자 했었다. 그러나 이제 서린이 고든을 대신해 테트라 아낙스가 되었다면 그녀는 필요 없지 않은가?

하나 릴리쓰를 아무런 생각 없이 풀어줄 수는 없다.

"아마 더 이상 괴물을 낳을 필요가 없다면 그녀는 사라질 겁니다. 적어도 다음에, 괴물들의 수가 줄어들 때 다시 나타나 새롭게 괴물을 낳기 위해서… 그동안 다시 봉인당하는 사고를 피하려면 사라져야겠지요."

서린은 그렇게 통찰하다가 문득 고개를 뒤로 돌렸다. 뒤쪽에서 누군가가 다가오는 환상을 보았다.

"…손님이 오는군요."

블라드와 테트라 아낙스의 병사들은 총화기를 준비했다. 서린이 팬텀에게 전화를 해서 그와 이야기를 해 나름대로는 합의를 도출했다고 생각되지만, 한세건과 이사카는 그에 응하지 않았으리라.

"이사카와 비스트가 폭탄을 써서 복도를 붕괴시켜 흡혈귀들과 자리를 격리한 뒤 오고 있어. 자, 새로운 테트라 아낙스. 어떻게 할 생각이지?"

"그야 뭐, 일단 탈출하는 데 전념하도록 하지."

서린은 다시 엘리베이터 박스로 눈을 돌렸다. 고층 빌딩의 엘리베이터라 그런지 오는 데 시간이 꽤 걸린다. 게다가 엘리베이터의 현 위치를 알려주는 눈금도 요즘처럼 디지털 액정으로 표시되는 것이 아니라 아날로그 바늘로 표시되고 있었다. 이 무슨 언밸런스람. 서린이 그런 생각을 하고 있을 때 뒤에서 군화 소리가 들려왔다.

"벌써 끝나서 이제 야반도주 중이신가, 고든?"

말이 끝나기가 무섭게 수류탄이 날아든다. 하나 서린은 M4 카빈을 들어서 뒤를 돌아보지도 않고 팔만 뒤로 돌려 방아쇠를 당겼다.

날아드는 수류탄이 총탄에 충돌해 운동에너지를 급격히 잃고 위로 튕겨 오르더니 공중에서 폭발했다. 예전이라면 불가능한 일이었지만 테트라 아낙스로 거듭난 그에게는 어려운 일도 아니다.

회색 머리칼의 청년이 수류탄이 폭발한 뒤 뿜어내는 연기를 꿰뚫고 뛰어들었다.

화아아악!

강한 바람이 불며 그의 몸을 휘감았던 폭연들이 흩어진다. 어차피 시야를 가리기엔 얼마 되지 않는 폭연이 흩어지고 은색의 검광이 흩뿌려진다. 잭나이프가 스프링 장치로 인해 튀어나오는 것처럼, 탄력받은 검광이 선두에 선 테트라 아낙스의 병사들에게 떨어졌다.

푸확!

흡혈귀의 목이 피를 토하며 허공으로 치솟아 오른다. 소총이 불을 뿜어대지만 이사카는 흡혈귀들 사이로 뛰어들어 화선을 교란시켰다.

"이사카?!"

서린은 이사카를 발견하고 놀랐다. 그가 여기 와 있다는 건 알고 있었지만 이렇게 직접 보니 왠지 놀라야 할 것 같았다.

"닥쳐, 네놈이 내 이름을 부르지 마!"

이사카는 눈살을 찌푸렸다. 혹시 서린이 테트라 아낙스를 이기고 고든 행세를 하고 있는 게 아닐까 싶어 텔레파시를 통해 서린에게 접촉을 걸어보려고 했지만 그 순간 강한 반발력으로 튕겨 나가고 말았다. 텔레파시에 대한 프로텍트가 마치 반사행동처럼 자연스럽게 일어난 것이다. 무릎 아래를 망치로 치면 다리가 자연히 들리는 것처럼. 이런 게 자연스럽게 일어난다는 것은 그가 텔레파시 능력자라는 증거이고 그가 아는 한 서린은 텔레파시 능력이 없었다. 그렇다면 지금 이것은 무엇을 의미하는가?

지금 저기에 서 있는 자는 테트라 아낙스의 고든이다! 그렇게 결론지은 이사카는 서린을 향해 바로 뛰어들었다.

"제가 막겠습니다!"

블라드는 부하들로는 도저히 이사카를 막을 수 없다는 생각에 서린의 앞을 가로막으며 SPAS—12 샷건으로 이사카를 쏘았다. 도저히 피할 수 없는 타이밍의 공격이었다. 서린에게 집중한 탓에 이런 일이 될 줄 몰랐던 것일까?

콰직!

하나 이사카는 들고 있던 칼을 교차해 얼굴 부분의 급소를 막았다. 퍽 하는 타격음과 함께 이사카의 몸이 뒤로 튕겨 나갔다. 보통 사람이라면 샷건으로 머리통이 날아갔을 테지만 이사카는 머리를 쌍검으로 지켜내고 빙글 몸을 돌려 지상에 착지했다. 이사카의 손에 들려 있던 쌍검 중 한 자루가 부러져 버렸다.

"후우!"

이사카는 숨을 내쉬며 부러진 검 대신 손도끼를 꺼냈다. 아까 전의 충격으로 약간 상처를 입긴 했지만 이 정도는 긁힌 상처에 지나지 않는다. 지상에 착지한 이사카의 몸에 난 상처는 급격히 아물었다. 블라드는 그런 이사카를 향해 연속적으로 샷건을 갈겼지만 이사카는 지면에 엎드린 채 마치 거미가 기어다니듯 좌우로 퀵스텝을 밟으며 공격을 피했다. 믿어지지 않는 빠르기! 다른 흡혈귀들이 그런 이사카를 등 뒤에서 덮치려 했지만 그러면 이사카는 몸을 빙글 돌려서 그 흡혈귀의 위에 올라타더니 목덜미에 손가락을 박아 넣어 목뼈를 잡고 쭈욱 당기며 등을 박차고 도약한다. 이사카가 뒤로 텀블링하는 것과 동시에 목뼈가 뽑힌 흡혈귀의 몸통이 척추에 매달려 공중으로 떠오른다. 흡사 실에 묶인 마리오네트가 번쩍 들리는 것처럼 들어 올려진 흡혈귀의 몸통은 이사카를 노리고 발사된 총탄들에 의해서 넝마가 되어버린다.

"큭! 이놈이!"

블라드는 현란하게 움직이는 이사카를 노려보며 총구를 움직였다. 그런데 그때, 이사카의 모습이 그의 시야에서 사라졌다.

"아니?!"

콰직!

그다음 순간 천지가 빙글 돌아간다. 블라드의 머리가 몸통에서 분리되어 빙글 돌아버린 것이다. 이사카는 근거리 텔레포트로 이동해 블라드의 뒤를 잡고 손도끼를 휘둘러 블라드의 목을 쳐 날렸다.

블라드는 머리가 잘렸음에도 의식을 잃지 않았기에 그의 입장에서는 세상이 그를 중심으로 빙글빙글 도는 것처럼 보였다. 손도끼를 휘두른 채 거두지 않고 있는 이사카와 그의 뒤에 머리를 잃고 무너지는 자신의 몸, 그리고 자신의 몸에서 쏟아지는 피를 바라보는 것은 흡혈귀 전투원으로서도 참 보기 괴로운 장면이었다.

"그만둬! 그 이상 싸우면 위험해, 이사카!"

서린은 이사카를 말렸다. 그러자 이사카는 피투성이가 된 도끼를 마치 바람개비처럼 돌려 피를 떨쳐 내며 미소를 지었다.

"네놈이 왜 날 걱정하는 거지?!"

확실히 숨결이 거칠어졌다. 그는 이미 방화벽을 뚫으면서 상당히 지쳐 있었다. 애초에 오늘을 넘기지 못할 거라고 각오를 하고 들어온 몸이다. 그럼에도 불구하고 흡혈귀나 한세건이란 전력을 무시하고 그 혼자 이곳에 뛰어든 것은 어느 순간 갑자기 몸이 상당히 편해졌기 때문이다. 그 이유가 뭔지는 모르지만, 이사카는 이 기회를 놓치지 않으려 했다. 그도 여유가 있다면 직접 테트라 아낙스를 처단하고 싶었다. 특히 자신의 동생의 몸을 빼앗은 놈이라면 더더욱!

"나는 서린이야! 고든이 아니라고, 이사카!"

서린은 그렇게 항변했다. 순간 이사카의 표정이 뻣뻣하게 굳어버렸다.

아니, 지금 이놈이 대체 무슨 소릴 하는 거지?

"정말이라고! 이사카! 필요로 인해 태어난 것은 나야! 네가 아니라고! 이사카 너야말로 욕구의 아이야!"

"농담이라면 정도가 지나치군!"

이사카는 서린의 말을 듣고 격분했다. 그러나 피가 머리로 돌기 전에 번개처럼 사고가 회전했다.

설마 고든이 살겠다고 자신이 서린이라고 주장하는 건가? 그건 그동안의 고든의 행동으로 볼 때 있을 수 없는 일이다! 하지만 고든이 소멸하고 서린이 주도권을 잡았다면 저 능력은 대체 뭐지? 강력한 텔레파시 능력과, 예지 능력, 그것은 그대로 이어져 있는데 그러고도 서린이라고? 이렇게 상황 좋은 이야기가 있나?

"이제 그만둬, 이사카! 방금 전부터 그래도 꽤 몸이 나아지지 않았어? 내가 고든의 자리를 대신한 이상 이사카에게 가는 부담도 줄어들었을 텐데. 릴리쓰가 안배한 함정을 지키기 위해서 이사카의 능력이 계속 쓰이고 있었으니까! 이제 그게 끝난 이상 틀림없이 괜찮을 거야!"

그 말을 들은 순간 이사카는 깜짝 놀랐다. 그래, 왜 갑자기 몸이 편해졌나 싶긴 했다. 그는 이전에 몇몇 정보를 테트라 아낙스로부터 지키기 위해 테트라 아낙스의 오라클 시스템에 정면으로 대항한 적이 있었다. 그때 그의 힘이 얼마나 소모되었던가?

그런데 그도 모르게 오라클 시스템에 대항해 지켜야 했던 정보가 또 있었단 말인가? 그 자신도 모르면서?

만약 그렇다면 서린의 말이 옳다. 테트라 아낙스에게 알리기 싫은 어떤 일이 있고 그것을 릴리쓰가 그도 모르는 사이 강제해서 이사카는 그것을 지켰을지도 모른다. 하지만 그렇다고 해서 지금 눈앞에 있는 이가 서린이란 보장은 없다.

띵!

그때 엘리베이터가 도착하며 특유의 맹한 차임이 울렸다. 문이 열리자 베이런과 마틴, 레베카가 엘리베이터 안에 탔다.

"어쩔 겁니까, 서린? 그리고 이사카 베르게네프."

"으음."

이사카는 자신의 칼을 들어 보였다. 샷건을 막아내느라 날이 좀 상하긴 했지만 아직은 쓸 만하다.

"그러니까, 나보고 네가 롯시니란 걸 믿으라 이 말이냐? 그런데 네가 롯시니라고 해서 내가 공격하지 않을 거란 근거는 어디에 있지? 지금 네가 테트라 아낙스임은 분명한 사실인데?"

이사카가 그리 물었을 때였다. 서린은 갑자기 만류하는 베이런과 레베카를 제치고 앞으로 나아가 이사카의 앞에 마주 섰다. 대칭된 위치에 있는 둘의 붉은 눈동자가 서로서로를 마주보았다.

필요의 아이와 욕구의 아이.

릴리쓰가 테트라 아낙스를 전복하기 위해 낳았다는 이사카 베르게네프와 자손으로서, 단지 모성애를 위해 낳았다 하는 서린.

이 두 사람은 놀랍도록 닮아 있었다. 이제 서린이 테트라 아낙스가 되어 흡혈귀화한 지금에도 그들은 다를 게 없어 보였다. 다만 다르다면 이사카가 겪어온 세월의 표정과 서린의 진한 갈색 머리칼이 다른 정도?

쌍둥이로 태어났지만 둘이 이렇게 직접 대면해 서로의 눈을 바라보는 것은 정말 오래간만이라는 생각이 불현듯 들었다.

"고든에게서 나를 지키느라 이사카가 이렇게 상한 거야. 미안, 난 그것도 모르고 너무 생각 없이 살았어. 하지만 이제 괜찮아. 고든은 내 안에 잠들어 있으니까."

"그래서 네가 정말 롯시니이긴 한 거냐? 네 안에 고든의 기억과 능력이 남아 있다면 너는 스스로 롯시니라고 생각할지 몰라도 아닐 수 있어. 고든인데 그의 의식 한구석에 자기혐오가 있어서 롯시니를 연기할 수도 있단 말야. 어느 쪽이든 간에 너의 의식은 이미 롯시니와 고든의 것이 융합되어서 절대로 이전과 같은 동일 인물이라고 할 수는 없어. 주도권이 롯시니에게 있다고 해도 그것이 바로 네가 롯시니라는 증거는 못 된다는 거지. 물론 네가 스스로를 롯시니라고 생각하고는 있겠지만."

그러나 서린은 고개를 저었다.

"그래, 맞아. 나는 예전의 서린이 아닐지도 몰라. 그걸 부인할 만큼 뻔뻔하진 않으니까! 하지만 내가 하고 싶은 일은 확실한걸! 그러니까 나는 이사카와 싸우지 않을 거야!"

"네가 하고 싶은 일이 뭔데?"

이사카는 불현듯 그렇게 물어보았다가 혀를 찼다. 물어보지 말고 그냥 쳐버릴 걸 말을 잘못했다. 서린은 신이 나서 이야기를 꺼냈다.

"내가 하고 싶은 건 효율 있게 테트라 아낙스의 힘을 쓰는 거야!"

"뭐?"

이사카는 그 말을 듣고 기가 막혔다. 이놈은 확실히 서린이다. 고든이 이런 미친 소리를 할 리가 없다.

"효율 있게 뭘 어쩌겠다고?"

"…입 밖으로 꺼내면 너무나 이상적인 소리라 비웃음을 살게 분명해서 제대로 말은 못 하겠는데 하여튼 내 이상이 있으니까 그 이상대로 흡혈귀든 사냥꾼이든 모두 다 테트라 아낙스의 힘으로 밀고 나갈 거야."

"하."

이사카는 할 말을 잃었다. 갑자기 독기가 싹 빠진다. 이놈은 정말 서린이다. 절대로 고든일 수가 없다. 그걸 방금 확신해 버린 것이다.

"그럼 네게⋯ 테트라 아낙스를 잡기 위한 함정이 걸려 있었다 이건가? 그 고든이 거기에 걸려서 이렇게 되었다고? 말도 안 돼."

그가 고든을 잡으려 할 때는 얼마나 영악한 놈이었나? 그런데 아무리 수십 수에 걸친 암수를 깔아둔 상황이라지만, 고든이 이렇게 쉽게 걸려서 소멸했다는 게 아직도 믿어지지 않았다.

"그야 고든은 이사카를 대적하는 것을 무슨 게임처럼 즐겼는걸. 하지만 전혀 적이라고 생각지도 않은 나에게 당할 줄은 상상도 못 했었고, 나를 아예 적수로 생각하지도 않았기 때문에 오히려 쉽게 당한 거라고 생각해. 그리고 무엇보다도 고든은 삶에 지쳐 있었어. 그게 컸어."

서린이 설명하는 말은 구차하기 이를 데 없었다. 이사카도 그걸 몰라서 묻는 게 아니다. 그에게도 이따금 죽어버릴까 하는 생각이 찾아들곤 했으니까. 그냥 이건 한탄이고 경악이었다.

"잔말할 시간이 아닙니다! 위로 올라갑시다!"

그때 보다 못한 베이런이 엘리베이터의 열림 버튼에서 손을 떼었다. 그러자 서린은 즉시 엘리베이터 안으로 뛰어들었다.

"따라와, 이사카!"

"아니! 난 가지 않아."

이사카는 엘리베이터에 들어서지 않았다. 그러자 서린이 팔을 뻗어 엘리베이터의 문이 닫히려는 걸 막았다.

"무슨 소리야?! 이사카!"

"롯시니, 너의 길은, 내 길과 달라. 예전부터 달랐지만 그때는 나름대로 내 고통과 시련이 보상받았다고 생각했다. 내가 고통받는 만큼 너는 릴리쓰에게 인간적으로 사랑받았고, 사람이었고, 또한 자유롭다고 생각했으니까. 괴물의 신분으로 누릴 수 없는 그 과분한 사치를 네가 즐길 때, 나는 그 사치를 일궈내는 게 나라는 생각에 어떤 고통도 참아낼 수 있었어. 그래, 나는 네가 부러웠고 네가 너로 있게 할 수 있는 나의 힘과 희생에 자부심을 느꼈다. 적어도 어제까지는 그랬어. 물론 그러는 한편으로 너를 증오하고, 네게 이 세상의 험한 꼴을 억지로라도 보여주고 싶은 마음도 있었지만… 하지만 이건 아니야! 네가 테트라 아낙스가 된다고? 웃기지 마! 그게 네 진짜 자유의지인 거냐? 릴리쓰의 뜻이 아니라? 결국 너도 나도 필요의 아이! 릴리쓰가 안배한 운명에서 쳇바퀴를 돌리는 바보일 뿐이야! 그리고 이제 너는 그녀가 바라는 대로 새로운 테트라 아낙스로 그들 위에 군림하겠다는 거냐?"

이사카는 그리 말했다. 서린은 단 한순간도 이사카와 형제임을 실감하지 못했었지만 지금의 그들은 너무나 닮았다. 마치 대칭된 거울을 가져다놓은 것처럼 그들은 닮은 모습으로 서로를 노려보았다.

이사카는 엘리베이터의 문을 닫히지 않게 문틈에 끼운 서린의 손을 잡아서 강제로 안으로 밀어 넣으려 했다. 서린은 그의 손을 뿌리쳤다.

"무슨 생각 하는지 알아! 하지만 이건 진짜 내 뜻이야. 릴리쓰가 무슨 생각을 했든 상관없어! 아무것도 몰랐다면 인간인 채로 웃으며 살 수 있었겠지만 그럴 수가 없어! 알게 된 이상 어떻게 예전처럼 살겠어? 난 알아선 안 될 걸 알아버렸기 때문에 이제 내 나름대로, 새로운 삶을 선택한 거야! 그게 릴리쓰의 예지와 목적에 부합한다 하더라도 그게 내 살아가는 길인걸! 그녀의 예측과 예지, 목표는 나에게 아무런 상관이 없어! 나는, 지금 테트라 아낙스의 지혜를 받은 나는 이사카도 구할 수 있고, 세건 형도 구할 수 있어. 그런 힘을 탐내지 않을 수 없잖아!"

서린이 그렇게 말할 때였다.

문득 그들의 뒤에서 목소리가 들려왔다.

"아니, 넌 나를 구할 수 없어, 서린. 약속을 지킬 시간이다."

그와 동시에 뭔가가 지면 위를 미끄러지며 엘리베이터의 문틈으로 들어오려 했다. 이사카는 반사적으로 그걸 발로 차고 서린을 안으로 밀어 넣었다. 문이 닫히고 엘리베이터가 위로 올라가는 것과 동시에 TNT 바가 폭발했다.

"비스트!"

이사카는 폭연을 양손으로 휘둘러 날리고 AK 소총을 집었다. 한세건 역시 USAS—12 샷건을 들고 그를 겨누었다. 어째 이렇게 되지 않을까 싶었다. 녹색으로 머리를 물들인, 자연적으로 살아가는 것 자체에 모든 수단을 동원해 반기를 든 듯한 저 동양인 청년은 흡혈귀가 인간을 먹는다는 당연한 사실에 반발했다. 먹히는 입장의 인간으로서 먹는 입장의 흡혈귀를 인정하지 않는다. 먹이사슬의 존재를 부정하고 자신이 그것을 증명해 보이려고 하는 자, 그런 자가 당장 테트라 아낙스를 막기 위해 흡혈귀들과 힘을 합치거나 하다못해 그들의 행동을 묵과한다고? 그럴 수는 없는 것이다.

그러니까 무력으로 대화해야 한다. 이사카는 롯시니를 지키는 일에는 더 이상 관여할 필요가 없다. 릴리쓰가 그에게 지워둔 특이한 운명, 장자의 의무도 이제 그가 테트라 아낙스가 됨으로써 사라졌으니까.

그럼에도 불구하고 그가 비스트를 향해 몸을 던지며 총구를 겨눈 것은, 테트라 아낙스로서 원대한 꿈을 지닌 서린을 지지하기 때문인 것일까, 아니면⋯⋯.

3

피의 바다 속에서 한세건은 쓰러져 있었다. 그는 또 그날의 악몽으로 돌아왔다. 피로 물든 집 안, 저택에는 가족들의 처참한 시체가 있다.

덕연이 그에게 다가왔다.

"흡혈귀에게 인간이 먹히는 것은 당연한 것이다. 안됐구나. 나쁜 일 있었다고, 그냥 미친개에 물렸다고 생각해서 참아라."

그렇게 참을 수는 없다. 흡혈귀들은 자신들이 먹이사슬의 위에 있다고 스스로 생각하는 모양인데 그건 그들의 오만일 뿐이다.

　그러니까 한세건은 모두가 당연히 여기고 넘어가는 그 모든 것이 싫었다. 흡혈귀라는 게 존재하고 그것들이 온 세상을 기만하고 있다. 차라리 몰랐다면 좋았으련만, 일단 알게 된 순간 세건은 그것을 무시할 수가 없다.

　저들을 먹이사슬의 윗줄에서 끌어내리고, 그들에게 만연한 오만한 자신감을 날려 버리고, 그들이 먹다 남긴 인간 한 명이 얼마나 큰 것인지, 결국 그들을 파멸에 이르게 할 때까지 그들에게 고통을 가르쳐 주겠다고. 이것은 오기고 독기였다. 철저하게 하류적인 발상이고 보복 심리이지만 세건은 그것을 거부할 수가 없었다.

　갑자기 장소가 뒤바뀌어 녹아내리는 색채 속에서 빈 껍질만 남은 형상이 춤추는 곳이 눈에 들어왔다. 그 채월야도의 그림들 아래, 바짝 말라비틀어진 덕연이 링겔을 맞고 있었다.

　"너에게 이런 것을 반복하게 하고 싶진 않았어. 하지만 말린다 해서 들을 놈도 아니고 이 바닥의 놈들은 다 그렇지. 미쳤어. 너도 미쳤고 나도 미쳤다."

　덕연의 몸은 피거품을 일으키며 쓰러진다. 그리고 그가 만들어낸 피 웅덩이 속에서 커럽티드가 일어났다. 흡혈귀 사냥꾼 역시 파멸의 길. 괴물을 사냥하는 자는 이윽고 새로운 괴물이 된다. 그리고 아마 한세건도 곧 괴물이 되겠지. 그러나 설사 그 끝에 기다리는 게 파멸뿐이라 해도, 세건은 그 길을 선택하지 않으면 단 한순간도 살 수가 없었다.

문득… 세건은 눈을 떴다.

멈췄던 심장이 다시 뛰면서 그는 몸을 일으켰다. 통증은 사라졌다. 그를 괴롭히던 저주도, 속삭임도 사라져 버렸다. 깜짝 놀란 세건이 레이싱 재킷을 펼치고 억지로 소매를 열어 팔뚝을 살펴보니 검푸른 동맥이 실뱀처럼 길고 굵게 피부 위로 흐르고 있었다. 얼굴에도 그 동맥이 느껴진다. 검은 핏줄이 문신처럼 피부를 물들인 것이다.

이건 뭐지? 흡혈귀가 된 건가? 그러나 흡혈귀는 외형상으로는 인간과 크게 다를 것이 없을 텐데?

"완벽한 괴물이 되었군."

그때 문득 차가운 목소리가 들렸다. 감상에 젖을 틈도 없었다. 깜짝 놀란 세건은 앞으로 몸을 굴렸다. 캉 하는 쇳소리와 함께 칼이 바닥을 찍었다. 금색 눈동자가 어둠 속에서 번뜩이며 그를 노려보고 있었다. 기습을 조용히 했다면 한세건을 찍을 수 있었을 텐데 왜 그랬을까?

한세건은 몸을 일으켜 상대를 바라보았다. 그는 검은 신부복을 입은 남자로 여러 자루의 칼을 등에 지고 허리에 찬 채로 세건에게 적의를 드러냈다. 저지먼트, 에밀 카이히. 실베스테르가 파문당한 처지라면 그는 아직도 정식 신부로 실베스테르처럼 마인이라고 불리는 자다. 인간이긴 하지만 연금술로 인해 인간을 초월한 존재. 흡혈귀에 대항하기 위해 인간들이 만들어낸 인간으로 낙태나 난자 실험에 대해 강하게 금지하고 있는 가톨릭의 신부로는 도저히 어울리지 않는 자였다.

그런데 아무리 그가 흡혈귀가 되었다고 하지만 테트라 아낙스가 재생하려는 이 마당에 그를 공격하다니? 우선은 테트라 아낙스 쪽을 먼저 처리하는 게 원칙이 아닌가? 그를 죽일 셈인가? 괴물이 되었기 때문에?

세건은 눈을 부릅떴다. 그는 수백의 광기를 꿰뚫고 여기까지 왔다. 그것은 결코 이 신부 놈에게 목숨을 바치기 위함이 아니다. 테트라 아낙스, 밤의 왕, 불사의 제왕, 위대한 네 마리 뱀을 물리치는 것이 그의 목적이다.

흡혈귀 너희들이 먹다 버린 인간 한 명이… 얼마나 큰 가시가 되어 돌아오는지 보여주겠다. 그것이 세건의 오기다.

흡혈귀가 되는 것은 그가 바라는 바가 아니고, 결국 자기혐오와 부정으로 이어져 죽음을 맞이하겠지만 테트라 아낙스가 멸망하기 전에 죽을 생각은 없다. 누구 좋으라고 스스로의 손으로 자결하지? 목숨은 탄환이다. 단 한 발뿐이지만 효과적인 탄환. 그걸 자살로 낭비하느니 적의 살을 찢고 화려하게 폭발하는 쪽을 택한다.

세건이 저항할 의지를 보이니 에밀 카이히도 더 이상 말을 할 필요가 없다는 듯 달려들었다. 과묵한 살인자가 칼을 빼 들고 덤벼드는데 칼은 칼집에서 빠져나왔으나 아직 휘둘러지지는 않았다. 최대한 사정거리에 끌어들이지 않으면 칼을 휘두르지 않는 스타일이다. 공격 범위를 가늠하기 힘들고, 또 자기 힘을 이기지 못하고 방방거리는 흡혈귀들보다 행동이 절도 있고 빠르다. 한세건은 뒤로 몸을 날려 그의 공격을 피했다. 예상보다 훨씬 멀리 뛰게 되어서 세건은 당황했다. 평상시보다 신체 능력이 늘어났지만 그게 마냥 좋은 것은 아니다. 좁은 공간, 달려서 도망치는 데도 한계가 있고 그의 경우 뭐가 약점이 될지 몰랐다.

그런데 이런 생각을 하다니 살고 싶은 건가? 세건은 자신에게 자문했다. 그러나 그러는 사이 그는 녹티스를 꺼내 들어 상대방의 공격을 막아내고 미들킥으로 에밀 카이히를 강타했다. 에밀 카이히는 칼을 빼 들어 늑골을 방어하고 한세건의 다리를 자르려 했지만 프로텍터가 붙어 있는 한세건의 다리는 칼날에 상하지 않고 되레 에밀 카이히를 옆으로 쳐 날렸다.

한세건은 녹티스를 바닥에 떨어뜨리며 잽싸게 무기를 권총으로 바꿔 옆으로 내동댕이쳐진 저지먼트를 향해 총알을 퍼부었다. 그러나 저지먼트는 고양이처럼 몸을 공중에서 빙글 돌려 벽을 박차더니 위로 달렸다. 예상 밖의 방향으로 뛰어서 총알이 많이 빗나가긴 했지만 그래도 보통 사람이라면 쇼크를 일으킬 만큼 많은 양의 탄환이 명중했다. 하나 역시 그도 방탄복을 껴입고 있는지 별 타격 없이 공중에서 방향을 바꿔 한세건에게 뛰어들었다.

콱!

한세건은 바닥에 떨어진 녹티스를 차올려 그의 공격을 막았다. 이번엔 손에 쥐고 있던 권총을 바닥으로 떨어뜨리며 녹티스를 들고 에밀 카이히에게 휘둘렀다. 거대한 대검을 한 손으로 쥔 세건은 그것을 너무나도 가볍고 빠르게 휘둘러 에밀 카이히를 수세로 몰아넣었다. 하지만 그때였다.

스릉!

어둠을 틈타, 보이지 않는 칼날이 양옆으로 날아들었다. 놀란 세건이 몸을 숙였지만 그의 옆구리에 칼 한 자루가 박혀 버렸다.

그리고 그 틈을 노려 에밀 카이히가 몸을 날리더니 세건의 옆구리에 박힌 칼의 칼자루를 발로 밟았다.

으적!

늑골이 뒤틀리며 뼈가 부러진다. 뜨거운 격통이 옆구리를 통해 전신을 강타했다. 마치 붉게 달아오른 쇠망치로 전신을 두들겨 맞는 듯한 기분이다. 에밀 카이히는 칼자루 위에 올라탄 채로 세건의 얼굴을 향해 발차기를 날렸다. 세건이 발차기를 막아내고 발목을 잡으려 하자 에밀 카이히는 미련 없이 칼자루를 박차고 뛰어올랐다. 세건이 그의 발목을 붙잡으려 했지만 아슬아슬하게 손가락 끝이 피부를 스치며 지나갔다.

그리고 에밀 카이히가 뛰어오른 순간, 그의 몸으로 가려져 있던 시야에 숨겨져 있던 칼들이 마치 자석에 이끌리는 쇳가루처럼 한세건을 향해 달려들었다. 사방에서 일곱 자루의 검이 달려든다. 이대로라면 한세건이 일곱 개의 검에 꿰이리라! 에밀 카이히가 그리 승리를 낙관한 그 순간!

"칵!"

한세건이 제자리에서 빙글 돌며 지면에 쓰러질 듯 누운 채로 권총을 쏘아댔다. 날아드는 칼들이 공중에서 궤도를 바꿔 지면에 누운 듯한 세건을 공격하려 했지만 그렇게 궤도를 바꾸는 그 순간, 권총탄에 칼이 맞아서 뒤로 튕겨 나갔다. 총으로 날아드는 칼을 쏴서 맞힌다? 미친 짓이라고밖에는 생각되지 않지만 한세건은 그걸 해냈다.

그리고 그는 지면에 쓰러지는 대신 지면에 손을 짚고 텀블링을 하며 바닥에 떨궜던 녹티스를 집어 들었다. 그리고 몸이 균형을 회복하고 일어서는 순간, 그 움직임에 맞추어 칼을 위로 쳐들었다.

콰악!

에밀은 공중에서 방향을 틀어 세건의 공격을 피하려 했지만 걸리고 말았다. 칼날에 베이는 것은 피했지만 공중에서는 한세건의 공격을 막아낼 수가 없다. 에밀은 균형을 잃고 팽이처럼 회전하더니 바닥에 착지했다. 그래도 꼴사납게 나가떨어지진 않는다. 역시 뛰어난 능력을 가지고 있다.

하지만…….

한세건은 끝에 납봉을 매단 도폭선을 꺼내서 유성추처럼 휘둘렀다. 에밀 카이히도 한세건이 도폭선을 즐겨 쓴다는 걸 알고 있었는지 도폭선을 본 순간 경계했다. 하지만 경계한다고 해도 이 좁은 곳에서는 피하기가 쉽지 않은 물건이다. 한세건이 도폭선을 채찍처럼 휘두르자 에밀 카이히는 칼을 휘둘러 도폭선을 잘라내려 했다. 물론 텅스텐 코일로 만들어진 도폭선이 그리 쉽게 칼에 잘릴 리는 없다. 한세건이 잡고 있던 도폭선을 조절하자 도폭선은 칼에 잘리는 대신 에밀 카이히의 칼과 팔을 동시에 휘감았다. 한세건은 그걸 확인하자마자 자신의 몸을 빙글 돌리며 도폭선에 붙은 전기 플러그를 점화시켰다.

쾅!

에밀 카이히의 팔과 칼이 동시에 폭발해 날아갔다. 한세건은 틈을 놓치지 않고 에밀 카이히에게 뛰어들어 그를 내려치려 했으나, 부서진 칼날 파편이 폭풍에 휘말린 것처럼 소용돌이치며 한세건과 에밀의 공간을 메웠다. 피부가 찢어지는 것 정도면 괜찮겠지만 이 칼날 파편이 폐에 들어가게 되면 대책이 없다.

"아!"

세건이 물러나는 사이 에밀도 물러났다. 팔 하나를 잃어버린 이상 더 싸워봤자 승산이 없다고 판단했기 때문일까? 에밀은 뒤로 물러나더니 자신이 왔던 복도로 향했다.

"이봐! 올 때는 네 마음대로 왔을지 몰라도 갈 때는 그렇게 안 돼!"

한세건은 비스트를 꺼내서 그를 향해 겨누었다. 그러나 비스트의 탄환은 이제 얼마 남지 않았다. 테트라 아낙스와 싸워야 하는데 지금 저 이상한 놈에게 탄환을 낭비할 필요가 있을까? 만약 그가 물러난다면 이대로 보내주는 게 더 현명하다. 하지만 에밀 카이히는 굉장히 얄미웠다. 말도 별로 하지 않는 데다가 대체 왜 지금처럼 일각을 다투는 때에 공격했는지도 모르겠다. 그리고 팔 하나 좀 날아갔다고 해도 승부가 완전히 기운 것도 아닌데 도중에 그만두다니. 이럴 거면 왜 공격을 했나?

한세건은 뒤에 총구를 겨눠도 아랑곳하지 않는 에밀 카이히를 노려보다가 총을 거두고 앞으로 달렸다. 이 정도로 시간을 잡아먹었으면 테트라 아낙스가 서린의 몸을 빼앗고도 남았겠다. 게다가 앞서 나간 이사카는 어떻게 된 거지?

한세건은 그런 생각을 하다가 문득 자신의 신체에 생각이 미쳤다. 이제는 숫제 흡혈귀가 되어버린 탓인지 그동안 그를 괴롭히던 고통은 다 사라졌다. 그런 만큼 신체 기능도 향상되었지만, 마음은 되레 더 아프다.

죄지은 자는 벌을 받아야 한다. 그렇지 않으면 자신의 죄가 너무나 두렵고 증오스러워서 견딜 수가 없으니까. 살기 위해서 죄에는 벌이 필요하다. 그렇게 벌 같지 않은 벌이라도 받지 않으면 자신을 용서할 수 없을 테니까.

그런데 그 벌들이 사라진 것이다.

게다가 그것이 죄에 익숙해졌기 때문이라니. 흡혈귀가 되는 죄를 범함으로써 그를 괴롭히던 모든 것이 사라져 버렸다. 벌은 죄를 용서할 핑계를 만들어주는 것이었는데 이제 그 벌조차 단절시키는 죄를 짓고 말았다.

두렵다. 이대로 무감각하게 죄를 짓고 그 고통을 아예 회피해 버리는 놈이 된다면 한세건은 그런 자신을 살려둘 것인가? 이대로 무감각하게 죄에 찌들어 당연히 죄를 짓는 괴물이 된다면 세건은 차라리 지금 죽는 게 낫지 않을까?

그런 일들에 대한 여러 가지 걱정이 앞서긴 했지만 다행히 지금은 그런 긴 장래를 생각할 틈이 없었다.

지금은 서린부터 구해야 한다. 아무리 한세건이 자신을 경멸하고 혐오한다 해도, 그래서 벌을 받지 않으면 자기혐오로부터 도망치지 못해 결국 자멸한다 하더라도, 그는 그 이전에 일의 경중을 가렸다. 서린을 구하는 것은 다른 모든 것보다 우선된다. 테트라 아낙스가 재생하는 것을 내버려 두면 다시금 흡혈귀의 천년왕국이 세대교체도 없이 반복되는 것이다.

세상이 다 끝날 것처럼 죄책감과 자기혐오가 밀려오는데도 현실적인 면에서는 정신이 번쩍 든다. 굳이 비유하자면 온갖 비극을 겪은 이가 정작 비극보다 배고픔이라는 현실적인 고통에 굴복하는 것 같다.

아니, 그가 단순한 감상으로 목숨을 끊었을 거라면 진작 끊었어야 했다. 왜 그렇게 고통받으면서도 월야를 방황했던가?

그런 생각을 하며 걸어 들어갈 때 문득 피 냄새가 코를 찌른다. 깜짝 놀라 주위를 돌아보니 피의 분수와 강이 흐르는 게 보였다. 혈향은 이제 막 괴물이 된 한세건을 미치게 했다. 피 냄새는 달고 매력적이라서 맡는 것만으로도 현기증이 느껴진다. 하지만 그것에 입을 댈 수는 없다. 피를 마셔 버리게 되면, 그때가 되면 한세건은 자신이 자신이라고 여기지 않게 될 테니까.

그는 피의 분수를 뛰어넘어 테트라 아낙스의 제단(Inner Sanctum)에 도달했다. 하지만 예상과 달리 제단은 텅 비어 있었고 테트라 아낙스들은 웬 엘리베이터(저런 게 있었다면 이 고생을 하며 지하로 들어오지 않았을 텐데!)를 타고 도주할 준비를 하고 있었다.

문득 그는 고든의 모습이 사라졌음을, 그리고 테트라 아낙스가 서린에게 굴종하는 것을 보았다. 그리고 서린과 이사카의 대화를 들을 수 있었다. 이놈들은 러시아어로 말했기 때문에 역시 세건으로서는 알아들을 수가 없었다. 그러나 이사카의 어투에서 그는 서린이 고든의 자리를 대신 차지했다는 것을 알 수 있었다.

결국 의식은 이미 끝났고, 테트라 아낙스는 재생했다. 다행이라면 고든이 패하고 서린이 그의 자리를 이었다는 것이지만 솔직히 감히 기대할 수도 없는 일이었기에 세건은 충격을 받았다. 이사카 베르게네프가 아니라 서린이 필요의 아이였단 말인가? 그러지 않고서야 어떻게…….

아니, 그런데 과연 서린이 고든에게 승리하고 테트라 아낙스가 된 것이 다행인가? 세건은 자문했다. 비록 한세건은 서린을 볼 때마다 때리기도 하고 괴롭히기도 했지만(괜히 한 건 아니고 서린이 세건의 성질을 긁은 것이었다) 서린의 인간성에 대해서는 인정했다.

서린은 선량하고, 의로우며, 어떤 면에서는 세건보다도 강한 정신을 가지고 있다. 그런 놈이 밤의 왕이 된다?

그렇다면 그것은 고든보다 더 질이 나쁘다.

적의 왕은 폭군이어야지 성군이어선 안 된다. 만약 그가 진정 성군이라면 흡혈귀들의 세계는 앞으로도 번성할 테고 인간들은 결국 영원히 그들에게 피를 빨리며 살겠지.

"비스트!"

이사카는 세건이 밀어 넣은 폭탄을 발로 차서 엘리베이터 안에 폭탄이 들어가는 걸 막고 엘리베이터 문을 닫았다. 모터 기동음과 함께 엘리베이터는 위로 올라가고 그 순간 폭탄이 터졌다. 이사카는 미처 그걸 피하지 못하고 폭연에 휩싸였다. 마하 3~4 정도의 충격파가 이사카를 휩쓸었다면, 아무리 라이칸스로프라 하더라도 몸이 갈가리 찢어질 것이다. 그렇다면 이사카를 해치운 것인가?

비록 테트라 아낙스에게 한 방 먹여주는 건 실패했지만 이사카를 잡았다면 그것도 꽤 남는 장사다. 이사카에겐 아그니처럼 산화 능력이 있다. 화약류를 산화시켜 못 쓰게 만든다면 괴물을 상대할 때마다 육탄전을 벌여야 하는데, 아무리 증오심에 목숨 건 한세건이라 해도 그것은 사양하고 싶었다.

그러나 그때 이사카가 폭연을 꿰뚫고 멀쩡한 모습으로 뛰쳐나왔다.

"결국 이렇게 될 줄 알았지만, 정말……."

대체 뭘 기대했을까? 테트라 아낙스가 서린에게 쓰러지고 서린이 테트라 아낙스가 되어 모든 흡혈귀에 대한 통제권을 손에 넣는다. 그것은 이사카로서는 환영할 만한 전개지만 한세건에게는 전혀 그렇지 않다. 한세건의 목적은 흡혈귀들의 완전 소멸이지 피해 축소 같은 현실적인 안이 아니었다.

"라이칸스로프, 비켜. 쓸데없이 너와 싸우느라 시간 허비하고 싶지 않아. 테트라 아낙스를 옹호할 셈이냐?"

한세건이 즐겨 쓰는 TNT 바는 1파운드짜리로, 파편을 일부러 넣지는 않았지만 바의 외곽을 둘러싼 케이스가 파편의 역할을 한다. 그리고 그 자체의 충격량도 대단한 것이라 어지간한 건물쯤은 우습게 날려 버릴 수 있을 위력이 있었다. 그렇지만 이사카는 무슨 재주를 썼는지 몰라도 폭발에서 살아남았다.

내심 한세건도 놀랄 법한데 그는 태연했다. 이 정도에 죽을 정도면 이사카를 상대로 경계할 필요도 없다. 당연히 이 정도는 버텨낼 줄 알고 있었기에 태연자약한 것이다.

'태연자약한가. 침착한 놈이군. 인간 주제에 까다로운 놈이야.'

이사카는 그런 그를 보고 코를 매만졌다. 천천히 뜨거운 코피가 흘렀다. 방금 전의 폭발은 완벽히 막아낼 수 있었지만 그 대가는 가혹했다. 아무리 이제 서린을 보호할 필요가 없어졌다고 해도 피폐해진 그 몸이 그리 간단하게 회복되지는 않는다.

하지만 이사카는 한계에 달한 몸으로도 싸워야 했다. 비록 롯시니의 뜻에 동조하고 그의 재력과 권력을 나눠 먹을 수는 없지만, 롯시니를 지지하지 않는 건 아니다. 그와 롯시니는 아무것도 아닌 자식이었다. 빈손으로 태어나 모든 것을 손에 얻는 모습을 볼 수 있다면 그걸 손에 넣는 것이 그가 아니라 그의 동생이라고 해도 상관없다.

이사카는 AK 소총을 빼 들었다.

"비켜!"

한세건은 자신에게 총을 쏘려는 이사카에게 뛰어들며 글록으로 이사카의 AK 소총을 옆으로 쳐냈다.

두두두두두!

총이 불을 뿜으며 현란하게 시야를 찢어발겼다. 하지만 총탄의 궤적은 한세건에게서 벗어나 있었다. 한세건은 권총으로 이사카의 소총을 밀쳐 내자마자 열린 이사카의 몸통을 향해 총알을 퍼부었다. 이번엔 한세건의 공격. 그러나 이사카도 손을 들어 한세건의 엄지손가락을 잡고 뒤틀었다. 우드득, 한세건의 손가락이 부러지고 총구가 밖으로 향했다. 그러나 그다음 순간 한세건의 발차기가 이사카의 옆구리를 강타했다. 이사카의 몸이 6미터 정도 옆으로 튕겨 나갔지만 그렇게 맞고 날아가는 순간에도 이사카는 손을 뻗어 한세건의 다리를 긁었다. 프로텍터가 뜯어지고 살점이 한 움큼 뜯겨 나가 뼈가 드러났다. 아무리 몸이 상했다 해도 이사카는 역시 최강의 리림, 호락호락한 상대는 아니다.

"큭!"

이 모든 것이 순간적으로 일어난 일이다. 만약 사람들이 보았다면 무슨 일이 일어났는지 파악하기도 쉽지 않으리라. 테이프를 고속으로 감은 홍콩 액션 영화의 장면처럼 보였을까?

한세건은 그렇게 이사카가 멀어진 순간 이사카에 대한 미련을 끊고 엘리베이터 통로 안으로 뛰어들었다. 그러고는 벽을 발로 밟고 차올랐다. 엘리베이터는 흔한 로프식으로 되어 있었는데 그 안의 통로는 예상보다 꽤 넓고, 어두컴컴했다. 한세건이 던졌던 폭탄에 의해서 안의 가이드 레일과 무게추가 약간 손상을 입었지만 파괴되진 않았다. 강철과 콘크리트로 만들어진 것이라 그럴까? 여기서 이걸 폭파시키면 엘리베이터가 밑으로 떨어지긴 할 텐데……. 한세건은 그런 생각을 하며 벽을 박차고 도약했다. 그러고는 반대쪽 벽에 발을 대고 다시 도약, 계속 도약을 반복하며 위로 치솟아 올랐다.

"큭!"

이사카는 한세건이 안으로 들어가는 것을 보고 당황했다. 설마 그를 무시하고 테트라 아낙스를 쫓을 셈인가? 그는 즉시 AK 소총을 재장전하고 안으로 뛰어들 준비를 했다.

그러나!

슈욱!

위에서부터 수류탄이 떨어진다.

"젠장!"

이사카는 뛰어들던 속도 그대로 뒤로 몸을 날렸다. 그리고 그가 몸을 날리는 것과 거의 엇비슷하게 수류탄이 폭발했다.

蒼月夜

# 1

저지먼트, 에밀 카이히는 무너진 통로를 보고 바위에 달라붙어 그걸 치웠다. 한세건이 곳곳에 폭탄을 설치해 지하 벙커를 무너뜨려 길을 막은 모양이었다. 일부러 무너뜨린 것인지 흡혈귀와 싸우다 이런 것인지는 모르겠지만 길이 꽤 많이 무너져 있어서 어지간해서는 지나기가 쉽지 않았다.

그때 통로 맞은편에서 실베스테르의 목소리가 들려왔다.

"저지먼트인가?"

"음, 실베스테르."

흡혈귀가 맞은편에 있는 것보다는 낫다. 에밀 카이히는 긍정했다.

"나올 거면 얼른 나오는 게 좋을걸. 지금 이 빌딩 위에 헬기가 와 있대."

김성희의 보고를 들은 유스틴은 그 이야기를 그대로 에밀에게 전해주었다. 테트라 아낙스는 아마 전용 엘리베이터나 그런 시설을 이용해서 옥상의 헬리포트로 탈출하려는 모양이었다. 그렇게 되면 정말 닭 쫓던 개 지붕 쳐다보는 꼴이 될 것이다.

그들은 바위를 대충 치워 한 사람이 빠져나올 정도의 구멍을 만들어냈다. 저지먼트는 그 구멍으로 빠져나온 뒤 옷을 털었다.

"밖으로 나가서 위로 올라가는 게 낫겠군."

"잠깐, 그 전에 왜 비스트를 최우선으로 제거하려고 하는지 이야기해 주지 않겠어? 테트라 아낙스보다 그의 제거를 더 우선해야 할 이유라도 있는 건가?"

유스틴이 지나는 말로 물어보며 주위를 경계했다. 그러자 에밀 카이히는 그녀에게 인사를 하면서도 무표정하게 지나쳤다.

"그는 결국 테트라 아낙스보다 더 위험한 존재가 될 거다."

그는 그리 말했다. 테트라 아낙스보다 한세건이 더 위험한 존재가 된다니, 그런 게 가능이나 한 일일까?

"위험한 녀석이 된다, 라. 무슨 뜻에서 하는 말이지?"

실베스테르는 생각에 잠겼다. 위험한 놈이긴 하다, 그놈은. 그렇지만 어떻게 테트라 아낙스보다 더 위험해진다는 것이지?

어찌 되었든 지금은 그 생각보다 저 위를 제압하는 게 더 중요했다.

해가 완전히 떨어지기까지는 얼마 남지 않았다. 주 방위군이 출동하게 되면서 라스베이거스 남쪽으로부터 무장 전투 헬기가 날아오는 게 보였다. 민간기야 바렛 정도로 저격하면 격추시키는 것도 가능하지만 군용 헬기는 이야기가 다르다.

빌딩의 아래에서 상황을 지켜보던 실베스테르는 한숨을 내쉬었다. 건물의 벽을 타고 위까지 달려 올라가는 것도 가능한 그로서는 지금이라도 당장 위로 올라가고 싶었다. 하지만 사람들의 이목이 집중되고 경찰들이 몰려와서 밑을 막고 있는 지금 그들이 어떻게 할 방법이 없었다. 그나마 테트라 아낙스의 흡혈귀들도 안에 사람을 들이고 싶어 하지 않기에 망정이지, 그러지 않았다면 난리가 났을 것이다.

실베스테르는 유스틴과 함께 경찰들의 눈을 피해 안으로 잠입할 방법을 강구하며 이동했다. 그런데 그때, 그의 앞에 익숙한 백의의 남자가 나타났다. 날이 더워서 위에 재킷이나 코트를 걸치진 않았지만 워낙 눈에 띄는 복장이니까 의식하지 않을 수 없다. 하얀 구두에 하얀 조끼, 하얀 바지, 하얀 셔츠. 보는 것만으로도 자외선이 반사되어 피부가 익을 것 같은 느낌이다.

그리고 그의 곁에는 찢어진 남방을 가지고 투덜거리는 아시아인과 백발의 흡혈귀가 있었다. 백발의 흡혈귀는 풍선껌을 질겅질겅 씹다가 실베스테르를 발견하고 손을 흔들었다.

"여어."

"왔군."

백의의 흡혈귀, 팬텀은 실베스테르를 기다렸다는 듯 태연한 자세로 임하고 있었다. 실베스테르로서는 기가 막힐 노릇이지만 사람들의 눈이 빤히 보고 있는 앞에서 싸울 수는 없었다.

게다가 상대는 진마 집단, 그런데 왜 여기에 있을까?

"뭣들 하는 거지? 테트라 아낙스에게 반기를 든 게 아니었나?"

"테트라 아낙스는 서린에게 패했어. 이제는 그가 새로운 테트라 아낙스가 되었다더군."

아시아인 아그니는 도저히 못 입게 되어버린 옷을 집어 던지고 시가를 하나 꺼냈다. 그러자 백발의 흡혈귀가 물어보았다.

"담배 끊지 않았나?"

"가끔 그냥 겉담배만 피는 거야."

아그니는 금도금된 시가 커터를 꺼내더니 시가를 잘랐다. 손톱으로 자르면 될 텐데 꼭 저런 걸 가지고 다니는 걸 보니 그냥 마음에 드는 소품인 모양이었다.

"테트라 아낙스가 서린에게 패했다? 서린이 테트라 아낙스가 되었다?"

유스틴은 그의 말을 듣고 깜짝 놀랐다. 그러나 실베스테르는 회의적이었다. 물론 그게 사실이라면 이들이 왜 여기서 남의 집 불구경하는지 해명이 되지만, 흡혈귀가 자발적으로 제공하는 정보를 믿을 수는 없었다. 더구나 이건 꽤나 중대한 이야기다. 마키아벨리즘에 충실한 놈이라면 올바른 정보를 아무 이유도 없이 곱게 제공할 리가 없다.

'그 이전에 팬텀 저놈이 마키아벨리즘에 충실한가?'

실베스테르는 그리 자문했다. 그때 김성희가 그들의 뒤에서 다가왔다.

"안녕하세요, 처음 뵙겠습니다. 김성희라고 해요."

그녀는 험악한 표정을 짓고 있는 실베스테르와 그에 비하면 별생각 없는 팬텀의 사이로 끼어들더니 명함을 건네주었다. 그냥 자기소개면 모르겠는데 명함을 건네주니 왠지 받지 않을 수 없다. 팬텀도 자신의 명함첩을 꺼내서 거기서 명함을 꺼내 주었다.

"예, 로우 깁슨입니다. 만나서 반갑군요."

흡혈귀와 마녀가 명함을 주고받는 진귀한 일이 눈앞에서 벌어졌건만 다른 이들은 아무런 감흥도 없는지 태연하다. 하긴 흔한 일이다, 흔한 일.

"방금 전 그 이야기가 사실인가요? 서린이 테트라 아낙스가 되었다는 것이?"

"예, 그건……."

팬텀은 흠흠 헛기침을 했다. 헤카테와 파군이 노골적으로 싫은 기색을 드러냈기 때문이다. 헌터들에게 굳이 정보를 공유해 줄 이유가 뭐가 있는가? 게다가 지금은 저쪽이 수가 적다. 물론 그들도 엄연히 진마로서 앞으로 장기적으로 살아갈 길을 생각해야 하니 사람들 눈앞에서 싸움판을 벌일 수는 없는 일이다. 여기서는 필연적으로 휴전할 수밖에 없지만 그렇다고 화기애애하게 같이 놀 필요는 없는 것이다.

그때 아르곤이 설명했다.

"릴리쓰는 결국 테트라 아낙스든 다른 누구든 간에 이 밤의 세계를 제대로 다스릴 사람만 있으면 되는 거예요. 그녀에게는 우리들, 흡혈귀와 라이칸스로프의 존재가 지속되는 게 가장 큰 지상 과제니까. 그런 그녀가 테트라 아낙스라는 훌륭한 아들을 두었음에도 불구하고 계속해서 자식을 낳아서 도전한 것은, 테트라 아낙스의 고든의 정신이 점차로 마모되어 왕의 자질을 잃었기 때문이지요."

"그런데 그게 왜 서린이죠? 선택받은 아이는 이사카가 아니었던가요?"

"그게 함정이었죠. 테트라 아낙스의 재산과 권력, 그리고 그 능력까지, 그 모든 것을 계승시키기 위해 릴리쓰는 오랜 세월 안배를 한 모양입니다."

팬텀은 그리 말하고 손을 들었다.

"우리는 테트라 아낙스, 고든이 파멸한 이상 여기서 손을 떼겠습니다. 당신들은 어쩔 거지요? 그럼에도 불구하고 테트라 아낙스를 소멸하기 위해 도전해 볼 겁니까?"

"만약 그렇다고 한다면 우리는 새로운 테트라 아낙스 서린에게 기회를 줘보기 위해 당신들을 막을 겁니다."

파군이 첨언했다. 일종의 협박이지만 적어도 진심으로 하는 말이었다. 새로운 왕, 새로운 테트라 아낙스에게 전면적으로 충성하는 건 아니지만 적어도 그가 고든과 얼마나 다른지 보여줄 기회는 주고 싶다는 게 모두의 의견이었다.

게다가 서린이 테트라 아낙스가 되었다면 김성희도 그와 다툴 생각은 없었다. 유스틴도 그 점에서는 동의했다.

"아직 파릇파릇한 소년이 테트라 아낙스가 되었다면 말이 통할 여지가 있네."

"흡혈귀의 존재를 인정하겠다는 건가?"

저지먼트가 그리 묻자 이번엔 마냥 듣고 있던 헤카테가 발끈했다.

"인정 안 할 거면 어쩔 건데? 지금 눈앞에 있는 우리가 안 보이나? 안하무인이 도를 지나치군그래? 참고로 지금 참아주고 있는 쪽은 우리라고!"

"워워. 참아줘, 참아줘. 나로선 그냥 흡혈귀들이 관리 잘되고, 사고 좀 덜 쳐서 내 쪽이 귀찮지 않으면 좋겠어. 그리고 생존을 위협하지 않았으면 좋겠고. 그 이상 바랄 게 뭐 있어?"

"하지만 세건이는 그렇게 생각 안 할걸요?"

김성희는 걱정스러운 눈초리로 빌딩 위를 올려다보았다. 한세건과 서린은 이래저래 한솥밥을 먹던 사이다. 하지만 만약 서린이 테트라 아낙스가 되었다면 세건은 주저 없이 그를 제거할 것이다. 한솥밥을 먹던 놈이든, 자신을 형이라고 부르며 강아지처럼 졸졸 따라다니던 놈이든, 한세건에겐 그런 건 문제가 되지 않는다. 물론 그는 가슴 아파할 것이다, 내심. 겉으론 드러내지 않더라도 상처받겠지만 그렇게 상처받기 위해서도 제거할 놈이다. 자신을 그런 쪽으로 학대하는 경향이 강한 사람이니 말이다.

"이런 말 하긴 뭐하지만, 테트라 아낙스를 구하러 가진 않나요?"

김성희가 그리 물어보자 다들 깜짝 놀랐다. 설마 이 여자 멀쩡하게 생겨서 미친 건가? 그렇게 걱정하는 이도 있을 정도였다. 그러나 잠시 생각해 본 이들은 곧 그녀가 세건과 서린의 싸움을 말리길 원한다는 것을 알아차렸다.

워낙 사람답지 않은 괴물들 틈바구니 속인지라 이렇게 인정이 깔린 생각을 하는 사람을 보니 신기하다. 창현은 그런 그녀를 보고 깜짝 놀랐다.

"그, 그게 또 그렇게까지 할 의리는 없어서요. 민망하잖아요. 타도 테트라 아낙스라고 시위하다가 이제 와서 돌아서라니 그것도 참 민망한데 아예 도와주기까지 하면 더더욱 곤란해요."

"그런 거 아냐, 브라더. 응, 사자는 새끼를 절벽으로 떨어뜨린다고 하잖아. 물론 사자가 살 만한 사바나엔 그런 떨어뜨릴 만한 절벽도 없지만."

그때 래트의 말을 듣기라도 한 것처럼 위에서 뭔가가 요란한 소리를 내며 떨어졌다.

"사자가 새끼 대신 다른 걸 던지나 보군."

"그러게."

여하튼 창현은 김성희를 보고 꽤나 수줍어하면서도 적극적으로 말했다.

"아, 저기, 그게, 그래도 석세서들은 올려 보냈다고 하니까 괜찮을 겁니다. 너무 걱정하지 마세요."

창현은 나름대로 안심시키겠다고 한 말이지만 그래서야 문제 해결이 안 된다. 김성희가 원하는 건 형제같이 살아온(물론 세건은 동의하지 않겠지만) 그들이 더 이상 싸우지 않는 것이지 테트라 아낙스의 부하들이 세건을 물리치는 것이 아니다.

"이대로라면 석세서가 올라갔든 말든 문제가 아니야. 주 방위군의 롱보우 아파치가 뜨면 작살날걸."

이곳이 테트라 아낙스의 홈그라운드라는 사실을 잊어서는 곤란하다. 세건은 침입자이고 범법자이고 이방인이다. 이곳에서는 자칫 잘못하다간 죽음을 맞이하게 될 것이다. 하기야, 한세건은 애초에 이 땅을 밟을 때 살아서 돌아가리란 기대도 하지 않았으리라.

"올라가지."

실베스테르가 그런 김성희를 보고 제안했다. 이제 곧 주 방위군이 모여들고 전투 헬기가 동원될 텐데, 저 안으로 들어가는 건 자살행위다. 최악의 경우 헬파이어로 빌딩 전체를 맛깔나게 구워 버릴 수도 있다.

"그 녀석을 거둔 것도 나. 그렇다면 그 끝을 봐야 할 의무가 있어, 내게는."

덕연에게 떠맡겼던 소년에 불과하지만 이렇게까지 온 이상 그에게 어떤 의무감 같은 것을 느꼈다. 실베스테르는 유스틴과 김성희에게 따라오라고 사인을 하고 흡혈귀들에겐 인사도 하지 않고 몸을 돌렸다.

# 2

끼이이잉!

엘리베이터가 도중에 정지했다. 그리고 그다음 순간 비상 정지 장치가 작동했다.

좌아아아아아악!

가이드 레일을 따라 무게추가 추락하며 불꽃을 토한다. 그리고 최하층에 위치한 완충기에 충돌하면서 텅 하는 굉음이 엘리베이터 통로 전체를 흔들었다. 아마도 밑에서 로프를 끊어서 무게추를 떨어뜨린 모양이다.

서린은 엘리베이터 박스의 뚜껑을 열고 스팅레이를 먼저 내보내고 밖으로 나왔다. 로프가 끊어지긴 했지만 비상 정지 장치가 붙은 엘리베이터 박스는 추락하거나 하는 일이 없었다.

"모두 나와!"

서린이 그리 말하자 다른 흡혈귀들도 엘리베이터 박스 위로 나왔다. 그때였다.

쾅!

밑에서 총성이 울려 퍼지더니 엘리베이터 박스가 크게 흔들린다.

끼이이익!

비상 정지 장치가 기괴한 쇳소리를 내며 미끄러진다. 한세건이 엘리베이터 박스의 완강기를 비스트로 쏜 모양이다.

쾅!

그리고 제2차 총성이 울려 퍼졌다. 엘리베이터 박스가 찢어지면서 위로 탄환이 들끓듯 치솟아 오른다. 엘리베이터 박스 위에 서 있던 흡혈귀 일부가 그 비스트의 탄환에 맞았다.

"컥!"

"이, 말도 안 되는!"

엘리베이터 박스를 관통하고도 위력이 상당하다. 테트라 아낙스들은 그 모습을 보고 즉시 엘리베이터 통로의 벽에 매달렸다.

"박스를 떨어뜨려!"

"아니, 저기……."

서린은 베이런이 엘리베이터 박스를 떨어뜨리려 하는 걸 보고 난처한 표정을 지었다. 한세건을 공격하는 건 그다지 좋은 생각이라고 여겨지지 않았다. 아무리 그래도 서린으로선 자기가 살자고 한세건을 해치운다는 건 상상할 수도 없는 일이었다.

그러나 그때 마틴이 엘리베이터 박스의 안전장치를 손으로 잡고 분리해 버렸다. 행동도 빠르다.

쿠르르르르르!

엘리베이터 박스가 불꽃을 튀기며 밑으로 떨어졌다. 이곳은 테트라 아낙스의 펜트하우스와 직행으로 연결된 엘리베이터 박스라 도중에 빠져나갈 통로가 없었다.

이대로라면 피하지도 못하고 찍혀서 박살 나는가? 그러나 한세건은 무게추가 오고 가는 가이드 레일로 몸을 던진 뒤 가이드 레일에 바짝 붙었다. 로프형 엘리베이터에서 엘리베이터 박스와 균형을 이루기 위해 설치된 무게추가 오가는 가이드 레일에는 엘리베이터 박스가 닿지 않는다. 한세건은 그 가이드 레일 사이에서 엘리베이터 박스를 피했다.

쿠웅!

밑에선 또 엘리베이터 박스가 추락하며 충격이 일어났다. 이사카로서는 도저히 올라올 엄두를 못 내리라. 방금 전에 수류탄으로 예봉이 꺾였는데 거기에 더해서 이번엔 엘리베이터 박스가 추락하다니.

"제길! 잘도 피하네! 이 좁은 곳에서!"

마틴은 투덜거렸다. 그때 한세건이 밑에서 무기를 바꿔 쥐더니 위를 향해 충격을 퍼부었다.

두두두두두!

글록이 불을 뿜었다. 흡혈귀 입장에서는 보잘것없는 권총탄이긴 하지만 그것도 많이 쏘아대면 치명상을 입는다. 게다가 지금 한세건이 장착한 총의 탄환은 셀룰러였다. 수분 흡수 소재를 넣은 독성 탄환은 맞으면 치명적이다.

서린은 한세건이 그렇게 공격하는 것을 보고 자신도 다리를 벌려 가이드 레일에 단단히 몸을 고정한 뒤 아래쪽을 향해 카빈 소총을 연사했다.

한세건은 즉시 총격을 멈추고 가이드 레일과 통로의 좁은, 사람 한 명 들어갈 만한 틈으로 몸을 욱여넣어서 피했다. 가이드 레일에 다리를 걸고 매달려 있는 서린으로서는 도저히 쏠 수 없는 사각이다. 이 좁은 엘리베이터 통로 안에서 소총의 사각을 만들어낼 줄이야! 서린은 진짜 감탄했다. 야수적인 감성, 천부적인 재능이라고밖에는 표현할 말이 없다.

"큭!"

서린이 탄창을 가는 사이 한세건은 다시 차고 오른다. 게다가 그는 벽을 박차고 오르며 새카만 도폭선을 뿌렸다. 마치 살아 움직이는 뱀처럼 스스로 솟아오르는 도폭선들, 그 위력은 익히 알고 있다. 서린은 즉시 염력을 걸어 한세건이 사용하는 염력을 중화시켜 도폭선을 막았다. 그러나 그다음 순간 총알 한 발이 서린의 입에 명중했다. 총탄은 앞니 네 대를 분지르고 볼을 찢고 빠져나갔다.

"안 되겠어! 일단 빠져나가자! 좁은 곳에선 불리해!"

이 엘리베이터 통로는 테트라 아낙스의 펜트하우스로 직통 연결되어 있다. 레베카는 최상층 펜트하우스까지 올라와 문을 열고 겨우 밖으로 빠져나왔다.

"크으!"

서린은 완전히 재생된 얼굴을 매만지며 그녀의 뒤를 따라 나왔다. 한세건은 역시 만만치 않다. 객관적으로 따져 보면 한세건은 대단할 게 없다. 델타포스나 그린베레 출신인 것도 아니고 반 흡혈귀화되었다뿐이지 신체 능력이 다른 흡혈귀들보다 월등한 것도 아니다. 그러나 그는 그런 와중에도 강력한 흡혈귀들과 손색없이 싸웠다. 게다가 테트라 아낙스들은 다들 직접 싸워본 일이 없었다. 육탄전에 약한 그들로서는 자칫하다간 몰살당한다. 그럼 어떻게 해야 할까?

"스팅레이!"

서린은 스팅레이를 통해 오라클 시스템에 접속, 정신파를 사용하고자 했다. 가급적 한세건을 상하게 하고 싶진 않았지만 이대로라면 흡혈귀들이 되레 몰살당한다. 한세건의 사정을 봐줄 여유가 없는 것이다.

그러나 스팅레이는 불안한 눈초리로 주위를 둘러볼 뿐이었다. 그녀는 왠지 혼란스러워하고 있었다. 아까 전에 보였던 릴리쓰의 모습이 사라지고 다시 처음의 그녀로 돌아온 것 같았다. 아니, 혼란스러워한다는 점에서는 오히려 이전만 못하다. 의문을 느끼지 못하고 싸우던 테트라 아낙스의 생물병기였던 그녀가 이제 사람의 감성을 되찾은 것이다. 릴리쓰가 그녀의 몸을 이용하면서 대뇌 발달이 덩달아 이뤄진 모양이다.

"이런, 릴리쓰가 또 빠져나갔군."

테트라 아낙스는 스팅레이를 릴리쓰로 바꿔 그녀를 통해 릴리쓰를 계속 봉인하려 했다. 그러나 테트라 아낙스가 서린에게 이양되고 고든이 파멸하면서 그러한 구속이 풀린 것인지, 그도 아니면 릴리쓰의 존재 가치가 사라진 것인지 모르겠다.

'아마도 내가… 테트라 아낙스이고 이사카가 살아 있는 한, 릴리쓰가 다시 발현될 리는 없겠지. 이 세상에 괴물은 충분히 있으니까 말야. 그녀는… 결국 이 세상에 초상현상, 광기, 괴물들과 마법을 수호하는 재앙신과 같은 존재일 테니. 그럼 스팅레이는 한동안 그 충격으로 정신을 못 차릴 테고…….'

그렇게 생각한 서린은 마음을 다잡았다.

"내가 해야겠군!"

서린이 그렇게 다짐할 때 엘리베이터 통로로부터 검은 그림자가 뛰어올랐다. 깜짝 놀란 서린이 그림자를 향해 소총을 겨누었지만 서린이 그렇게 고개를 드는 순간 발밑에 생긴 시야의 사각을 따라 도폭선이 날아들었다. 깜짝 놀란 마틴이 몸을 대신 날려 그 도폭선을 쳐냈다.

휘리릭!

도폭선은 살아 있는 뱀처럼 마틴의 팔을 휘감고 폭발했다. 마틴의 팔이 순식간에 산산조각 나며 잘려 나갔다.

"컥!"

"저게!"

레베카가 한세건에게 환각을 걸었다. 그러나 한세건의 뇌는 이미 기이한 명정 상태에 들어가 있어서 환각이나 텔레파시가 통하지 않았다.

쾅!

한세건의 몸이 천장을 달리다가 지상으로 내려와 레베카를 덮쳤다. 깜짝 놀란 레베카가 그를 막으려 했지만 한세건은 손으로 레베카의 얼굴을 우악스럽게 잡고 그랜드 피아노에 메다꽂았다.

콰직!

백스타인이 2000년 밀레니엄을 기념하며 한정 생산한 리미티드 에디션 피아노가 박살 나며 파편이 사방으로 튀었다. 전 세계 몇 대 없는 한정판 피아노가 부서지다니. 레베카가 그 피아노를 아끼던 것을 생각하며 서린은 경악했다.

한세건은 녹티스를 빼 들어서 바닥에 쓰러진 레베카의 심장을 찍어 꿰어버리고 몸이 고정된 그녀의 머리통을 축구공처럼 세게 걷어찼다. 레베카의 몸이 두 동강 나며 반 토막은 서린에게, 다시 반 토막은 베이런에게 날아들었다. 서린은 그녀의 상반신을 받아 들고 지면을 박차며 충격을 줄였다.

"크윽! 세건 형!"

"……."

한세건은 서린의 부름에 대답하지 않았다.

"제길, 뭐지, 저 괴물은! 도저히 행동을 예측할 수도, 텔레파시를 걸 수도 없다니! 마치 우리의 천적이라도 되는 것 같군!"

베이런은 한세건이 이전 러시아에서 탈출할 때 개인 활주로에 뛰어들었던 그 헌터라는 것을 알고 있었다. 모스크바 별장에서 고든은 한세건을 텔레파시로 간단히 요리했었다. 그런데 지금은 도저히 안 된다. 물론 고든보다 그의 능력이 떨어지는 것도 있었지만, 그렇다 해도 이러한 반응은 이상하다. 기량이 부족해서 통하지 않는 것과 애초에 능력이 먹히지도 않는 것은 분명히 다르다.

"서린, 먼저 도망쳐! 헬기가 와 있을 거야!"

베이런이 그렇게 말했지만 곧 그는 자신의 말을 철회했다. 헬기는 와 있다. 그러나 밖에는 보고 있던 헌터들과 팬텀 일파의 백업 차량이 있었다. 팬텀 쪽은 그들에게 설득되었지만 헌터, 특히 실베스테르는 그들과 앙숙이다.

"정말 예지력이란 안 좋아. 말할 게 별로 없으니."

서린은 이 상황에서도 투덜댔다. 그의 투덜거림이 끝나는 것과 동시에 두꺼운 50구경 라이플에 의해 헬기가 피습당했다. 실베스테르 신부가 M82A1 라이플로 헬기를 저격해 버린 것이다. 아무리 대물저격총으로 이름이 드높은 M82A1 라이플이라지만 지상 300미터 고도에서 운항하고 있는 헬기를 저격해서 헬기가 박살 나다니, 맞은 곳이 상당히 안 좋은 곳임에 틀림없다.

그만큼 저격수의 솜씨가 뛰어나다는 이야기도 된다.

우우우웅!

휴이MD 500 한 기가 검은 연기를 뿜으며 흔들리더니 창문을 향해 달려든다. 한세건과 서린이 서로를 마주 보고 있는 사이로 연기를 뿜는 헬기 한 대가 정면으로 머리를 들이민다. 그러나 한세건도 서린도 그 자리를 피하지 않았다.

콰아앙!

헬기가 벽면에 충돌한 충격이 펜트하우스를 뒤흔들었다. 펜트하우스 한가운데에 위치한 수영장으로 유리 파편들이 쏟아지고 차광용 레일도 떨어져 나갔다. 불붙은 헬기의 잔해가 펜트하우스 한복판을 가로지르고 한세건과 서린 사이를 미끄러져 지나간다. 하지만 세건도 서린도 미동하지 않았다.

서린은 바닥에 주저앉은 자세 그대로 충격을 견뎌냈다. 헬기는 펜트하우스를 지나쳐 반대쪽 벽에 머리를 처박았다. 항공연료를 쓰고 있어서 영화에서처럼 폭발을 일으키진 않았지만 조용히 불붙어서 타들어간다.

촤아악!

스프링클러가 작동해서 사방에 물이 뿌려진다. 세건도 서린도 스프링클러가 뿜어내는 물보라를 맞으며 아무런 말 없이 서로를 노려보았다.

한세건은 확실히 조용했다. 뭐라고 한마디 해줄 법도 한데 그는 선 채로 기절이라도 했는지 조용했다. 몸 여기저기가 찢어져 피가 흐르는데도 세건은 아랑곳하지 않았다. 상처에서 흘러나오는 피는 분명히 흡혈귀의 냄새를 풍겼다.

"……."

한세건은 몽유병자나 좀비처럼 천천히 걸었다. 상처에도 아랑곳하지 않는 그 모습은 사람이라기보단 무슨 로봇 같다. 그런데 그때, 무너진 벽 너머로 햇살이 스며들어 한세건의 팔을 비췄다. 피부가 순식간에 퍼렇게 멍이 들더니 이윽고 불이 붙었다. 스프링클러의 소나기 속에서 불이 붙었다가 일순 꺼진다.

한세건은 정신을 차렸는지 햇살에서 물러났다. 그는 그제야 주위가 눈에 들어오는지 입술을 깨물었다.

"으으윽… 으아아아아아아아악!"

상처 입은 마수가 포효하고 절규한다. 이제 더 이상 인간일 수 없는 그는 괴물로서 여기에 서 있다. 괴물을 사냥하던 자가 마침내 괴물이 되었다. 정해진 수순이다. 모든 헌터를 기다리고 있는 각양각색의 파멸의 모습, 커럽티드가 되든가 흡혈귀가 되든가, 아니면 덕연처럼 곱게 죽음을 맞이하는 경우도 있다.

"하… 하하하하하하하! 그래, 결국 이래야지! 진작 이랬어야 했어!"

그러나 포효는 이윽고 광소로 바뀌었다. 한세건은 햇살로 손을 뻗었다. 다시 혈관이 터지며 새카맣게 멍이 지더니 불타오른다. 정신을 잃을 정도로 고통스러울 텐데도 세건은 손에 불을 붙인 채 가만히 서 있다가 서린을 돌아보았다.

"형……."

서린은 그런 세건을 바라보며 어쩔 줄 몰랐다. 흡혈귀 사냥꾼으로서 결국 흡혈귀가 된 그. 아마 테트라 아낙스를 죽이고 나서 스스로의 손으로 목숨을 끊겠지? 한세건이 그걸 얼마나 갈망하고 있는지 알고 있기 때문에 그는 문득 죽어주는 것도 괜찮지 않을까 생각했다. 그러나 그게 다일까?

"서린이냐?"

"네."

"고든도 별것 아니었군."

불사의 왕이라는 자가 서린에게 되레 존재를 박탈당하다니. 한세건은 다시 스프링클러의 힘을 빌려 팔의 불을 껐다.

"내 존재 자체가 함정이었으니 그를 탓할 것도 없어요. 그도 오래 살았으니까 정신이 불안정해지는 건 피할 수 없었겠죠."

서린이 고든을 위한 변명을 하자 한세건은 녹티스를 빼 들고 그를 바라보았다. 헬기가 추락하며 휩쓸어 버린 바람에 엉망이 된 플로어에서 그와 서린은 서로를 노려보고 있었다. 베이런과 스팅레이, 그리고 마틴이 남아 있긴 했지만 그들은 섣불리 공격하지 않았다.

"…기억나나?"

"예?"

"네가 괴물이 되면 죽여 버리겠다는 말."

그런 약속을 한 적이 있었지.

하지만 세건은 그걸 약속이라고 말하지 않는다. 한세건은 그런 걸 약속으로 치부해서 죽어달라고 할 만큼 나약하지 않고, 또한… 당연히 서린이 저항할 것을 기대하고 있었다.

해는 서서히 서편으로 기울며 길게 빛을 뿌렸다. 무너진 차광 레일 틈 사이로 빛이 창날처럼 찔러 들어온다. 한세건은 어둠으로 몸을 옮겨 피하면서 서린을 노려보았다.

"기억하죠. 하지만 내가 테트라 아낙스니까 날 죽이면 형도 죽어요. 날 죽이면 형은 흡혈귀들에게 막대한 타격을 입히겠다고 한 자신의 욕망을 충족시키는 게 될 테니까. 일단 그 욕구를 충족하고 나면 형은 그 엉망진창이 된 몸을 유지하고 살 수는 없을 거야. 지금까지는 형의 초인적인 정신력이 현상을 굴복시켰지만 그것도 한계에 달할 테니까."

서린은 세건이 자신을 죽이는 순간 모든 원동력과 열정을 잃고 파멸할 거라는 점을 지적했다. 부정할 수 없는 사실이긴 하다. 그리고 그걸 지적할 수 있다는 점에서 지금의 서린은 분명히 이전의 서린이 아니다. 그렇지만 이 정도 말장난에 물러날 거라면 여기까지 오지도 않았다.

"글쎄. 자살은 취향이 아니야. 그렇게 감상적이지도 못하고."

한세건은 그리 말하며 저무는 햇살을 바라보았다. 직사광선을 피하고 있지만 그래도 햇살이 몸을 괴롭힌다. 빛을 바라보는 그 모습을 보면서 서린은 문득 한국에서 일상적으로 보아왔던 세건의 모습을 떠올렸다.

'거짓말도. 형처럼 감상적인 인간은 본 적이 없어.'

서린은 눈을 감았다. 결론은 처음부터 정해두고 있었다. 싸운다. 싸워서 그의 힘으로, 테트라 아낙스의 힘으로 비스트를 꺾는다.

"형을 죽지 않게 하기 위해서, 난 싸우겠어."

서린은 두 동강 난 레베카의 몸을 베이런에게 던져 주고 그들에게 물러날 것을 명했다.

"호, 혼자서 싸우겠다고? 무모해!"

"무모한 건 당신들이야! 방해만 되니까 피해 있어!"

그 순간 한세건이 서린에게 뛰어들었다. 스프링클러의 비를 꿰뚫고 검은 탄환이 그에게 쏘아져 나갔다. 서린은 물에 젖어서 미끄러운 바닥 위에 손톱을 찍고 텀블링으로 옆으로 빠져나간 뒤 지면에 무릎을 대고 크라우칭 스탠스 상태에서 카빈 소총을 연사했다. 그러나 한세건은 콘크리트 기둥 뒤로 몸을 숨기고 도폭선을 날렸다. 보이지도 않을 텐데 도폭선 두 가닥이 정확하게 유도탄처럼 날아와 서린을 덮친다. 서린은 뒤로 구르며 공격을 피하고 테트라 아낙스의 기억에서 마법을 불러냈다.

마법이라고 해도 무슨 RPG게임의 마법사처럼 강력한 공격 기술이 있는 건 아니다. 앙리 유이가 즐겨 쓰는 벌레를 매개로 하는 마법은 매우 강력하지만 놀랍게도 테트라 아낙스는 그걸 쓸 수 없었다.

'앙리 유이라는 저 흡혈귀 사법사는 대체 어떤 존재지? 테트라 아낙스도 모르는 마법을 쓰네?'

서린은 경악하면서도 쓸 만한 마법을 골라서 시전했다.

지박령들을 해제하면서 그들을 이 지역에 엮고 있던 데이터를 상대방에게 옮겨 상대에게 지박령을 묶는 박령술을 쓴 것이다. 혼팅으로 고통받던 한세건에게는 꽤나 치명적인 공격이 될 것이다. 하지만 세건은 이미 이전에 그가 봐왔던 세건이 아니었다. 새카만 어둠의 검이 번뜩이며 인간의 눈에는 보이지 않을 지박령과 망령들을 분쇄해 버렸다.

그리고 검은 증오의 탁류가 서린을 엄습했다. 서린은 다급한 대로 카빈 소총을 들어 막았지만 녹티스의 매서운 칼날이 들어와 서린의 손에서 카빈 소총을 날려 버렸다. 그리고 수평으로 휘둘러지는 칼날, 관자놀이를 향해 날아드는 일격은 만약 맞는다면 두개골을 깨끗하게 쪼개고 뇌를 떠낼 것이다!

하나!

콰직!

서린이 몸을 뒤로 젖히면서 아슬아슬하게 녹티스를 피하는 것과 동시에 세건의 몸이 위로 떠올랐다. 서린이 뒤로 몸을 젖히며 세건을 걷어차 올린 것이다. 세건은 그대로 천장에 몸을 들이받고 공처럼 튕겨져 펜트하우스 중앙에 설치된 수영장으로 떨어졌다. 유리 파편이 잔뜩 떨어진 수영장 위로 떨어진 세건을 보며 서린은 의상실에 준비된 거울을 붙잡았다. 그도 흡혈귀가 되긴 했지만 일단은 진마라 일광의 고통을 견딜 수 있었다. 그저 피부에 소금을 좀 뿌린 것처럼 따끔거리고 찝찝할 뿐, 세건처럼 피멍이 들고 불이 붙진 않는다.

세건은 거울로 반사하는 햇빛을 피하면서 물 안에서 밖으로 수류탄을 던졌다. 깜짝 놀란 서린이 뒤로 뛰어서 거리를 벌렸지만 그래도 파편의 사거리 내인 데다가 더 피할 곳도 없다.

"큭!"

서린은 급한 대로 강체술을 쓰고 양팔을 십자로 교차해서 머리를 방어했다. 수류탄의 파편이 방탄복과 서린의 피부를 찢고 피를 흘리게 했지만 뼈까지 상하진 않았다. 수류탄의 위력을 생각해 보면 경이적인 방어력이었다. 게다가 그 상처는 순식간에 아물어 이내 흔적도 남지 않았다.

'강하군.'

세건은 서린이 수류탄에서도 멀쩡한 것을 보며 혀를 찼다. 물론 폭심에 있었다면 아무리 서린이라고 해도 성하지는 못했을 것이다. 그렇지만 지금 저 능력들을 보건대 서린의 힘이 강하다는 건 부인 못 할 사실이었다.

이대로라면 이길 수 없을 것 같다. 하지만 상대가 서린이라면 이야기가 다르다!

한세건은 그에 의해 두 동강 났지만 아직 살아 있는 레베카를 향해 TNT 바를 바닥에 놓고 발로 찼다. 베이런과 마틴이 그녀를 수습하려고 남아 있었지만 다들 전투에 익숙지 않은지라 허점이 너무 많다. 매끈한 펜트하우스 플로어를 미끄러져 나간

TNT 바가 베이런과 마틴의 사이를 지나 레베카의 눈앞에 멈춰 섰다. 깜짝 놀란 서린이 몸을 날려 TNT 바를 덮치고 신관을 뽑았다.

콰콰콰쾅!

그리고 그런 서린이 몸을 날린 곳을 향해 한세건은 USAS—12를 꺼내 인정사정없이 드럼 탄창 하나를 다 비웠다. 서린은 강체술을 쓴 후 레베카의 몸 앞에 서서 총알을 몸으로 막아냈다. 그래, 이게 다르다! 서린과 그는 이게 달라! 절대로 서린은 그를 이길 수 없다.

한세건은 오른손 하나만으로 USAS—12를 제어하면서 왼손으로는 수류탄을 깠다. 허리띠에 권총 장전용의 클립에 수류탄 안전핀을 걸고 당기니 안전핀이 가볍게 뽑힌다. 보통 사람이라면 USAS—12를 한 손으로 다루는 건 불가능하겠지만 세건은 이것을 하기 위해 진자 운동을 하는 철근 덩이를 한 손만으로 받아서 멈춰 세우는 연습을 했었다. 완력과 중심, 균형이 조화를 이뤄야만 가능한 일이다.

"으아아악!"

서린은 비명을 질렀다. 아무리 강체술을 사용할 수 있다 해도 그는 볼코프처럼 강건한 몸은 아니다. 물론 12게이지 샷건을 스무 발 정도 퍼부었는데도 형체를 유지하고 있는 것만으로도 그의 강체술은 대단한 것이다. 보통 사람이었다면 장의사를 부를 필요가 없을 정도로 시체가 남아나질 않았으리라.

그러나…….

'점점 튼튼해지는데?'

처음에는 방어하고 있어도 피가 튀고 살점이 날아갔는데 그후 연사를 하면 할수록 서린은 총탄을 견뎌냈다. 수백수천 발의 쇼트 쉘이 몸통에 명중했을 텐데 서린은 견뎌내었다.

한세건은 샷건으로 그를 제압하면서 그사이에 수류탄을 언더핸드로 던졌다. 도중에 쳐낼 수 없게 손아귀에서 이미 2초를 보낸 수류탄으로 서린에게 도착하는 순간 터질 것이다. 그러나 그때 서린이 움직였다.

콰직!

공중에서 수류탄이 네 도막으로 쪼개졌다. 물론 안의 신관은 불이 붙어 있었으니까 수류탄은 폭발했다. 하나 TNT가 4분의 1로 줄어든 쪼개진 수류탄의 폭발은 초라했다.

"하아, 하아. 형, 미안하지만……."

서린은 피투성이가 된 채로 얼굴을 보호하고 있던 팔을 내렸다. 가장 집중적으로 공격받아 뼈가 드러나 보일 정도였던 팔이었는데 바닥에 쏟아진 서린의 피가 마치 비디오테이프를 거꾸로 돌린 것처럼 중력에 역행하여 그에게 몰려들었다. 살점은 이내 아물고 피부도 깨끗하게 나아버렸다.

"이 정도로는 날 못 이겨요!"

그 순간 서린은 몸을 웅크리더니 팔을 뻗었다. 바닥에 떨궈져 있던 유리 파편들이 서린을 중심으로 폭사되어 세건을 향해 날아들었다. 한세건은 녹티스를 빼 들어 날아드는 유리 파편들을 쳐냈다.

"폭탄은 얼마나 있나요? 그리 넉넉하진 않을 텐데 이렇게 막 써도 되는 거예요?"

"별걸 다 걱정해 주는군. 흡혈귀 일개 사단을 죽일 만큼 넉넉히 가져왔어. 내 마지막 불꽃놀이가 될 테니까."

한세건은 서린의 우려를 비웃기라도 하듯 군용 도폭선 다발을 하나 꺼내 서린에게 뿌렸다. 아니, 정확히는 서린의 뒤에 있는 다른 테트라 아낙스를 노리고 뿌려댄 것이다.

"큭!"

폭음과 함께 유리창이 깨졌다.

이번에도 서린은 그들을 구하기 위해 몸을 날렸고 그 결과 폭풍에 몸이 찢겨야 했다. 겉보기로는 별다를 게 없어 보이지만 충격파로 내장이 찢어지고 뼈가 부러진, 전형적인 폭사 시체였다. 문제는 서린은 그렇게 당하고도 살아 있다는 것이다.

"아윽… 제기랄! 좀 그만 좀 해요!"

서린은 중상을 입고도 세건을 힐난했다. 세건은 굉장한 놈이라고 생각했다. 공포라든가 미움, 증오가 없는 건가? 이 정도 당했으면 이제 좀 원망하거나 미워하는 모습을 보여도 될 텐데 왜 아직도 이해하려고 하지? 목숨을 걸고 그냥 싸우는 게 낫지 않나? 서린의 능력을 생각해 보면 진심으로 공격할 경우 세건의 목을 쳐 날리는 것도 그리 어렵지는 않을 것 같았다.

문득 세건은 서린의 손에 죽는 것도 나쁘지 않겠다는 생각을 했다가 실소했다. 혐오스러운 생각이다. 죽어서 편해지겠다는 건 매우 달콤한 유혹 같아서, 그건 세건 자신의 생각이 아니라

메피스토 같은 악마가 속삭이는 게 아닐까 하는 생각마저 들었다. 파우스트에게는 매력적인 제안일지 모르지만 세건은 자신의 고통으로부터 달아나게 하는 모든 것을 용서할 수가 없었다. 선량한 흡혈귀를 죽이기가 고통스럽고 괴롭다면 세건은 기꺼이 선량한 흡혈귀들을 도륙한다. 사는 게 괴롭고 죽는 게 편하다면 세건은 절대로 악착같이 살아남는다. 그 옛날 도를 얻고자 하는 고행자들이 스스로의 몸과 마음을 학대하기 위해 직접 자신의 몸에 매를 들었다면 세건은 반대로 자신의 몸을 세상으로 내던졌다. 자살이 그에게는 너무나 매력적이기에 역으로 그는 죽을 수 없었다. 아직 자신을 용서하지 못하는데, 그렇게 쉽게 도피해 버리면 더더욱 용서할 수 없으니까.

그러니까 서린의 손에 일부러 죽어줄 수는 없다. 단지 서린의 능력이 뛰어나 그가 죽는다면 그건 어쩔 수 없는 일이겠지.

"그럼!"

서린은 앞으로 뛰쳐나오며 강력한 텔레파시에 의한 염파 폭풍을 일으켰다. 스팅레이가 사용하던 것과 같은 형식이지만 스팅레이의 것이 어떤 신성한 공명, 아베마리아를 열창하는 성가대의 찬트와 같았다면 서린의 그것은 의지의 폭풍이었다. 게다가 그 공격을 펼친 서린은 지면을 박차고 뛰어들어 세건에게 손을 뻗었다. 한세건은 의지의 폭풍에 휩쓸려서도 그것을 무시하고 녹티스를 휘둘러 자신을 잡으려 하는 서린의 손목을 후려쳤다. 하지만 서린은 총화기나 군장을 연결하기 위한 택티컬 베스트의 끈을 휘둘러 녹티스의 칼날을 막았다. 돌처럼 단단한

합성수지 케이블이 잠깐 동안 녹티스를 막아내는 사이, 서린은 세건의 옷깃을 잡더니 홱 업어서 바닥에 던졌다.

하나 서린의 업어치기는 볼코프의 그것에 비해 너무 크게 휘두르는 것인지라 세건은 등으로 바닥에 떨어지는 게 아니라 두 발로 지면을 찍고 살짝 미끄러지듯 빠져나갔다. 볼코프가 상대를 메쳐서 아예 으깨 버리는 것과 달리 틈이 많은 메치기였다. 물론 서린은 거기서 끝내지 않았다. 서린은 무시무시한 악력으로 세건의 옷을 붙잡고 놓지 않고 바닥에 짓눌렀다. 그리고 다짜고짜 세건의 목을 물어뜯었다!

"크윽!"

눈앞이 검게 물들고 의식이 흐려진다. 피가 빨려 나간다. 세건은 서린이 자신의 피를 빨아들이는 것을 느끼며 손을 들었다. 떨리는 손에는 의식이 없었지만, 그는 손을 들어서 천천히 리모컨을 눌렀다.


3


테트라 재단 빌딩 최상층에서 대폭발이 일어났다. 폭발은 동시다발적으로 일어나 사방을 휩쓸었다. 충격파는 건물의 유리창을 다 박살 내서 파편을 밖으로 내던지고 너덜너덜한 차광 레일을 뜯어내서 지면을 향해 집어 던졌다. 구경하기 위해 몰려든 사람들과 출입 통제를 위해 진을 치고 있는 방위군은 즉시 테트라 재단 빌딩에서 도망치듯 물러났다.

최상층에서 터져서 망정이지 만약 그 밑에서 폭발했다면 건물 전체가 붕괴되었을지도 모를 정도였다.

아닌 게 아니라 최상층에 끼워지다시피 했던 헬기의 잔해가 이번의 폭발로 또 밀려 나가 밑에 있는 컨벤션 센터로 떨어졌다.

컨벤션 센터로 헬기의 잔해가 떨어지자 무시무시한 폭풍이 일어나 지상을 휩쓸었다. 먼지와 종이, 각종 잡다한 쓰레기와 잔해들이 폭풍을 타고 빠른 속도로 쏟아져 나왔다.

"미친!"

"난리 났군!"

아르곤은 쏟아지는 파편의 비를 피해서 모자를 눌러쓰고 달렸다. 헤카테는 그 모습을 보고 혀를 찼다.

"자폭한 모양인데, 그 녀석!"

"자폭이라니… 제기랄. 테트라 아낙스는? 우리가 도우러 가야 했을까?"

아그니는 그답지 않게 테트라 아낙스를 지원했어야 하지 않았나 하는 생각까지 했다. 아무런 생각 없이 피를 마시는 데 집중하고 있는 그이지만 그것도 테트라 아낙스의 가호 아래 가능했었다. 역시 테트라 아낙스 없는 세상은 상상할 수도 없다.

"저 정도 폭발이면 우리 모두를 쓸어 담고도 남겠는데? 도우러 갔으면 좋다구나 하고 진작 자폭했을걸."

"그렇다기보다는 애초에 자폭하려고 마음 단단히 먹었구만. 안 그러면 저만큼 폭약을 가져왔을 리가 없지."

그들은 근처에 세워두었던 지휘 차량으로 향했다. 그때 지휘 차량의 문이 열리고 마리아가 뛰어내리는 게 보였다.

"뭐… 뭐야?!"

"아, 아르곤!"

마리아는 아르곤을 보고 그를 피해서 도망치려고 했다. 아르곤으로서는 충격이었다.

"윽! 마, 마치 변태 성욕자를 피해서 도망치는 여자애 같잖아?!"

"아니었어?"

헤카테는 그리 반문하며 도망치려는 마리아를 붙잡았다.

"왜 그러는데?"

"저, 서린이 위험하잖아! 저런 대폭발이 있었는데 아무리 테트라 아낙스라고 해도 멀쩡하진 못할 거 아냐! 도저히 앉아서 못 보겠어!"

"그럼 서서 봐."

헤카테는 심드렁하게 말하고 트레일러 안으로 그녀를 번쩍 들고 들어갔다.

빌헬름이 팬텀의 목소리를 흉내 내어 각지에 연락을 하다가 그들을 맞이했다. 그는 즉시 팬텀에게 수화기를 넘겼다.

"마스터, 게라드 장군입니다. 일단 설득해서 아직 병력 투입을 막고 있었습니다만, 제가 마스터 흉내 내는 것도 한계가 있군요. 직접 하세요."

"응? 게라드 장군이 누구지?"

"통합 참모본부 의장인 사성 장군이잖아요. 사십 년 전에 마스터의 아버지(?) 명의로 장학재단을 설립했는데 그때 수석으로 장학금 탄 친구죠. 덕분에 깁슨 가문에 추근거리고 자기 딸이랑 결혼하지 않겠냐고 마스터에게 많이 보챘었는데 기억 안 나요?"

"아, 그런 적도 있었지? 과세 피하려고 한 짓인데 졸지에 훌륭한 자선사업가가 되어서 곤란했었지."

팬텀은 그제야 기억이 난다는 듯 수화기를 붙잡았다.


## 4


해는 완전히 지고 하늘을 향해 다시 빛이 질주한다. 지금 이곳에서는 전대미문의 시가전이 벌어지고 있는데도 라스베이거스의 다른 호텔들은 여전히 평상시와 다름없이 불을 밝힌다.

그 불야성의 위로 만월이 떠오른다. 다른 별들은 빛을 잃었지만 오직 달만은 이곳에서도 빛을 잃지 않고 모습을 드러낸다.

서린은 부서진 건물의 모서리에 걸터앉아서 다리를 흔들면서 달을 바라보았다. 룩소 호텔의 피라미드에서 수직으로 뻗어오르는 빛의 기둥, 문득 저 빛의 기둥이 달과 만나면 얼마나 멋질까 하고 생각했다. 그리고 보면 어린 시절 랜턴 하나를 들고 어두운 밤하늘에 비추곤 빛이 하늘 끝까지 오르는 걸 보며 즐거워했었지. 이 빛이 우주에까지 이르지 않을까? 그리 상상하면서. 우주라면 우주니까 달까지는 이르겠지?

서린이 그리 생각하고 있을 때 철컥 공이치기가 당겨지는 소리가 들렸다. 그의 뒤에서 은발의 신부가 총을 겨누고 있었다.

"늦었군요. 기다리고 있었는데."

서린은 총구가 자신을 향하고 있는데도 아랑곳하지 않고 일어났다. 실베스테르는 서린의 머리를 따라 총구를 움직였지만 섣불리 방아쇠를 당기지 않았다. 서린은 절대강자의 여유를 보이고 있었다.

"한세건은?"

"세건 형이라면, 여기 있지요."

서린은 잔해 더미 사이에 쓰러진 세건을 가리켰다.

"데려가요. 그는 아직 죽으려면 멀었어요. 왜냐면 내가 테트라 아낙스가 되었으니까."

서린은 그리 말하고 다시 달 아래 섰다. 실베스테르는 쓰러진 세건에게 다가갔다. 흐릿하게 맥박이 살아 있고 호흡이 살아 있는 걸 확인한 그는 그를 안아 들었다.

"어쩔 셈이지, 새로운 테트라 아낙스?"

"테트라 아낙스가 범접하지 못할 왕인 이상, 그는 죽고 싶어도 죽을 수 없겠죠? 그러니까 매우 강력한 흡혈귀의 왕이 되도록 노력해 보죠. 달은 미치고, 빛에 홀려서 나도 미치고, 흡혈귀들은 춤추고. 아아아, 뭐 그런 거죠."

서린은 달빛의 아래에서 미소 지었다. 붉은 눈동자가 달빛을 등져 그늘진 그의 얼굴에서 유일하게 빛을 발한다.

실베스테르는 세건의 상태를 확인했다. 빈혈이고, 몸 상태는 극도로 나쁘지만, 놀랍게도 그에게서는 더 이상 흡혈귀의 특징이 남아 있지 않았다. 그렇게까지 상태가 나빴었는데 지금의 세건은 인간이 되어 있었다. 물론 온전한 인간은 아니다. 흡혈인자에 의해서 육체가 변이된 것은 어쩔 수 없다. 인간보다 뛰어난 신체 능력과 그만큼 많은 부작용을 안고 있겠지만, 그래도 이제 더 이상 흡혈귀가 되는 일은 없을 것이다. 어떻게 한 것일까?

"테트라 아낙스의 비술이로군."

"예. 지혜로운 뱀의 왕에겐 그런 재주도 있더군요. 세건 형이 대체 그걸로 얼마나 자책하고 고통받았는지……. 이렇게 쉽게 해결할 수 있는 문제를 말이죠."

"그러니까 너는 이런 이유로, 앞으로도 이 월야에 군림하겠다는 것인가?"

"예, 그럴 예정입니다."

"그렇다면 네 길과 나의 길, 언젠가는 반드시 엇갈리겠군. 지금은 때가 아니니 그때를 기약하지."

"즐겁게 기다리겠습니다."

새로운 테트라 아낙스는 푸른 달을 등지고 서서 씨익 미소 지었다. 그래, 앞으로 그는 이 만월을 몇 번이고, 몇천 번이고, 몇만 번이고 보게 되겠지. 새로운 흡혈귀의 왕, 그가 건재하는 이상 한세건에게 죽음은 허락되지 않는다.

그러면 세건은 앞으로도 마수가 되어 밤을 질주하는 것인가?

이 녀석에겐 구원의 날이 정녕 오지 않는단 말인가? 그러나 지금은 그저 그가 흡혈의 저주에서 벗어나 다시 인간이 된 것만으로도 감사해야 할 일이다. 테트라 아낙스가 일으킨 기적, 그 기적을 위해서 서린이란 저 소년은 영원히 밤의 길을 걸어야 할 테니까.

"그럼."

실베스테르는 그 자리를 벗어났다. 서린은 다시 고개를 돌려 룩소 호텔의 빛이 하늘의 달에 이르는 것을 바라보았다. 푸르스름한 호텔의 빛, 푸르스름하게 멍든 달, 앞으로 그가 살아가야 할 세계를 비추는 달을 보며 서린은 꿈을 꾸듯 천천히 손을 들었다.

夜經

두카티 S2R이 공원 앞에 멈춰 섰다. 그 위에 올라선 라이더
는 헬멧을 벗어서 바이크에 올려놓고는 헬멧과 함께 사슬을 채
웠다.

"나 참."

그는 사슬을 채우고 난 뒤에 헬멧이 땅에 떨어진 것을 보고
눈살을 찌푸렸다. 모처럼 왁스 코팅을 한 헬멧에 이물질이 묻
는 걸 좋아할 리가 없다. 그는 헬멧을 다시 바이크 위에 올려두
고 눈앞에 있는 건물을 바라보았다.

'최첨단 오컬트 벤처 물장사 아르쥬나'라는 간판이 붙어 있
는 이 건물은, 전에 그가 보았던 것보다 더더욱 엽기성이 가미
되어 있었다. 문제는 장사가 잘되는지 안에 손님이 꽤 많이 있

다는 것이다. 그는 사람이 많은 걸 보고 잠시 주저하다가 안으로 문을 열고 들어갔다.

"어서……."

카운터에서 인사를 하던 회색 머리칼의 점원이 고개를 멈췄다. 그러고는 대뜸 눈살을 찌푸렸다.

"뭐야? 뭐 하러 왔어?"

"너야말로 뭐 하는 거냐?"

그때 여학생들이 핸드폰을 들이밀고 점원 쪽을 주시하니 성질을 내려던 점원이 어설픈 미소를 지어 보였다.

"…고생이 많군."

"네게 그런 소리 듣고 싶지 않아!"

"수고하라고."

오토바이 라이더는 더 상대할 가치도 없다는 듯 그를 무시하고 머리를 쓸어 올리며 안쪽, 출입 금지 구역으로 향했다. 이번에 새로 녹색으로 물들인 머리가 아직 뻣뻣한 게 머릿결이 많이 죽었다. 린스를 써야 하나? 그래도 염색한 뒤 좀 지나면 알아서 회복되던데? 그런 쓸데없는 생각을 하며 그는 계단을 올랐다.

"아하하하하하하!"

2층은 일반 가정집처럼 꾸며져 있었는데 그 거실에는 한 여성이 앉아서 프렌즈 DVD 박스를 쌓아두고 보고 있었다. 그녀는 뒤에 누가 올라오자 손을 들었다.

"야아, 세건아. 오래간만이네."

"어떻게 알았어요?"

"올 때 오토바이 소리가 들리잖아."

"하기야."

한세건은 어깨를 으쓱해 보였다. 그러고는 앉으란 말도 없었는데 멋대로 자리에 앉았다.

"그 녀석은 좀 어때요?"

"이사카? 잘 적응하던데, 뭐."

"흐음."

세건은 못마땅하다는 듯 턱에 손을 대고 생각에 잠겼다. 테트라 아낙스의 본진을 직접 습격한 그날, 세건은 서린에게 패배했다. 도는 풍문에 의하면 실베스테르가 사정사정해서 서린에게서 그 신병을 되찾았다고 하는데 그럴 리는 없고, 아마도 서린이 자발적으로 놓아준 모양이다.

그때 이사카가 먼저 그들에게 다가와 자신의 신병을 의탁했고 또 사람 좋은 김성희는 그걸 받아들인 모양이었다. 본인 말로는 동생이 테트라 아낙스가 되었다고 그쪽으로 빌붙을 처지는 못 되고, 언젠가는 동생과 다시 패권을 다퉈야 할 것 같으니 흡혈귀 사냥꾼이 되겠다고 한 모양인데 참 어처구니가 없다. 세건 입장에선 라이칸스로프나 흡혈귀나 그놈이 그놈인데, 원래 흡혈귀 사냥꾼엔 전통적으로 라이칸스로프가 많았다면서 김성희는 대뜸 그를 받아들인 것이다.

지금으로서는 흡혈귀 헌터가 아니라 식순이로 보이지만.

한국에는 더 이상 흡혈귀가 유입되지 않았다. 테트라 아낙스의 교체 사건 이후 딱히 이 동쪽 나라에까지 와서 건질 게 없어 졌기 때문이었다. 게다가 한국은 원래 외국인을 보면 이목이 쏠리는 곳이 아닌가. 사람들의 이목을 피해서 살아야 하는 흡혈귀로서는 생활하기 난감한 곳임에 분명했다.

"비자는 나왔나요?"

"아직."

김성희는 한숨을 쉬며 DVD플레이어를 정지시켰다. 한세건 은 그 후 실베스테르를 따라 유럽에서 흡혈귀 사냥을 하겠다고 한국에 있던 재산을 처분해서 금으로 바꿔둔 상황이었다. 그런 데 금으로 바꾸자마자 미국이 콜 금리를 낮춤으로써 금값이 폭 등, 본의 아니게 막대한 시세 차익을 얻게 되었다. 뭐 그렇다고 세건이 금을 다시 팔아서 시세 차익을 얻으려고 하는 건 아니 고, 어디까지나 흡혈귀들을 계속 사냥하기 위한 군자금이었다.

"일부러 시간 끄는 거죠?"

"너도 참, 모처럼 사람이 되었는데 좀 릴렉스하게 가."

"이 경우 사람이 되었다는 소리가 말 그대로 뱀파이어가 아 닌 사람인지, 그게 아니면 제가 그 전에 개망나니였다는 건지 모르겠는데요?"

"좋게 생각하렴. 너 좋은 쪽으로."

김성희는 그 말을 남기고 다시 DVD플레이어를 재생했다. 앉은 자리에서 저거 한 시즌을 다 봐야 직성이 풀리려나 보다.

서린이 테트라 아낙스의 정점을 차지한 이후, 흡혈귀 사회는 분명히 변했다. 우선 이전 테트라 아낙스에 충성하던 이들은 새로운 테트라 아낙스를 인정하지 않고 그에게서 등을 돌렸다.

그리고 대신 팬텀을 위시로 한 테트라 아낙스 반대파는 되레 지금의 테트라 아낙스의 편을 들거나 중립을 유지하게 되었다. 테트라 아낙스의 제어하에 들어가 있는 클랜들은 흡혈귀의 수를 엄격히 제한해 더 늘어나는 법이 없었지만 테트라 아낙스에게 반발하는 다른 흡혈귀들은 마음껏 수를 늘려 여전히 달은 미쳐 있었고 그 어둠을 걷는 이들은 혼란 속에서 살았다.

볼코프 레보스키와 그의 라이칸스로프들은 이후 해산, 볼코프 레보스키는 용병으로서 세계 각지를 떠돌아다닌다고 했다. 그리고 레온 시마노프는 릴리쓰가 한동안 나타나지 않을 거라는 것에 좌절해 자취를 감췄다 한다.

서린은 분명히 이 세상을 바꾸려 한다고 여겨진다. 테트라 아낙스의 힘을 인간적으로, 올바른 쪽으로 써서 좋은 결과를 얻어내려 한다. 비록 세건은 흡혈귀를 절대 인정할 수 없지만 서린의 이상은 도저히 지속하기 힘든 철부지의 헛꿈이거나 그도 아니면 강철 같은 의지가 뒷받침되어야만 가능한 것이라는 걸 알고 있었다. 실제로 그는 현실의 반발에 부딪쳐 개혁의 힘을 잃고 있지 않나.

그래도 서린은 그걸 해나간다. 훌륭해. 인간적으로 그는 세건보다 강하고 세건보다 훨씬 낫다. 그러니까 폭탄을 전신에 두르고 스위치를 눌렀어도 그를 해치울 수가 없었지. 아니, 되레 그는 세건 자신을 구하기까지 했다.

사실 그것도 알고 있었다. 레베카나 다른 흡혈귀들에게 폭탄을 던지고 총알을 퍼부으면 서린이 대신 막은 것처럼, 자신의 몸에 폭탄을 두르고 스위치를 넣는다면 이번엔 서린이 세건을 지키기 위해 무모를 감수할 것이라는 것을 알고 한 짓이었다.

결국 졌다. 질 만했다. 하지만 세건은 다른 방법을 선택할 수 없었다. 누군가는 선량하고 이성적으로 행동한다면, 누군가는 감정적으로 행동해야 한다. 흡혈귀들에게 사람을 건드리면 그만큼 리스크가 있다는 걸 보여줘야 한다. 지렁이도 밟으면 꿈틀대듯, 그들이 사람을 물어뜯을 때, 그것이 이런 결과로 이어질 수 있다는 걸 항상 염두에 두도록 세건은 전설이 되어야 했다.

"후우."

빌헬름은 눈에 불을 켜고 사무실 안을 뒤지고 있었다. 곧 그는 캐비닛 속에 숨어 있는 팬텀을 발견했다.

"마스터!"

"아… 아하핫. 들켰군. 음, 이제 내가 술래인가."

"설마요. 뭐 하시는 거예요, 대체? 멀론에 CEO를 임명하다니요. 직접 경영에 참여해야 할 회사라고 말했잖아요!"

"어차피 대주주가 나인데 남이 CEO라도 상관없잖아. 더 일을 늘리고 싶지 않다고."

"무슨 말씀을 하시는 거예요? 멀론에서 만들어내는 고분자 신소재가 제대로 공급되기만 하면 덩달아서 다른 것들 주식이 동반 상승한다고요. 총자산을 늘리기 위해선 적극적으로 경영에 참여할 필요가 있다고요. 이런 프로젝트를 남에게 말할 수는 없잖아요!"

빌헬름의 호통에 팬텀은 식은땀을 흘렸다. 이젠 누가 마스터고 누가 에스콰이어인지도 모르겠다.

"이제는 돈을 버는 것보다 여유를 벌며 사는 게 어떨까? 나 이제 테트라 아낙스의 자문 위원이기도 하니까 일은 좀 줄이고 싶은데."

서린은 테트라 아낙스의 수장에 취임(?)한 후 팬텀에게 한자리 주고 그의 협력을 얻어내려 했다. 팬텀은 별로 내켜하지 않았지만 빌헬름의 강력한 주장으로 그 자리를 받아들였었다.

"그러신 분이 이런 걸 주문해요? 대체 배트맨도 아니고 무슨 생각이에요?"

빌헬름은 서류 한 장을 던졌다. 팩스로 보낸 코스튬 디자인이었다.

들켰군……. 팬텀은 손을 내저었다.

"아니, 안 걸리고 세상에 좋은 일을 해줄 수 있을 것 같아서."

"…진심으로 이걸 입고 밤거리에 나돌아 다닐 생각이었어요? 히어로물의 주인공처럼?"

"설마 진심이겠니? 이건 그냥 가장파티용이야."

"……."

못 믿겠다는 듯 바라보던 빌헬름은 펜을 들어서 거기에 X를 그었다.

"디자이너에게 주문 취소시켰으니까 그리 아세요."

"쳇."

"오후엔 골프 라운딩이 있으니까 꼭 참석하시고요. 이번에도 주지사를 바람맞히면 아무리 테트라 아낙스의 가호가 있다고 해도 크게 다칠 거예요."

"휴우, 알겠다."

팬텀은 축 처진 어깨를 하고 걸어 나갔다. 빌헬름은 자신이 좀 심했나 하는 생각도 했지만 아무리 그래도 코스튬은 용서할 수가 없었다.


아르곤과 그의 에스프리는 여전히 테트라 아낙스와는 거리를 두고 있었다. 부는 곧 타락을 불러일으킨다. 특히 뱀파이어처럼 장생하는 존재라면 삶에 부족함이 없으면 순식간에 권태에 찌들어 파멸하게 마련이라는 게 아르곤의 지론이었다.

하지만 반대로 말하면 가난에 찌들어 버린 뱀파이어가 언제 강도나 도둑으로 돌변해도 이상하지 않으며… 흡혈 욕구가 있는 뱀파이어가 범죄에 손을 대기 시작하면 그 또한 문제가 아닌가? 그래서 테트라 아낙스, 서린이 경제적인 원조를 제공하겠다고 했을 때 대부분의 에스프리 간부가 아르곤에게 매달려서 사정사정했지만 아르곤은 결코 그에 응하지 않았다.

지금 그들은 아시트 근처 중국집에서 파트타임 잡을 얻어 일하고 있었다.

아르곤에게 조리사 자격증이 있다는 건 다들 그때 처음 알게되었다.

"헝그리 정신이 중요하다 이거야! 응! 배가 부르면 몸이 느려져서 안 돼."

중화 팬을 휘두르며 아르곤은 주장했다.

"요즘 세상에 배부르면 몸이 느려지긴 무슨, 오프라 윈프리가 다이어트할 때 그 코치에게 급여를 얼마나 줬는지 알아요? 돈 없으면 살찌는 세상이라고요."

창현은 투덜거리며 접시를 닦았다. 정아는 웨이트리스복을 입고 앞에서 서빙을 했다. 이게 대체 뭔 꼴이야? 3D 업종을 피하기 위해서 대학도 비싼 돈 내고 다녔는데 만리타향에서 이런 짓거리나 하고 있다니. 하긴 피시방을 전전하며 숨어 다니는 것보다는 낫지만 이 정도면 회의가 전신을 가득 채워서 정수리에서 용솟음칠 정도다.

"삐지기는… 쯧쯧."

"그런데 그 다른 석세서 둘은 어떻게 한 거예요, 대체? 혼자 해치운 거예요? 둘을?"

"훗, 그 녀석들? 군번이 있지 최초의 석세서인 나랑 맞먹으려고 하면 내가 곤란하지. 내가 이렇게 피하고 저렇게 치고 아잣! 아잣! 그러니까 나중엔 살려달라고 울더라. 실베스테르가 흡혈귀 눈물을 찾아다닌다고 했지? 나랑 같이 다니면 많이 얻을걸! 우하하하핫!"

아르곤은 요리를 하다 말고 불붙은 중화요리 팬을 들고 이리저리 움직이며 그때의 상황을 재현했다. 그 모습을 본 창현은 한숨을 내쉬었다.

"아이쿠 골치야."

하긴 눈물을 흘릴 수 있다면 바로 지금 울고 싶다. 어떤 의미에서 아르곤 말은 틀린 것 하나 없다. 아르곤은 그런 창현의 마음을 아는지 모르는지 풍선껌을 불며 엄지손가락을 위로 세웠다. 그 꼴을 보니 한 대 때려주고 싶다.

테트라 재단 빌딩은 재건축에 들어갔고 대신 재단은 샌프란시스코의 컨벤션 타워로 자리를 옮겼다. 사실 차광만 잘되면 다른 건 별로 필요하지 않은지라, 테트라 재단의 이사는 순조롭게 진행되었다. 그 총수로 등극한 베이런은 일 처리를 신속하게 해서 많은 이에게 '원래부터 테트라 아낙스 두목 하고 싶었구나' 하는 의심을 사기에 충분했다.

하지만 실질적으로 테트라 아낙스의 총수는 서린이다. 서린은 이내 오라클 시스템을 장악하고 이전의 테트라 아낙스, 고든이 그러했던 것처럼 빠르게 영향력을 확장했다. 하지만 지금 그는 샌프란시스코에 없었다.

서린은 잡다한 업무 등은 완전히 다른 테트라 아낙스들에게 맡기고 그 자신은 최소한의 일만 했다. 그것은 자신의 영향력이 너무 적어 욕구불만에 빠져 있던 테트라 아낙스 멤버들에겐 매우 고무적인 일이었고 서린으로서도 자신의 시간을 확보할 수 있으니 좋았다. 이런 게 바로 원윈 전략이라던가?

"그래. 어때 보이냐?"

서린의 아버지는 허름한 공항 화장실 앞에서 옷을 고쳐 입으며 서린에게 물어보았다. 서린은 그 모습을 보고 피식 웃었다.

마약 농장 경비병을 하던 아버지는 검게 그을려서 이전보다는 훨씬 건강하고 활기차 보였다.

"이야, 아주 멋져 보이는군요."

조반니가 히죽 웃자 서린은 조반니의 발등을 밟았다.

"넌 이따가 봐, 응? 아주 죽었어, 그냥."

"아, 좀 화 풀어요. 난 몰랐다니까요."

"내가 테트라 아낙스가 될 줄 몰랐던 거겠지."

서린의 아버지가 취직한 농장은 바로 마약왕 조반니 반테로 산하의 농장으로, 농장주는 조반니가 서린과 한세건에게 얽혀 고생하고 있는 걸 알자마자 서린의 아버지를 잡아서 인질로 상납했던 것이다.

물론 서린은 그 사실을 몰랐고… 사태가 급박해지면서 아버지 정도를 인질로 뭘 얻을 수 있겠냐 싶어서 인질 교섭도 이뤄지지 않았다.

그사이에 조반니네 마약상들은 서린의 아버지를 아주 품위 있게, 신사적(?)으로 대해준 모양이었다.

"흠흠."

서린은 아버지가 이상하게 여기며 돌아보자 헛기침을 했다. 아버지에게는 조반니 반테로 사장님(?)이 은혜를 베풀어서 돈도 주고 한국으로 돌려보내는 거라고 거짓말을 해두었다.

사정을 다 말할 수는 없다.

"그런데 린아, 너는 한국에 안 간다고?"

"예. 학교 준비해야죠."

서린은 그 후 시험을 쳐서 검정고시로 고등학교 졸업 자격을 따고 미합중국에서 대학을 다니기로 했다. 이러니저러니 해도 이후 플렉스 기업을 이을 자라면 MBA쯤은 이수해야 한다는 다른 테트라 아낙스 멤버들의 강요 때문에 어쩔 수 없이 대학을 다니기로 한 것이다. 사실 고든은 이미 수차례 대학을 다녔고 학업 성취도 엄청났기 때문에 그를 계승한 서린이 군이 학교를 다닐 필요는 없었다. 하나 흡혈귀도 학벌 간판이 중요하다. 그 사실을 서린은 그때 처음 알았다.

"현대의 흡혈귀들도 참 인생 거저 사는 거는 아니군. 역시 세상살이 만만찮아."

서린은 그 진리를 새삼스럽게 깨닫고 고개를 끄덕였다. 그때 마리아가 손을 흔들며 다가왔다.

"서린! 보딩 시작했어!"

"어, 그래?"

"자, 아버님 오세요. 짐 들어드릴까요?"

마리아는 짐을 들어주겠다고 호들갑을 떨었다. 서린은 마리아가 호들갑을 떨 때마다 아버지가 자신을 바라보는 시선이 나빠진다는 것을 알고 있었기에 뒷짐 지고 휘파람을 불면서 아버지의 시선을 피했다. 대체 이 어린 여자애를 어찌했기에 애가 이러는 걸까? 하고 의심을 품는 아버지의 눈길은… 매우 따갑다.

"새로운 테트라 아낙스는 대단하더군요. 인생을 즐길 줄 아는 것 같던데, 그렇다면 천 년은 성하게 갈지도 모르겠습니다."

금색의 마안을 가진 마인, 에밀 카이히는 그렇게 보고했다. 그러자 그의 앞에 선 주교는 혀를 찼다.

"그건 확실히 그렇더군. 그러나저러나, 이거 예상 밖인데. 내 예측이 빗나가고 비스트가 다시 인간이 되다니. 서린, 그 소년이 테트라 아낙스가 되는 걸 받아들인 건 제 형인 이사카와 비스트를 위해서였던가? 정말 이해 불능이군."

"하지만 가능성은 남아 있지 않습니까? 주교님, 그는 이미 릴리쓰에 감염되었던 자입니다."

"물론……. 아직도 그에게는 가능성이 남아 있어."

주교는 그리 말하고 촛불을 밝혔다. 금색의 머리칼과 붉은 옷이 드러났다. 그 모습은 앙리 유이, 네크로폴리스의 사법사이자 흡혈귀 진마 중의 한 명, 그리고 13사도 위원회의 검은 주교이기도 한 그는 피식 웃고는 그의 충복 저지먼트를 바라보았다.

"릴리쓰가 다시 나타나는지 예의 주시하게. 릴리쓰가 다시 나타나면, 비스트도 틀림없이 다시 변이를 일으킬 테니까."

"예, 그럼……."

에밀 카이히는 앙리 유이에게 부복하고 그 자리에서 물러났다. 앙리 유이는 그가 사라진 걸 확인하고 의자에 앉았다.

"대단한데, 테트라 아낙스. 설마 일을 이렇게 막아낼 수 있을 줄은 몰랐어. 훌륭해. 쓸데없이 선량한가 했더니만 역시 백만 가지 사악한 잔꾀가 선한 의도 하나만 못하군."

그렇지만 미친 달의 세계에서, 그런 선량한 마음으로 언제까지 정점 위에 있을까? 앙리 유이는 그리 생각하며 코웃음 쳤다.

자아, 새로운 테트라 아낙스, 푸른 달의 아들. 밤을 거닐며 스스로의 의지로 마음껏 세상을 바꿔보아라. 그러나 그것이 새로운 행동이고 구원이 될 거라고 착각하지 않는 게 좋을 것이다. 왜냐면 고든도 처음에는 분명히… 그와 같았으니까.

달은 그때 이후로 수천, 수만 번 떠올랐고, 변한 것은 아무것도 없다. 과연 그는 얼마나 다를 것인가…….

"앞날이 기대되는군. 하나 지금은 잠시 막을 내리도록 할까?"

앙리 유이는 애써 켠 촛불을 불어 끄고 어둠 속을 움직여 그곳을 빠져나갔다.

• ☾ • See You NEXT Night •

# 外傳

세상의 끝

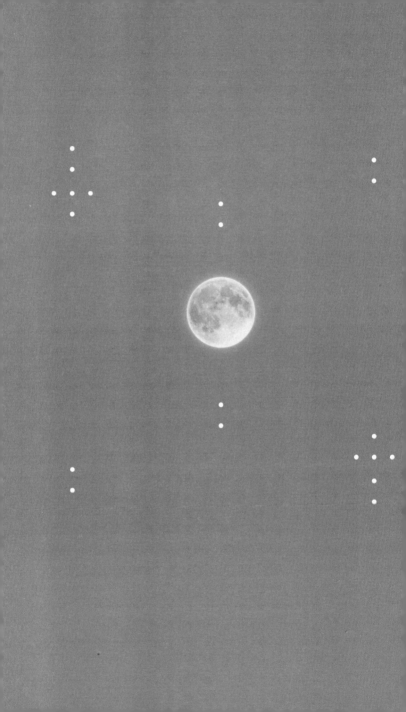

약간 고급스러운 지역 쇼핑몰은 정오 시간인데도 한적했다.

세계를 강타한 불황 때문에 대부분의 사람이 월 마트 같은 저가형 마트에서 지갑을 열기 때문이었다.

그 월 마트에서 파는 싸구려 티셔츠로 몸을 두른 창영은 불만스러운 표정을 짓고 지역 쇼핑몰의 광장 앞에 서 있었다.

원래 한국의 복학생이다가 뱀파이어가 되어버린 그는 갑작스러운 뱀파이어화에 적응하지 못하고 있었다.

뱀파이어 사회는 굉장히 봉건적이고 수직적이며 강제적인 규약들이 있었다.

테트라 아낙스라고 하는 왕이 독재하는 이 세계에서 이제 막 들어온 신참자가 별다른 문제를 일으키지 않고 살기란 여간 힘든 일이 아니었다. 그래서 그는 자신을 보호해 주고 후견인이 되어주겠다고 하는 뱀파이어 군주, 진마 아르곤의 제안을 받아들였다.

하지만 지금 창영은 자신의 선택을 후회하고 있었다.

너무 경솔했다. 인생이 걸린 일을 너무 안일하게 결정하지 않았나. 그런 후회가 창영을 사로잡았다.

"대체 지금 뭐 하는 거야?"

창영은 주머니에 손을 찔러 넣고 중얼거렸다.

에스프리의 간부라고 할 수 있는 래트는 지금 MP3플레이어에 블루투스 스피커를 연결해 볼륨을 키우고 쇼핑센터의 광장 앞에서 춤을 추고 있었다.

그 앞에 종이컵을 놓았는데 종이컵 안에는 동전들이 그득하다.

페니, 쿼터, 하프에 간혹 지폐들도 들어 있다.

적지는 않은 돈이지만… 안정적인 삶을 추구하기에는 역부족이다.

"보면 몰라?"

래트가 그렇게 중얼거리며 브레이크 댄스를 춘다.

원래부터 카포에라를 수련하던 몸이라 그런지 카포에라의 모션을 활용한 다이내믹한 동작들이 멋지다.

그러나 사람들은 박수를 칠 뿐 돈을 후하게 내주진 않는다.

"이런 건 적절히 컵을 비워줘야 해요. 넘치지도 모자라지도 않은 게 사람들이 돈 넣기 쉬울걸요."

또 다른 진마 정야는 그리 말하고 팔짱을 꼈다.

표정이 싸늘하다. 그녀는 언제나 힐난하는 듯한 시선을 던지고 있었다. 특히 아르곤과 그의 측근, 에스프리 간부들을 볼 때는 더하다.

'진짜 힐난하는 거겠지?'

창영은 그리 생각하며 주위를 둘러보았다.

"그런데 아르곤은? 같이 오지 않았어?"

"게임하러 간 것 같아. 여기 2층에 게임 매장 시연대에 죽치고 있을 거야. 아르곤이 같이 춤출 때는… 좀 더… 수익이 좋았는데."

춤을 멈추고 종이컵 안의 돈을 세어보던 래트가 그렇게 답했다.

"그래?"

"원체 여자랑 아이들에게 인기가 많잖아."

래트가 그리 말하고 모자를 썼다.

"아니, 그런 문제가 아닌데……."

진짜 문제는 뱀파이어 클랜의 리더가 취직도 안 하고 제대로 된 일자리도 없이 사는 게 아닐까?

'게임을 뭐 게임 시연대에서 하고 있어……? 돈 주고 사야지. 뱀파이어의 신체 능력이면 정식 스포츠 선수로 나서는 건 도핑 검사 때문에 안 된다 쳐도 그냥 택배 상하차 일만 해도 부자 되겠다.'

창영은 그런 생각을 하며 래트를 흘겨보았다.

"오늘은 이 정도 하고 접을까?"

래트도 돈벌이 삼아 한다기보다는 그냥 흥이 나서 춤추는 것 같다. 자신이 춤추고 싶으니까 춘다고 해야 할까.

자유분방한 클랜이다. 이 정도 자유분방하면 외려 방만하다고 해야겠지.

"아아… 정말 멋~~~ 진 삶이군요."

정야가 에스프리의 방만함에 질렸는지 한숨을 내쉬었다.

· ☾ ·

창영과 정야, 래트가 2층의 게임 매장으로 가보니 그곳에는 아이들이 발을 멈추고 장사진을 이루고 있었다.

그들의 시선이 꽂히는 게임 시연대에는 백발의 청년이 게임 컨트롤러를 잡고 몸을 좌우로 흔들면서 열심히 게임에 열중하고 있었다.

"우와 대단해!"

"플레이 타임 세 시간 만에 마지막 보스전이야!"

"대단하다!"

아이들은 아르곤의 업적을 칭송하고 있었다.

온갖 묘수를 써서 스피드런을 펼치고 있는 것이다.

소프트웨어를 사지 않고, 저장도 되지 않는 시연대에서 클리어하기 위해서 아르곤은 여러 차례 플레이 경험을 쌓은 뒤 단번에 깨버린다.

그럴 거면 차라리 일해서 돈 벌어서 사는 게 낫겠다만… 아르곤에게는 거의 광적인 집착이 있었다.

"아… 천 살 넘은 뱀파이어 로드가 하는 짓이 정말 멋지군요."

"뭔가 대단한 듯하면서 빡치는데."

정야와 창영은 아르곤의 행동을 보며 그런 소감을 말했다. 반면 래트는 정야와 창영을 신기하다는 듯 바라보고 있었다.

"거참, 타이거 맘이라는 말도 있지만 아시아 문화권의 사람들은 이상하게 엄격하단 말야."

창영은 래트가 고른 단어를 듣고 실소했다. 타이거 맘이라는 건 미국에 이민 온 동양계 여성들이 전통적인 방식으로 아이를 잡아먹을 듯 거칠게 공부시키는 것을 가리키는 단어로 이걸 쓴 시점에서 래트 역시 아르곤을 아이 취급하고 있다는 뜻 아닌가?

"타이거 맘이란 단어를 쓴 시점에서 당신도 아르곤을 애 취급하고 있구만, 뭘. 그리고 래트 당신은 너무 아르곤을 놓아기르는 거 아냐?"

"다 들린다. 너희들 지금 날 무슨 취급 하는 거야?"

아르곤은 게임 화면에 시선을 집중시킨 채로 답했다.

창영과 정야가 흠칫 놀랐다.

이러니저러니 해도 아르곤은 에스프리의 리더, 뱀파이어 클랜의 우두머리로 이렇게 농을 걸어도 될 상대가 아니다.

만약 그가 분노한다면 어찌 되는 거지?

그러나… 정야는 일부러 이런 때 대놓고 질렀다.

"게임을 좋아하는 모습을 보니 다행이네요. 그렇게 확실히 좋아하는 거 몇 가지가 있어서. 이제 일해서 돈 벌면 그걸 살 수 있어요. 어때요? 의욕이 나나요?"

"아니, 딱히… 지금도 게임을 하고 있잖아. 살 필요가 있나?"

"이거 만든 개발자들이 무슨 식물이라서 광합성하고 사는 것도 아닐 텐데 공짜로 하면서 먹고사는 건 아니잖아요?"

"하지만 뱀파이어에게는 대충대충 살아야 하는 숭고한 의무가 있는걸. 만약 뱀파이어가 열심히 살아봐. 가뜩이나 자본주의 무한 경쟁 사회가 되면서 이 사회는 대량의 낙오자를 반드시 만들어내는데 태생적으로 불로장생하는 존재가 열심히까지 하는 건 너무 심하잖아? 지금 내가 도핑 문제를 해결해서 올림픽에 나간다 치면 다른 열심히 운동한 사람들이 얼마나 불쌍하겠어. 안 그래?"

"……"

"왜 당신의 뱀파이어 이론에 우리까지 끌고 들어가는데?!"

정야는 물론 듣고 있던 창영도 분을 참지 못하고 빽 소리 쳤다.

그러자 래트가 피식 웃었다.

"몬티가 둘 더 늘어난 것 같아."

"상식인이 둘 더 늘어난 거겠지요."

정야가 래트의 말을 정정해 주었다.

"아니, 뭐 상식적인 건 좋지만 우리의 존재 자체가 비상식적이잖아. 아르곤 정도면 귀여운 거니까 냅두자고. 게임을 한다고 딱히 남에게 피해를 주는 것도 아니고."

래트가 아르곤을 옹호하기 시작하자 정야와 창영의 눈매가 날카로워졌다.

'역시 한국에서 자라서 그런지 이들은 타이거 맘 계열이구만.'

래트는 그리 생각하며 실소했다.

"당신들이 그렇게 물렁하게 대하니까 더더욱 버릇이 나빠지잖아요."

이제 래트의 마음속에서 완전히 타이거 맘으로 자리 잡은 정야가 앞으로 걸어 나갔다.

"귓불이라도 잡고 질질 끌고 가야지……."

하지만 그때 아이들 사이에서 탄성이 터져 나왔다. 아르곤이 게임의 라스트 보스를 격파한 것이다.

"우와! 세 시간 십 분!"

"기록이다."

"대단하네."

아이들이 찬탄하는 가운데 아르곤은 흡족한 미소를 지으며 게임 컨트롤러를 놓고 게임 시연대 위에 올려두었던 스톱워치를 회수했다.

"후우… 좋았어."

"좋기는 개뿔이……."

정야가 투덜거렸다.

"하하하, 너무 그렇게 표정 구기지 마. 모처럼 귀엽게 태어났는데 얼굴이 아깝잖아."

"…그거 지금 절 꼬시는 건가요?"

"……."

창영이 복잡한 마음으로 그들 둘을 바라보고 있었다.

"그럴 리가."

아르곤은 손을 휘휘 내저었다.

"당신처럼 거지꼴로 사는 인간 따윈 한 트럭으로 실어다 준대도 질색이에요, 아르곤. 조금쯤은 야망과 야욕이라는 걸 가져 보는 게 어때요?"

"하하하하… 난처하네."

아르곤은 볼을 긁적일 뿐이었다.

"슬슬 나가죠. 곧 쇼핑센터도 닫을 시간인데."

"그래. 하지만 이게 세상의 끝은 아니지. 내일은 새로운 게임이 걸려 있지 않을까?"

"……."

"지지리 궁상은 제발 여기까지 합시다."

정야가 정말 아르곤의 귓불을 잡고 질질 끌고 나갔다.

• ☾ •

정야와 창영이 아르곤을 기다린 것은 그들이 이 미국에서 일자리를 구하기 위해서 신분세탁이 필요했기 때문이었다.

인간 시절의 신분을 그대로 유지할 경우 그것을 끈으로 찾아

올 사람들, 특히 인간 시절의 친인척들이 걱정이었다.

뱀파이어가 되어버린 것을 친인척에게 어떻게 설명할 것인가.

차라리 모르는 게 낫지.

그런데 뒷세계의 인맥이 부족하고 업자에게 지불할 현금도 없는 그들이 어디서 이런 새 신분을 구한단 말인가?

그런 걱정을 하고 있을 때 아르곤이 호언장담을 했었다.

클랜 좋다는 게 뭐냐? 그런 데 쓰려고 클랜이 있는 거지.

아르곤은 그렇게 말해놓고서 차일피일 시간을 늦추고 있었고 그동안 정야와 창영은 에스프리 멤버가 구한 트레일러 파크에 얹혀살면서 인근 집의 정원 잔디를 깎아주거나 베이비시터를 하면서 살고 있었다.

이것도 나쁘지는 않지만 제대로 된 신분을 가지고 정규적인 일을 하고 싶다.

그런데 아르곤은 한시라도 빨리 일을 해서 자신의 생활비를 벌려고 하는 이들 두 사람을 전혀 이해하지 못하고 있었다.

"뱀파이어는 남는 게 시간이란 말이야. 그렇게 서두를 필요는 없잖아? 성격이 그렇게 조급하면 뱀파이어로서 앞으로 남은 긴 시간을 버티지 못해. 좀 마음의 여유를 가지는 게 어떨까?"

아르곤은 쇼핑센터의 푸드코트에 앉아서 어깨를 으쓱해 보였다.

그 옆에서는 래트가 종이컵을 엎어서 동전과 지폐들을 늘어놓고 오늘 수입을 계산하고 있었다. 컵 하나 가득 있던 동전과 지폐니 적은 금액은 아니지만 저렇게 하루 벌어 하루 먹고살아서 어쩌려나 싶다.

"저희가 보기엔 당신이 진짜 걱정인데요, 아르곤. 설마 열심히 일하면 뱀파이어로서 살기 힘들다거나, 뭐 그런 소리 하려는 건 아니겠지요?"

"아니, 진짜 그런데. 생각해 봐. 직장 생활을 하면 이러니저러니 직장 동료랑 관계를 맺게 된다고. 그런데 늙지 않는 모습을 보이면 어쩔 건데?"

"…원래 동안이라고 우기죠, 뭐."

"동양인 나이는 봐서 모르던데?"

정야와 창영이 그렇게 말했지만 아르곤의 이야기를 들으니 한풀 기세가 꺾였다.

그러나 잠시 후 창영이 손바닥을 짝 쳤다.

"잠깐. 그런데 그럼 일 안 하고 돈만 있는 게 살기 편하잖아?"

"그러… 네요."

정야는 그런 창영의 발상에 완전히 동의하진 못했지만 아르곤처럼 궁상떨며 사는 것보다는 그게 더 낫다는 생각에 고개를 끄덕였다.

"뭐, 저는 아르곤이 궁상을 떨며 살든 길거리의 박스를 줍고 살든 그런 건 신경 쓰고 싶지 않아요. 그렇지만 뱀파이어라는 게 클랜 리더의 방침에 따라서 밑의 애들이 할 수 있는 게 한정되어 있더군요."

에스프리가 헐렁한 뱀파이어 클랜이긴 하지만 대외적인 활동을 할 때는 어쨌든 상급자에게의 보고와 인가가 필요하다.

만약 다른 뱀파이어 클랜과 충돌해서 멋대로 전쟁을 일으키기라도 하면 어쩔 건가?

창영과 정야가 딱히 전쟁을 벌이려고 하는 건 아니지만 초짜 뱀파이어로서 아직 아무것도 모르는데 이들 에스프리의 멤버들은 뭔가 적극적으로 가르치거나 적응시킬 생각이 없는 것 같다.

아니, 그냥 어떻게 하면 오늘 하루 잘 놀 수 있을까만 생각하는 것 같다.

"당신이 그렇게 궁상떨고 사는데 저희가 딱히 할 수 있는 게 많지 않잖아요. 이번 신분증도 그렇고요……. 뱀파이어면서 신분을 얻으려고 하면 아무래도 이런 쪽 일을 할 줄 아는 이들의 소개를 받아야 하는데 우리의 신분 보증인이자 보호자인 당신이 그렇게 일 처리가 늦어지면 그만큼 저희도 기다려야 하잖아요?"

정야의 목소리가 침착하게 가라앉는다.

이럴 때가 더 무섭다는 걸 창영은 경험적으로 알고 있었다.

"누가 한국 출신 아니랄까 봐 너무 성질이 급한 게 아닐까? 앞으로도 시간은 많잖아. 그렇게 굳이 그렇게 서두를 필요가……. 앞으로 어떻게 살 것인가, 인생을 어떻게 살 것인가에 대해서 차분히 관조하는 시간을 가지는 게 좋다고 생각하는데 말야."

과연 아르곤도 정야의 말과 태도에 압도당하기 시작한다.

"그런 관조하는 시간을 일하면서 가지지 못할 것도 없지요. 무엇보다 아르곤, 지금 래트도 그렇고 저희들도 나름대로 일을 하고 있다고요. 이미 품삯벌이 일을 하고 있는데 신분증이 있으면 더 나은 직장을 구할 수 있어요."

"아니, 그러니까 말야."

"뭐, 좋아요. 백번 양보해서 다 저희를 걱정해 주는 거라고 알겠어요. 하지만 여기서 신분증의 유무는 그것과 상관없어요. 우린 신분증이 없어도 이미 일하고 있고 그런 우리에게 신분증을 해주기로 약속한 건 당신이니까요. 지금 제가 문제 삼는 건 직장을 가지느냐 마느냐의 문제가 아니라 왜 정해진 약속 기일 안에 신분증이 되지 않느냐, 그거 아니겠어요?"

"……."

"저도 뱀파이어가 된 지 얼마 되지 않아서 상황은 잘 모르지만 진마씩이나 되면 자기 말에 좀 무게감을 주고, 책임감을 가지고 있어야 할 필요가 있다고 생각해요. 지금 당신이 약속을 이행하지 못하고 있는 건 뱀파이어로서의 삶에 대한 교훈을 주겠다는 발상에서 하신 일이 아니라 그저 게을러서 벌어진 일이 잖아요? 안 그래요?"

정야가 조목조목 따지자 아르곤이 몸을 웅크렸다.

"미, 미안."

래트는 그 모습을 웃음을 참으며 보고 있었다.

"이야, 몬티 때랑 전혀 다르네. 역시 아가씨가 조목조목 공격하니까 쩔쩔매는데?"

그런데 그때였다.

쇼핑센터의 푸드코트로 검은 양복을 입은 경호원들이 벽을 만들고 걸어오는 게 아닌가?

그 사이에는 백색 양복을 빼입은 젊은 남자와 서스펜더와 조끼 차림의 소년이 있었다.

판타즈마고리아의 팬텀과 빌헬름이었다.

언제나 팬텀의 느슨한 태도에 짜증을 내는 빌헬름이지만 그래도 아르곤을 만날 때마다 팬텀은 양반이라는 생각이 들었다.

그래서일까?

팬텀은 의도적으로 아르곤과 일이 생기면 반드시 직접 만나고 빌헬름을 대동시킨다.

그러면 빌헬름이 팬텀에게 가하는 잔소리가 적어도 80%는 줄어드는 것이다.

약발은 한 달 정도 간다.

'하지만 최근엔 너무 자주 보는 것 같단 말야.'

빌헬름은 그리 생각하면서 투덜거렸다.

"…아, 정말."

테이블에 동전을 쏟아놓고 세고 있던 래트와 스무디를 붙잡고 정야에게 핀잔을 듣고 있는 아르곤의 모습이 가관이다.

"부탁하신 거 가져왔습니다."

빌헬름이 그리 말하고 손가락을 튕기자 미합중국 여권 두 장이 날아왔다.

창영이 받아 보니 여권 안에는 사회보장카드도 들어 있었다.

정야와 창영의 새로운 신분증이었다.

"당신들에게 부탁한 거였군요. 어쩐지, 아르곤이 이런 거 만들 재주가 있을 리가 없지."

"부탁할 라인이 있는 게 바로 능력이지."

아르곤이 으스댄다. 방금 전까지 쪼여서 쩔쩔매더니만 그새 심력이 회복된 모양이다.

"아~ 네… 퍽이나 능력 있으십니다."

정야가 한숨을 내쉬며 신분증을 받아 들었다.

"그럼 약속대로 이야기를 좀 들어볼까? 여기는 사람이 많은 것 같으니… 옮기지?"

팬텀이 아르곤에게 그렇게 말하자 아르곤이 고개를 끄덕였다.

"어쩔 수 없지."

"음? 무슨 이야기요?"

신분증을 받고 자리를 뜨려 했던 정야가 궁금해져서 물어보았다.

"아, 아르곤의 과거 이야기를 듣기로 했습니다. 신분증을 만들어주는 대신에요."

본래 팬텀의 성격상 이런 신분증 몇 장 만들어주는 사소한 일은 직접 올 필요도 없었다. 사람을 써서 보내주면 끝인 일인데 직접 온 것은 바로 이 때문이었다.

"흠, 그건 저희도 궁금하네요. 같이 들어도 될까요?"

정야가 그렇게 물어보자 빌헬름이 난처해져서 팬텀을 바라보았다.

"과거 이야기를 할 아르곤이 선택할 일이지요. 어때, 아르곤? 이들에게 들려줘도 되나?"

"으음, 부끄러운 옛날이야기라 좀 그런데……."

아르곤은 완곡하게 거부했지만 정야와 창영은 완곡하게 거절하는 정도로 떨칠 수 있는 이들이 아니었다.

"아니, 뭐 좀 그런 정도라면 들어보아야겠어요."

"바, 바쁘다며?"

아르곤이 그렇게 말했지만 소용이 없었다.

"뱀파이어로서 살아가는 데 중요한 도움이 될지도 모르지."

창영이 끼어들자 아르곤은 한숨을 내쉬고 모자를 눌러썼다.

"들어봐야 별로 재미도 없을 건데……."

"누가 말한 대로 뱀파이어에게 남는 건 시간밖에 없어서요. 좀 지루하더라도 참아줄 만하겠지요."

정야가 그리 말하자 아르곤은 완전히 외통수에 걸려 버렸다. 자기가 늘 떠들던 소리니 이거 뭐 변명의 여지가 없다.

"그럼 자리를 옮길까?"

팬텀은 그리 말하고 정야와 창영은 물론 래트에게도 시선을 던졌다.

그러자 래트는 고개를 가로저었다.

"전 됐습니다. 오늘 저녁에 데이트 약속이 있어서. 간만에 앨라배마의 흑뱀이 때 좀 벗기겠구만……."

"……."

"성희롱 발언을 아무렇게나 하다니, 거참."

"아니, 미안. 근데 이해 좀 해줘. 난 흑인이 노예이던 시절, 여자가 참정권 없던 시절부터 살았단 말야. 바람과 함께 사라지다, 스칼렛 오하라 알지? 그런 시대 출신이라고. 이제 와서 빡빡한 요즘 시대 수준을 요구하면 곤란해."

래트가 그렇게 변명했다.

하지만 정야는 납득을 못 하고 있었다.

'그럼 그 시대에 계속 살든가. 시대가 바뀌면 적응해야지. 무엇보다 그때 없던 브레이크 댄스는 출 수 있으면서 왜 그건 적응 못 하겠다고 변명하는데?'

그런데 그때 래트가 키득키득 웃으며 말했다.

"스칼렛 오하라도 앨라배마의 흑뱀 맛을 좋아했지."

"아니, 진짜 또 성희롱을……."

창영은 래트의 저질스러운 개그에 학을 떨었다.

'바람과 함께 사라지다'의 남자 주인공이 래트 버틀러고 자신도 래트니까 하는 소리겠지만 지금 분위기에서 저걸 개그라고 하고 있다니 심각하다.

눈치가 없어도 이 정도면 진짜 심각한 수준이다.

'차가 있다면 장애인 전용 구역에 주차해도 될 거다. 이런 눈

치 장애인 같으니라고.'

과연 정야는 상당히 화가 났는지 꼬치꼬치 따지고 들었다.

"애초에 소설이잖아요, 그거. 배경도 조지아 주일 텐데 앨라배마가 나올 리가? 그리고 스칼렛 오하라 캐릭터를 이해한다면 그런 저질 농담은 못 할 텐데요. 소설커녕 영화도 안 봤죠?"

"미… 미안."

래트는 정야의 핀잔에 질려서 사과했다.

"진심으로 잘못했다고 생각한다면 저기 벽 보고 크게 열 번 복창하세요. '나는 왜 그랬을까? 다음부터 앨라배마의 흑뱀 관련 농담을 할 때마다 거시기를 뎅겅 잘라 버려야겠다'. 이렇게."

"……"

"잘라도 다시 붙는 거 맞죠?"

"……"

아르곤과 래트가 정야의 살기등등한 모습에 무서워서 벌벌 떨었다.

보다 못한 팬텀이 구원투수로 나섰다.

"그럼 따라오시지요. 이곳은 사람 눈이 많으니 조용한 곳으로 갑시다."

· ☾ ·

팬텀과 앙리 유이는 아낙스의 제자였다.

하지만 그 후 팬텀은 아낙스와 결별했고 그사이에 아낙스에게 무슨 일이 있었는지 모른다. 그래서 그는 자신과 다른 시간대에 아낙스와 접촉했던 아르곤의 이야기를 듣고 싶어 했다.

사실 신분증 몇 장 만들어주는 걸로 들을 수 있을 거라고는 생각지도 않았지만 지나가는 말로 했을 뿐인데…….

아르곤은 자신의 이야기를 해주기로 약속해 버렸던 것이었다.

"으음, 이런 데서 거주하고 계시는군요."

정야는 팬텀이 머물고 있는 호텔에 강한 인상을 받은 듯했다.

팬텀은 시가지에 위치한 호텔 최상층을 통째로 쓰고 있었는데 테라스에는 커다란 풀장과 자쿠지 욕조가 붙어 있었다. 백명 단위로 파티를 해도 될 정도의 넓이를 빌리다니, 왜 같은 진마인데 누구와는 이렇게 천지 차이인가?

"약속한 대로 게임기를 준비했습니다. 풍선검과 캔디, 도넛과 커피도 준비했지요."

빌헬름은 TV에 게임기를 연결하도록 직원들에게 지시하고 어깨를 으쓱해 보였다. 방금 포장을 뜯은 번쩍거리는 신품이다.

"오오… 인심도 후하셔라."

수영장 위를 얼리면서 걷고 있던 아르곤이 게임기를 보고 눈을 빛낸다.

그러자 빌헬름이 아르곤이 만든 얼음보다 더 싸늘한 태도로 단호히 말했다.

"오늘만 쓰고 나면 그다음에는 자선단체에 기부할 겁니다."

"아니, 왜?"

"어차피 줘도 당신은 집도 없고 절도 없잖아요."

"그렇지. 그게 억울하면 집을 사든가."

정야가 빌헬름의 싸늘한 태도에 마음이 드는지 고개를 끄덕였다.

"……."

창영은 그런 정야의 태도에 불안감을 느끼는지 표정이 썩 좋지는 않았다.

"음~ 좋아. 그럼 이야기를 시작해 볼까?"

아르곤은 풀장에서 나와서 게임기 앞에 앉아 전원을 켰다.

팬텀과 정야, 창영이 그의 옆에 앉자 아르곤이 쑥스러워하면서 게임기 컨트롤러를 잡았다.

"그, 그렇게 들을 만한 이야기는 아닐 거야."

아르곤은 그렇게 밑밥을 깔아두고 이야기를 시작했다.

· ☾ ·

소년은 바람이 불어오는 방향을 보고 있었다.

굽이굽이 굽어져 있는 피요르드의 언덕 아래로 펼쳐진 회색의 바다를 보면서 그는 책을 들어 올렸다.

양피로 만든 책은 그리스어로 된 성경이었다. 양피에 금과 은으로 박을 입히고 황동으로 모서리를 마감한 이것은 단지 책 그 자체만으로도 값진 보물이다.

"에스가, 그거 읽을 수 있어?"

얼굴에 붕대를 감은 소녀가 소년의 뒤에서 물어보았다.

"물론. 읽지도 못할 걸 들고 다닐까?"

소년은 태연하게 페이지를 넘겼다.

"에스가는 언제나 그런 걸 보고 있지. 또래의 다른 아이들과 달리."

"또래의 다른 아이?"

에스가는 고개를 돌렸다.

"그것들은 멍청해. 마치 나만 홀로 이 세상에 떨어진 것 같아."

"……."

소녀는 슬픈 눈으로 에스가를 바라보았다. 코 쪽에 붕대를 감고 있는 그녀는 자신의 눈앞에서 빛나는 이 소년을 따라가지 못할까 봐 겁에 질려 있었다.

"나는 세상의 끝을 보고 싶어, 니아나. 책들에서 이야기하는 땅들! 그리스! 다마스쿠스! 헤로도토스와 플라톤의 땅과 그 너머 아시아를 보고 싶어! 이 세상은 넓고… 그리고……."

에스가는 입을 다물었다.

"그 너머에 어쩌면 나와 서로 이해할 수 있는 사람이 있을 거야."

"그게… 나는 아니지?"

"……."

에스가의 손가락 끝이 떨렸다.

"뭐, 니아나 너는 좀 멍청하지만 내가 데리고 가주지. 특별히."

"…진짜?"

"그래, 나와 함께 세상의 끝을 보자! 저 바다 너머! 아시아 끝까지!"

에스가는 그렇게 선언했다.

차가운 지하 감옥의 물줄기가 에스가의 머리 위로 떨어졌다.

백금발의 청년으로 자라난 에스가는 킥킥 웃으며 고개를 들었다. 무릎까지 차오른 해자의 오수 위에 사슬로 손이 묶여 매달려 있는 에스가의 머리 위로 구정물이 흘러내린다.

그 위에는 구정물을 끼얹은 장본인들, 에스가의 형제들이 있었다.

"뭘 하는 거야, 형들? 잠을 깨우는 방식으로는 아주 저질인데. 이미 여기 냄새가 너무 심해서 코가 비뚤어졌다고. 이제 와서 구정물을 끼얹어봤자……."

"에스가, 간도 크구나."

"설마 아버지의 여자에게 손을 댈 줄은 몰랐다."

에스가의 형들은 에스가를 비난했다.

"하하하, 역시 권력이 좋긴 좋군. 다들 알고 있었잖아, 니아나는 원래 내 여자라고."

"……."

"뭐, 좋아. 니아나가 좀 가문이 좋긴 하지. 어차피 귀족들 간의 결혼이 뭐 사랑으로 하나? 그냥 가문이 필요하면 붙여서 만드는 거지. 그런데 그래서 어쩌자고? 나 없으면 아풀리아 백작 기스카르에게 당해낼 수 있겠어?"

에스가는 코웃음 쳤다.

현재 그들은 남(南)아풀리아의 백작, 로베르 기스카르와 적대 중이다.

로베르 기스카르는 성지를 수복하겠다는 명분으로 와서 멋대로 아풀리아를 장악하고, 비잔티움이 이교도와 내통하여 십자군을 방해하고 있다고 비난했으며 아풀리아뿐만이 아니라 이미 비잔티움의 영역인 시칠리아와 칼라브리아의 위를 교황에게 인정받았다.

즉 교황과 신성로마제국은 로베르 기스카르와 비잔티움을 대놓고 싸움 붙이고 있는 셈이었다. 이런 상황에서 비잔티움에서는 다른 노르만 기사들에게 손을 뻗었으니 그것이 바로 카푸아의 크누트였다.

카푸아의 크누트는 카푸아 위를 제수받고 대신 아풀리아의 뒤통수를 때리기 시작했다.

로베르 기스카르는 자칭 덴마크 왕족의 후손인(그러나 진짜일

가능성이 높다) 크누트 일파에 골머리를 썩고 있었다.

왜냐면 그 넷째 아들 에스가가 어마어마한 용사였기 때문이었다.

지장이며 맹장, 에스가가 이끄는 100인 종사대, 통곡의 전사단은 신출귀몰하며 아풀리아로 향하는 상인과 순례자, 심지어 민중십자군까지 닥치는 대로 습격해 죽였다. 해로와 육로를 가리지 않고 신출귀몰하며 아풀리아의 숨통을 조여오는 통곡의 전사단 때문에 로베르 기스카르는 비잔티움과의 전면전에 나서지 못했고 그럴수록 카푸아의 크누트의 지위는 확고해지고 있었다.

그런데 그때 이변이 일어났다.

카푸아의 크누트의 아내가 죽은 것이다. 이에 카푸아의 크누트는 새 여자를 들였으니 그게 바로 실드 메이든인 니아나였다.

문제는 니아나였다.

그녀는 결혼하자마자 자신이 에스가의 아이를 배고 있다는 선언을 해버리고 자신과 동침하려는 크누트의 귀를 잘라 버렸다.

에스가와 그녀가 친밀한 관계라는 건 모르는 사람이 없었다. 그러니 에스가의 아이를 배고 있는 것은 아무 문제가 아니었다. 문제는 동침을 거부하고 크누트의 귀를 베어버려 이 사건을 묻어버릴 수도 없게 만든 것이다.

·☾·

　불타는 마차 위로 순례단들의 시체가 던져지고 있었다.

　통곡의 전사단들은 시체들에서 반지나 귀걸이, 여타 돈 될 만한 것들을 약탈하고 그들의 시체를 불타는 마차 위로 집어 던졌다.

　여자는 강간당하고 아이는 산 채로 불구덩이에 던져진다.

　에스가는 그 모습을 보고 있었다.

　"…이게, 네가 아시아로 가는 길이야? 크누트의 아들 에스가!"

　그의 뒤로 말이 달려와 멈춰 섰다.

　니아나가 말에서 뛰어내렸다.

　뺨에 검과 저울을 파란 문신으로 새긴 그녀는 에스가를 쫓아 오기 위해 실드 메이든이 되었다.

　"이렇게 시체를 쌓아가면서 아시아로, 그 너머로 가기 위해서 이러는 거야?"

　"왜 그래? 나만 이러는 게 아니잖아?"

　에스가는 고개를 돌렸다.

　"우린 바이킹이야, 니아나. 약한 모습을 보이면 바로 잡아먹힌다고. 내가 왜 넷째 아들이면서 통곡의 전사단을 이끌 수 있는지 알아? 내가 가장 강하고 가장 잔인하기 때문이야."

　"…하지만 넌 이런 걸 좋아하지 않잖아?"

　"하… 하하하하하하."

　에스가는 웃고 있었다.

"나 참… 대체 왜 그래, 니아나? 봐, 이게 권력을 얻기 위한 일이라고. 네가 그렇게나 좋아하는 권력과 돈!"

에스가는 자신의 몫으로 주어진 금목걸이를 들어 니아나의 목에 걸어주었다.

"나는 지금 아시아의 왕이지! 어때? 니아나!"

"난 이런 걸 원한 게 아니야!"

"그러면 왜 네가 우리 아버지랑 결혼하는데?!"

에스가가 분노했다.

"카푸아 공작의 지위 때문이잖아! 돈과 권력! 네가 그걸 원하면서 지금 나에게……."

"내가 이러는 건 널 막기 위해서야 에스가! 통곡의 전사단에서 원하지 않는 살인을 하면서 사는 네가 보기 싫었어!"

"너 미쳤냐?"

에스가는 황당한 이야기를 하는 니아나를 보며 이를 갈았다.

"날 막겠다고 아버지랑 결혼한다니 그게 대체 뭔 미친 소리야? 아, 그래. 새어머니가 되어서 그 권위로 날 막아보겠다는 거야?"

"아니야! 나는… 에스가, 제발 부탁이야. 나와 도망쳐! 권력도 모두 버리고……."

"……."

"너와 함께라면 난 어부의 아내로도 괜찮아."

"내가 안 괜찮아!"

에스가는 자신에게 말하는 니아나를 쳐냈다.

"야망을 가져, 니아나. 우린 이 세계에 영원불멸의 왕국을 건설할 거야. 세상의 너머를 보는 거야! 저 아시아의 끝까지!"

"에스가! 그럼 난 필요 없는 거야?! 내가 네 아버지랑 결혼해도 괜찮다는 거야?!"

"넌 원래 필요 없었어!"

"……!!!"

"내 꿈에 넌 원래 필요 없었다고! 그러니까 개소리하지 말고 꺼져!"

니아나는 에스가의 말에 충격을 받았다. 하지만 그때 사람들의 비명 소리가 그녀를 일깨웠다.

"에스가! 당장 살육을 멈춰!"

"그럴 수 없어."

"넌 저들을 지배하는 게 아니야! 저들에게 존경받지 못할까봐 두려워서 싫어하는 살인을 하고 있잖아! 저들이 널 지배하고 있는 거라고! 그래서… 그래서 난 널 막고 싶어서… 아니, 그게 아니더라도 여인의 몸으로 이 세상에서 내가 내 뜻대로 배우자를 고르는 방법은… 아, 제발 부탁이야! 일단 살육을 멈춰!"

"내가 왜?!"

"그렇다면 좋아. 에스가… 내 배 속에 있는 네 아이를 축복하기 위해서도 제발 자비를 베풀어!"

"…뭐?"

금과 보화를 두르고 약탈과 살육을 지시하던 에스가가 순간 멈칫했다.

"거짓말……?"

에스가 반신반의의 표정으로 고개를 돌렸다.

"진짜야, 에스가. 제발……."

니아나는 부탁하고 있었다.

하지만 사람을 태우고 있는 불길은 에스가의 등 뒤에서 더더욱 활활 타오르며 불씨를 뿌리고 있었다.

"거짓말하지 마! 난 믿지 않아!"

에스가는 니아나의 말을 무시하고 불길로 몸을 돌렸다.

"난 아시아로 갈 거야! 니아나! 왜 그걸 이해하지 못해?! 난… 절대로 작은 시골 마을에서 소박하게 살진 않을 거야! 어부가 아니라 용사! 왕이 될 거야! 설령 그 결과 널 내 새어머니로 받아들이더라도! 난 내 꿈을 포기하지 않아!"

불꽃이 화염의 소용돌이가 되어 시체들을 집어삼킨다. 때로는 살아 있는 사람도…….

"난 네가 좋았어, 에스가. 이 미친 세상에서 남들을 해치는 걸 싫어하는 유일한 남자애였으니까! 그런데 왜 이렇게 된 거야? 아시아의 끝으로 간다는 게 남의 피를 마셔가면서까지 이루고 싶은 꿈이었어?!"

니아나의 목소리는 에스가에게 닿지 않았다.

· ☾ ·

"하… 하하하하하."

그리고 지금 에스가는 형제의 손에 의해 결박당해 카푸아의 요새 밑에 설치된 시궁창에서 썩어가고 있었다.

시간이 얼마나 지났을까?

굶주림과 고통 속에서 에스가는 고개를 들어 하늘을 올려다보았다. 처령한 초승달이 해자, 시궁창과 이어진 이 지하 감옥에 빛을 뿌리고 있었다.

"아주 멋져, 멋지다고! 니아나! 이게 네 방식이냐?!"

니아나는 에스가의 야심을 꺾지 못하자 이런 방식으로 그를 매장했다.

"옛날이야기의 용사들도 여자들의 치맛바람에 쓰러졌지. 그래, 그것이 여자의 힘. 오오, 독사 같구나. 한때 달콤한 그 입술에 독니가 돋아나 날 쓰러뜨리다니……."

"역시… 옛날 사람들은 운문을 좋아한다니까. 지금 상황에서 시인이라도 될 셈인가?"

"뭣?!"

에스가는 놀라서 고개를 들었다.

그곳에는 불타는 혜성이 있었다. 순간 그는 자신이 착각했나 싶어서, 아니면 계속 감금되고 고문당해 마침내 이성이 날아가 광기의 문을 두들겼나 싶어서 고개를 절레절레 저었다.

하늘의 별이 그곳에 떨어져 있었다.

"바이킹 주제에 말솜씨가 제법이군, 스칼드(바이킹 시인)!"

"다, 당신은 누구지?"

"나는… 운명이다."

남자의 눈이 어둠 속에서 금색의 빛을 뿌렸다.

"나는 아낙스, 아니, 테트라 아낙스! 미래로부터 뱀파이어의 운명을 보는 자! 미래가 과거에 쏘아낸 잔영이며 과거가 미래를 엿보는 창! 내 자아는 무의미하고 삶 또한 무의미하지! 그러니 내가 누구인지 묻지 말게! 내가 나에 대해 대답할 때마다 운명이 닳아서 부서지니, 모래알이 손아귀 사이로 빠져나가듯 흐리고, 잃어버릴지라!"

"……."

"네가 필요하다, 아르곤! 세세 영겁 나의 적이 될 자여! 무의미와 싸우고 운명과 싸울 자유로운 영혼의 수호자!"

"……."

에스가는 자신과 그, 둘 중 어느 쪽이 더 미치광이인지 알지 못했다.

· ☾ ·

"이… 이봐, 예언자."

에스가는 자신의 사슬을 끊고 자유롭게 해주는 그를 보며 당황했다.

주위를 둘러보니 성은 불타고 파괴되어 있었다.

언제 이런 일이 벌어졌지?

"시간이 없다. 따라와라, 크누트의 아들 에스가."

"배, 배가 고파. 힘이 없다고."

"그럴 리가 없지, 그럴 리가 없어."

선지자는 자신의 손바닥에 엄지손가락의 손톱을 걸었다. 뭘 하나 보았는데…….

촤악!

그는 손톱으로 자신의 손바닥을 잘라 그었다.

"마셔라."

"뭣?!"

에스가는 눈앞에서 벌어진 일을 보고 놀랐다. 하지만 그는 마시지 않을 수 없었다. 피에서 나오는 냄새가 너무나도 달콤하고 향긋해서, 오장육부가 뒤집어질 것 같았기 때문이었다.

에스가는 선지자가 손을 모아 그릇처럼 만들어 흘리는 피를 받아 마셨다.


겨우 정신을 차렸을 때 그는 바닥에 쓰러져 하늘을 보고 있었다.

불타는 듯 빛나는 천랑성의 아래, 선지자가 서 있었다. 선지자는 물어보았다.

"이제 겨우 기운이 나나, 에스가?"

"당신은 대체… 여기 무슨 일이 일어난 거지?"

겨우 정신을 차린 에스가가 몸을 일으켰다. 그의 손에 뭔가가 걸렸다.

나무로 만든 작은 묵주다.

"아풀리아가 습격했고 카푸아의 크누트는 역사에서 그 이름이 지워졌다. 그러니 그대 역시 이름 없는 자의 자식이라… 아버지로부터 받은 이름이 지워질 것이다."

"…기스카르가?"

에스가는 불타 버린 성을 둘러보았다.

애초에 그가 없으면 버틸 수 없는 성이었다. 형제들은 무능했고 아버지는 특히나 무능했다. 그가 자유로울 때 그들은 꿈을 위한 교두보가 될 수 있었다.

세계의 끝을 보고자 하는 꿈의 도구!

하지만 니아나가 그 모든 것을 망쳐 버렸다.

아풀리아의 백작 로베르 기스카르가 멀쩡하다면 에스가는 이름과 얼굴을 감추고 숨어 지내야 할 것이다.

그런데 문득 에스가는 궁금해져서 물어보았다.

"니아나는?"

"그녀를 찾고 싶은가?"

"……."

"그대를 배신하고 파멸시킨 여인을 찾고 싶냐고 물어보아야 하나?"

"무, 물론이지!"

"그렇다면 나와 함께 아풀리아로 가자."

"뭣? 아, 아풀리아로?"

에스가는 경악했다. 그가 바이킹의 후손이듯 로베르 기스카르와 노르만 기사들 역시 바이킹의 후손이다. 그들이 적의 여자를 취했을 때 할 짓은 뻔하다.

"그, 그녀는 붉은 수염 롤프의 후손이야. 귀족 중의 귀족이라고! 설마 죽이진 않겠지?"

"하지만 전란의 시대에 여인의 운명은 기구한 법. 그대와 얽힌 그녀의 삶 역시 기구했지. 그렇지 않은가?"

"……."

"사랑하는 이의 야욕을 막기 위해 그 아버지와 결혼하다니. 정녕 인간의 집념이란 때론 엉뚱한 방향으로 튄다. 사랑을 위해 선택한 일이 연인을 파괴하고 자신조차 파괴하다니… 이것조차 운명의 손바닥 위에서 벌어지는 일이라면 예지자가 미치지 않고 어찌 운명을 증거하랴?"

"……."

"숭고함도, 오만함도, 희생도, 지고지순한 사랑도, 긴 시간 속에 쓸려 가면 파편일 뿐이니… 나는 과거를 보고, 미래를 보고, 긴 시간 안에서 나 자신을 잊어간다. 그러니 그대가 필요하다. 따라와라. 따라와서 나를 증거하고……."

선지자는 광기에 찌든 눈으로 에스가를 노려보았다.

"그녀를 찾으라! 내가 그녀를 주리라!"

"……."

에스가는 꿀꺽 침을 삼켰다.

눈앞에 이 선지자는 미쳐 있음에 분명하나 지금까지 본 그 어떤 선지자보다 더 신에 가까이 있는 자임은 분명하다.

선지자는 굉장한 역량이 있는지 누구든 그를 보기만 하면 그가 위대하고 강력한 인물이라는 걸 인정해 주었다.

그의 힘 덕분에 에스가는 별다른 준비 없이 아풀리아의 공작과 독대할 자리를 잡을 수 있었다.

"그대들이 선지자와 그 종인가."

아풀리아 공작은 웃으면서 그들을 맞이했다.

"무슨 일로 찾아왔나? 적선을 청한 것치고는 굉장히……."

"적선? 우리는 선에 대해서 논의하러 온 게 아니네, 아풀리아의 공작이여. 그대가 줄 수 있는 어떤 것도 우리의 목을 축이지 못하지. 다만 우리는 와야 해서 왔을 뿐."

선지자는 아풀리아의 공작을 굽어보며 말했다.

"우리는 찾을 수 없는 것을 찾고자 한다."

"아! 진짜 뜬구름 잡는 소리 하지 말고! 젠장, 내가 말하지! 당신이 카푸아에서 데려온 여자! 티르의 검을 손등에 문신으로 새긴 여자다!"

선지자의 광기 어린 말투에 질려 버린 에스가가 말하자 아풀리아 공작은 고개를 갸웃거렸다.

"카푸아? 대체 언제 적 이야기를 하는지 모르겠군."

"이익!"

분개한 에스가는 주위에 뭔가 무기가 될 만한 것을 찾아 두

리번거렸다.

아풀리아 공작의 종사들은 명백히 자신의 주군에게 무례를 범하는 그 행동을 보고도 웃기만 할 뿐이었다.

선지자와 에스가, 그 둘의 모습은 지금 광대에 다름 아니기 때문이었다.

"아, 알겠다. 나는 내 아버지와 달리 자상하고 공정한 사람이지. 합당한 성의만 보인다면 말야."

아풀리아 공작은 명백히 비웃음이 담긴 미소를 지으며 말했다.

"…뭘 원하지?"

"성 마르첼리노의 종을 찾아와."

아풀리아 공작은 그것을 요구했다.

"알겠다."

선지자는 그 요구를 받아들였다.

· ☾ ·

"성 마르첼리노의 종이라니, 대체 언제 적 이야기를……."

에스가는 불쾌하게 여겼다. 성 마르첼리노는 그들이 살던 시대에서도 700년 전, 제대로 된 기록도 남지 않은 전대 교황이다.

하지만 선지자는 고개를 가로저었다.

"나는 알고 있노라. 우리가 찾아야 할 것을… 그것은 우리가

가야 할 길 도중에 있는 물건이다. 어차피 가야 하는 길이
니……."

"그러니까 대체 그게 어디에 있는데?"

"옛 노르드 교의 성지에."

"…뭐?"

"따라와라."

선지자는 작은 조각배 위에 올라타고 에스가에게 손짓했다.

·  ☾  ·

에스가와 선지자는 교대로 노를 저어 대양으로 나아갔다.

파도가 하늘에 맞닿을 정도로 휘몰아치는 북해에서도 선지
자가 노를 저으면 배가 마치 나는 듯 바다 위를 질주한다.

에스가가 선지자를 따라 노를 저어도 비슷한 일이 벌어졌다.

"마법인가? 당신은 마법사인가?"

"물론이다. 그대와 내가 만난 것 자체가 마법이니 나는 마법
의 주인이며 마법의 아들이다. 또한 그대 역시 이 힘을 사역하
게 되리니 심판의 날이 올 때까지 아껴두라!"

"아! 물어본 내가 병신이었구나!"

에스가는 장탄식을 하며 노를 저었다.

·  ☾  ·

그들은 북해를 지나 북극 앞 바다 암초에 가라앉은 오래된 배에서 녹슨 청동 종을 하나 건져 냈다.

"이게 성자의 종인가? 다 녹슨 종에 무슨 힘이 있고 무슨 마법이 있나?"

"아니. 보아라."

선지자가 종을 치자 바다로부터 일각고래들이 나타났다. 그들이 물속에 들어가더니 잠시 후 사람이 잠수할 수 없는 물 밑바닥에서부터 커다란 얼음 관을 하나 가져왔다.

"세상에……."

에스가는 경솔한 자신의 입을 때리고 싶었다. 얼음 관 안에는 시체가 잠들어 있었는데 선지자는 그 관을 깨고 안의 시체를 끄집어내었다.

"아득히 오래전, 잃어버린 혈족의 흔적이다. 모이고 모여 고대 신의 편린이 되리니 그대가 이것을 취해 나를 막고, 나를 증거해야 하리라."

"…아, 네… 네… 뭐든 좋으니 빨리 합시다."

에스가는 선지자가 이끄는 대로 그 시체를 빻아 가루를 내어 물에 타 마시고 다시 배를 돌렸다.

• ☾ •

그들이 아풀리아 공작에게 돌아갔을 때 성자의 종은 바스러져 다 녹슨 녹 덩어리가 되어 있었다.

"이, 이걸로 일을 했다고 하면 곤란하지."

아풀리아 공작은 난처한 표정을 지었다. 실제로 에스가 역시 내어놓고도 난처했으니 공작의 앞에서 할 말이 없었다.

"아니, 이게 정말 끝내주는 성물이었는데… 시험 삼아서 종을 쳐보니까 막 바다에서 일각수가 튀어나오고 말야."

에스가가 그렇게 말하다 말꼬리를 흐렸다.

"마, 말만으로는 역시 못 믿겠지?"

· ☾ ·

"뭐, 되었어. 그대들에게 내 뭘 바라겠는가? 내어줘라."

에스가는 자신의 귀를 의심했다.

그의 눈앞에는 병사들에게 포승으로 묶여 있는 니아나가 걸어오는 게 아닌가?

"니, 니아나?"

"에스가! 미, 미안해! 나는……."

니아나는 고개를 도리도리 저었다.

"나는… 네 꿈이 야욕에 더럽혀지는 게 싫었어, 에스가. 네 야망을 막기 위해서 선택한 일이 이런 결과를 부를 줄은 몰랐어!"

하지만 에스가는 그녀를 와락 끌어안았다.

"괜찮아… 괜찮아."

"하지만 난 네 꿈을 부숴 버렸잖아."

"아니야, 니아나. 내가 잘못 생각한 거였어… 내 꿈은 부서진 게 아니야."

그는 피식 웃으며 선지자를 돌아보았다.

"세계의 끝을 보고 싶다고 하면 그냥 돌아다니면 되잖아? 왜 예전에는… 아시아의 적들, 사라센을 격파해야만 세상의 끝을 볼 수 있다고 생각했을까?"

그는 웃으면서 아풀리아의 공작을 바라보았다. 아풀리아의 공작은 질린 표정을 하고 에스가를 바라보고 있었다.

"봐, 내 적이던 사람도 내가 이름을 버리면 그는 날 그저 미치광이로밖에 보지 않는다고."

"그래도 괜찮아, 에스가?"

"나는 너만 있으면 돼. 너와 함께 가겠어. 애초에 변한 건 내가 맞아. 나는… 야욕 때문에 처음의 꿈을 잘못 생각했던 거야."

에스가는 니아나를 끌어안고 웃었다.

이상하게도 눈물이 나오지 않았다.

"그러면 다음 성물을 찾아볼까?"

선지자는 그렇게 말하고 몸을 돌렸다.

"해야 하나?"

"따라와라, 에스가. 아직 너와 나의 운명은 이어져 있으니……."

"그래, 알겠어. 당신이 날 필요로 하는 동안 따르도록 하지. 당신 덕분에 니아나와 다시 만날 수 있었으니까. 가자, 세계의 끝으로……."

에스가는 니아나와 함께 걸어갔다.

· ☾ ·

"뭡니까, 저 미친놈은. 왜 그림을 끌어안고 좋아하지?"

"…서, 설마. 아니야. 그럴 리가 없어."

"괜찮으십니까? 공작님?"

"아, 아니… 잠깐 쉬고 싶군."

"그런데 진짜 저 미치광이에게 저걸 주어도 되는 겁니까? 저
것은 공작님의… 모친의 초상이 아닙니까?"

"그만……!"

아풀리아의 공작은 두려움에 사로잡혀 벌벌 떨었다.

· ☾ ·

그 후로 에스가는 선지자와 함께 전 세계를 누비며 온갖 성
물을 손에 넣었다.

그 힘으로 그와 선지자는 신마저 봉인할 봉인구, 성구를 만
들고 아메리카의 깊숙한 정글에 들어갔다.

그곳에서 그들은 고대의 신을 섬기는 사교도들과 싸우고 그
들이 만든 황금으로 이뤄진 제단에서 릴리쓰라 불리는 태고의
악령을 봉인하는 데 성공했다.

"……."

"끝이군. 이번에는… 이번에는 죽을 수 있을까?"

선지자는 중상을 입고 쓰러져 있었다. 악령과 고대 신의 추종자들, 재규어의 껍질을 둘러쓰고 재규어로 변하는 이들과의 전투에서 그는 중상을 입었다. 언제나 작은 상처쯤은 쉽게 재생하는 그였지만 이번에는 어찌 된 일인지 재생이 늦었다.

에스가는 선지자의 상처를 옷을 벗어 덮어주었다.

"니아나, 깨끗한 물을 좀 길어와 줘."

"……."

"니아나?"

에스가는 고개를 돌리고 문득 아무런 인기척이 없다는 걸 깨달았다.

"니아나? 어, 어디 갔어? 어디야?!"

"…큭… 크크크크큭……."

선지자는 그 모습을 보고 웃음을 터뜨렸다.

"축하한다, 에스가. 마침내 때가 왔구나!"

"이, 이게 무슨."

"에스가… 나는 약속을 지켰다! 니아나를 만나게 해주었지. 설령 죽은 자라 하더리도 나의 정보는 시간과 공간을 초월하니… 네가 본 니아나는 분명히 그녀의 본질이다!"

선지자는 비틀거리며 지면을 짚고 기어갔다. 한 걸음, 한 걸음씩 기어갈 때마다 선지자의 몸이 급속히 회복되기 시작해서 잠시 후 그는 걷는다.

그 한 걸음마다 그에게서 느껴지는 광기는 더더욱 강해져 갔다.

"하아……."

선지자는 양손으로 자신의 얼굴을 감싸 쥐었다.

"이번에도 이 모진 목숨을 끊지 못했다! 어머니, 나의 어머니시여. 제게 대체 무엇을 바라시는 겁니까? 하아아아! 새로운 광기가, 새로운 자아가 매번 눈을 뜨고 그때마다 나는 죽고, 새롭게 태어나고… 탈피하는 뱀처럼, 그래! 탈피하는 뱀과 같이 허물을 벗을 때마다 이 광기는 커져만 가는구나!"

"아낙스! 이게 뭐야! 설명을 해!"

에스가는 어안이 벙벙해서 주위를 둘러보다 선지자를 바라보았다.

그러나 선지자의 금색 눈은 차게 식어서 에스가를 바라보았다. 언제나 따스한 온기를 머금고 있던 그였다. 하지만 지금의 그는 마치 사람이 확 달라진 것 같다.

"아르곤, 네 동결 능력은 영체로 이뤄진 어머니를 제압하기에 매우 좋은 특성이지. 그뿐인가? 고대종들의 피와 살로 널 살찌웠으니 네게는 다른 뱀파이어들과 격이 다른 힘이 있다. 그것이 나나 다른 존재들을 제압할 열쇠가 될 것이다."

"어째서?!"

"나는 널 가르치고 널 이끌었지. 그러니 이제… 네게 증오심을 심어주겠다. 그것으로 나는 널 영원히 조종할 거야. 너는 나의 적으로서 내 사도가 될 것이니라."

"나, 나를 이용한 건가? 아니, 그런 바보 같은 말이 어딨어? 당신은 날 그냥 죽게 내버려 둘 수도 있었잖아! 내 목숨은 당신에게 받은 거야! 내 지식, 내 능력! 모조리 당신이 준 것인데 대체 무슨 소리냐고! 그리고 니아나는 어떻게 된 거야? 그녀는 애초에… 환각이었나?"

에스가, 아니, 아르곤은 당황했다. 그러자 아낙스가 미소를 지었다.

"네가 깨어났을 때, 넌 이미 뱀파이어가 되어 있었다. 아마 선천적 자질이었던 거겠지."

"……."

"너희 가문이 멸망한 지 이미 수십 년이 지난 뒤였다. 니아나는 이미 죽었고 우리가 만난 아풀리아 공작은 바로 장성한 너와 니아나의 자식이다."

선지자, 아낙스는 그 사실을 밝혔다.

"뭐? 그럼 내가 본 그녀는? 난 미친 건가?"

"미쳤었지. 하지만 이제 정상이 되었다. 나와는 달리. 넌 항상 정상일 수밖에 없는 존재가 될 거다."

아낙스가 그렇게 답했다.

"나는 이제부터 미쳐 갈 거다. 광기가… 광기가 점점 날 잠식하는 게 느껴져. 누군가 날 막아줘야 해. 아르곤… 네가 날 막아줘!"

"…대체 왜 그래, 아낙스. 이 세상에서… 니아나가 없다면 내게 의미가 있는 자는 너뿐이라고! 네가 나의 스승이고 친구인데……."

"그래! 그리고 삶을 규정하는 적이 되겠지! 그 자세다! 와라, 아르곤! 처음 약속대로 니아나를 너에게 주마!"

아르곤과 아낙스는… 릴리쓰를 봉인한 이후 서로 격돌했다.

황금의 제단, 금박을 바른 방 안에 아르곤은 쓰러져 있었다. 쇠약해진 아낙스는 그의 적이 될 수 없었다.

그러나 아낙스가 약속을 지킨 순간 그는 더 이상 싸울 수 없었다. 그의 머릿속에서 니아나의 목소리가 계속 울려 퍼졌기 때문이었다.

이것이 아낙스가 그에게 약속을 지키는 방법이었다.

'네가 통곡의 전사단을 이끌고 싸워 나가는 게 싫었어, 에스가! 내가 네 아이를 가지고 너희 아버지를 모욕한다면 넌 통곡의 전사단을 그만두고 나와 함께 도망칠 수밖에 없겠지?

'어부가 뭐가 나빠서 그래? 너와 함께 파도를 보고 너를 닮은 아이를 낳고 너와 함께 저 바다 끝을 바라보며 그물코를 꿸 수만 있다면 나는 뭐라도 할 수 있을 거야.'

'그게 내가 바라는 세상의 끝이야.'

아낙스는 그와 싸우지 않았다. 그저 처음에 약속한 대로 그에게 니아나를 만나게 해주었다.

니아나의 정보를, 그녀의 영혼을 고스란히 아르곤의 뇌리에 쏘아주고 떠난 것이다.

아르곤은 니아나의 기억이, 그녀의 마음이, 그녀의 삶이 머릿속으로 밀려들어 오는 것에 고통스러워했다.

한순간의 어리석음으로 돌이킬 수 없는 상실을… 그는 몇 차례나 반복하고 또 반복했다.

하지만 그는 미칠 수도 없었다. 니아나의 마음과 그의 마음이 뒤섞여 광기를 중화하고 그저 크나큰 애상만을 남겨주었다.

이런 상황에서는 광기가 차라리 축복이었을 것이다.


"아……."


아르곤은 황금을 보면서 자신이 약탈하면서 거두어들인 황금들을 떠올렸다. 그가 부귀공명을 향해 질주하는 동안 니아나가 느낀 절망과 아픔이 고스란히 그를 괴롭혔다.


"아아아아악!"


아르곤은 불난 집에서 사람이 도망치듯, 황금이 가득한 옛 사원을 뒤로하고 도주했다.


• ☾ •

홋카이도의 끝에서 털가죽 옷을 입은 백발의 청년이 바다 너머를 바라보고 있었다.

울부짖는 바다, 아시아의 끝에서 그는 쓴웃음을 지었다.

"뭐랄까, 기대한 것과는 다른데?"

눈이 쌓인 평원, 그의 발자국만이 남아 있는 길을 돌아보며 아르곤은 스스로에게 물어보았다.

"이제 끝낼까?"

앞으로도 긴 시간이 남아 있다. 빌어먹을 뱀파이어의 목숨, 모질기도 하지.

그 기나긴 시간을 과연 미치지 않고 버틸 수 있을까?

하지만 그는 니아나의 기억과 함께한다. 그녀의 삶, 그녀의 마음이 그의 안에 잠들어 있다. 부귀공명을 바라지 않고 오직 사랑하는 사람과 함께하고자 했던, 검소하고 자애심 넘치던 영혼이 그를 지켜주고 있었다.

'세상의 끝은 여기가 아니야, 에스가. 새로운 시대가 시작되고 있어. 증기기관차가 달린다잖아. 한번 타러 가보자.'

'아이언 브릿지가 만들어진대.'

'만국박람회! 즐거울 것 같지 않아?'

'문명은 계속 발전하고, 새로운 것들이 나올 거야. 그러니까……'

'세상의 끝은 아직 멀었어.'

'넌 결코 타락하지 않아. 왜냐면 내가 함께하고 있으니까.'

그래, 니아나의 목소리가 그와 함께하고 있는 한, 아르곤은 절대로 타락하지 않는다

불멸의 생에서도 타락하지 않을 자.

아낙스는 바로 그게 필요했던 거겠지.

"그래… 세상의 끝은 아직 멀었어. 이제는 아시아의 끝이 아니라 미래를 향해 걸어가 보자. 그게 미지의… 내가 가야 할 길이겠지."

아르곤은 아시아의 끝에서 발길을 돌렸다.

• ☾ •

"그래서, 당신이 부귀공명을 싫어하고 일을 안 한다?"

정야는 어이없어서 아르곤을 바라보았다.

"그렇지!"

아르곤이 그렇게 말한 순간 게임 컨트롤러가 날아가 아르곤의 머리를 명중시켰다.

"누가 부귀공명을 누리자고 했어?! 최소한의 품위는 지켜야 할 거 아냐! 타락하지 않는 뱀파이어 좋아하네! 근로 의욕이란 면에서는 이미 타락했구만!"

"어… 나 지금 이거 머리에 꽂혔어. 꽂혀 있지?"

"네, 꽂혀 있네요."

빌헬름이 혀를 찼다.

"세상의 끝이라……"

팬텀이 손끝을 모으고 생각에 잠겼다.

"그런데 왜 아낙스의 말을… 들어주지?"

팬텀이 타락했을 때 그를 제압해 준 것은 바로 아르곤이었다. 그 외에도 아르곤은 몇 가지 일을, 그중엔 명백히 아낙스의 요구였던 것도 처리해 주었다.

아르곤은 머리에 박힌 컨트롤러를 뽑고 피식 웃었다.

"그 후에 만난 아낙스는… 매번 다른 사람이 되어 있더라고. 아마 정보 능력의 폐해겠지."

"당신은 아낙스가 미래를 위해 준비한 이정표인가."

"처음엔 그런 생각이었겠지만 지금의 나는 역시 나야."

아르곤은 모자를 잡고 그 챙으로 자신의 얼굴을 덮었다.

"나는… 나를 위한 이정표이지. 하지만 뭐, 워낙 거물이니까 너희, 길 잃은 뱀파이어들의 이정표 정도는 되어줄게."

"……."

"어째 별로 믿음이……."

에스프리의 뱀파이어들은 자신들의 리더를 불신의 표정으로 바라보았다.

하지만 그들은 아마도 세상의 끝까지, 이 노동 의욕 면에서는 이미 타락한 뱀파이어와 함께하게 되리라.

"그런데 그럼 래트나 몬티와는 어떻게 만났어요?"

"팬텀과는 그 후 어떻게 화해했나요?"

정야와 창영이 물어보자 아르곤은 어깨를 으쓱해 보였다.

"그건 다음 기회에. 옛날이야기를 풀 때마다 팬텀이 이것저

것 해주는데 헐값에 풀 수는 없지."

"아… 네. 멋진 거지 근성이네요."

"거지새끼."

"응? 지금 뭐?"

"잘못 들었을 거예요."

정야와 창영은 시치미를 뚝 떼었다.